CAROL E

Un indéchiffrable secret

Traduction française de
KAREN DEGRAVE

BLACK ROSE

HARLEQUIN

Collection : BLACK ROSE

Ce roman a déjà été publié en 2020

Titre original :
ENEMY INFILTRATION

HARPERCOLLINS FRANCE
83-85, boulevard Vincent-Auriol, 75646 PARIS CEDEX 13
Service Clients — https://www.harlequin.fr/contenu/contactez-nous
ISBN 978-2-2805-1863-5 — ISSN 1950-2753

Édité par HarperCollins France.
Composition et mise en pages Nord Compo.
Imprimé en avril 2025 par CPI Black Print (Barcelone)
en utilisant 100% d'électricité renouvelable.
Dépôt légal : mai 2025.

FSC www.fsc.org MIXTE Papier issu de sources responsables FSC® C159065

Pour limiter l'empreinte environnementale de ses livres, HarperCollins France s'engage à n'utiliser que du papier fabriqué à partir de bois provenant de forêts gérées durablement et de manière responsable.

Un indéchiffrable secret

*

La peur sur ton visage

Prologue

Il attrapa le canon de la vieille Kalachnikov en prenant place autour du feu et l'orienta vers le mur de la hutte.

— Comment voulez-vous que je réfléchisse avec ça dans la figure ?

Rafi, le chef du groupe, donna un coup de pied dans la poussière devant l'homme qui tenait le fusil.

— C'est inutile, Mateen. On a désarmé le major Denver.

Mateen cracha.

— Il est de la Delta Force. Il pourrait se servir de l'une de tes chaussures comme d'une arme, et tu ne te rendrais même pas compte que tu ne l'as plus au pied, répliqua-t-il.

Les hommes rassemblés autour du feu rirent, et Denver se joignit à eux. Il était bon de constater que la Delta Force inspirait encore une solide dose de respect à ses ennemis et à ses demi-alliés —, et Mateen n'était pas loin de la vérité.

Denver croisa les jambes et tendit les mains vers le feu. Il décocha un clin d'œil à Massoud, le garçon qui l'avait guidé dans la montagne, qui était accroupi près de son père, Rafi. Massoud lui répondit par un sourire timide. Il n'avait plus besoin de jouer les durs, maintenant qu'il était avec des hommes de sa tribu.

L'un des hommes commença à distribuer des bols du ragoût de mouton que la mère de Massoud préparait quand ils avaient débarqué à l'improviste. Denver ne l'avait pas vue depuis.

Il passa deux bols et s'attribua le troisième, qu'il tint entre ses mains pendant quelques secondes pour les réchauffer. Quand un pain passa de main en main, il en prit un morceau et le plongea dans le bol. Il souffla dessus avant de le mettre dans sa bouche. Il se brûla quand même, mais cela n'avait aucune importance. Les épices du ragoût lui firent venir les larmes aux yeux, ce qui n'avait pas plus d'importance.

Les autres hommes devaient être aussi affamés que lui, parce qu'on n'entendit que des bruits de mastication dans la hutte pendant plusieurs minutes.

Quand il eut fini, Denver s'essuya les lèvres du dos de la main et posa son bol par terre.

— Maintenant, dites-moi ce que vous savez sur Pazir, dit-il. Comment notre rendez-vous a-t-il été compromis ?

Rafi claqua des doigts. Massoud s'empressa de ramasser tous les bols et s'installa dans un coin pour les saucer avec ce qu'il restait du pain.

Son estomac plein donna mauvaise conscience à Denver. La mère de Massoud n'avait pas préparé assez de ragoût pour autant d'invités surprises. Ils avaient mangé la part de Massoud et sans doute aussi celle de sa mère.

Rafi posa les mains sur son ventre.

— Pazir est un imbécile qui ne sait pas tenir sa langue, répondit-il.

Les autres hommes hochèrent la tête et émirent des grognements approbateurs.

— Il a parlé de notre rendez-vous à quelqu'un ? demanda Denver.

— À plusieurs « quelqu'un », répondit Rafi avant d'embrasser ses camarades du geste. On était tous au courant.

— Est-il encore en vie ? demanda Denver en se massant les tempes.

La fumée qui flottait dans la hutte lui donnait la migraine.

— On n'en sait rien, répondit Rafi en haussant les épaules. Quand il a découvert ce qui s'est passé à l'endroit du rendez-vous – un militaire tué, ton collègue de la Delta Force qui tombe de la falaise et toi qui t'enfuis —, il s'est volatilisé.

— Il est peut-être mort, dit Denver en traçant une croix par terre pour l'effacer aussitôt.

— On n'a pas retrouvé son corps, intervint l'un des autres hommes. Al-Tariq aime envoyer des messages. Pas de corps, pas de message.

— Si c'est Al-Tariq qui a empêché le rendez-vous. Et mon coéquipier ? Savez-vous quelque chose sur lui ?

Denver retint son souffle. Il avait essayé de sauver Asher Knight en le poussant hors de la trajectoire d'une balle. Il avait échappé à la balle, mais était tombé d'une falaise.

Rafi secoua la tête.

— Je n'ai rien entendu.

Denver recommença à respirer. Ils avaient entendu parler de la mort du soldat, mais pas de celle d'Asher. Cela voulait peut-être dire qu'il s'en était sorti.

— Je dois rencontrer Pazir, dit-il. Pouvez-vous organiser un autre rendez-vous ?

Rafi et ses hommes échangèrent des regards inquiets. L'un d'eux toussa.

— C'est dangereux, répondit-il en faisant tourner son thé dans sa tasse.

Un autre se leva brusquement et jeta son thé dans le feu, ce qui le fit siffler et crépiter.

— *Il* est dangereux ! s'écria-t-il. Il ne devrait pas être là. Tu aurais dû le tuer dans la montagne, Massoud.

— Ça suffit ! intervint Rafi. Le major Denver est l'ennemi de notre ennemi. Il n'y a pas à chercher plus loin. Al-Tariq sème le trouble dans la région depuis plus d'un an avec le soutien tacite de la communauté internationale. Si le major Denver veut régler ce problème, ça me suffit. Ça devrait vous suffire aussi.

L'homme assis à côté de Rafi, qui n'avait pas dit un mot de la soirée, se leva à son tour.

— Je connais quelqu'un qui sait peut-être comment joindre Pazir, déclara-t-il. Il est chauffeur et traducteur, comme Pazir. Il sait peut-être où il se trouve. Il peut lui dire que vous avez survécu et que vous voulez lui parler.

— J'apprécierais, répondit Denver avec un hochement de tête. J'apprécie tout ce que vous faites pour m'aider.

Plus tard, après un autre thé et un narguilé, Rafi autorisa Denver à dormir près du feu.

Rafi et ses hommes s'endormirent vite. Denver roula face au feu, puis lui tourna le dos. Il étira les jambes, puis les replia.

Il avait toujours mal à la tête à cause de la fumée, ou peut-être du ragoût. Il se redressa, enroula sa couverture autour de ses épaules et sortit discrètement de la hutte.

Alors qu'il inspirait l'air frais de la nuit, un point lumineux au pied de la colline attira son attention.

Il plissa les yeux et distingua un deuxième point près du premier. Il ramassa son fusil près de la porte pour regarder à travers la lunette.

Un juron lui échappa. Il avait amené l'ennemi au village. Plus personne n'était en sécurité.

1

Les bottes de cow-boy de Lana claquèrent sur le parquet de l'immeuble de bureaux du membre du Congrès. Les regards qu'on lui jeta à la dérobée l'incitèrent à lever la tête et à marcher encore plus bruyamment. Elle voulait causer un esclandre.

La secrétaire blonde se leva à demi, le téléphone à l'oreille.

— Excusez-moi, mademoiselle ! lui lança-t-elle. Vous ne pouvez pas entrer.

Lana fit volte-face, une main sur la poignée de la porte, l'autre sur sa hanche.

— Parce que c'est verrouillé ou parce que je ne suis pas la bienvenue ? répliqua-t-elle. Je suis une contribuable.

— J'en suis certaine, mais M. Cordova est en réunion, répondit la blonde avant d'agiter sa main aux ongles vernis vers une pauvre boîte à idées vissée au mur. Vous pouvez laisser un mot.

— J'ai laissé des mots. J'ai laissé des messages téléphoniques. J'ai envoyé des mails.

Lana pointa un doigt vers la blonde.

— Je suis à peu près sûre que je vous ai parlé plusieurs fois, poursuivit-elle, et M. Cordova n'a jamais répondu. Pardonnez-moi si j'ai du mal à croire qu'il ouvrira sa boîte à idées. J'en ai une d'idée : dites-lui d'ouvrir cette maudite porte et de recevoir l'une de ses administrées.

La secrétaire se rassit, chuchota dans son téléphone, raccrocha et s'éclaircit la voix.

— Donnez-moi votre nom et votre numéro, suggéra-t-elle à Lana. M. Cordova vous rappellera quand il le pourra.

— Et ce sera quand ? Jamais ? répondit Lana avant de donner un coup de pied dans la porte. Ouvrez cette porte, Cordova, ou vous le regretterez !

La secrétaire reprit son téléphone et l'agita en direction de Lana.

— Mademoiselle, allez-vous-en tout de suite ou j'appelle la sécurité, la menaça-t-elle.

— Allez-y ! la défia Lana en croisant les bras. On verra où ça nous mène.

La blonde finit par perdre son calme.

— Sécurité ! cria-t-elle dans son téléphone. Envoyez-moi quelqu'un ! Tout de suite !

Deux gardes accoururent avant qu'elle ait fini sa phrase. Les bureaux de Cordova étaient conçus pour donner l'illusion qu'il était approchable, mais autant de barrières le protégeaient de ses administrés qu'un tsar de ses serfs.

Lana tendit les bras vers les deux hommes qui s'approchaient d'elle.

— Je n'irai nulle part tant que je n'aurai pas parlé à mon représentant au Congrès, les prévint-elle. Je paye son salaire – et les vôtres.

— Faites les choses dans les règles, madame, répondit le plus baraqué des deux gardes. Ne causez pas de problème.

Lana renifla et cligna des yeux. Il n'était pas question qu'elle pleure maintenant.

— De problème ? répéta-t-elle. Vous n'avez encore rien vu.

— Faites-vous seulement un mètre cinquante ? demanda le baraqué après avoir jeté un regard amusé à son collègue.

Lana écarta les pieds pour se mettre en garde.

— Un mètre cinquante-cinq, répondit-elle.

L'autre garde pouffa.

— Vous quitterez les lieux d'une manière ou d'une autre, dit-il.

— Et si *vous* quittiez les lieux pour me laisser rencontrer M. Cordova ? suggéra Lana.

— Je peux vous donner un rendez-vous, intervint la secrétaire, les mains suspendues au-dessus de son clavier. Il est libre demain à 15 heures. Ça vous convient ?

Lana se tapota le menton.

— Euh... Non. Maintenant me convient.

Le plus baraqué des gardes fit un pas vers elle.

— C'est impossible, madame, répondit-il. Vous devez prendre rendez-vous auprès de Tessa et revenir plus tard.

— Je ne veux pas partir, et Cordova n'honorera jamais un rendez-vous pris *avec moi*, grommela Lana. Je suis sur sa liste noire.

Tessa blêmit au point que son visage prit presque la teinte de ses cheveux.

— Attendez ! cria-t-elle alors que les gardes passaient à l'action.

Les gardes ne l'écoutèrent pas. Ils prirent chacun un bras de Lana et la décollèrent de la porte de Cordova en lui parlant comme à une enfant. Ils l'entraînèrent vers la sortie – c'est-à-dire la grande porte, celle du public.

La chaise de Tessa cogna contre le mur quand celle-ci se leva précipitamment.

— Comment vous appelez-vous ? s'écria-t-elle.

Lana lui décocha un sourire par-dessus son épaule.

— Lana. Lana Moreno.

— Attendez ! répéta Tessa en s'élançant à leur poursuite.

Mais les gardes étaient pleinement investis dans leur mission. Ils continuèrent à entraîner Lana vers la porte – et Cordova vers le sort qu'il méritait.

Dehors, ils furent accueillis par le soleil d'hiver et la foule de journalistes que Lana avait appelés.

Des caméras se braquèrent sur eux, et des micros apparurent comme par magie.

— M. Cordova vous a-t-il chassée de son bureau, Lana ?

— Avait-il des réponses à vous fournir ?

— Cela prouve-t-il qu'il méprise nos militaires, à votre avis ?

Les deux gardes la lâchèrent immédiatement.

— Mais qu'est-ce que c'est que ça ? grommela le plus petit.

— C'est une conférence de presse qui n'aurait pas eu lieu si Cordova avait accepté de me recevoir, répondit Lana.

Elle lissa les manches de sa veste et se planta devant un micro.

— Oui, M. Cordova a refusé de me recevoir, déclara-t-elle. Il n'a répondu à aucun de mes messages. Quant à savoir si le fait qu'il dissimule les circonstances de la mort de trois marines au Nigéria prouve qu'il méprise nos militaires, je vous laisse vous faire votre opinion.

— Mademoiselle Moreno ! lança Cordova en apparaissant comme par magie derrière elle. Je terminais une réunion quand j'ai entendu du bruit. J'ai demandé à ma secrétaire d'annuler mes prochains rendez-vous. Venez dans mon bureau, s'il vous plaît. Je vous prie de m'excuser pour ce malentendu.

Lana hocha la tête et s'éloigna du micro. Cordova et elle rentrèrent dans le bâtiment tandis que les deux gardes empêchaient les journalistes de les suivre.

Cinq minutes plus tard, enfoncée dans un fauteuil en cuir en face du bureau de Cordova, un verre d'eau devant elle, Lana inspira profondément.

— Je suis désolée d'avoir eu recours à ces moyens, mais vous n'avez répondu à aucun de mes messages, dit-elle.

Cordova écarta une mèche poivre et sel de son front.

— Vous avez vu le rapport, mademoiselle Moreno. Il n'y a aucun mystère. Personne ne dissimule rien. Votre frère et les deux autres marines ont été attaqués près d'un avant-poste de l'ambassade par une bande de criminels. Le Nigéria est un pays dangereux, surtout loin des grandes villes.

Lana croisa les jambes et but une gorgée d'eau.

— Ah oui ? ironisa-t-elle. Et que fait le gouvernement américain dans cette région du Nigéria ?

— C'est une information classifiée. Même votre frère ne savait pas ce qu'il faisait là.

— Je n'en suis pas si sûre, répondit-elle en pianotant sur le bureau de Cordova. J'attends que les marines m'envoient ses effets personnels. Je pourrais les recevoir dès cet après-midi. Gil a toujours tenu un journal, voyez-vous. Je suis impatiente de lire ce qu'il y a écrit en dernier.

— J'espère que cela vous réconfortera, mademoiselle Moreno. *Lo siento por su pérdida*, dit Cordova en s'inclinant.

Les yeux de Lana la brûlèrent.

— Je n'ai pas besoin de vos condoléances. Ce dont j'ai besoin, c'est que vous exigiez l'ouverture d'une enquête sur ce qui s'est passé près de cet avant-poste de l'ambassade – d'une *véritable* enquête.

— La commission des Affaires étrangères n'a aucune raison de douter de l'exactitude du premier rapport. Un rapport que je vous ai fait parvenir, je vous le rappelle.

Elle décroisa les jambes et se pencha vers Cordova.

— Un rapport si lourdement censuré que j'ai eu du mal à en comprendre le contenu.

— C'était nécessaire, mais je suis sûr que vous avez retenu l'information importante : une bande de...

— Criminels, le coupa-t-elle en abattant le poing sur le bureau. J'ai entendu ça un million de fois. C'est un terme commode. Mais pourquoi des criminels attaqueraient-ils un avant-poste de l'ambassade ? Pour voler des ordinateurs ? Les montres du personnel ? Les chaises longues de la piscine ?

Cordova haussa un sourcil.

— Ce sont des criminels. J'imagine qu'ils avaient l'intention de voler ce qu'ils trouveraient.

— Mais pourquoi choisir un bâtiment protégé par des marines ? Et comment de simples criminels du Nigéria étaient-ils en possession de lance-grenades ?

Cordova tressaillit.

— D'où tenez-vous cette information ?

— Sûrement pas du rapport édulcoré que vous m'avez envoyé.

— Mademoiselle Moreno... Lana...

Cordova ferma les yeux et inspira profondément.

— Je suis sincèrement désolé que vous ayez perdu votre frère, reprit-il. C'est un héros.

— C'est un héros parce qu'il s'est fait tuer au cours d'une tentative de cambriolage ?

— C'est un héros parce qu'il a servi son pays avec honneur. Je vais réfléchir à la possibilité de donner son nom à un parc... Ou à quelque chose d'autre dans notre ville.

— Un terrain de base-ball, répondit Lana.

Elle regarda les photos des enfants de Cordova accrochées au mur derrière lui – son fils en tenue de base-ball et sa fille en tutu.

— Gil aimait le base-ball, et c'était un bon joueur, ajouta-t-elle. Il serait peut-être devenu professionnel s'il n'avait pas choisi de s'engager.

— Je le répète : c'est un vrai héros.

Lana regarda Cordova droit dans les yeux.

— C'est un héros parce que ses frères d'armes et lui ont essayé de protéger un avant-poste d'une attaque planifiée. Quoi qu'il se soit passé là-bas, trois marines ne suffisaient pas à assurer la sécurité du bâtiment. Ils auraient dû recevoir le renfort d'autres troupes postées dans les environs. Je sais ça aussi.

— J'ai bien peur que la commission ne soit pas disposée à ouvrir une enquête sur la base de demi-vérités que vous tenez d'une source anonyme et du journal de votre frère que vous n'avez pas encore lu, répondit Cordova, les mâchoires crispées. Je vous ai accordé tout le temps dont je disposais aujourd'hui, mademoiselle Moreno. Faites-moi passer pour le méchant auprès des journalistes autant que vous le voudrez, je ne peux rien faire de plus.

Lana se leva. Ses jambes lui semblaient peser dix tonnes. Elle avait perdu toute sa fougue. Elle tendit la main par réflexe.

— Merci de m'avoir reçue, conclut-elle.

Cordova lui serra la main avec un grand sourire.

— Je suis à votre disposition, mademoiselle Moreno. Mais prenez rendez-vous auprès de Tessa, la prochaine fois – et venez seule, s'il vous plaît.

— Bien sûr.

Quand il lâcha sa main, elle résista à la tentation de l'essuyer sur son jean.

Il contourna son bureau et lui ouvrit la porte, un grand sourire aux lèvres au cas où il y aurait eu une ou deux caméras dans l'entrée.

Lana se dirigea vers la sortie sur des jambes tremblantes. Elle fit un signe de tête à Tessa, qui semblait prête à bondir.

— Un terrain de base-ball ! lança Cordova alors qu'elle atteignait la porte. Le terrain Gil Moreno. Je m'en occupe.

— Gilbert.

— Pardon ?

— Le terrain Gilbert Moreno, répondit-elle en poussant la porte en verre avec la hanche.

L'air froid la gifla sur le trottoir, et son nez se mit à couler. Elle enfonça les mains dans ses poches et tourna à l'angle des bureaux de Cordova, qui occupaient le fond d'un nouveau centre commercial. Il était sûrement mieux installé dans son poste précédent à Washington.

Elle s'aventura dans l'allée qui longeait l'arrière du bâtiment. Elle ne pouvait plus rien faire. Elle n'avait rien de concret. Elle allait échouer à rendre justice à son petit frère.

Elle s'adossa au mur. Sa discussion avec Cordova lui avait

coûté toute son énergie. Ses jambes finirent par la trahir, et elle se laissa glisser le long du mur.

Elle se retrouva assise par terre, les joues inondées de larmes.

— Je suis désolée, Gil. Tu mérites tellement plus qu'un terrain de base-ball… Tu mérites la vérité.

Des bruits de pas lui firent tourner la tête. Une grande silhouette nimbée de soleil s'approchait d'elle.

L'inconnu s'accroupit devant elle et essuya l'une de ses larmes du bout du doigt.

— La vérité pourrait vous coûter la vie, Lana, murmura-t-il.

2

La beauté aux cheveux noirs s'essuya les yeux du dos de la main en étalant du mascara jusqu'à son oreille percée de petits clous en argent.

— Mais qui êtes-vous donc ? demanda-t-elle d'un ton hostile alors que ses lèvres tremblaient.

Logan s'écarta et cligna des yeux. Il savait que Lana Moreno était belle, mais il ne s'attendait pas que sa beauté, à peine voilée par ses yeux rougis, le frappe avec une telle violence.

— Je suis Logan Hess, votre nouveau meilleur ami, répondit-il en lui tendant la main.

Elle plissa les yeux.

— J'ai déjà un meilleur ami et un contact dans les médias. Je travaille avec Payton Fletcher. Je peux compter sur elle.

Il laissa retomber sa main.

— Ça, j'en doute, répondit-il. Et je ne suis pas journaliste.

Elle pinça les lèvres qu'il admirait.

— Vous travaillez pour Cordova ? C'est pour ça que vous m'avez menacée ? C'était bien une menace, n'est-ce pas ?

— Allons ! s'écria-t-il en écartant les bras. Est-ce que je ressemble à un politicien ?

Elle l'observa de la tête aux pieds. Quand elle atteignit les bouts argentés de ses bottes de cow-boy, ses narines frémirent.

L'examen le troubla et le contraria, au point qu'il souhaita que Lana ne décolle plus les yeux de ses bottes pour ne pas constater sa réaction un peu plus haut.

Il fut exaucé : elle plongea brusquement le regard dans le sien.

— À vrai dire, oui, répondit-elle. Vous ressemblez assez à ces politiciens qui essayent de faire couleur locale avec des vêtements de couturiers qu'aucun fermier de Greenvale ne pourrait s'offrir.

Aïe !

L'érection de Logan mourut aussi vite qu'elle était née.

Il éclata de rire si brutalement qu'il bascula en arrière. Il se retrouva assis par terre, les mains posées derrière lui pour ne pas tomber davantage.

— Vous avez la gâchette facile, ma petite dame, lança-t-il avec un parfait accent texan. Vos fermiers diraient-ils ce genre de chose ?

Les lèvres de Lana frémirent.

— Oui, admit-elle. Et votre accent a l'air authentique. D'où vient-il ?

— Du même endroit que mes bottes : Dallas. Alors si vous croyez que vos cow-boys de Greenvale, en *Californie*, sont les modèles du genre, vous rêvez.

— Je me rends, répondit Lana en levant les mains. Mais si vous n'êtes pas un journaliste et que vous ne travaillez pas pour Cordova, je répète ma question : qui êtes-vous donc ? Et ne me répondez pas Logan Hess. Ce nom ne me dit absolument rien.

Il espérait à demi qu'elle l'ait lu quelque part, mais c'était absurde, puisque les rapports ne mentionnaient jamais les noms des soldats.

Il essuya sa main droite sur son jean et la lui tendit.

— Recommençons, suggéra-t-il. Je suis le capitaine Logan Hess, de la Delta Force.

Les lèvres de Lana formèrent un O, et elle lui serra la main, cette fois. Sa paume était rugueuse.

— Je m'appelle Lana Moreno. Mais je ne vous apprends rien, visiblement.

— Non. J'ai assisté à votre conférence de presse improvisée, devant les bureaux de Cordova.

— Mais vous saviez déjà qui j'étais avant ça et vous n'êtes pas là pour qu'on compare nos bottes de cow-boy, dit-elle en plantant l'index au milieu de son torse. Connaissiez-vous Gilbert ?

— Malheureusement non, répondit-il – et elle n'avait pas besoin de savoir à quel point c'était malheureux. Et si on quittait la poussière pour aller déjeuner ?

Elle inclina la tête sur le côté, ce qui fit tomber une mèche noire devant l'un de ses yeux. L'autre scruta son visage.

— Pourquoi accepterais-je ? Que me voulez-vous ? Quand vous avez dit que vous apparteniez à la Delta Force, j'ai pensé que vous connaissiez Gilbert et que vous saviez peut-être ce qui s'est passé dans cet avant-poste.

— Je ne le connaissais pas personnellement, mais je connais les noms de tous ceux qui sont morts là-bas, y compris celui de l'assistant de l'ambassadeur. Je peux vous assurer que j'en sais plus sur la situation d'ensemble que le rapport qu'on vous a remis à contrecœur.

— Très bien : vous savez de quoi vous parlez. Qu'attendons-nous ? demanda-t-elle en se levant. Si vous avez des informations sur l'attaque, je veux les entendre.

— Je m'en doutais.

Il se releva à son tour, tira un mouchoir d'une poche de sa veste et le lui tendit.

— Tenez ! dit-il.

Elle se moucha, puis s'essuya le contour des yeux pour arranger son mascara.

— Je suppose que vous ne voulez pas que je vous le rende.

— Vous pourrez me le rendre après l'avoir lavé, la prochaine fois qu'on se verra, répondit-il.

Cela lui valut un regard noir, mais il avait l'intention

de voir Lana Moreno autant de fois qu'il le faudrait pour découvrir ce qu'elle savait. Pourquoi refusait-elle de croire que son frère s'était fait tuer par des criminels nigérians ? Sûrement pas seulement parce que c'était une explication ridicule – aussi ridicule que le fait d'accuser le major Rex Denver d'être de mèche avec des terroristes.

Elle s'était lancée dans une croisade que le chagrin ne suffisait pas à expliquer. Les gens ne faisaient pas de pareilles mises en scène devant les bureaux d'un membre du Congrès pour rien.

— Très bien, je le laverai, répondit Lana en fourrant le mouchoir dans l'une de ses poches.

— J'ai garé ma voiture de location au coin de la rue.

— Je prends ma camionnette, et on se retrouve au restaurant, répondit-elle.

— Je comprends. On n'est jamais trop prudent – surtout vous.

Il sortit son portefeuille.

— Voulez-vous voir ma carte d'identité militaire avant qu'on parte ? proposa-t-il.

— Pourquoi avez-vous dit « surtout vous » ? demanda-t-elle en plissant les yeux. À ce propos, pourquoi avez-vous dit que la vérité pourrait me coûter la vie ?

— Je vous expliquerai tout pendant le déjeuner.

Il tira sa carte de son portefeuille et la mit sous les yeux de Lana.

— Vous aviez les cheveux plus courts sur la photo, remarqua-t-elle.

— Coupe militaire, répondit-il en se passant la main dans les cheveux par réflexe.

— Et plus clairs. Presque blonds.

Le sang de Logan recommença à s'échauffer. Si cette femme pouvait l'exciter rien qu'en regardant sa photo, dans quel état le mettrait-elle si elle le touchait ? Il frissonna.

— Cette photo a été prise pendant l'été. Mes cheveux

sont plus sombres en hiver. Avez-vous d'autres questions ? Voulez-vous que je retire ma veste pour vous permettre d'évaluer mon poids ?

Lana écarquilla les yeux et rougit.

— Ça ira, répondit-elle. Vous ressemblez à l'homme de la photo. Aimez-vous les Mexicains ?

Logan cligna des yeux. Il aimait *cette* Mexicaine. Beaucoup.

— Aimez-vous les restaurants mexicains, précisa-t-elle.

— Je suis Texan. À votre avis ?

— J'ai déjà mangé dans des restaurants mexicains au Texas et je peux vous dire que si vous croyez que votre sauce salsa est épicée, vous rêvez.

Il esquissa un sourire. Si la sauce salsa californienne était aussi piquante que Lana Moreno, il allait l'adorer.

— Si c'est vrai, tant mieux. J'aime tout ce qui est chaud et épicé.

Elle partit vers la rue en ignorant son sous-entendu.

Quand ils se retrouvèrent devant le centre commercial, quelqu'un baissa un store dans les bureaux de Cordova. Le membre du Congrès craignait-il que Lana ne revienne à la charge ?

Elle ne lui avait pas raconté ce que Cordova et elle s'étaient dit, mais leur discussion ne s'était pas passée comme elle l'espérait, à en juger par ses larmes.

Lana dut voir le store, elle aussi, parce qu'elle leva le menton et repoussa ses cheveux derrière ses épaules.

— Le restaurant est à dix minutes d'ici, dit-elle.

Elle lui fournit le nom et l'adresse de l'établissement, puis monta dans une grosse camionnette blanche.

Atteignait-elle seulement les pédales de ce monstre ? Comme pour le lui prouver, elle démarra aussitôt et fila sans se soucier de lui.

Logan secoua la tête et monta dans sa petite voiture de location. La sœur du sergent Gilbert Moreno avait plus de caractère qu'il ne s'y attendait. Il espérait juste qu'ils pourraient s'aider l'un l'autre. Cela supposait qu'il reste dans les bonnes grâces de Mlle Moreno, ce qui exigeait sans doute quelques mensonges, au moins par omission.

Il enregistra l'adresse du restaurant dans le GPS de son téléphone et se laissa entraîner à plusieurs kilomètres des bureaux de Cordova. Cette partie de la ville était plus ancienne et moins clinquante, mais le restaurant se démarquait des autres bâtiments. Il occupait une bâtisse en terre crue de style espagnol surmontée d'une enseigne très colorée. Il y avait une file d'attente devant la porte.

Il se gara et se dirigea vers le restaurant. La musique country qui s'échappait d'un bar voisin était parfaitement assortie à ses bottes.

Lana apparut à la porte et lui fit signe. Il se faufila entre les gens qui faisaient la queue pour la rejoindre.

— Combien de temps faut-il attendre pour avoir une table ? demanda-t-il.

— J'en ai déjà une au fond de la salle, répondit-elle.

Il haussa un sourcil.

— Êtes-vous une habituée ?

— On peut dire ça.

Elle l'entraîna jusqu'à leur table, qui semblait avoir été ajoutée exprès pour elle tout près du bar.

Il tira la chaise de Lana.

— Je vais me laver les mains d'abord, dit-elle.

— C'est une bonne idée, répondit-il après avoir examiné les siennes.

— Par ici.

Il la suivit dans un couloir étroit, ce qui lui permit d'admirer ses hanches moulées dans son jean.

Quelques minutes plus tard, il regagna leur table avant Lana. Deux verres d'eau les y attendaient.

Quand Lana sortit de la cuisine en discutant avec une serveuse, il eut une deuxième occasion de tirer sa chaise.

Lana s'assit et le remercia.

— Un thé glacé pour moi, s'il te plaît, Gabby, demanda-t-elle.

— Et pour vous ? demanda la serveuse.

— L'eau me va très bien, répondit Logan en tapotant son verre.

Dès que la serveuse s'éloigna, l'un de ses collègues vint poser un panier de chips et un bol de sauce salsa sur leur table.

— Le service est-il toujours aussi bon ou bénéficiez-vous d'un traitement de faveur ? demanda Logan à Lana.

— Le service est toujours aussi bon. C'est l'un des plus vieux restaurants mexicains de Greenvale et celui que les gens du coin préfèrent.

— Et vous êtes du coin ? Avez-vous toujours vécu à Greenvale ?

— Mon grand-père était travailleur saisonnier dans la Central Valley. Après quelques années, il a fait venir ma grand-mère et leurs dix enfants. Mon père était le huitième.

— Vous avez une grande famille dans la région, alors.

— Pas ici. À Salinas. La plupart vivent encore à Salinas. Mon père est venu à Greenvale pour s'occuper des chevaux dans un ranch. Quand c'est devenu trop dur pour lui, il a été embauché comme cuisinier dans ce restaurant.

— Il y travaille toujours ?

— Il est mort il y a deux ans.

— Je suis désolé. Et votre mère ?

— Ma mère est retournée au Mexique pour s'occuper de ma grand-mère, qui est malade, répondit Lana avant de mordre dans une chips. Et vous ? Êtes-vous né à Dallas ?

— Oui. J'y suis né et j'y ai grandi.

Il plongea une chips dans la sauce et la mangea.

— Vous ne plaisantiez pas ! s'écria-t-il après l'avoir avalée. C'est épicé.

— Je peux demander à Gabby de vous apporter une version plus douce, Texan.

Il prit une autre chips avec encore plus de sauce.

— C'est de la provocation, répondit-il. Maintenant, mon orgueil est en jeu.

Le sourire de Lana illumina leur coin de la salle.

— Vous ne pouvez pas vous empêcher de relever les défis, n'est-ce pas ?

Il secoua la tête et s'essuya le nez avec sa serviette. Par chance, Gabby lui évita de manger une autre chips en venant prendre leur commande.

Quand elle repartit, Logan but une gorgée d'eau et posa les bras sur la table.

— Dites-moi, Lana... Pourquoi pensez-vous que le gouvernement vous cache quelque chose sur l'attaque de l'avant-poste ?

— Parce que mon frère me l'a dit.

— Il est mort dans cette attaque, lui rappela-t-il.

Lana se raidit.

— Il suspectait quelque chose avant l'attaque, répondit-elle.

— Il vous l'a dit ?

— Nous avons eu quelques conversations par webcams interposées quand il était là-bas. Pour commencer, il ne comprenait pas la raison d'être de cet avant-poste. Il y avait beaucoup d'allées et venues discrètes et un entrepôt dans lequel les marines n'avaient pas le droit d'entrer.

— Qui allait et venait, au juste ?

Elle haussa les épaules.

— Des Américains et des étrangers. Les gardes n'étaient pas censés les contrôler, et Gilbert n'en a reconnu qu'un seul.

Le cœur de Logan se mit à battre si fort que Lana devait l'entendre malgré la musique.

— Qui ? demanda-t-il.

— Un certain major Rex Denver. Tous les gardes le connaissaient. Ils avaient entendu parler de ses exploits dans la Delta Force. La Delta Force... à laquelle vous appartenez aussi.

Ce n'était pas l'un des points sur lesquels il avait l'intention de mentir à Lana.

— Oui, je connais le major Denver. C'était le chef de mon unité avant...

— ... qu'il passe à l'ennemi, acheva-t-elle à sa place.

Il fit sauter une chips du panier en abattant son poing sur la table.

— C'est un mensonge !

— Vous voulez le disculper, dit-elle. C'est pour ça que vous vous intéressez à l'attaque.

Elle remua son thé avec sa paille, ce qui fit cliqueter les glaçons.

— Je ne suis pas sûre que la présence du major Denver dans cet avant-poste vous aide beaucoup, ajouta-t-elle. S'il s'y passait des choses louches, ça lui donne plutôt l'air coupable.

— Pas s'il enquêtait sur les choses louches en question, répliqua-t-il.

Gabby apporta leur commande.

— Faites attention : les assiettes sont chaudes, les prévint-elle.

— Merci Gabby, répondit Logan. Pourriez-vous nous apporter un autre pot de sauce salsa, s'il vous plaît ?

— Bien sûr.

Gabby emporta leur pot presque vide.

Lana esquissa un sourire.

— Vous n'avez rien à prouver, Logan, commenta-t-elle.

— Je sais, répondit-il en plantant sa fourchette dans son *burrito*. J'y prends goût.

Elle mordit dans l'un de ses *tacos* tandis que le collègue de Gabby posait un deuxième pot de sauce sur la table.

— Et si c'était la présence de Denver qui avait provoqué l'attaque ? suggéra-t-elle. Il a peut-être posé trop de questions.

— Comment savez-vous qu'il a posé des questions ?

— Je sais qu'il a posé des tas de questions à Gil et aux

autres gardes à chacune de ses visites. Ils étaient tous en admiration devant lui, mais ils n'avaient pas de réponses à lui fournir.

— Gil vous a-t-il dit ce que Denver voulait savoir ?

— Il les interrogeait surtout sur l'entrepôt.

— Je suppose que vous n'avez pas enregistré vos conversations avec votre frère.

— Non, mais je suis sûre qu'il a tout écrit dans son journal.

— Il tenait un journal ?

— Gil écrivait bien et il pensait tenir la matière d'un roman.

— Et où est ce journal, Lana ?

— Il arrive. Les militaires m'envoient ses effets personnels.

Logan déglutit avant de demander :

— Vous l'avez déjà... enterré ?

Lana posa son taco et froissa sa serviette entre ses mains.

— Oui. Les militaires ont rapatrié son corps et l'ont enterré avec les honneurs – des honneurs qui ne vont pas jusqu'à dire la vérité sur sa mort.

— Il n'est peut-être pas juste d'en vouloir à l'armée, Lana. Les activités de cet avant-poste étaient très secrètes. À mon avis, même le plus haut gradé en poste au Nigéria ne savait pas ce qui s'y passait.

— Et vous pensez que ça a quelque chose à voir avec le major Denver.

— J'en suis sûr.

— Pourquoi a-t-il disparu ? Pourquoi ne s'est-il pas défendu face à ses accusateurs ?

— Il est parfois plus simple de mener une guerre avec ses propres méthodes. Vous comprenez ?

— Oui, répondit-elle en recommençant à remuer son thé.

— Je pense qu'il a senti l'étau se resserrer autour de lui et compris que c'était un piège. Où qu'il soit, je suis sûr qu'il se défend à sa manière.

— Oui, je peux le comprendre.

Le regard de Lana se perdit dans le vide. Quelles batailles avait-elle menées de son côté pour pouvoir comprendre ça ?

— Autre chose ? vint demander Gabby un quart d'heure plus tard.

— Pas pour moi, répondit Lana. Logan ?

— Après ce *burrito* ? Impossible.

Gabby fit l'addition et la posa sur la table.

— À la prochaine, Lana ! lança-t-elle en emportant leurs assiettes.

Lana tendit la main quand il ramassa l'addition.

— Combien dois-je ? demanda-t-elle.

— Je vous invite, mais à une condition.

— Laquelle ?

— Vous m'informez de ce que vous trouvez, notamment dans le journal de Gil.

— Vous aussi, répondit-elle.

— Marché conclu.

— Puisqu'on est partis pour s'entraider, on pourrait aussi partager l'addition, lui fit-elle remarquer.

— C'est moi qui ai proposé de déjeuner. Vous n'aurez qu'à m'inviter la prochaine fois.

— Laissez-moi au moins m'occuper du pourboire, dit-elle en tirant son porte-monnaie de son sac.

— Ne vous en faites pas : je laisserai un pourboire généreux.

Il ajouta quelques billets à la pile qu'il avait posée devant lui.

— Ça suffira ? s'inquiéta-t-il.

— C'est plus que généreux, répondit Lana.

— Vous aimez être maîtresse de la situation, n'est-ce pas ?

Elle se leva et enfila sa veste.

— On peut dire ça, admit-elle. Où vous êtes-vous installé ?

— À l'auberge de Greenvale, près des bureaux de Cordova, mais ce n'est pas là que je vais.

Il atteignit la porte du restaurant avant elle et la lui ouvrit.

— Et où allez-vous ?

— Chez vous. Vous m'avez dit que vous attendiez les effets personnels de Gil. J'aimerais savoir s'ils sont arrivés.

— Très bien. Il y a quelque chose que je voudrais vous montrer dans le rapport, par ailleurs. L'avez-vous lu ?

— J'en ai lu des passages.

— Ce rapport est tellement censuré qu'on ne peut guère en lire que des passages, de toute manière, soupira-t-elle.

Il n'avait aucun mal à la croire. Un avant-poste d'ambassade de ce genre aurait été entouré de secrets même s'il n'avait pas été attaqué.

— Quelle est votre adresse ? demanda-t-il.

— Suivez-moi. Ce sera plus simple.

Il la suivit d'abord jusqu'à sa camionnette.

— C'est à quarante minutes d'ici, le prévint-elle en y grimpant.

— Je vous laisse me guider, répondit-il.

Ils quittèrent la ville et s'engagèrent sur une route à quatre voies. Même s'il ne s'était pas demandé dans quelles conditions Lana vivait, Logan fut surpris de découvrir qu'elle habitait au milieu de nulle part.

Ils longèrent des champs et des pâturages. De temps à autre, une odeur de crottin de cheval lui rappelait le Texas.

Après quarante minutes de trajet, Lana mit son clignotant à droite, ralentit et s'engagea sur une route pavée qui était encadrée par deux poteaux.

Logan essaya de lire ce qui était gravé dessus, mais les caractères étaient trop petits. Lana vivait dans un ranch. Était-ce le sien ? Celui de son mari ?

L'idée qu'il pouvait y avoir un mari dans le paysage lui noua l'estomac, mais il s'en débarrassa vite. Si Lana Moreno avait un mari, elle ne se battrait pas seule pour découvrir la vérité sur la mort de Gil. Et si elle avait un mari qui la laissait se battre seule, il ne la méritait pas.

Quand Lana s'arrêta devant le portail du ranch, Logan

s'empressa de bondir hors de sa voiture pour aller ouvrir les battants.

Lana le remercia d'un signe de tête en passant et attendit qu'il ait refermé le portail pour se remettre en route.

Ils longèrent un enclos pour chevaux et un pâturage avant d'atteindre une grande maison devant laquelle étaient garés une camionnette plus récente que celle de Lana et un minivan. Ils les dépassèrent sans s'arrêter.

Il n'imaginait pas Lana au volant d'un minivan, de toute manière. Après avoir contourné un bosquet, elle se gara devant une maison plus petite que l'on ne pouvait pas voir de la route.

Il se gara derrière elle. Quand il sortit de sa voiture, elle posait déjà le pied sur la première marche du perron.

— Je crois que le colis est arrivé ! lança-t-elle.

Elle coupait le scotch de la caisse lorsqu'il la rejoignit.

— Laissez-moi l'emporter à l'intérieur, suggéra-t-il.

Il ramassa le colis et regarda Lana chercher fébrilement ses clés, puis ouvrir la porte d'une main tremblante.

— Posez-le au milieu de la pièce.

Il fit quelques pas sur un parquet grinçant avant de poser le colis sur le grand tapis qui occupait le centre du salon.

Lana s'agenouilla à côté, son couteau de poche à la main, et découpa le reste du scotch. Quand ce fut fait, elle saisit le couvercle et se figea, les yeux fermés.

— Ça va ? s'inquiéta Logan. Voulez-vous que je sorte ? Préférez-vous être seule ?

Elle rouvrit les yeux, et une larme roula sur sa joue.

— Oui, ça va répondit-elle. C'est l'odeur... Elle a tout fait revenir d'un seul coup.

Logan inspira profondément. Là où Lana reconnaissait l'odeur de son frère, il reconnut celle de la guerre.

Elle ôta le couvercle, plongea les mains dans la caisse et en tira une pile de vêtements, qu'elle posa délicatement à côté d'elle. Suivirent d'autres vêtements, des affaires de toilette, des livres et des bibelots.

Les gestes de Lana devinrent de plus en plus brusques à mesure que les tas grossissaient autour d'elle. Finalement, elle sortit le dernier objet que contenait le colis : le béret de Gil.

Elle le serra sur son cœur et s'effondra contre un pied du canapé, les yeux fermés.

— Ils l'ont volé, murmura-t-elle. Quelqu'un a pris le journal de Gil.

3

Lana renversa la caisse vide d'un coup de pied. Elle aurait dû se douter que quelqu'un ferait disparaître le journal de Gil. Et cela ne se serait peut-être pas produit si elle n'en avait pas parlé à tous ceux qui voulaient bien l'écouter. Par bêtise, elle venait de perdre la seule chose qui pouvait prouver que Gil n'était pas mort au cours d'une simple attaque criminelle.

— Vous êtes sûre qu'il n'est pas dans l'un de ces sacs ? demanda Logan.

— Vous pouvez vérifier, mais je les ai tous ouverts en les sortant, répondit-elle.

Elle baissa la tête et posa le menton sur le béret de Gil.

— J'ai tout gâché, soupira-t-elle. J'aurais dû ne parler du journal à personne.

— Il y a peut-être un deuxième colis, suggéra Logan. Le facteur l'a peut-être livré à l'autre maison par erreur. Cela se produit-il ?

Il remit la caisse à l'endroit et l'inspecta comme si elle pouvait avoir un double fond.

— Le facteur ne se trompe jamais, mais il arrive que mon courrier atterrisse dans l'autre maison, répondit-elle.

La possibilité que Bruce ait tripoté les affaires de Gil la fit grincer des dents.

Logan se releva et lui tendit la main.

— Voulez-vous qu'on aille vérifier ? proposa-t-il.

— Vous m'accompagnez ?

— Si vous le souhaitez, répondit-il, la tête penchée sur le côté.

Elle ne demandait pas mieux que de parader devant Bruce en compagnie du capitaine Logan Hess, même si elle ne pouvait pas le faire passer pour autre chose qu'un ami – et en exagérant beaucoup. Mais elle était sûre d'adorer la tête que ferait Bruce en découvrant les muscles de Logan. Elle ne les voyait pas vraiment elle-même, soit, mais elle les imaginait facilement sous sa chemise – et elle avait une imagination débordante.

— Bien sûr, dit-elle. Vous n'allez quand même pas rester ici tout seul.

Elle prit la main qu'il lui offrait et se leva.

Elle posa le béret sur le canapé, mais ne lâcha pas la main de Logan – pas tout de suite. La force et la chaleur de ses doigts lui insufflaient un courage dont elle avait terriblement besoin.

Ce doit être ce qu'on ressent quand quelqu'un nous épaule, songea-t-elle.

— Ça va ? demanda Logan en pressant ses doigts. Ça n'a pas dû être facile de fouiller les affaires de votre frère.

— Ça va, lui assura-t-elle. Mais ça ira mieux quand j'aurai mis la main sur son journal.

Logan enfila sa veste, qu'il avait posée sur le dossier d'une chaise. Lana n'avait pas pris la peine de retirer la sienne, mais elle la ferma pour affronter le froid et Bruce McGowan.

— Je suppose que les gens qui vivent là possèdent le ranch ? demanda Logan alors qu'ils s'approchaient de la grande maison.

— Oui.

— Et vous, que faites-vous ?

— J'entraîne les chevaux. Mon père a travaillé pour Douglas McGowan, le père du propriétaire actuel, qui m'a gardée quand mon père est devenu cuisinier. Douglas est mort quelques mois après lui.

— Alors vous êtes ici toute seule depuis deux ans. Cette vie doit vous plaire si vous êtes restée.

Elle sentit un muscle se crisper dans sa joue et se la massa.

— C'est un travail, et j'ai besoin d'un travail, répondit-elle. J'envoie de l'argent à ma mère, au Mexique, pour qu'elle s'occupe d'*abuelita*.

— Voulez-vous dire que vous n'aimez pas ce travail ?

— J'aime les chevaux.

Comme ils atteignaient l'angle de la maison, elle posa un doigt sur ses lèvres pour interrompre la conversation.

Comme toujours, son estomac se noua quand elle appuya sur la sonnette.

Un son de cloche résonna dans la maison. Lana fourra les mains dans ses poches. Bruce la regardait à travers le judas ou le ferait bientôt.

La porte s'ouvrit quelques secondes plus tard, et le corps imposant de Bruce occupa l'embrasure. Il lui décocha un grand sourire.

— Lana-Madonna ! Qu'est-ce qui t'amène à la porte de mon château ? Tu dois...

Il laissa sa phrase en suspens lorsqu'il découvrit Logan derrière elle.

— Bruce, je te présente Logan Hess. Logan, Bruce McGowan.

Bruce serra la main de Logan en en profitant pour effleurer l'épaule de Lana avec la sienne.

— Ravi de vous rencontrer, Logan, dit-il. Êtes-vous un ami de notre petite entraîneuse ?

Lana retint son souffle tandis que Logan inspirait entre ses dents.

— Oui.

Il lâcha la main de Bruce pour poser la sienne au creux des reins de Lana.

Ce geste fit tressaillir Bruce.

— Que puis-je faire pour vous par ce bel après-midi d'hiver ? demanda-t-il avec un sourire un peu plus crispé.

— J'ai reçu une livraison, aujourd'hui, répondit Lana. Un colis. Et je me demandais si, par hasard, un deuxième carton n'avait pas été déposé chez toi par erreur.

— Ces facteurs ! s'écria Bruce. Ils sont incapables de faire leur boulot correctement.

Il regarda Logan et haussa les épaules.

— Ils déposent souvent le courrier de Lana chez moi, ajouta-t-il.

— Ce qui est amusant, c'est que je ne trouve jamais de lettre pour toi au milieu des miennes, répondit Lana. Mais peu importe. As-tu un colis à moi ?

— Non.

— Qui a reçu le courrier, Dale ou toi ? Où est-elle, d'ailleurs ?

— À l'étage. Elle se repose, répondit Bruce, les mâchoires crispées. Elle n'a pas reçu le courrier. Elle n'a pas fait grand-chose d'autre que se reposer depuis qu'elle a emmené les enfants à l'école. Ils y sont toujours, si ça t'intéresse.

— Je m'en doutais, grommela Lana. Préviens-moi si tu reçois un colis pour moi.

— Bien sûr, répondit Bruce. Tu sais que si tu as quelque chose, n'importe quoi – *presque* n'importe quoi —, à me demander, ma porte t'est ouverte.

Bruce lui décocha un clin d'œil, et Lana sentit les doigts de Logan se crisper dans son dos.

— C'était un plaisir de vous rencontrer, Logan, conclut Bruce. Les amis de Lana sont nos amis. Passez une bonne fin de journée.

Lana soupira de soulagement quand il leur claqua la porte au nez.

Elle fit volte-face et repartit vers chez elle. Logan la suivit sans dire un mot, mais il la retint par le bras quand elle atteignit le perron.

— Que s'est-il passé, au juste ? demanda-t-il. Pour qui ce

type se prend-il ? Il a de la chance d'avoir encore ses dents après vous avoir parlé de cette manière. « Notre petite entraîneuse » ? Je suis surpris que vous ne l'ayez pas giflé.

Elle haussa les épaules.

— C'est mon employeur et mon propriétaire. Dale et lui me laissent occuper cette maison gratuitement. C'est un arrangement que mon père a passé avec le sien. Bien sûr, Bruce peut y mettre un terme quand il veut - d'autant plus facilement qu'il a entrepris de vendre la plupart de ses chevaux.

— Il est évident qu'il n'a pas envie de mettre un terme à cet arrangement, répondit Logan. Il aime vous avoir sous la main, n'est-ce pas ?

— Vous vous en êtes aperçu ? ironisa-t-elle.

Elle se mordilla la lèvre. Elle ne voulait pas que Logan imagine qu'il y avait quelque chose entre Bruce et elle, comme le croyaient les voisins.

— Mais il me paraît tout aussi évident que vous n'avez pas envie d'être ici, ajouta Logan. Alors pourquoi ne cherchez-vous pas du travail ailleurs ?

Elle déglutit avant de répondre :

— Il n'est pas facile de trouver un emploi d'entraîneuse. Et un logement gratuit ? C'est impossible. Cet arrangement est assez avantageux pour que ça vaille la peine de supporter Bruce de temps à autre.

Et il a un autre gros avantage, songea-t-elle.

Logan plissa les yeux.

— Que voulez-vous dire par « supporter Bruce de temps à autre » ? Vole-t-il votre courrier ?

— C'est l'un de ses petits jeux.

Elle s'assit sur le perron et enroula un bras autour d'un montant de la balustrade.

— Il prend une partie de mon courrier et prétend que le facteur s'est trompé, expliqua-t-elle. Pour me forcer à aller chez lui.

— Dites-lui de le déposer dans votre boîte aux lettres, suggéra Logan en s'asseyant à côté d'elle.

Leurs épaules se frôlèrent, ce qui fit un tout autre effet à Lana que le geste de Bruce quelques minutes plus tôt.

— Il trouve toujours une bonne excuse pour ne pas le faire, répondit-elle. La règle du jeu est simple : si je veux mon courrier, il faut que j'aille le chercher.

— On dirait que c'est un sale con. *C'est* un sale con, qui mériterait de se faire botter les fesses.

— J'adorerais voir ça, mais je me contente de l'éviter autant que je peux.

— Pensez-vous qu'il ait reçu un deuxième colis et vous l'ait caché ?

— Je n'en sais rien. Votre présence l'a déstabilisé. S'il avait le colis, ça ne l'aurait pas amusé de me faire entrer pour me le donner alors que vous étiez là. Il préfère qu'il n'y ait pas de public.

Les sourcils de Logan se rejoignirent au-dessus de son nez.

— Vous a-t-il déjà touchée ? demanda-t-il. Avez-vous autre chose à craindre que ses mauvaises manières ?

Lana pinça les lèvres.

— Rien qu'une fois.

— Qu'a-t-il fait ? demanda Logan, qui vibrait de colère comme s'il était prêt à demander des comptes à Bruce sur-le-champ.

— Il... a enroulé les bras autour de ma taille et m'a attirée contre lui pour m'embrasser.

— Le salaud. L'avez-vous frappé ?

— J'étais trop abasourdie pour réagir aussi vite que je l'aurais voulu. Je l'ai repoussé et je lui ai dit que j'en parlerais à Dale s'il recommençait.

— Qu'a-t-il fait ?

— Il a ri. Mais il n'a pas recommencé.

— Pas encore, la corrigea Logan avant de donner un coup

de pied dans un caillou. Que se passe-t-il avec sa femme ? Pourquoi se reposait-elle ?

— Dale est alcoolique. Ils ont deux enfants adorables, mais Dale passe l'essentiel de son temps à boire avec ses amis.

Elle joignit les mains et les posa sur ses genoux.

— À vrai dire, je ne suis pas sûre qu'elle se soucie de ce que fait Bruce, poursuivit-elle. Ça ne m'étonnerait pas qu'elle ait eu une ou deux aventures de son côté.

— Elle ne fournit pas un très bon moyen de pression, dans ce cas.

— Sauf que Bruce ne veut pas lui donner une excuse pour divorcer. Ils n'ont pas signé de contrat de mariage. Bruce perdrait beaucoup - la moitié de tout - s'ils divorçaient. C'est aussi pour ça qu'il supporte le comportement de Dale.

— Ils semblent faits l'un pour l'autre… Mais je me moque d'eux et de leur mariage horrible. Tout ce qui m'intéresse, c'est votre sécurité et la manière dont Bruce vous traite.

— Merci, répondit-elle en tapotant la cuisse de Logan. Mais il ne tentera rien d'autre. Il s'amuse juste avec moi parce qu'il sait que je n'ai nulle part où aller.

— Vous m'avez fait une impression très différente quand je vous ai vue devant le bureau de Cordova, avoua Logan. Je n'imaginais pas que vous laissiez quelqu'un vous marcher sur les pieds.

Il se tourna vers elle pour poser les mains sur ses épaules.

— Vous devez partir d'ici, Lana, lui dit-il. Trouver un autre travail, déménager… Ce n'est pas sain.

Lana posa une main sur son ventre. Elle détestait qu'on la trouve faible - surtout quelqu'un comme Logan Hess, qui ne devait jamais se laisser marcher sur les pieds. Mais elle avait souvent été faible dans sa vie… Et elle n'avait aucune envie que Logan le sache.

— Êtes-vous marié, Logan ? demanda-t-elle en s'adossant contre la rambarde. Avez-vous des enfants ?

Il secoua la tête.

— Non.

Elle essaya de ne pas accorder trop d'importance au soupir de soulagement qu'elle réprima.

Est-il déjà arrivé que quelqu'un dépende de vous ?

Mes hommes. On dépend les uns des autres.

— Si vous deviez faire quelque chose qui vous déplaît pour protéger l'un de vos hommes, vous le feriez, n'est-ce pas ?

— Je ferais n'importe quoi pour eux, répondit Logan, qui la tenait toujours par les épaules. Où voulez-vous en venir ?

— C'est ce que je fais ici, dit-elle en embrassant le ranch d'un geste las.

Logan fronça les sourcils.

— Vous protégez quelqu'un dans le ranch ?

— J'ai des responsabilités. J'envoie de l'argent à ma mère et à ma grand-mère au Mexique. J'ai des chevaux et des... relations dont je dois m'occuper.

Elle repoussa ses cheveux derrière ses épaules.

— Et je peux gérer Bruce McGowan, conclut-elle. C'est le gouvernement américain qui me pose problème.

— D'accord, répondit-il en la lâchant. Je suis désolé. La manière dont vous gérez votre vie ne me regarde pas. C'est juste que je déteste les types comme McGowan, qui abusent de leur pouvoir.

Ses yeux verts étincelaient d'une passion que ce qui venait de se passer entre Bruce et elle ne méritait pas. Logan semblait éprouver le désir irrépressible de corriger toutes les injustices dont il était témoin. C'était sans doute ce qui le poussait à essayer de disculper le major Denver.

— J'apprécie que vous vous inquiétiez pour moi, mais je peux gérer Bruce, comme je vous l'ai dit. Et je peux appeler Smith & Wesson, en cas de besoin.

Le visage de Logan se détendit.

— C'est bon à savoir, répondit-il. Non seulement à cause de Bruce, mais aussi parce que vous êtes très isolée, ici.

— Il y a un dortoir pour les employés du ranch derrière les écuries. Je ne suis pas aussi isolée que vous le croyez.

— Est-ce que ça vous ennuie si j'inspecte le colis ?

Elle se leva et épousseta son jean.

— Pas du tout. Rentrons.

Dans le salon, Logan s'accroupit près de la caisse qu'elle avait ouverte avec une impatience fébrile. Il en examina le scotch, puis la lui tendit.

— Avez-vous l'impression que ça a été ouvert, puis refermé ? demanda-t-il.

Elle laissa courir les doigts sur le scotch.

— Ça pourrait, répondit-elle. Pensez-vous que quelqu'un a fouillé le colis ?

— Ce serait du travail soigné, mais ce n'est pas impossible.

— C'est pire que si Bruce détenait un deuxième colis, n'est-ce pas ? murmura-t-elle. Toutes les raisons de faire ça sont forcément bien plus sinistres... Et si quelqu'un a pris le journal de Gil, je ne pourrai jamais prouver qu'il n'a pas été tué par de simples criminels.

— Êtes-vous sûre que votre frère tenait un journal, Lana ?

— Certaine. Il l'a toujours fait. Je ne vois pas pourquoi il aurait arrêté précisément quand il suspectait qu'il y avait quelque chose de louche dans sa mission.

— Peut-être parce qu'il avait compris que c'était dangereux.

— Et si je ne retrouvais pas ce journal ? se lamenta-t-elle en s'asseyant au milieu des affaires de Gil. S'il était perdu pour toujours ? Je ne pourrai pas non plus vous aider dans vos recherches.

— Ne vous en faites pas pour ça, répondit-il. Je voulais vous rencontrer pour comprendre pourquoi vous étiez aussi certaine que l'armée vous cachait quelque chose. Je ne m'attendais pas à trouver une preuve – seulement le chagrin d'une sœur.

Lana sentit une larme rouler sur sa joue. Logan la voyait

pleurer pour la deuxième fois dans la même journée. C'était un record pour un inconnu.

Une seconde plus tard, il était auprès d'elle et l'incitait à se lever pour la prendre dans ses bras.

— Toutes mes condoléances, lui murmura-t-il à l'oreille.

— Merci, répondit-elle en hochant la tête contre son torse. Comme vous êtes militaire, vous aussi, je sais que vous comprenez mieux que la plupart des gens.

Elle renifla et s'écarta en essayant de ne pas s'essuyer le nez sur la chemise de Logan – en essayant de ne pas paraître trop dépendante.

— Je ferais bien d'y aller, dit-il. Je vais vous laisser mon numéro, au cas où vous auriez du nouveau, et j'aimerais prendre le vôtre.

— Combien de temps resterez-vous à Greenvale ?

Subitement, mettre la main sur le journal de Gil ne signifiait plus seulement découvrir les circonstances de sa mort. C'était aussi garder le contact avec Logan Hess. Quand elle n'aurait plus rien à lui offrir, il se lancerait à la recherche de l'indice suivant.

C'était toujours un réflexe – le sentiment qu'elle devait avoir quelque chose à offrir pour que les gens restent auprès d'elle. Elle n'avait décidément rien appris.

— Quelques jours, répondit-il. J'espère m'entretenir avec Cordova.

— Et si je vous invitais à déjeuner à mon tour avant que vous partiez ? suggéra-t-elle.

— Avec plaisir. Vous êtes sûre que ça ira ? demanda-t-il en indiquant la direction de la grande maison du pouce.

— Je vis ici. Oui, ça ira.

Cinq minutes plus tard, le morceau de papier sur lequel Logan avait noté son numéro de téléphone serré contre le cœur, elle le regarda monter dans sa voiture trop petite pour lui.

Elle le salua avant qu'il disparaisse derrière le bosquet et rentra.

Elle commença par ranger les affaires de Gil dans la caisse, puis alla s'occuper des quelques chevaux qui restaient dans le ranch. Après le dîner, elle se fit un thé et s'installa sur le canapé avec son ordinateur portable.

Ses activités lui avaient permis de chasser Logan de ses pensées – de manière provisoire. Elle aurait intérêt à l'en chasser de manière définitive après leur déjeuner. Il partirait bientôt. Alors elle se transformerait pour lui en vague souvenir de quelqu'un qu'il avait rencontré pendant qu'il cherchait à innocenter son chef.

Mais elle pouvait toujours rêver – ou au moins faire quelques recherches. Elle entra le nom de Logan et « Dallas » dans son moteur de recherche. Le nombre de réponses lui fit écarquiller les yeux. Elle comprenait mieux pourquoi Logan croyait qu'elle pouvait déménager comme elle voulait et pourquoi il estimait qu'on ne devait pas s'accommoder d'une situation inconfortable.

C'était facile pour lui d'avoir des principes : il avait largement assez d'argent pour pouvoir les suivre.

Elle ferma son ordinateur en soupirant et le posa sur la table basse. Chasser Logan de ses pensées était encore plus important, à présent. Les hommes comme lui n'étaient vraiment pas faits pour elle.

Elle se servit une autre tasse de thé et se laissa absorber par un drame historique anglais à la télévision. Alors qu'elle s'apprêtait à regarder le deuxième épisode, on frappa furieusement à sa porte.

Son estomac se noua. *Pourvu qu'il n'y ait pas de cheval malade*, songea-t-elle. Elle repoussa la couverture sous laquelle elle s'était blottie et se leva.

Elle regarda par le judas et découvrit les visages inondés de larmes de Carla et de Daniel McGowan. Bruce avait-il encore terrifié ses enfants en piquant une crise ?

Lana s'empressa d'ouvrir.

— Que se passe-t-il, les enfants ? Où sont vos parents ?

Carla posa la main sur l'épaule de son petit frère comme Lana posait la sienne autrefois sur celle de Gil.

— Papa n'est pas là, dit-elle. Ils ont emmené maman. On s'est cachés dans le placard.

Le cœur de Lana s'affola. Elle attira les enfants à l'intérieur et claqua la porte.

— Que veux-tu dire ? demanda-t-elle. Qui a emmené votre mère ?

Elle s'accroupit devant Daniel, qui tremblait comme une feuille, et le prit dans ses bras. Dale se droguait-elle en plus de boire ? La femme de Bruce avait rencontré des personnages peu recommandables dans les bars miteux qu'elle aimait fréquenter.

Carla renifla et s'essuya le nez du dos de la main.

— Je ne sais pas, Lana, répondit-elle. Maman regardait la télé dans le salon. J'ai entendu la sonnette, puis du bruit quand maman a ouvert la porte. J'ai jeté un coup d'œil du haut de l'escalier et j'ai vu deux hommes la bousculer.

Lana posa la main sur sa gorge. Mon Dieu ! Que s'était-il donc passé ?

— Alors tu t'es cachée ?

Carla acquiesça.

— J'ai emmené Daniel dans ma chambre, et on s'est cachés dans le placard.

— Ces hommes vous ont-ils cherchés ?

Sans lâcher Daniel, Lana se dirigea vers la cuisine, où son téléphone se rechargeait. Carla les suivit.

— Ils sont restés en bas, à crier sur maman. On est restés cachés sans faire de bruit. Après un moment, on a entendu la porte d'entrée, puis plus rien. Quand on est descendus, les hommes étaient partis… et maman aussi.

Lana prit son téléphone d'une main tremblante.

— As-tu appelé la police ? demanda-t-elle à Carla. Ou ton père ?

— Je n'ai pas trouvé le téléphone de maman et je ne voulais pas rester dans la maison, alors on est venus ici. Ça ne t'ennuie pas ?

— Si ça m'ennuie ? C'est exactement ce que vous deviez faire, répondit Lana en refoulant ses larmes.

Elle appela la police et dit tout ce qu'elle savait à la standardiste. Bruce aurait sans doute préféré que la police ne s'en mêle pas, surtout si Dale avait été enlevée par l'un de ses amants ou un dealer, mais il faudrait bien qu'il surmonte son embarras sur ce coup-là. Dale semblait avoir de gros ennuis.

— La police est en route, chérie, annonça Lana en enroulant le bras autour des épaules crispées de Carla. Tu as été si courageuse... As-tu entendu ce que ces hommes disaient à ta mère ? Les policiers vous poseront des questions.

— Ils l'interrogeaient sur une gerbille. Où était la gerbille ? Où l'avait-elle mise ? Sauf qu'on n'a pas de gerbille.

Lana se mordit la lèvre. Cela n'avait aucun sens.

— Serais-tu capable de reconnaître ces hommes ? demanda-t-elle.

— Ils avaient des masques, comme ceux qu'on porte au ski quand il fait très froid, répondit Carla en formant des cercles autour de ses yeux avec ses doigts.

Comme Daniel lui tapotait l'épaule, Lana le serra plus fort. Elle ne voulait pas lui donner l'impression de le délaisser.

— Ça va, Daniel ? demanda-t-elle. Tu as été très courageux, toi aussi.

— Ils ne disaient pas « gerbille ».

— Quoi ? s'écria Lana. Ce n'est pas ce que tu as entendu ?

— Ils ne demandaient pas où était la gerbille, mais où était le journal. Ils ont giflé maman, et puis ils ont dit : « Donne-nous le journal, salope ! »

4

Quand elle entendit les sirènes approcher, Lana ouvrit le portail et resserra les pans de sa veste. Son revolver pesait lourd à sa ceinture. Elle avait laissé Carla et Daniel chez elle avec deux employés du ranch. Les enfants ne voulaient pas rentrer chez eux, et elle n'avait pas voulu les laisser seuls.

Depuis que Daniel avait affirmé que les ravisseurs de Dale avaient parlé d'un journal, elle était terrifiée.

Elle avait essayé d'appeler Bruce plusieurs fois, mais son téléphone était éteint. Il devait être en virée... Il avait un penchant pour le jeu comme Dale avait un penchant pour l'alcool. Décidément, les enfants ne grandissaient pas dans le meilleur environnement possible.

Lana fit signe à la première voiture de patrouille qui arriva.

— La maison se trouve au bout du chemin, dit-elle au policier qui conduisait. Je vous y rejoindrai.

— Je suis l'agent Jacobs, répondit le policier. Vous êtes Lana Moreno, c'est bien ça ? Et si vous montiez pour m'expliquer ce qui s'est passé ?

Lana fit le tour du capot en serrant bien sa veste pour que le policier ne voie pas son arme et monta dans la voiture.

— Dale McGowan s'est fait enlever, dit-elle. C'est la propriétaire du ranch.

— Je connais les McGowan. M. McGowan était-il présent ?

— Non. Bruce est sorti. Je n'ai pas encore réussi à le joindre.

L'agent Jacobs acquiesça, les mâchoires crispées.

Il devait connaître Bruce à cause d'appels que la police avait reçus - de la part de Bruce - pour violences conjugales. Il arrivait à Dale de lancer des vases dans des crises de rage quand elle avait trop bu. Même si Bruce n'aimait pas laver son linge sale en public, il voulait avoir quelques munitions contre Dale au cas où elle le surprendrait en fâcheuse posture et demanderait le divorce.

Ce qui ne se produirait jamais si on ne la retrouvait pas.

Lana se frotta les bras. Tout cela parce que quelqu'un cherchait le journal de Gil.

— Les enfants vont bien ? s'inquiéta le policier.

— Oui. Ils se sont cachés. Mais les ravisseurs ne les ont pas cherchés.

— Ils savaient peut-être que Bruce n'était pas là et ne voulaient pas leur faire de mal.

— Peut-être...

Elle observa le policier à la dérobée. Il tenait déjà son premier suspect : le mari. Elle croyait Bruce capable de se débarrasser de Dale pour éviter un divorce, mais pas à cause d'un journal.

Alors que l'agent Jacobs et la deuxième voiture de patrouille se garaient devant chez elle, un autre véhicule arriva en trombe et s'arrêta derrière eux. Jacobs sortit et fit face au nouvel arrivant, la main près de son arme.

Lana soupira de soulagement en reconnaissant la petite voiture de location.

— Tout va bien, dit-elle. C'est un ami.

Logan jaillit de sa voiture et fonça vers elle.

— Ça va ? demanda-t-il.

— Oui. On a enlevé Dale McGowan. Mais que faites-vous là ?

Logan prit ses mains.

— J'étais dans le bar de mon hôtel quand tout le monde

s'est mis à parler d'un incident chez les McGowan, répondit-il. Je suis désolé pour Mme McGowan, mais je suis soulagé qu'il ne vous soit rien arrivé.

— Ne vous emballez pas.

— Qu'est-ce que ça veut dire ? demanda-t-il en pressant ses doigts.

— Arrêtez-vous ! cria Jacobs.

Lana se retourna et découvrit les enfants et Humberto et Leggy, les deux employés auxquels elle les avait confiés, pétrifiés dans la lumière des phares.

Elle lâcha les mains de Logan.

— Ces deux hommes travaillent au ranch, dit-elle à Jacobs. Je leur ai demandé de veiller sur les enfants.

Jacobs et sa collègue s'approchèrent des employés. Après s'être assurés qu'ils ne savaient rien de plus qu'elle, ils les autorisèrent à partir.

— Pourriez-vous accompagner les enfants chez eux, madame Moreno ? demanda Jacobs. J'aimerais que vous soyez présente quand on les interrogera. On a réussi à joindre leur père. Il est en route.

— Je souhaiterais que mon ami soit là aussi, répondit-elle en posant la main sur le bras de Logan.

Alors qu'ils se dirigeaient vers la maison des McGowan, Logan lui chuchota à l'oreille :

— Que se passe-t-il ? Avez-vous quelque chose à me dire ?

— Daniel, le fils, a dit que les ravisseurs ont interrogé sa mère à propos d'un journal, répondit-elle.

Logan jura entre ses dents.

— L'avez-vous dit à la police ?

— Pas encore, mais j'en ai l'intention.

Les policiers interrogèrent Carla et Daniel le moins brutalement possible.

Lana encouragea les enfants par des sourires tout en observant Logan, qui faisait le tour de la pièce. Quand il s'approcha du piano, il prit la photographie de Dale qui était posée dessus.

Il se tourna lentement vers elle, lui montra la photo et haussa un sourcil.

Elle acquiesça. Dale aurait pu être sa sœur ; leur ressemblance s'était révélée bien utile à plusieurs reprises.

Quand Daniel expliqua aux policiers qu'il n'avait pas entendu la même chose que sa sœur, Lana s'éclaircit la voix.

Jacobs tourna la tête vers elle.

— Avez-vous quelque chose à ajouter ? demanda-t-il.

Elle se tordit les doigts. La prendrait-on pour une folle ?

— Je... crois savoir ce qui s'est passé, répondit-elle. Je devais recevoir le journal de mon frère. Il vient de mourir au combat. Si vous connaissez Dale McGowan, vous savez qu'on se ressemble beaucoup. Je pense que ces hommes l'ont prise pour moi et qu'ils cherchent le journal de mon frère.

Jacobs cligna des yeux.

— Pourquoi quelqu'un voudrait-il le journal de votre frère au point de commettre un enlèvement ?

— Je pense qu'il contient des informations classifiées, ou bien des informations que certaines personnes ne veulent pas voir divulguées.

— Je vous ai vue aux informations, devant le bureau de notre représentant au Congrès, intervint la collègue de Jacobs. Vous pensez que cet enlèvement est lié à ce dont vous parliez ?

Jacobs posa une main sur son front comme si elle venait de gâcher son enquête.

— Madame Moreno...

La porte d'entrée s'ouvrit brutalement, et Bruce fonça vers eux.

— Les enfants ! cria-t-il. Vous n'avez rien ?

Carla et Daniel se précipitèrent dans les bras de leur père. Lana se frotta le nez pour refouler ses larmes.

— Il ne leur est rien arrivé, j'espère ? lança Bruce à Jacobs avec un regard mauvais. Les bons à rien que ma femme fréquente n'ont pas fait de mal à *mes* enfants ?

Lana se leva, les poings sur les hanches.

— *Tes* enfants vont bien, Bruce, répondit-elle. Ils sont juste secoués. Où étais-tu ?

— Pourquoi ? C'est toi qui mènes l'enquête ? répliqua-t-il.

Son regard devint encore plus noir quand il le posa sur Logan.

Jacobs se leva à son tour.

— Les enfants sont allés se réfugier chez Mme Moreno, monsieur McGowan, dit-il en tapotant son calepin du bout de son crayon. C'est elle qui nous a appelés. Si je comprends bien, vous pensez que votre femme a des... fréquentations qui seraient susceptibles de l'enlever ?

— Ça pourrait être une ruse, répondit Bruce. Dale a peut-être pensé que ce serait un bon moyen de passer quelques jours loin de sa maison et de ses enfants.

— Avez-vous encore besoin des enfants, agent Jacobs ? demanda Lana. Ils feraient sans doute bien d'aller se coucher.

Elle fusilla Bruce du regard en se passant l'index sur la gorge. Carla et Daniel n'avaient pas besoin de l'entendre dire du mal de leur mère, même si c'était loin d'être la première fois.

— Voulez-vous ajouter quelque chose, les enfants ? demanda la collègue de Jacobs.

Ils secouèrent la tête sans lâcher leur père. Il était logique qu'ils s'agrippent à Bruce. Il leur donnait tout ce qu'ils voulaient – sauf un foyer paisible et heureux.

— Je vais les border et je reviens répondre à vos questions, annonça Bruce.

Lana attendit qu'il ait disparu en haut de l'escalier pour se tourner vers Jacobs.

— Je ne sais pas ce que Bruce imagine, dit-elle. Mais je peux vous assurer que si ces hommes ont interrogé Dale à propos d'un journal, c'est qu'ils l'ont prise pour moi.

Les deux policiers se regardèrent, puis Jacobs soupira.

— Dans ce cas, pourquoi ces hommes ne sont-ils pas allés chez vous ? demanda-t-il.

— On ne voit pas ma maison depuis l'allée. Ils devaient juste savoir que je vivais dans le ranch des McGowan. Ils ont vu cette maison, ils ont frappé et, comme Dale me ressemble beaucoup, ils l'ont interrogée.

— Mais pourquoi l'enlever ? demanda l'agent Zander, la collègue de Jacobs, avant d'aller rejoindre Logan près du piano.

Elle prit la photo de Dale et l'observa attentivement.

— C'est vrai que la ressemblance est frappante, ajouta-t-elle.

Logan, qui essayait de se fondre dans le décor, s'éclaircit la voix.

— Si Dale leur a dit qu'elle ne savait pas de quoi ils parlaient, ils ont sans doute voulu l'interroger de manière plus approfondie, lui mettre la pression..., dit-il. Ils ont dû l'emmener ailleurs pour être sûrs que personne ne les dérange.

Lana se frotta les bras. Lui mettre la pression ? L'interroger de manière plus approfondie ? Pauvre Dale. Une fois de plus, Lana s'en voulait terriblement de l'avoir impliquée dans sa vie.

Jacobs secoua la tête.

— Je ne sais pas, Mme Moreno, dit-il. Ça a l'air fou... Mais je vous promets de garder cette hypothèse à l'esprit. Pour le moment, on va interroger Bruce. Ce qui est sûr, c'est que Dale intéresse des gens louches.

— Et pas Lana ? intervint Logan. Si Daniel a raison, les hommes qui ont enlevé sa mère veulent des réponses sur un journal. Lana en a. Dale n'en a pas.

— Si Daniel a bien entendu, répondit Jacobs. Il était terrifié.

Logan leva les yeux au ciel.

— Le mot « journal » serait juste sorti de son imagination ?

— Avez-vous parlé d'un journal aux enfants ? demanda Jacobs à Lana.

— Non.

— Je ne sais pas ce que Lana vous raconte, mais je vais vous parler de ma femme, lança Bruce, qui descendait l'escalier en se frottant les mains.

— Les enfants vont bien ? s'inquiéta l'agent Zander, la photo de Dale toujours à la main.

— Oui. Daniel dort déjà, et Carla est couchée. Il lui faudra sans doute plus de temps que d'habitude pour s'endormir.

Lana fit un pas vers l'escalier.

— Est-ce que je... ?

— Non, la coupa Bruce. Elle va bien. Je retournerai la voir quand ces messieurs-dames s'en iront.

— Voulez-vous qu'on se serve de cette photo pour l'avis de recherche ? demanda Zander en montrant le cadre qu'elle tenait.

— Ce sera très bien, répondit Bruce. Mais il faudrait qu'elle veuille qu'on la retrouve.

Il se dirigea vers le bar et déboucha une carafe en cristal.

— Quelqu'un veut un verre ? demanda-t-il.

— Allons, Bruce ! s'écria Jacobs. Vous savez bien que nous sommes en service.

— Alors je serai le seul à boire, parce qu'il me semble que Lana et son ami n'ont plus rien à faire ici. Je me trompe ?

— Si vous ne pouvez pas nous dire qui pourrait vouloir le journal de votre frère, madame Moreno, je pense que nous en avons terminé, dit Jacobs.

Logan croisa les bras.

— Et vous n'avez pas l'intention de la protéger ? demanda-t-il. Si ces hommes ont assez d'audace pour enlever Mme McGowan chez elle, alors que ses enfants sont à l'étage, que feront-ils quand ils comprendront leur erreur, à votre avis ?

Bruce pouffa dans son coin.

— Nous ne sommes sûrs de rien, répondit Jacobs. Je ferai relever les empreintes dans la maison, et on verra où ça nous mène. Les traces de pneus, aussi.

— Et vous trouverez nos empreintes et nos traces de pneus partout, dit Logan en écartant les bras.

Bruce leva son verre, puis y fit tourner son whisky.

— Vous pouvez partir, maintenant, tous les deux, insista-t-il. Je n'ai pas besoin de vous pour expliquer la véritable raison de ce prétendu enlèvement.

— Allons-y, dit Lana en posant la main sur le bras crispé de Logan. Prions pour que ces hommes arrêtent de brutaliser Dale quand ils comprendront qu'elle n'est pas moi. Au moins, je suis contente que les enfants n'aient rien.

Une fois dehors, elle poussa un profond soupir qui forma un nuage devant sa bouche.

— J'étais déjà terrifiée quand Daniel et Carla ont débarqué chez moi pour me dire que leur mère avait été enlevée, avoua-t-elle. Mais quand Daniel a parlé du journal… J'ai su. J'ai su qu'ils reviendraient pour moi.

Elle agrippa la chemise de Logan.

— Je ne suis pas folle, n'est-ce pas ? lui demanda-t-elle. Vous pensez la même chose ?

— Oui, surtout depuis que j'ai vu la photo de Dale McGowan. Les ravisseurs devaient se fonder sur une photo ou sur votre apparition à la télé pour vous identifier. Ils n'auront pas cru un mot de ce qu'aura dit Dale parce qu'ils ne s'attendaient pas que vous leur donniez le journal sans faire d'histoires.

Elle lâcha Logan avec un nouveau soupir.

— Feront-ils du mal à Dale quand ils découvriront leur erreur ? demanda-t-elle alors qu'ils retournaient chez elle. Découvriront-ils leur erreur ?

— Si Dale ne réussit pas à les convaincre, les informations s'en chargeront, répondit-il. Je suis sûr que tout le monde en ville saura dès demain que la femme de Bruce McGowan a été enlevée.

— S'ils ont gardé leurs cagoules et si Dale ne peut pas les identifier, ils n'ont aucune raison de la tuer, n'est-ce pas ? demanda-t-elle timidement.

Logan lui caressa le dos, ce qui la réconforta bien plus que cela n'aurait dû.

— Je comprends que vous vous inquiétiez pour Dale, dit-il. Moi aussi, mais je m'inquiète surtout pour vous. Ces gens ont l'air de vraiment tenir à mettre la main sur le journal de Gil.

Ils s'arrêtèrent sur le perron. Logan resta une marche au-dessous d'elle – mais elle devait quand même lever la tête pour le regarder dans les yeux.

— À qui avez-vous parlé du journal ? demanda-t-il. L'avez-vous mentionné dans une interview ou une conférence de presse ?

Elle baissa la tête et donna un coup de pied dans la balustrade.

— C'est très possible. Je suis stupide, n'est-ce pas ?

Il posa un doigt sous son menton pour la forcer à relever la tête.

— Si je ne me doutais pas que des gens étaient prêts à enlever quelqu'un pour ce journal, comment auriez-vous pu le savoir ? Ne vous flagellez pas. L'important, dans l'immédiat, c'est d'assurer votre protection.

— Je ne suis pas sans défense, répondit-elle en écartant sa veste pour lui montrer son arme.

— Quand vous êtes-vous armée ? demanda Logan.

— Avant l'arrivée de la police.

— Vous avez bien fait, dit Logan en hochant la tête. Avez-vous une alarme ? Des caméras de surveillance ?

— Non. Même Bruce n'a pas de caméras chez lui. Je ne comprends pas pourquoi, d'ailleurs, puisqu'il passe son temps à suspecter ses employés de le voler.

Elle pinça les lèvres.

— Ce n'est pas une manière de gérer un ranch. A-t-il des raisons de s'inquiéter ?

— Aucune. Vous avez rencontré Humberto et Leggy. Ils feraient n'importe quoi pour la famille de Bruce et pour ce ranch.

— Bruce est un homme malheureux qui rend tout le monde malheureux autour de lui. Je le répète : ce n'est pas une manière de gérer un ranch.

— C'est Bruce tout craché.

Logan se retourna pour lui faire un rempart de son corps lorsqu'ils entendirent des pas dans l'obscurité.

— Ça va, Lana ?

— C'est Humberto, dit-elle à Logan en posant la main sur son bras. Je vais bien, Humberto, merci.

Humberto s'approcha avec Leggy.

— La police sait-elle qui a enlevé Mme McGowan ? demanda Humberto.

— Pas encore. Bruce est en train de parler aux policiers. Je suis sûre qu'il leur donne des tas de raisons de penser que Dale est responsable de son enlèvement.

— Ton ami passera-t-il la nuit chez toi, Lana ? demanda Leggy en désignant Logan.

Dans mes rêves, songea-t-elle.

— Je vous présente Logan Hess, dit-elle. Logan, voici Humberto Garcia et Larry Kroger, surnommé Leggy.

Logan leur serra la main.

— Je n'ai pas été invité à rester pour la nuit, mais je serai rassuré si vous montez la garde, répondit-il.

— C'est ridicule ! protesta Lana. Les ravisseurs ne reviendront pas cette nuit après le passage de la police, et je suis capable de me défendre.

Humberto haussa les épaules.

— M. McGowan a demandé à son homme, Jaeger, de

monter la garde devant le portail. Surveiller ta maison est le moins qu'on puisse faire, Leggy et moi.

— Je suis d'accord, dit Logan en frappant l'épaule de Humberto. Excellente idée !

— Vous avez besoin de dormir, insista Lana avant de planter le doigt au milieu du torse de Logan. Et vous ne devriez pas les encourager.

— On n'a pas besoin d'encouragements, Lana, dit Leggy en montrant son fusil. On est bien décidés.

— C'est réglé, dans ce cas, conclut Logan. Vous venez de gagner deux gardes du corps, Lana.

Avant que Lana émette d'autres objections, Humberto et Leggy déplièrent les chaises de camping qu'ils portaient et s'installèrent le plus confortablement possible avec un fusil sur les genoux.

— J'aimerais faire le tour de la maison avant de partir, si ça ne vous dérange pas, ajouta Logan.

Elle ouvrit la porte.

— Vous semblez tous croire qu'une femme ne peut pas se débrouiller seule, grommela-t-elle en le laissant passer.

— Plus il y a de murailles, mieux ça vaut, répondit Logan.

Du pas de la porte, elle le vit inspecter les fenêtres, puis la porte-fenêtre de la cuisine, qui donnait sur une petite cour.

— Je n'aime pas ça, commenta-t-il.

— C'est une porte-fenêtre avec un verrou. Qu'est-ce qui vous déplaît là-dedans ?

— Quelqu'un pourrait découper la vitre et l'ouvrir. Il n'est même pas nécessaire de la casser, répondit-il avant de s'accroupir pour suivre le bas de la porte du bout du doigt. Auriez-vous un morceau de bois que je pourrais coincer là ?

Elle tourna la tête vers la cheminée.

— J'ai mieux.

Elle alla choisir un tisonnier et l'apporta à Logan.

— Ça fera l'affaire ?

— Je pense, répondit-il.

Il coinça le tisonnier entre les montants.

— Parfait, déclara-t-il. Comme ça, la porte ne s'ouvrira pas même si on la déverrouille.

— Voulez-vous inspecter aussi la chambre et la salle de bains ?

— Je vous suis.

Elle le précéda dans le couloir et ouvrit la porte de la salle de bains.

— La fenêtre est toute petite, dit-elle. Ça m'étonnerait qu'un adulte puisse passer par là.

Logan alluma et y jeta un coup d'œil.

— Ça devrait aller, répondit-il.

Il la suivit dans la chambre et examina les deux fenêtres.

— Ce n'est pas trop mal, commenta-t-il.

— Humberto et Leggy savent qu'il y a une porte et des fenêtres à l'arrière de la maison. Je suis sûre qu'ils feront des rondes.

— Je le leur rappellerai en partant.

Il effleura l'édredon de son lit – qui aurait été bien trop étroit pour eux deux.

— Êtes-vous sûre que ça ira ? demanda-t-il. La journée a été rude.

Elle cligna des yeux et repoussa ses cheveux derrière ses épaules.

— Elle a été encore plus rude pour Dale et les enfants, répondit-elle.

Elle le suivit à contrecœur quand il sortit de la chambre. Elle devait le laisser partir, même si elle aurait préféré sa compagnie à celle de Humberto et de Leggy.

— La situation a quand même un bon côté, dit-il sur le pas de la porte.

— Lequel ?

— Si ces hommes cherchent le journal de Gil, c'est qu'ils ne l'ont pas.

Un quart d'heure plus tard, Lana se glissa entre ses draps.

Elle pria pour que Dale s'en sorte indemne, puis replia un bras sous sa tête.

Elle fixa le plafond jusqu'à ce que son cœur manque un battement quand son téléphone vibra sur la table de nuit. Logan pensait-il à elle et lui avait-il envoyé un message pour lui souhaiter bonne nuit ?

Elle ramassa le téléphone. Le texto venait de Dale... Lana déglutit péniblement avant de l'ouvrir.

Donne-leur le journal ou ils nous tueront toutes les deux.

5

Logan s'assit au bord de son lit, puis s'allongea, ses pieds encore chaussés posés par terre. Il plaça les mains sur son ventre et regarda clignoter le voyant du détecteur de fumée.

Les hommes qui avaient enlevé Dale McGowan avaient commis une erreur fatale. Ils avaient perdu l'élément de surprise en se trompant de victime. À présent, Lana et ses proches étaient avertis. Il ne se considérait pas comme un proche de Lana, bien sûr – même s'il aurait aimé en être un.

Dale McGowan ressemblait beaucoup à Lana, mais il lui avait suffi de la voir en photo pour être certain qu'elle n'avait ni sa vitalité ni son charme. Quand on avait rencontré Lana, il était impossible de la confondre avec une autre – et de l'oublier.

Il faudrait pourtant qu'il l'oublie quand il quitterait cette ville – de préférence après avoir découvert ce que le major Denver faisait dans cet avant-poste d'ambassade au Nigéria. Il pouvait au moins essayer d'aider Lana à faire le deuil de son frère.

Il se redressa. Alors qu'il retirait ses bottes, son téléphone sonna. Il sentit son cœur s'emballer quand il reconnut le numéro de Lana. Pensait-elle à lui autant qu'il pensait à elle ?

— Lana ? Est-ce que tout va bien ? demanda-t-il en décrochant.

— Non. J'ai reçu des textos du téléphone de Dale. Je ne

sais pas s'il ont été envoyés par ses ravisseurs ou par elle, mais le premier dit qu'on mourra toutes les deux si je ne leur donne pas le journal de Gil.

Sa phrase fut ponctuée par un sanglot.

— Avez-vous prévenu la police ? demanda-t-il, les doigts crispés sur son téléphone. Jacobs et sa collègue sont-ils encore chez les McGowan ?

— Non, je n'ai pas prévenu la police. On m'a écrit que Dale mourrait si je le faisais. Je ne peux pas avoir sa mort sur la conscience. Je m'en veux déjà terriblement parce qu'elle est en danger à cause de moi.

— Ce n'est pas votre faute, lui assura-t-il. Avez-vous expliqué que le journal n'était pas en votre possession ?

— J'ai essayé. Ce n'était pas facile de le faire par texto, et je ne suis pas sûre qu'ils m'aient crue. J'ai aussi essayé d'appeler, mais personne n'a décroché.

— Vous ne pouvez pas leur donner ce que vous n'avez pas, Lana. Vous devez remettre votre téléphone à la police. Si celui de Dale est encore actif, ils devraient pouvoir le localiser.

— Si la police intervient toutes sirènes hurlantes, Dale n'en sortira pas vivante.

— Ses ravisseurs ne veulent sûrement pas avoir la police à leurs trousses à cause d'une erreur. Ils se sont compliqué la vie en enlevant Dale. Maintenant, ils essayent de l'utiliser pour vous forcer à coopérer.

Lana étouffa un sanglot.

— Ils font du bon boulot, répondit-elle.

— Je sais que vous êtes terrifiée, mais tâchez de rester rationnelle. Vous ne pouvez pas sauver Dale, puisque vous n'avez rien à leur donner. Et je sais que je vais paraître insensible, mais Dale n'est pas de votre famille. Vous n'avez pas la responsabilité d'essayer de la sauver – et ses ravisseurs le savent. Ils n'ont rien à gagner à lui faire du mal.

Elle soupira.

— Je ne vois pas la logique, répondit-elle. Je sauverais une inconnue, si je le pouvais, et Dale n'est pas une inconnue.

— Vous venez de le dire : si vous le pouviez. Vous ne le pouvez pas. Vous n'avez pas le journal. Le mieux que vous puissiez faire, c'est prévenir la police alors qu'il reste une chance de localiser le téléphone de Dale.

— Et s'ils la tuent ?

Logan se leva pour aller se planter devant la fenêtre.

— Ils ne tueront pas Dale, répondit-il avec toute l'assurance dont il était capable. Et vous ne pourriez pas les en empêcher si je me trompais. Vous n'avez pas le journal de Gil. Aucune menace ne peut changer ça.

— Très bien. Je ne sais pas si Jacobs et Zander sont encore chez Bruce. Je vais appeler le commissariat.

— C'est une sage décision.

— Dois-je écrire quelque chose aux ravisseurs ?

— Qu'avez-vous dit dans le dernier message ?

— J'ai juste répété que je n'avais pas le journal.

— Bien. Restez-en là. La balle est dans leur camp.

— J'espère qu'ils ne décideront pas de tuer Dale.

Quand Lana raccrocha pour appeler la police de Greenvale, Logan s'assit au bord du lit, son téléphone à la main.

Il espérait, lui, que les ravisseurs de Dale ne décideraient pas de tuer Lana.

Le lendemain matin, Logan appela Lana dès qu'il fut habillé. Elle l'avait appelé une deuxième fois la veille, après avoir alerté la police. Celle-ci avait essayé de localiser le téléphone de Dale, mais il semblait avoir été mis hors service.

Les policiers avaient demandé à Lana de leur remettre son téléphone, et Lana voulait qu'il l'accompagne au commissariat. Elle voulait peut-être qu'il soit informé en temps réel, ou bien qu'il lui serve de garde du corps, ou encore elle appréciait simplement son soutien – il s'en moquait. Lui voulait juste être auprès d'elle, et il n'avait pas l'intention d'examiner ce désir à la loupe.

Lana répondit à la deuxième sonnerie.

— Êtes-vous en route ? demanda-t-elle, un peu essoufflée.

— Je suis sur le point de partir. Comment allez-vous ?

— Ça va. Je prépare le petit déjeuner pour les garçons pour les remercier d'avoir monté la garde. Ils ont une sale tête.

— Gardez-les jusqu'à mon arrivée, si vous pouvez.

— Il fait jour, ils ont du travail, et je me sens parfaitement en sécurité. Oh ! et la police est de retour ! C'est un inspecteur, Delgado, cette fois, qui interroge Bruce et les enfants.

— Ne pouvez-vous pas lui remettre votre téléphone ?

— Ses collègues tiennent à me voir au commissariat. Êtes-vous sûr de ne pas vouloir que je passe vous prendre à votre hôtel ? Ce serait plus pratique que le fait que vous fassiez l'aller-retour.

— Ça ne me dérange pas.

— Comme vous voudrez, Tex !

Il raccrocha le sourire aux lèvres. Étonnamment, personne ne l'avait surnommé Tex jusque-là. C'était un surnom idiot, mais cela lui faisait plaisir.

Il enfila sa veste, puis mit son téléphone dans une poche et son revolver dans l'autre. L'idée que quelqu'un voulait enlever Lana pour mettre la main sur le journal de Gil le terrifiait. Les ravisseurs de Dale ne renonceraient pas parce qu'ils avaient confondu deux jolies hispaniques.

Ils persévéreraient jusqu'à ce qu'ils capturent la femme qui les intéressait – et Logan avait l'intention de tout faire pour les en empêcher. Lana et lui devaient trouver le journal de Gil et le remettre aux bonnes personnes, des gens qui enquêteraient réellement sur l'attaque et chercheraient à comprendre ce que le major Denver faisait dans cet avant-poste. Alors Lana ne risquerait plus rien, et Denver aurait une chance d'être innocenté.

Le premier résultat était devenu aussi important à ses yeux que le second.

Il quitta la ville pour rouler entre les champs et les pâturages de la vallée de San Joaquin. Il n'avait que l'embarras du choix entre les stations de radio qui diffusaient de la country pour lui tenir compagnie. Il vit même une affiche pour un rodéo. Les gens de la région de Greenvale semblaient prendre la culture cow-boy très au sérieux.

Vers la fin du trajet, il se félicita d'avoir décidé d'aller chercher Lana. Il pouvait se passer n'importe quoi sur une route comme celle-ci.

Il s'engagea sur la route non goudronnée qui menait au ranch des McGowan. S'il avait su que Lana vivait aussi loin de la ville, il aurait loué un 4x4.

Il y avait une présence massive près du portail. Logan baissa sa vitre.

— Je viens voir Lana Moreno, dit-il. Je suis un ami.

L'homme fit passer le cure-dents qu'il mâchouillait d'un coin de sa bouche à l'autre, puis recula pour examiner sa plaque d'immatriculation.

— Je vous ouvre, répondit-il.

Logan le remercia d'un hochement de tête en franchissant le portail. Il n'aimait pas l'allure de ce type, mais il était soulagé que Bruce ait pris quelques précautions.

Il roula vers le bosquet qui cachait la maison de Lana. Ces arbres l'avaient sans doute sauvée la veille, mais les ravisseurs de Dale devaient savoir où elle logeait, à présent. Dale McGowan devait songer davantage à sa propre vie qu'à celle de Lana, et il ne pouvait pas le lui reprocher. Ses deux enfants attendaient son retour.

Logan se gara devant la maison et frappa à la porte.

Quand Lana l'ouvrit, une odeur de bacon et de sirop d'érable l'enveloppa. Il inspira profondément.

— Ce doit être l'odeur du paradis, plaisanta-t-il.

— Avez-vous faim ? Ces deux-là ont fait de leur mieux,

mais ils n'ont pas réussi à tout finir, dit Lana en désignant les deux hommes installés dans sa cuisine.

— Je n'ai rien contre un petit déjeuner, répondit Logan après avoir salué Humberto et Leggy.

Dès que Logan eut retiré sa veste, les deux hommes se levèrent.

— Merci pour le petit déjeuner, Lana, dit Humberto, qui semblait le plus bavard des deux. Il est temps qu'on se mette au travail.

Lana posa son torchon sur son épaule et mit les poings sur ses hanches.

— Je vois ce que c'est ! lança-t-elle. Vous filez dès l'arrivée de la relève.

Leggy baissa les yeux et donna un petit coup de pied dans la table.

— Ce n'est pas juste, répondit-il. On avait vraiment faim.

— Quoi qu'il en soit, j'apprécie ce que vous avez fait pour moi, dit Lana. Et si Bruce vous reproche de commencer en retard, envoyez-le-moi.

— Oh ! M. McGowan est trop bouleversé par l'enlèvement de Dale pour se soucier du ranch aujourd'hui, n'est-ce pas, Leggy ? dit Humberto.

Leggy ricana et donna un coup de poing dans l'épaule de Humberto.

— Tout le monde est au courant des ennuis des McGowan, si je comprends bien, dit Logan en s'asseyant quand les deux hommes furent sortis.

Lana changea le set de table devant lui.

— Oui, mais ce n'est pas tout, répondit-elle. Humberto est le demi-frère de Dale.

— Comme ça, ça reste dans la famille, ironisa-t-il alors que Lana posait des œufs au bacon avec des pommes de terre sous son nez.

— Des toasts ? proposa-t-elle. Du café ?

— Je veux bien du café, mais je peux me servir.

Elle posa une main sur son épaule pour l'empêcher de se lever.

— Je suis déjà debout et j'ai l'intention de me resservir, dit-elle.

Elle posa deux tasses de café et son téléphone sur la table avant de s'asseoir en face de lui.

— Voulez-vous voir les textos que j'ai échangés avec Dale ? demanda-t-elle.

— Absolument !

Il s'essuya les mains et prit le téléphone.

— Mais si c'est bien Dale qui les a écrits, ce devait être sous la dictée de ses ravisseurs, ajouta-t-il.

Lana baissa les yeux.

— Et si ce n'est pas elle, ils lui avaient peut-être déjà fait du mal, répondit-elle.

— Ils n'ont pas de raison de faire de mal à Dale. Ce n'est pas son mari qui a ce qu'ils veulent, mais vous. S'ils n'ont pas retiré leurs cagoulees et si Dale ne peut pas les identifier, elle s'en sortira. Je vous le répète : ils ne courront pas le risque de se faire arrêter pour un meurtre qui ne les avancerait à rien.

Elle soupira, puis demanda :

— Pensez-vous que la police tirera quelque chose de mon téléphone ?

— Nous verrons bien, répondit-il prudemment entre deux bouchées.

Ils n'échangèrent plus un mot jusqu'à ce qu'il ait fini son assiette.

— Laissez-moi faire la vaisselle, dit-il en débarrassant.

Lana haussa un sourcil.

— Vous savez faire la vaisselle ?

— Pourquoi ça vous surprend ? Je vis seul, la plupart du temps, et il faut bien que quelqu'un la fasse.

Il plongea les mains dans l'évier rempli d'eau savonneuse pour prouver de quoi il était capable.

— La plupart du temps ? Vous arrive-t-il de séjourner dans le ranch de vos parents ?

Il faillit lâcher le verre qu'il rinçait.

— Vous savez que mes parents ont un ranch ?

Lana rougit.

— J'ai... fait quelques recherches sur vous, pour m'assurer que vous n'étiez pas un tueur en série, ou quelque chose comme ça.

— Ça va dans le lave-vaisselle ? demanda-t-il en lui tendant le verre.

— Tout va dans le lave-vaisselle sauf les deux poêles et les ustensiles.

Elle prit le verre et le plaça dans le panier du lave-vaisselle.

— Alors ? Le ranch de vos parents ? insista-t-elle.

— J'y vais de temps à autre, je n'y passe pas toutes mes vacances.

Le fait que Lana ait fait des recherches sur lui et découvert que ses parents possédaient l'un des plus grands ranchs du Texas lui laissait un goût amer dans la bouche. Il tira une assiette de l'évier.

— Je suis ici en ce moment, non ? grommela-t-il.

Lana ouvrit la bouche, puis la ferma. Après cela, elle mit ce qu'il lui tendait dans le lave-vaisselle les lèvres pincées. Elle s'était retenue de lui dire ou de lui demander quelque chose. Il n'essaya pas de savoir quoi. Même s'il ne connaissait Lana que depuis vingt-quatre heures, il était certain que ce qu'elle avait sur le cœur finirait par sortir.

Quand la cuisine fut en ordre, ils enfilèrent leurs vestes et sortirent.

Lana verrouilla la porte. Alors qu'elle descendait les marches du perron, elle s'arrêta net. Le cœur de Logan s'affola.

Avait-elle perçu une menace ?

— Ça vous ennuie si on prend ma camionnette ?

demanda-t-elle en ressortant sa clé de sa poche. J'ai besoin de faire quelques achats qui ne rentreront pas dans votre voiture.

Le cœur de Logan retrouva un rythme normal.

— Pas du tout, répondit-il.

Lana rentra chez elle et en ressortit avec la clé de la camionnette.

Logan monta dans le véhicule les nerfs à fleur de peau. Lana n'avait pas quitté le ranch depuis l'enlèvement de Dale. Il ne savait pas ce qui l'attendait dehors.

Elle démarra. L'homme qui montait la garde à l'entrée toucha le bord de son chapeau avant d'ouvrir le portail pour les laisser passer.

Lana salua l'homme, puis démarra en trombe, ce qui souleva un nuage de poussière. Elle contempla le résultat de sa manœuvre dans le rétroviseur avec un sourire espiègle.

— Ce n'est pas l'un de vos amis ? demanda-t-il.

— Jaeger est l'un des employés les plus loyaux envers Bruce, répondit-elle. Non : c'est *le* plus loyal. Il ferait n'importe quoi pour Bruce.

— Y compris les sales besognes ?

— Exactement. Comment l'avez-vous deviné ?

— Je me suis dit que vous deviez avoir une bonne raison de ne pas l'aimer.

— J'en ai plusieurs.

La camionnette rebondit sur une dernière bosse avant que Lana s'engage sur la route.

— Ce matin, j'ai passé quelques coups de fil pour savoir si je devais recevoir d'autres colis, dit-elle.

— Et ?

— Personne n'a su me répondre, grommela-t-elle, les doigts crispés sur le volant. Personne ne semble jamais au courant de rien.

Lui compris, songea amèrement Logan avant d'écarquiller les yeux.

— Freinez, Lana ! s'écria-t-il en posant ses mains sur le tableau de bord. Vous voyez, là-bas ?

Elle freina.

— Il y a... quelqu'un au bord de la route.

Logan plissa les yeux. Depuis l'enlèvement de Dale, tout ce qui sortait de l'ordinaire était suspect – et une personne couchée au bord de la route était suspecte.

— Mon Dieu ! s'écria Lana. C'est Dale.

— Freinez !

Lana s'arrêta près de la femme qui gisait au bord de la route et tendit la main vers la poignée de sa portière.

— Non ! Ne sortez pas, lui ordonna-t-il.

— Comment ça ? Je ne vais pas laisser Dale au bord de la route !

— Restez dans la voiture et baissez-vous.

— Pourquoi ?

— Pourquoi l'ont-ils laissée ici ? Il y a une longue route toute droite aux abords bien dégagés presque jusqu'à Greenvale, et ils abandonnent Dale dans un virage près d'un bois ?

Il posa la main sur son bras.

— Faites-moi plaisir et baissez-vous, s'il vous plaît, insista-t-il. Je vais chercher Dale.

Lana recula son siège et se pencha sur le côté.

Logan sortit de la voiture, la main sur son arme et le cœur affolé. Il était déjà tombé dans des embuscades, et cela ressemblait beaucoup à une embuscade – avec un appât et tout.

Il se précipita auprès de Dale McGowan, couchée en position fœtale. Il effleura son visage, qui aurait été presque aussi beau que celui de Lana s'il n'avait pas été tuméfié.

— On va vous sortir de là, Dale, lui dit-il. Vous ne risquez plus rien.

Elle ouvrit un œil et murmura :

— Ils sont là... et ils veulent Lana.

Elle eut à peine le temps de finir sa phrase avant que les balles se mettent à fuser.

6

Lana se coucha sur le siège passager aux premiers coups de feu. Les ravisseurs de Dale étaient là, et ils ne plaisantaient pas.

Ils n'avaient pas encore tiré sur la camionnette, dont le moteur tournait toujours. Avaient-ils touché Dale ou Logan ? Elle réprima un gémissement.

Ils devaient tirer de la gauche, puisqu'il n'y avait pas un arbre derrière lequel se cacher sur la droite. Ce qui signifiait que Logan et Dale étaient exposés.

Elle retira le frein à main et fit avancer la camionnette au ralenti.

La vitre du conducteur vola en éclats. Elle avait bien fait de se pencher.

La portière passager s'ouvrit, et Logan posa la pauvre Dale sur le siège.

— Montez derrière ! lui cria-t-elle.

— Enclenchez la marche arrière, mais ne vous redressez surtout pas.

Ils sursautèrent tous les deux quand une balle frappa le côté de la voiture. Logan riposta aussitôt. C'était sans doute parce qu'il avait une arme qu'ils étaient encore en vie.

— Et baissez la vitre arrière. Je vous guiderai, ajouta-t-il avant de claquer la portière.

Il ouvrit celle de derrière et roula sur la banquette.

Toujours penchée sur le côté, Lana passa la marche arrière et baissa la vitre.

— Allez-y ! cria Logan.

Elle appuya sur l'accélérateur. Elle craignit un instant que le moteur ne cale, mais il se mit à rugir, et la voiture recula. Elle tourna le volant d'un côté et de l'autre en fonction des instructions de Logan.

La fusillade cessa quelques secondes plus tard. Lana se redressa aussitôt et poursuivit, les yeux fixés sur le rétroviseur, jusqu'à ce qu'un croisement lui permette de faire demi-tour pour repartir en marche avant.

Dale gémit à côté d'elle.

— Tout va bien, lui dit Lana. Tu es hors de danger.

— Pas toi, répondit Dale.

Jaeger faillit ne pas ouvrir le portail assez vite quand ils atteignirent le ranch.

Il recula précipitamment pour ne pas se faire écraser, ce qui ne procura aucun plaisir à Lana dans ces circonstances.

Il dut appeler Bruce, car celui-ci jaillit de sa maison avec le policier dès que Lana se gara devant.

— Nous avons Dale ! cria-t-elle en sortant de la voiture.

Bruce ouvrit la portière du passager.

— Que lui est-il arrivé ? rugit-il.

L'inspecteur Delgado effleura un trou dans la carrosserie.

— Vous avez essuyé des coups de feu ? demanda-t-il.

— C'était un piège, répondit Logan, qui sortait à son tour. Ils ont déposé Dale au bord de la route et attendu qu'on arrive pour nous tirer dessus.

— Vous êtes blessé ! s'écria Lana en le voyant essuyer du sang sur sa joue.

— J'ai juste été coupé par un morceau de verre, répondit-il. Dale, par contre, a besoin d'une ambulance.

Il sortit son téléphone.

Lana regarda Bruce sortir Dale de la voiture.

— Elle était consciente, dit-elle, une main posée sur sa gorge. Elle m'a parlé.

— Elle est évanouie, maintenant, répondit Delgado.

Il s'accroupit près de Bruce, qui berçait Dale en lui parlant à l'oreille.

Il aimait peut-être encore sa femme.

— Que vous a-t-elle dit ? demanda Delgado.

— Pas grand-chose, répondit Lana. Que j'étais en danger.

— Et elle m'a prévenu que ses ravisseurs étaient dans le coin, dit Logan après avoir raccroché. Elle nous a peut-être sauvé la vie.

Delgado se massa le front.

— Que voulaient-ils ? demanda-t-il. Pourquoi vous ont-ils tiré dessus ?

Logan posa la main sur les reins de Lana.

— C'est Lana qu'ils veulent, répondit-il. Elle l'a expliqué à vos collègues hier soir. Ils veulent le journal de son frère, plus précisément. Daniel, le fils des McGowan, les a entendus interroger Dale à ce sujet.

— S'ils veulent Lana, pourquoi ont-ils tiré sur Dale et sur vous ? Il leur suffisait de cribler la camionnette de balles, puisqu'elle était au volant.

— Je n'ai pas dit qu'ils voulaient la tuer, le corrigea Logan. S'ils le faisaient, le journal de Gil risquerait de tomber dans d'autres mains que les leurs.

Lana frissonna.

— Ne devriez-vous pas envoyer des hommes sur place, inspecteur ? demanda-t-elle.

— C'est déjà fait. J'ai appelé des renforts dès que Jaeger nous a prévenus de votre arrivée. Pourriez-vous me dire plus précisément où ça s'est passé ?

— C'était au niveau de la borne du quatorzième mile, juste avant un grand virage, répondit Logan. Ils se sont cachés dans le petit bois qu'il y a à cet endroit. Je ne les ai pas vus. J'ai riposté, ce qui les a tenus à distance, mais je n'ai vu personne.

— Est-il possible que vous ayez blessé quelqu'un ? demanda Delgado en se grattant le menton.

— Je ne sais pas. Ça poserait un problème ?

— Avez-vous un permis de port d'arme valable en Californie ?

— J'appartiens à la Delta Force, inspecteur. Je sais ce que je fais – permis ou non.

— Je peux fermer les yeux… pour le moment, répondit Delgado.

Une demi-heure plus tard, une sirène annonça l'arrivée de l'ambulance.

— Heureusement que les enfants sont à l'école ! soupira Bruce tandis que les infirmiers installaient Dale dans l'ambulance. Est-elle sauvée ? S'en sortira-t-elle ?

— Vous pouvez nous suivre jusqu'à l'hôpital, si vous voulez, répondit l'un des infirmiers.

L'ambulance s'éloigna avec la Mercedes de Bruce derrière elle.

Logan retira un morceau de verre des cheveux de Lana.

— Ça va ? s'inquiéta-t-il.

— Oui, ça va, prétendit-elle.

Physiquement, elle était indemne, mais émotionnellement ? Des gens voulaient l'enlever pour mettre la main sur un journal qu'elle n'avait pas. Cela aurait pu aller mieux.

— Quand interrogerez-vous Dale ? demanda Logan à Delgado.

— Dès que ce sera possible, mais nous devrons aussi interroger Lana. Alors vous pensez que tout ça a un rapport avec la mort de votre frère ?

— Oui, répondit Lana.

— Je sais qu'il s'est fait tuer au Nigéria. Toutes mes condoléances.

— Merci, répondit-elle en hochant la tête. Je n'ai pas

cru un instant au récit officiel du gouvernement. J'essaye de découvrir ce qui s'est réellement passé. J'espérais que le journal de Gil me fournirait des informations. Maintenant, je suis certaine qu'il en contient.

— Et les textos que vous avez échangés avec Dale hier soir concernaient ce journal ? demanda Delgado.

— Oui. On allait remettre mon téléphone à vos collègues au commissariat quand on a repéré Dale au bord de la route.

— On a toujours besoin de votre téléphone - plus que jamais, dit Delgado. Qui que soient ces hommes, on ne les laissera pas mettre la vie de nos concitoyens en danger.

Il indiqua Logan du menton.

— Est-il impliqué ? demanda-t-il.

— Non, répondit Logan en pinçant doucement la taille de Lana. Je suis juste un ami de passage dans le coin.

— Ça tombe bien : Lana a besoin d'amis comme vous en ce moment. Nous ne sommes qu'un petit commissariat. Je ne peux pas charger un homme de protéger Lana. Mais je peux vous faire escorter en ville, si vous voulez.

Lana acquiesça vigoureusement.

— Oui, nous le voulons, répondit-elle. Et pourriez-vous me tenir au courant si Dale vous apprend quelque chose d'utile, comme l'identité de ceux qui veulent m'enlever ?

Delgado mit son chapeau.

— C'est promis. L'un des hommes que j'ai envoyés sur le lieu de la fusillade vous escortera en ville quand ils auront fini là-bas. Je vais à l'hôpital.

— Savez-vous si Jaeger surveille toujours le portail ? demanda Logan.

— D'après ce que m'a dit Bruce, il montera la garde jusqu'au moment où il ira chercher les enfants à l'école.

— Ils seront soulagés d'apprendre que leur mère a été retrouvée et qu'elle ne risque plus rien, soupira Lana.

Cela faisait au moins une personne en sécurité. Elle enfonça les mains dans ses poches et baissa la tête.

Logan dut la sentir désemparée, parce qu'il enroula un bras autour de ses épaules. Son poids et sa force lui donnèrent du courage.

— Voulez-vous qu'on attende le policier que Delgado nous a promis près du portail ? demanda Logan quand l'inspecteur les eut quittés.

— Oui.

— Pouvez-vous conduire ?

Elle tendit une main pour s'assurer qu'elle ne tremblait pas.

— Oui, ça ira. Merci de les avoir empêchés de nous tuer et d'avoir sauvé Dale.

— Il me semble que vous êtes l'héroïne du jour, répondit-il. C'est vous qui nous avez sauvés en nous protégeant avec la camionnette.

Quand ils atteignirent celle-ci, Lana effleura le trou dans la portière.

— Que comptaient-ils faire, à votre avis ?

— Se débarrasser de moi et vous enlever à la place de Dale.

— Avez-vous vu son visage ? Ils n'ont pas dû la croire quand elle leur a dit qu'ils ne détenaient pas la bonne personne… Alors que feront-ils à la bonne personne ?

Il pressa fermement les lèvres contre les siennes avant de répondre :

— Ça n'arrivera pas, Lana. Ils ne vous captureront pas tant que je serai dans les parages.

— Alors j'espère que vous resterez longtemps dans les parages, balbutia-t-elle.

Le second trajet se déroula sans incident. La voiture de patrouille les escorta jusqu'au commissariat avec le gyrophare, mais sans la sirène.

Un inspecteur, Samuels, les emmena dans une salle d'interrogatoire, où Lana lui donna son téléphone.

— Avez-vous des nouvelles de Dale McGowan ? demanda-t-elle.

— Ses jours ne sont pas en danger, répondit l'inspecteur Samuels, qui lisait ses textos en prenant des notes. Elle a dit qu'on lui avait bandé les yeux pendant toute sa captivité. Elle n'a pas vu les visages de ses ravisseurs. Elle n'a rien pu dire sur le lieu de sa détention. Comme ses ravisseurs l'ont droguée en l'enfermant dans leur fourgon, elle ne sait même pas combien de temps le trajet a duré.

— Un fourgon ?

— Oui. C'est la seule information qu'elle a pu nous fournir.

Lana se couvrit la bouche.

— Je suis tellement désolée de ce qui lui est arrivé...

— Et vous pensez que c'est à cause du journal de votre frère ? demanda Samuels.

— Oui.

— L'avez-vous ?

— Non. Je m'attendais à le recevoir avec les autres effets personnels de Gil, mais il n'était pas dans le colis. Il a dû être volé à un moment – mais pas par les ravisseurs de Dale, puisqu'ils le cherchent.

— Pourquoi le veulent-ils, à votre avis ?

Lana jeta un coup d'œil à Logan avant de répondre :

— Je pense que c'est parce que j'essaye de savoir ce qui s'est réellement passé dans l'avant-poste où Gil et ses camarades se sont fait tuer. L'explication officielle ne me convient pas.

Samuels se mit à pianoter sur la table.

— Sous-entendez-vous que le gouvernement des États-Unis est responsable de l'enlèvement de Dale McGowan ?

— Peut-être pas le gouvernement. Peut-être un membre du gouvernement pour des raisons qui ne regardent que lui.

— Si vous avez raison, c'est au FBI de mener cette enquête. Nous ferons notre travail et essayerons de trouver les ravisseurs de Dale, mais nous laisserons le procureur déterminer leurs motivations.

— Je peux l'aider, ironisa Lana. Je sais que c'est à cause de ce qui s'est passé au Nigéria. Je suis vraiment navrée que Dale se soit retrouvée mêlée à ça.

— Simplement parce que vous vous ressemblez..., compléta Samuels.

Il leur posa quelques questions de plus, puis annonça :

— Je vais devoir garder votre téléphone, au cas où nos techniciens pourraient en tirer quelque chose.

— Je comprends, répondit Lana.

Samuels jeta un coup d'œil à Logan avant d'ajouter :

— Soyez prudente, madame Moreno.

— Elle sera prudente, répondit Logan en se levant. Je m'en assurerai.

Ils serrèrent la main de Samuels et quittèrent le commissariat. Une fois dehors, Lana soupira profondément.

— Pensez-vous que je devrais appeler le FBI de mon côté ? demanda-t-elle. Ou Cordova ?

— Je pense qu'on devrait quitter la ville, répondit Logan.

Il la rattrapa lorsqu'elle trébucha sur le trottoir. Elle n'était même plus capable de marcher sans son aide.

— Vous plaisantez ? grommela-t-elle.

— Pourquoi rester ici, à vous méfier de tout le monde ? Vous avez entendu l'inspecteur : Dale n'a fourni aucune information utile. Comment pourriez-vous reconnaître les hommes qui vous cherchent si vous ne savez rien sur eux ?

— Je ne peux pas tout plaquer comme ça. Je vous l'ai déjà dit. J'ai des responsabilités ! s'écria-t-elle en écartant les bras.

— Vous croyez que Bruce ne vous laisserait pas partir, même dans la situation présente ? J'ai l'impression que l'état de sa femme l'a ébranlé. Ça lui a peut-être mis un peu de plomb dans la cervelle.

— C'est vrai qu'il avait l'air ébranlé, mais ça n'a rien

à voir avec moi. J'ai des responsabilités au ranch. Je dois m'occuper des chevaux et... d'autres choses.

— Je pense que Bruce peut comprendre que vous ayez besoin de partir quelque temps pour votre sécurité. Il peut s'organiser autrement jusqu'à ce qu'on ait trouvé le journal de Gil et qu'on l'ait remis aux autorités. Après ça, vous n'aurez plus rien à craindre.

Elle pinça les lèvres. À quoi bon se disputer avec Logan ? Il ne pouvait pas comprendre ses obligations financières. Il était né avec une cuillère en argent dans la bouche – ou plutôt des éperons en argent sur ses bottes. Et elle n'avait aucune intention de lui parler de ses autres obligations.

Elle monta dans sa camionnette et lui claqua la portière au nez.

Logan prit place à côté d'elle et poursuivit sur le même ton :

— Mais d'ici là...

— À vous écouter, le journal de Gil est déjà presque entre nos mains, le coupa-t-elle en démarrant. Mais je ne sais pas où il est. Je m'attendais à le trouver dans ce colis. Tout ce qu'on sait, c'est que ce ne sont sûrement pas les ravisseurs de Dale qui l'ont volé.

— Jetons un nouveau coup d'œil à cette caisse, suggéra-t-il.

Il abandonnait sa croisade pour lui faire quitter son travail, sa vie et tout ce qui importait pour elle – au moins provisoirement.

Elle appuya sur l'accélérateur les larmes aux yeux. Tout ce qui importait pour elle était en danger au ranch des McGowan.

Lana renifla.

— J'ai bien regardé ce qu'il y avait dans cette caisse, répondit-elle. J'ai même fouillé les poches des vêtements. Il n'y a pas de journal.

— Et si ça n'en était pas un ?

— Que voulez-vous dire ? C'est un journal. Je vous ai dit

que Gil en tenait un depuis longtemps. Il l'avait toujours sur lui.

— Et si ça ne ressemblait pas à un journal, je veux dire. Vous cherchez un carnet, sans doute de cette taille, dit-il en écartant les mains, avec une couverture en cuir ou en tissu et un crayon sur le côté... Il se présente peut-être sous une autre forme.

Lana s'autorisa à espérer.

— Il se présente peut-être sous une autre forme parce que Gil voulait le cacher, répondit-elle.

— Exactement, dit Logan en claquant des doigts. Trouvons-le.

Lana jeta un coup d'œil dans le rétroviseur à la voiture de police qui les escortait et l'empêchait de dépasser la limite de vitesse autorisée. Celle-ci fit demi-tour pour repartir en ville dès qu'ils atteignirent le portail.

Lana baissa sa vitre.

— Des nouvelles de Dale ? demanda-t-elle à Jaeger.

Il releva son chapeau avant de répondre :

— Elle s'en sortira, mais ils la gardent en observation pour la nuit.

— Et les enfants ?

— Sains et saufs dans la maison avec la mère de Dale, répondit-il avec un sourire narquois. Sains et saufs.

Lana hocha la tête et redémarra.

— Quel est son problème ? demanda Logan.

— À Jaeger ? Je ne sais pas. Il est toujours déplaisant. J'imagine qu'il se croit supérieur à tout le monde parce qu'il est le confident de Bruce.

— Tant qu'il garde un œil sur ce portail et qu'il est aussi déplaisant avec les inconnus qu'avec vous...

Elle avait compris depuis longtemps que Jaeger savait tout ce que Bruce savait, ce qui signifiait qu'il savait aussi ce qu'elle cachait. Mais tant pis. Les secrets de Gil étaient plus importants que les siens, pour le moment.

Elle se gara devant chez elle, et Logan la suivit à l'intérieur. Il prit la caisse dans le coin où elle l'avait placée et la posa devant le canapé.

— Avez-vous trouvé des clés USB ou des disques durs ? demanda-t-il en s'asseyant.

— Non.

Elle sortit une tasse de la caisse et la pressa contre son cœur.

— Vous m'avez dit que vous communiquiez par Internet. Possédait-il un ordinateur ?

— Non. Il se servait de ceux des endroits où il était en poste. Ça m'étonnerait qu'il y ait mis quoi que ce soit de personnel.

Logan prit une trousse de toilette et l'ouvrit.

— Des livres ? demanda-t-il.

— Plusieurs.

Elle déplaça des vêtements pour atteindre les livres au fond de la caisse.

— Gil aimait beaucoup lire, ajouta-t-elle. Surtout de la fantasy et de la science-fiction.

— Vous les avez examinés ? Secoués ?

— Vous voulez dire qu'il pourrait y avoir un livre dans un livre ?

— Ou des feuilles.

Lana posa trois livres sur les genoux de Logan et quatre autres sur la table basse. Elle prit le premier de la pile et le secoua.

Logan fit pareil avec ses livres, mais rien ne tomba d'aucun d'eux, et aucun n'était creusé pour en cacher un autre.

— C'était pourtant une idée intéressante, soupira-t-il en s'affalant contre le dossier du canapé.

Il feuilleta le livre qu'il tenait encore, fronça les sourcils et se redressa brusquement.

Un frisson parcourut Lana.

— Qu'y a-t-il ? demanda-t-elle.

Il posa le doigt sur une page.

— Gil avait-il l'habitude de prendre des notes dans les marges des livres qu'il lisait ?

— Des notes ? répéta-t-elle en s'asseyant à côté de Logan. C'est de la science-fiction, pas du Shakespeare. Qu'a-t-il écrit ?

— « On a fait des *tamales* après la remise de diplôme de Luisa », lut-il avant de tourner quelques pages. « Bobby a cassé le vélo de Ricardo. » « La couverture rose avec des chatons. » Est-ce que ça vous dit quelque chose ?

Lana posa la main sur sa gorge.

— Bobby et Luisa sont notre frère et notre sœur, répondit-elle. Ces sont des événements de notre enfance. Pourquoi a-t-il écrit ça dans ce livre ?

Logan referma le livre et l'agita sous son nez.

— C'est ça, Lana ! dit-il. C'est le journal. Mais Gil l'a écrit en se servant d'un code que vous êtes la seule à pouvoir comprendre.

7

— C’est du Gil tout craché ! s’écria Lana avant de prendre l’un des livres de la table basse. Il y a aussi des notes dans celui-ci. Mais je ne sais pas ce qu’elles veulent dire. Je n’y comprends rien.

Logan lui caressa le dos comme il aurait caressé un chat apeuré.

— Ce n’est pas grave. Mais je pense que j’ai raison. Sinon pourquoi aurait-il noté des souvenirs personnels dans les marges de ces livres ? Vous finirez par comprendre.

Lana se leva et alla jusqu’à une fenêtre.

— Je n’en suis pas sûre. Comment pouvait-il espérer que je suive sa logique ?

Il feuilleta les autres livres pendant qu’elle faisait les cent pas.

— Cinq, finit-il par dire. Il a pris des notes dans cinq des livres – toutes du même genre.

— Pourquoi a-t-il fait ça ?

— Pour cacher son journal, comme on le supposait. Un journal ordinaire aurait disparu depuis longtemps. Même écrire dans ces livres aurait été trop risqué s’il ne s’était pas servi d’un code.

— Pourquoi a-t-il mis ce fardeau sur mes épaules ? gémit-elle.

Logan posa le livre qu'il tenait sur la table basse, se leva et arrêta Lana en prenant ses mains tremblantes.

— Il l'a sans doute fait pour lui-même, répondit-il. Il ne savait pas qu'il allait mourir dans cet avant-poste. Il s'est servi d'un code pour protéger les informations qu'il rassemblait et pour se protéger lui-même. Le fait que ce code ne puisse être déchiffré que par un membre de sa famille est une précaution supplémentaire.

— Que par moi. Pas n'importe quel membre de la famille : juste moi.

Il inclina la tête sur le côté. Comment pouvait-elle le savoir ?

— Il était plus proche de vous que des autres, non ?

— Nous sommes les deux enfants de dernière minute, répondit-elle. Nos autres frères et sœurs sont plus âgés.

— Je ne savais même pas que vous en aviez.

— Quatre.

— Quoi ?

— Gil et moi avons quatre frères et sœurs plus âgés.

— Eh bien c'est vous qu'il a choisie, et sa méthode est brillante.

— Si brillante que je n'y comprends rien !

Elle se dégagea les mains pour se couvrir le visage.

— Je vais le trahir comme tout le monde l'a trahi, soupira-t-elle. Les militaires qui l'ont envoyé là-bas, le gouvernement qui ne veut rien dire, notre représentant au Congrès, et même les soldats qui auraient pu les sauver et qui ne l'ont pas fait. Saviez-vous qu'il y avait des unités assez près pour intervenir et qu'on ne les a pas envoyées ?

Logan sentit un muscle se crisper sous son œil.

— J'en ai entendu parler. Et nous ne trahirons pas Gil, Lana. Nous découvrirons la vérité sur sa mort. Nous avons juste besoin d'un point de départ, d'une preuve que nous ne délirons pas. Alors nous pourrons donner ces livres à des cryptologues professionnels qui feront le reste.

Elle écarta les doigts pour le regarder.

— Ne peut-on pas les leur donner tout de suite ?

— Il nous faut d'abord une preuve qu'il s'agit bien d'un texte codé, et ils auront besoin de votre aide. Vous êtes la seule à pouvoir donner un sens à ces éléments.

— Si vous avez raison, ça veut dire que les gens qui veulent mettre la main sur le journal de Gil n'y comprendraient rien non plus, n'est-ce pas ?

— Pas sans vous, répondit-il en tendant un doigt vers elle.

— Mon Dieu ! s'écria-t-elle avant de partir vers la cuisine. Est-il trop tôt pour de l'alcool ?

Tandis qu'elle ouvrait le réfrigérateur, Logan rangea les livres de Gil dans la caisse.

— Nous devons faire des copies de ces pages ou les scanner, dit-il. Il ne faut pas que ce soit la seule trace du journal de Gil. Si quelqu'un volait cette caisse, nous n'aurions plus rien – même si ce quelqu'un ne saurait pas sur quoi il aurait mis la main.

Lana revint dans le salon avec deux bouteilles de bière.

— Je pense qu'on a bien mérité ça, dit-elle.

Il prit la bouteille qu'elle lui tendit et trinqua.

— À la vôtre. Quel est le meilleur moyen d'en faire des copies ? On pourrait prendre des photos avec votre téléphone… Ce serait plus simple que de scanner les pages.

— Avec *votre* téléphone, le corrigea-t-elle. On m'a pris le mien.

— C'est vrai, répondit-il en sortant son téléphone. On devrait s'y mettre tout de suite. Je ne veux pas que ces informations nous échappent.

— On ne sait même pas par où commencer. Dans quel ordre faut-il prendre les livres ?

— Ce n'est pas important pour le moment. Le plus urgent, c'est de préserver ces informations en les dupliquant. On les triera plus tard.

— Vous voulez vraiment commencer tout de suite ?

— Moi oui, répondit-il avant de hausser un sourcil. Et vous ? Voulez-vous commencer à travailler sur le code ?

— J'adorerais, mais je n'ai pas la moindre idée de ce que ces phrases signifient, grommela-t-elle.

Elle emporta quand même la pile de livres dans la cuisine.

— Essayons d'être méthodiques, dit-il en la suivant. Avez-vous un carnet quelque part ?

— Sans doute. Pourquoi ?

— Commencez donc par recopier les phrases de Gil dans l'ordre, livre par livre. Puis vous chercherez des liens et des indices. Les dates de ces événements, par exemple, si vous vous en souvenez. Les codes sont souvent basés sur des nombres. Vous comprenez ?

— Je crois. Vous prendrez des photos des pages d'un livre pendant que je recopierai les notes d'un autre.

— Du travail d'équipe, répondit-il en levant la main pour qu'elle frappe dedans, ce qu'elle fit sans enthousiasme.

Pendant que Logan ouvrait un livre sur la table, elle se mit en quête d'un carnet. Elle en trouva un dans un tiroir du bureau, sous une couche d'objets divers, et s'installa sur le canapé avec l'un des livres de Gil.

Elle recopia les indices absurdes de son frère le sourire aux lèvres. Gil avait noté les souvenirs les plus idiots de leur enfance, des moments qu'elle n'avait pas pu oublier parce qu'ils en avaient souvent reparlé.

Même s'ils avaient eu une enfance difficile à Salinas, il n'y avait pas eu que de mauvais jours. Malheureusement, ils avaient perdu trop de temps à gérer les effets de l'alcoolisme de leur père. Leurs frères et sœurs s'étaient échappés l'un après l'autre de la maison trop petite aux robinets qui fuyaient et à la chaudière capricieuse. Finalement, même leur mère avait fui. La maladie d'*abuelita* lui avait fourni une excuse pour quitter le mari qui n'avait jamais été capable de la sortir de la pauvreté.

Ironiquement, c'était ce qui avait rendu la sobriété à leur père. Il avait accepté l'emploi que son vieil ami McGowan lui avait proposé. Elle l'avait rejoint un peu plus tard – c'était inévitable.

— Ces notes doivent avoir un sens pour vous.

Elle releva vivement la tête et se frotta les yeux.

— Quoi ?

— Je vous observe depuis plusieurs minutes et j'ai vu passer toute une gamme d'émotions sur votre visage... Mais la dernière était triste.

— Triste ? répéta-t-elle. C'est juste que ça me fait penser à Gil. On doit réussir pour lui, Logan. Et pour le major Denver.

— Je suis d'accord, dit-il en lui tendant le livre qu'il tenait. Et d'un ! Plus que quatre.

Elle s'étira.

— C'est juste que je viens de me rendre compte que ma vie n'a été qu'une succession d'événements aléatoires, lui confia-t-elle. Je n'ai jamais vraiment agi : je n'ai fait que réagir.

Logan rapprocha une chaise du canapé et s'y assit, les coudes sur les genoux.

— Vous devriez peut-être oublier tout ça, suggéra-t-il.

— Oublier ? Je ne peux pas oublier Gil.

— Je ne vous parle pas d'oublier votre frère, mais de le laisser reposer en paix. Ne vous occupez plus de tout ça. Laissez-moi faire. Commencez donc dès maintenant à faire des choses que vous voulez faire.

— C'est drôle, mais c'est le cas pour la première fois de ma vie, répondit-elle en agitant le carnet. C'est exactement ce que je veux faire.

— Alors poursuivons.

Il bâilla et s'étira.

— Mais je mangerais bien quelque chose d'abord,

ajouta-t-il. Vous n'avez pas faim ? On n'a rien avalé depuis le petit déjeuner.

— Mon estomac vient de gargouiller, répondit-elle.

Elle refoula ses souvenirs, posa le carnet et se leva.

— Malheureusement, je n'ai pas grand-chose à vous offrir, sauf si vous voulez un nouveau petit déjeuner...

— Je suis capable de prendre le petit déjeuner à n'importe quelle heure, lui assura-t-il. Je suppose qu'on ne peut pas se faire livrer des pizzas.

— Non. La pizzeria la plus proche nous estime bien trop loin pour nous livrer.

Elle claqua des doigts.

— J'ai une idée ! s'écria-t-elle. Jaeger a dit que la mère de Dale s'occupait des enfants. Allons lui mendier de la nourriture.

— Vous connaissez bien Dale ?

— Oui.

— Pourquoi boit-elle ? Cela a-t-il commencé après son mariage avec Bruce ?

— Oui. Ça ne l'excuse pas, mais il ne doit pas être facile d'être mariée à quelqu'un comme lui.

— Vous croyez ? répondit-il ironiquement. Mais ils ont des enfants adorables.

Lana se força à sourire.

— Oui, ils sont adorables. Et je me réjouis qu'il ne leur soit rien arrivé.

— Alors, comment fait-on pour mendier de la nourriture auprès de la mère de Dale ? Comment s'appelle-t-elle, pour commencer ?

— Alma. Alma Garcia.

— Comment la contactons-nous ?

— Comme la police a mon téléphone et que je ne connais pas son numéro par cœur, nous devons aller la voir.

Logan joignit les mains et leva les yeux au plafond.

— Je suis doué pour mendier, se vanta-t-il.

— Ah oui ? pouffa-t-elle en prenant sa veste. Je suis sûre que vous n'avez jamais rien mendié de votre vie.

— Ne me jugez pas si vite, Lana, répondit-il en la regardant droit dans les yeux.

— Vous avez raison. Je suis désolée.

Elle ouvrit la porte et apprécia l'effet du vent froid sur ses joues brûlantes.

— Je vous laisserai mendier, ajouta-t-elle.

— Pensez-vous que Bruce soit rentré de l'hôpital ? demanda Logan en chemin.

— Je ne sais pas. Je ne l'ai jamais vu aussi bouleversé qu'au moment où il a sorti Dale de ma camionnette.

— Il a peut-être compris que sa femme n'avait pas orchestré son enlèvement pour s'offrir un week-end de liberté.

— Peut-être, répondit-elle avant de sonner à la porte des McGowan.

Alma avait déjà les sourcils froncés quand elle ouvrit la porte. Elle avait toujours l'air inquiète en présence de Lana.

— *Hola*, Lana. *¿ Qué pasó ?*

— Il ne s'est rien passé de grave – à part ce qui est arrivé à Dale, répondit Lana. Je te présente un ami, Logan Hess. Logan, je te présente Alma Garcia.

— Je suis ravi de vous rencontrer, madame, dit Logan avec tout son charme texan en serrant la main d'Alma. Tout va bien, sauf que mon estomac rugit comme un lion.

Lana réprima un sourire et lui jeta un regard réprobateur, mais Alma n'était pas de taille contre Logan.

— Mon pauvre garçon ! s'écria-t-elle. Il ne faut pas aller chez Lana quand on a faim.

— *Abuela ?* appela Carla en descendant l'escalier.

Elle sourit en découvrant Lana sur le pas de la porte.

— Salut, Lana, dit-elle. Ils ont retrouvé maman.

— Je sais, chérie. Et elle s'en remettra.

Alma se raidit.

— As-tu fini tes devoirs, Carla ? demanda-t-elle.

— Presque. Je peux rester un moment avec Lana et son ami ?

Alma jeta un bref regard à Lana avant de répondre :

— Bien sûr. J'allais leur donner des restes.

— Vous êtes un ange ! dit Logan en posant une main sur son cœur.

— Suivez-moi, répondit Alma. J'ai fait des pâtes, ce soir – et j'en ai fait beaucoup trop. Bruce a décidé de passer la nuit à l'hôpital avec Dale.

— Comment va-t-elle ? demanda Lana en écartant une mèche du front de Carla.

— Bien, répondit Alma. Elle n'aura pas de séquelles. Elle rentrera demain. Après ça...

Alma laissa sa phrase en suspens et ouvrit le réfrigérateur.

— Après ça, je suis sûre que Bruce la protégera, dit Lana.

Elle s'assit sur un tabouret et attira Carla entre ses jambes pour refaire sa queue-de-cheval.

— Avez-vous besoin d'aide ? demanda Logan en s'adossant au comptoir.

— Non, répondit Alma, qui empilait des barquettes en plastique sur le comptoir. Je vous donne tout, ce sera plus simple. J'ai déjà nourri Humberto et son ami.

— On n'a pas besoin de tout ça, protesta Lana.

— Parlez pour vous ! répliqua Logan.

Lana se fit mal à la main en lui donnant un coup de poing dans le biceps.

— Bruce ne voudra-t-il pas manger quelque chose quand il rentrera tout à l'heure ? demanda-t-elle.

Alma agita un doigt menaçant sous son nez.

— Je t'ai dit que Bruce passait la nuit à l'hôpital avec Dale. Ce n'est plus le même homme, je t'assure. Et Dale a changé, elle aussi. Tu verras.

— J'en suis sûre, répondit Lana. Et toi, Carla ? Ça va ? Tu as dû avoir très peur, même si tu as eu le cran de protéger ton frère.

Carla lui offrit un sourire plein de douceur.

— C'est vrai que j'ai eu peur, mais ça va mieux, maintenant qu'on a retrouvé maman.

Lana la serra dans ses bras et déposa un baiser sur sa tempe.

— Maintenant, obéis à ton *abuela* et va finir tes devoirs, ordonna-t-elle.

Carla obtint deux cookies de sa grand-mère avant de filer hors de la cuisine.

— C'est une brave petite, dit Alma, qui sortait un sac en plastique d'un placard.

Logan le lui prit des mains.

— Je m'en occupe, dit Logan. Merci pour tout.

Tandis qu'il mettait les barquettes dans le sac, Alma se tourna vers Lana, les poings sur les hanches.

— Lana ne cuisine pas beaucoup, mais elle pourrait apprendre, dit-elle. Je pourrais lui enseigner des choses.

— Merci, Alma, mais ce ne sera pas nécessaire, répondit Lana.

Alma recommença à lui agiter un doigt sous le nez.

— Tu sais que le chemin qui mène au cœur d'un homme passe par son estomac.

Lana se sentit rougir et leva une main pour empêcher Alma de la mettre encore plus mal à l'aise.

Trop tard.

— Lana a besoin d'un homme bien, d'un homme à elle, dit Alma à Logan. Elle a besoin d'une famille à elle.

— Mon Dieu, Alma ! s'écria Lana. Logan n'est pas ce genre d'ami.

Alma plissa les yeux et observa Logan de la tête aux pieds.

— Et pourquoi ça ?

Quand elle vit Logan rougir, Lana décida qu'il était temps de partir.

— Désolée, lui dit-elle. C'est le prix du dîner.

— Je ne le trouve pas exagéré, répondit-il après avoir reniflé le contenu du sac.

Lana descendit du tabouret et serra Alma dans ses bras.

— Merci pour les restes... et les conseils, dit-elle. Ne t'en fais pas pour moi.

Elle ouvrit les barquettes en plastique dès qu'ils rentrèrent chez elle.

— Des lasagnes, des *fettuccine Alfredo*, de la salade et du pain à l'ail, annonça-t-elle. J'espère que vous avez faim.

— Oui. Réchauffez donc les pâtes au micro-ondes pendant que je mets le pain au four et que je sers la salade, suggéra-t-il.

Elle ouvrit le réfrigérateur et observa son contenu pathétique.

— J'aurais aimé avoir du vin rouge, mais je n'ai que de la bière à vous proposer, soupira-t-elle.

Logan vint prendre une bouteille de vinaigrette dans la porte du réfrigérateur.

— Ça ira très bien, répondit-il. Pourquoi Alma tient-elle tant à vous voir mariée ?

Lana haussa les épaules.

— C'est juste une vieille femme qui se soucie à sa manière d'une femme plus jeune.

— Je ne m'étais pas rendu compte que vous étiez aussi proche de la famille de Dale.

— Ce sont les premières personnes que mon père a rencontrées quand il est venu ici.

Le micro-ondes bipa, et elle en tira les deux barquettes de pâtes fumantes.

— C'est prêt ! annonça-t-elle.

Pendant le dîner, Lana éloigna la conversation de Dale, des enfants, du ranch et même du journal de Gil. Elle bombarda Logan de questions sur le major Denver. Les réponses qu'elle obtint lui parurent insensées.

— Ainsi, l'armée sait déjà que le mail qui est censé

prouver les agissements clandestins de Denver est un faux, qu'il n'a pas tué ce ranger et qu'il n'est pas responsable du bombardement de ce camp de réfugiés en Syrie, résuma-t-elle. Et elle croit quand même qu'il a trahi son pays et qu'il aide des terroristes ?

— Je ne pense pas que l'armée le croie, répondit Logan. Mais l'enquête l'a débordée. La CIA et d'autres services secrets sont impliqués, à présent.

— Pensez-vous que ces agences en sachent plus que vous ? demanda-t-elle en traçant des arabesques dans la sauce tomate avec sa fourchette.

— Peut-être, mais elles peuvent aussi mal interpréter les informations qu'elles possèdent. Je pense que le major enquêtait sur quelque chose et qu'il avait des informateurs dans l'avant-poste. Je crois aussi que quelqu'un a voulu mettre un terme à son enquête et se débarrasser de lui.

— Je n'en doute pas après ce que Gil m'a raconté sur la situation dans cet avant-poste.

Elle se leva pour débarrasser.

— Vous rincez et je remplis le lave-vaisselle ? proposa-t-elle. Ensuite, on pourra se remettre au travail. À moins que vous ne préfériez retourner à votre hôtel ?

— Je pense que je peux encore photographier un livre ou deux. Et vous ? Comment vous sentez-vous ?

— Si je me contente de recopier les phrases sans trop y réfléchir, ça ira, répondit-elle en mettant la vaisselle dans l'évier.

— Il faudra bien que vous y réfléchissiez à un moment, mais peut-être pas maintenant, si ça vous ralentit.

Ils s'occupèrent de la vaisselle ensemble, et Lana essaya de ne pas trop prendre goût à cette intimité. Logan était là pour obtenir les informations que contenait le journal de Gil et les remettre aux autorités compétentes. Elle devrait se contenter de découvrir la vérité sur la mort de Gil. C'était tout ce qu'elle voulait, de toute manière. Non, lui souffla une petite voix : c'était tout ce qu'elle voulait avant de rencontrer Logan Hess.

Quand ils eurent terminé, Logan rinça l'éponge et s'essuya les mains.

— Au travail ! dit-il. Vous êtes prête ?

— Absolument, répondit-elle. Au travail !

De nouveau, Logan s'installa à la table de la cuisine et elle sur le canapé, mais la distance qui les séparait ne gâcha pas le sentiment d'intimité ressenti par Lana. De temps à autre, Logan brisait le silence pour lui demander comment elle se sentait ou si elle voulait quelque chose.

Elle n'aurait pas su dire s'il se souciait réellement d'elle ou s'il voulait qu'elle travaille plus vite. Elle s'interdisait de le regarder avec les yeux de Chimène comme elle avait regardé d'autres hommes avant lui. Elle n'était plus une lycéenne écervelée.

Des coups frappés à la porte la firent sursauter. Le livre qu'elle avait posé sur ses genoux tomba par terre.

— J'y vais, dit Logan.

Il ferma le livre qu'il photographiait en se servant de son téléphone comme marque-page et alla jeter un coup d'œil par la fenêtre.

— Ce sont Humberto et Leggy, annonça-t-il.

— Mince ! Vais-je encore devoir leur servir le petit déjeuner demain matin ?

Logan ouvrit la porte.

— Venez-vous monter la garde ? demanda-t-il aux deux hommes.

— Aux dernières nouvelles, la police n'a pas arrêté les ravisseurs de Dale, répondit Leggy. Alors nous revoilà.

Lana rejoignit Logan, les poings sur les hanches.

— Jaeger n'a-t-il pas recruté des hommes pour surveiller le portail ? demanda-t-elle.

— Si, mais c'est le portail, répondit Humberto. Ce n'est pas ici. Ne t'en fais pas : on a nos chaises et tout.

Leggy hocha la tête et cracha.

— On a nos chaises et tout, répéta-t-il.

— Ce n'est pas nécessaire, je vous assure, insista Lana. Je suis armée. Avec des hommes en plus à l'entrée du ranch, je ne risque rien.

Elle donna un coup de coude à Logan.

— Dites-le-leur ! ordonna-t-elle.

— Vous avez fait du bon boulot hier, mais c'est à mon tour, dit-il.

Lana écarquilla les yeux.

— Ne soyez pas ridicule. Vous avez une chambre d'hôtel en ville. Vous devriez être en train de la regagner, d'ailleurs.

Humberto recula d'un pas.

— Ça marche, patron, répondit-il. Elle est tout à vous.

— Tout à vous, répéta Leggy, qui décocha un clin d'œil à Logan avant de suivre Humberto.

Le sang de Lana ne fit qu'un tour. Elle claqua la porte.

— Quel est votre problème ? lança-t-elle à Logan.

Il haussa les sourcils.

— Mon problème ? Je n'en ai pas.

— Ils vont croire que vous dormez dans mon lit !

— Ai-je dit que je monterais la garde dans votre lit ?

— « C'est à mon tour » ? s'écria-t-elle en écartant les bras. Que pensent-ils, à votre avis ? Humberto ricanait. Je le connais, et il ricanait.

— Je ne l'ai pas vu ricaner et je ne crois pas qu'ils se fassent des idées. Mais serait-ce vraiment grave s'ils s'en faisaient ?

— Si ce serait grave ?

Elle fonça vers le canapé et ramassa un coussin pour le lui lancer à la figure.

— Je ne veux pas que les gens me prennent pour une fille facile ! cria-t-elle. On vient juste de se rencontrer. Je vous connais à peine. Vous ne dormirez pas dans mon lit.

Logan écarquilla les yeux.

— Quel est *votre* problème ? répliqua-t-il. Ai-je dit que je voulais dormir dans votre lit ? J'ai l'intention de dormir sur le canapé, avec un œil sur la porte et mon arme sous la main. Je veux juste vous protéger. Je suis désolé si j'ai donné de fausses idées à Humberto et à Leggy, mais ils savent déjà que vous n'êtes pas une fille facile s'ils vous connaissent.

Elle inspira profondément et croisa les bras. Elle avait les nerfs à fleur de peau à cause des souvenirs de Gil et parce qu'elle avait vu Carla et Alma.

Elle voulait que Logan reste. Elle avait redouté le moment où il aurait enfilé sa veste pour partir. Même si elle avait vu l'éclat du désir dans son regard une ou deux fois, il s'était comporté comme un parfait gentleman envers elle. Elle savait qu'elle pouvait lui faire confiance pour rester sur le canapé.

— Je suis désolée, dit-elle en posant les mains sur ses joues brûlantes. C'est juste que Greenvale est une petite ville avec une mentalité de petite ville. Je n'aime pas être l'objet de ragots.

Il ramassa le coussin tombé à ses pieds.

— C'est bien compréhensible, répondit-il. Je n'aurais pas dû annoncer ça comme ça, mais je songeais à passer la nuit ici depuis un moment. J'aurais dû vous en parler d'abord.

— Sans doute.

— Si vous préférez que je m'en aille, je peux les rattraper pour leur dire de reprendre leur poste.

Il leva le coussin comme un bouclier.

Elle réprima un sourire.

— Je suis désolée de vous avoir jeté ce coussin à la figure, répondit-elle. Vous pouvez dormir sur mon canapé, et j'apprécie que vous vous inquiétiez pour moi. Mais je suis en sécurité dans le ranch, maintenant. Ces hommes ont perdu l'avantage en enlevant Dale, non ?

— Ils ont perdu l'effet de surprise, c'est certain, mais vous n'êtes pas hors de danger pour autant. Dale leur a sûrement dit que vous viviez ici, et vous ne pouvez pas le lui reprocher.

— Je ne peux rien lui reprocher du tout depuis que j'ai vu son visage, répondit-elle en frissonnant. Je vais débarrasser le canapé. J'ai presque fini de recopier les notes du troisième livre. On poursuivra demain.

— Vous avez raison. Allons nous coucher. Auriez-vous une brosse à dents à me prêter ?

— Vous avez de la chance : j'en ai toute une collection. Mon dentiste m'en offre une à chaque visite, et elles ne me servent à rien puisque j'utilise une brosse à dents électrique.

Elle plia le coin de la page sur laquelle elle s'était arrêtée et ramassa son matériel pour le poser à côté des livres de Logan sur la table de la cuisine.

— J'espère qu'on est sur la bonne voie, dit-elle.

— Je le crois. Avez-vous un oreiller et une couverture ?

— Je reviens.

Elle alla chercher une couverture, une serviette propre et une brosse à dents.

— Je n'ai qu'un seul oreiller, désolée, dit-elle en regagnant le salon.

— Ce n'est pas grave. J'utiliserai ce coussin, dit-il en levant celui qu'elle avait lancé. Il peut aussi servir d'arme.

Elle posa la couverture et la serviette sur un accoudoir du canapé, puis agita la brosse à dents dans sa direction.

— Ça aussi, répondit-elle.

Il la lui prit.

— Merci. Qui a besoin d'une arme à feu ?

— Moi. Et je garde mon revolver près de mon lit, alors ne faites pas de mouvements brusques pendant la nuit.

— C'est juré, dit-il en traçant une croix sur son cœur.

Une demi-heure plus tard, Lana était dans son lit – seule. Elle entendait la télévision dans le salon. Logan avait-il du mal à s'endormir, lui aussi ? Ce ne pouvait pas être pour la même raison qu'elle – une raison d'autant plus absurde qu'elle lui avait bien fait comprendre qu'elle ne voulait pas de lui dans son lit.

Pas ce soir, du moins.

Le lendemain matin, Lana entra dans le salon sur la pointe des pieds. Logan dormait encore. Cela faisait longtemps qu'aucun homme n'avait passé la nuit chez elle, et sa maison lui semblait minuscule, tout à coup.

Elle alla dans la cuisine à pas de loup et n'alluma que le néon placé au-dessus du four, mais Logan s'étira quand elle fit couler de l'eau pour remplir la cafetière.

— Vous n'avez pas besoin d'être discrète, dit-il. Je suis réveillé.

— Vous faites très bien semblant de dormir, alors, répondit-elle.

— J'ai le sommeil léger.

Il se redressa, ce qui fit glisser la couverture de son torse nu. Elle se retourna trop brusquement et se cogna les orteils contre un placard.

— Du café ? proposa-t-elle.

— Avec plaisir. Et Alma a tort, vous savez. Vous préparez de délicieux petits déjeuners.

— Merci, mais je n'écoute pas ce que dit Alma.

On frappa à la porte.

— J'y vais ! lança-t-elle. Débarrassez donc le canapé pendant ce temps-là.

— Ne vaudrait-il pas mieux que je laisse intacte la preuve que j'ai dormi sur le canapé ? plaisanta-t-il.

— Il vaudrait mieux que vous mettiez une chemise, répondit-elle en allant jeter un coup d'œil par la fenêtre. Mon Dieu ! C'est Dale. Rangez la couverture et habillez-vous.

Elle attendit que Logan ait quitté la pièce pour ouvrir.

— Dale ! Que fais-tu là ? Tu devrais être en train de te reposer.

Dale entra dans le salon en boitant.

— Je voulais juste te l'annoncer moi-même, répondit-elle.

— M'annoncer quoi ? demanda Lana avec appréhension.

— Bruce et moi allons nous absenter quelque temps avec les enfants – pour la sécurité de tout le monde. Cette agression nous a fait réfléchir – et m'a incitée à arrêter de boire. J'ai l'intention de devenir une meilleure mère, Lana. Je te le promets. Je prendrai mieux soin de Carla.

Logan s'éclaircit la voix en entrant dans la pièce.

— Je suis ravi de voir que vous vous rétablissez vite, Dale, et je pense que c'est une bonne idée de vous éloigner quelque temps, mais qu'avez-vous à prouver à Lana ?

Dale écarquilla les yeux.

— Je suis désolée, Lana... Je ne savais pas que tu avais de la compagnie.

— Ce n'est pas grave. Ce secret devenait trop lourd, de toute manière.

Elle ferma les yeux et inspira profondément avant d'avouer :

— Carla est ma fille, Logan.

8

La femme qui aurait pu être la sœur de Lana recula, une main sur le cœur.

— Je suis désolée, répéta-t-elle. On se parlera plus tard, Lana. Et merci de m'avoir sauvée sur le bord de la route, Logan.

Après avoir fermé la porte, Lana se tourna vers lui et se passa la langue sur les lèvres.

— Vous ne l'aviez pas deviné ? demanda-t-elle.

L'avait-il deviné ? Avait-il suffisamment d'indices ? Lana avait parlé plusieurs fois d'obligations et de responsabilités qui l'empêchaient de quitter le ranch des McGowan. Cela lui avait semblé sonner creux… Jusqu'à maintenant.

Mais une fille ? Carla ?

— Non, je n'avais pas deviné, répondit-il. Je suis désolé.

— Vous n'avez pas de raison de l'être.

— Pourquoi ne me l'avez-vous pas dit plus tôt ? Une minute ! Bruce n'est pas au courant ?

— Si, il le sait… Depuis un certain temps.

L'estomac de Logan se noua.

— Est-il le père de Carla ?

— Mon Dieu non ! s'écria-t-elle.

Elle fonça dans la cuisine, remplit la cafetière et l'alluma avant de se tourner vers lui.

— J'ai commis une erreur stupide quand j'étais adolescente, et Carla est le résultat de cette erreur, expliqua-t-elle.

— Vous l'avez donnée à Dale et Bruce ?

— Je n'avais que dix-sept ans et je n'avais pas les moyens d'élever un enfant. Dale et Bruce étaient mariés depuis quelques années, et ils avaient du mal à en avoir un. Quand Dale a enfin réussi à tomber enceinte, elle a fait une fausse couche. Elle n'osait pas le dire à Bruce parce qu'elle avait peur qu'il demande le divorce.

— Alors Dale a fait passer votre bébé pour le sien ?

— Ce sont Alma et mon père qui ont tout manigancé. Mon père était ici depuis quelques années et connaissait les Garcia. Quand ma mère lui a dit que j'étais tombée enceinte, il a pensé que c'était le moyen de régler les problèmes de tout le monde.

Sauf que c'était sans doute le début des problèmes de Lana, songea-t-il.

— Alors vous êtes venue à Greenvale pour y accoucher et donner votre enfant à Dale.

Elle essuya une larme.

— Oui. Je l'ai fait pour apaiser mes parents.

— Comment est-il possible que Bruce ne s'en soit pas rendu compte ?

— Bruce a passé plusieurs mois à l'étranger à cette période. Il ne s'est douté de rien. Il a trouvé sa femme et leur bébé quand il est rentré chez lui.

— Mais la vérité a fini par éclater ?

— Ne le fait-elle pas toujours ?

Elle pinça les lèvres avec amertume.

— Êtes-vous restée ici après la naissance de Carla ?

Il s'approcha d'elle, mais la manière dont elle croisa les bras l'incita à s'arrêter.

— Pas au début, répondit-elle. J'ai voyagé un moment. Mais maman était au Mexique, papa avait quitté son emploi au ranch, et j'avais envie de voir la fille que j'avais abandonnée à l'âge de deux semaines.

Cette fois, elle n'essuya pas la larme qui roula sur sa joue.

— Vous n'avez pas abandonné Carla. Vous l'avez confiée à un couple établi et à des grands-parents qui pouvaient lui offrir une sécurité financière et de la stabilité.

— De la stabilité ? ricana-t-elle. Vous avez vu Bruce et Dale à l'œuvre.

— Vous ne pouviez pas comprendre la nature de leur relation à dix-sept ans. Vous avez fait ce qui vous semblait le mieux et suivi les conseils d'adultes en qui vous aviez confiance.

Il enfonça les mains dans ses poches avant de demander timidement :

— Et le père ?

— Il n'était pas disponible.

— Lui avez-vous parlé de Carla ? demanda-t-il, étouffé par une jalousie absurde.

— Oui. Il n'était pas disponible.

Tout ce que cette réponse signifiait, c'était qu'elle ne voulait pas en dire plus. Il n'insista pas.

— C'est ce que vous vouliez dire quand vous parliez de responsabilités. Vous restez pour Carla.

— C'est mon excuse, du moins. Alma ne laisserait rien arriver aux enfants. Que vous le croyiez ou non, Bruce non plus.

— Comment a-t-il découvert que Carla n'était pas sa fille ?

Elle grimaça.

— Comme ça se produit le plus souvent : Dale et lui se sont disputés alors qu'ils avaient bu, et Dale le lui a lancé à la figure.

— Ça a dû l'assommer.

Il serra les dents. Il n'en revenait pas d'éprouver de la compassion pour Bruce.

— Il était fou de rage, au début, mais il aimait Carla – et

même Dale, à sa manière. Et ça lui fournissait un moyen de pression sur moi.

La compassion nouvelle que lui inspirait Bruce fondit comme neige au soleil.

— C'est pour ça qu'il se permet de vous tourmenter ? Il se sert de Carla pour vous forcer à rester ?

— On peut dire ça, mais je n'ai pas réellement envie de partir.

Elle se tourna vers la cafetière.

Il traversa la cuisine en deux enjambées et posa les mains sur ses épaules crispées, que cela lui plaise ou non.

— N'est-il pas difficile de voir votre fille dans une autre famille, avec une autre mère, tous les jours ?

— Ce n'est pas facile, mais j'ai aimé la voir grandir. Je suis un peu son ange gardien.

— Et voilà qu'elle s'en va, dit-il en pressant les épaules de Lana. Vous devriez peut-être en faire autant.

— Elle reviendra.

— C'est peut-être votre chance. Dale n'est pas venue pour rien, ce matin. Elle tenait à vous faire savoir qu'elle avait l'intention de changer alors qu'elle sort tout juste de l'hôpital. Elle veut peut-être avoir sa chance, elle aussi – une chance d'élever Carla sans que sa mère biologique épie ses moindres gestes et la juge.

— Je ne suis pas du genre à juger les gens, se défendit-elle avant d'enlever la cafetière de son support. C'est prêt.

Il s'assit sur un tabouret.

— J'aimerais toujours parler à Dale, dit-il. Pas vous ?

Lana tressaillit, ce qui lui fit renverser un peu de café sur le comptoir.

— De Carla ?

— De son enlèvement.

Pourquoi l'idée de parler de Carla avec Dale la rendait-elle nerveuse ? Elle avait déjà avoué que Carla était sa fille.

Elle s'empressa d'essuyer le café qu'elle avait renversé.

— Bien sûr, répondit-elle. Désolée. Je pensais encore à Carla.

— C'est bien compréhensible, dit-il en prenant la tasse qu'elle lui tendait. Avez-vous déjà songé à la récupérer ?

— Je ne ferai pas ça à Dale. Ce n'est pas la meilleure mère du monde, mais elle adore ses enfants.

Elle remplit une deuxième tasse et s'assit en face de lui.

— Et Daniel ? Est-il leur fils biologique ?

— Oui. Comme ça arrive à beaucoup de couples, ils ont eu moins de mal à avoir un enfant après avoir... adopté Carla. Et Dale a mieux pris soin d'elle pendant sa deuxième grossesse.

— Elle n'avait pas pris soin d'elle la première fois ?

Lana secoua la tête.

— Elle avait continué à boire. C'est sans doute pour ça qu'elle a fait une fausse couche.

— Je comprends mieux pourquoi elle voulait le cacher à Bruce, commenta-t-il en faisant tourner son café dans sa tasse. Le saviez-vous, à ce moment-là ?

— Non, mais ce n'est pas une excuse. Je suis à peu près sûre que je lui aurais confié Carla même si je l'avais su. C'était ce que tout le monde voulait.

— Ça a dû être très dur.

À vrai dire, Lana semblait n'avoir vécu qu'une succession de périodes difficiles. Il eut une envie soudaine de la sortir de là, de la sauver, mais il reconnut tout de suite ce sentiment. Il avait déjà cédé à une envie similaire, et cela avait très mal tourné.

— Le père...

Elle cligna des yeux.

— Petit déjeuner ? le coupa-t-elle avec un grand sourire.

— Des œufs brouillés et des toasts, ça vous va ? Je me crois capable de préparer ça. Allez donc vous habiller. Ensuite, on verra si Dale est disposée à nous parler.

— Je suis sûre qu'elle l'est, répondit Lana. Voulez-vous

que je vous montre où se trouvent les choses dont vous aurez besoin ?

— Je me débrouillerai.

Lana quitta la cuisine avec son café.

En fouillant les placards et les tiroirs, il finit par trouver une poêle, une spatule et un bol. Il avait peut-être exagéré ses talents de célibataire pour impressionner Lana, mais il savait faire des œufs brouillés.

Alors qu'il battait les œufs, il entendit la douche couler et ne put s'empêcher d'imaginer le corps sensuel de Lana sous le jet. Elle lui avait bien fait comprendre la veille qu'elle ne voulait pas de lui dans son lit. Il saisissait mieux pourquoi elle tenait à conserver une réputation sans tache à Greenvale maintenant qu'il savait qu'elle était tombée enceinte à l'adolescence.

Avait-elle fait vœu de célibat pour autant ? Il espérait bien que non, parce qu'il mourait d'envie de mieux la connaître et de gagner sa confiance.

Le grésillement du beurre dans la poêle le tira de ses rêveries. Il y versa les œufs.

Quand Lana réapparut dans la cuisine, il avait posé deux assiettes d'œufs brouillés à peine brûlés et des toasts beurrés sur la table. Il avait aussi servi deux verres du jus de pamplemousse qu'il avait trouvé dans le réfrigérateur.

— Ça a l'air parfait, dit-elle en sortant du ketchup et de la sauce salsa. Merci.

— Menteuse. Si ça avait l'air parfait, vous ne vous jetteriez pas sur des condiments.

— Ça ? dit-elle en agitant les flacons qu'elle tenait. Je mets de la sauce salsa dans tout.

Après le petit déjeuner, Lana rangea la cuisine pendant qu'il se douchait. Il aurait pu attendre d'avoir regagné son hôtel, mais cela risquait de ne pas se produire de sitôt. Par ailleurs, il y avait de bonnes chances pour qu'ils croisent les McGowan, et il ne voulait pas avoir l'air négligé devant eux.

S'il devait être le seul défenseur de Lana, il voulait qu'on le prenne au sérieux. Pourquoi le père de Carla n'avait-il pas aidé Lana ? Il suffit qu'il pense à cet homme pour que son sang se mette à bouillir. Lana voulait-elle le protéger pour une raison quelconque ? Il ne le méritait pas. C'était sûrement un crétin d'adolescent qui n'avait pas osé dire à ses parents qu'il avait mis une fille enceinte.

Logan se débrouilla comme il put avec les accessoires de toilette féminins qu'il avait à sa disposition et se brossa les dents pour finir. Quand il retourna dans le salon, il trouva Lana sur le canapé avec un livre sur les genoux.

Elle releva la tête et se toucha le menton.

— Vous auriez pu utiliser un rasoir jetable, dit-elle. Même si... ça va comme ça.

— Tant que ça va comme ça, répondit-il. Je préfère attendre de retrouver le mien. Avez-vous déjà parlé à Dale ?

— Je l'ai appelée. Elle a dit qu'elle me préviendrait quand Bruce irait faire des courses pour leur voyage. Il est toujours plus facile de se parler quand il n'est pas là.

— Je croyais qu'il avait changé et qu'ils étaient prêts à commencer une nouvelle vie ensemble, ironisa-t-il.

Il récupéra son téléphone, qu'il avait laissé sur le comptoir pour le recharger.

— Ils progressent pas à pas, répondit Lana. On ne peut pas s'attendre que Bruce devienne quelqu'un d'autre du jour au lendemain.

— Mais quel est son problème avec vous ? A-t-il commencé à vous harceler quand il a découvert que Carla était votre fille ?

— Plus ou moins, répondit-elle en baissant les yeux vers le livre.

— Parce qu'il vous en veut d'avoir fait partie du complot ? De ne rien lui avoir dit ?

— Pire.

Elle se redressa et inspira profondément.

— J'ai fait profil bas quand je suis venue vivre ici avec mon père, expliqua-t-elle. Bruce s'est toujours pris pour un grand séducteur. Il pense qu'il lui suffit de claquer des doigts pour que toutes les femmes se jettent à ses pieds. Il a claqué des doigts, et je ne me suis pas jetée à ses pieds.

— Ça l'a vexé.

— Oui. Quand il a découvert que Carla était ma fille, il a découvert du même coup que je n'étais pas aussi pure que je prétendais l'être. Alors il a commencé à me harceler.

— C'est vraiment un sale type, grommela-t-il en serrant les poings. Je peux l'assommer pour vous, si vous voulez.

Elle fit une grimace et pencha la tête sur le côté.

— C'est une très mauvaise idée, et vous le savez.

— Oui, mais ça me procurerait une immense satisfaction.

— Qui serait de courte durée. Elle se dissiperait sans doute quand vous seriez arrêté pour coups et blessures, et traduit devant la cour martiale.

Ils travaillèrent en silence jusqu'à ce que le téléphone accroché au mur se mette à sonner.

— J'avais presque oublié que vous aviez une ligne fixe, dit-il.

— Il arrive qu'on ait une mauvaise réception, par ici, alors je la garde en cas d'urgence. Et c'est une urgence puisque la police a mon portable.

Elle se leva et décrocha à la troisième sonnerie.

— D'accord, répondit-elle. On sera là dans un quart d'heure.

Elle raccrocha et se tourna vers lui.

— Au cas où vous ne l'auriez pas deviné, c'était Dale, dit-elle. Bruce vient de partir, et les enfants sont à l'école.

— Comment feront-ils pour l'école quand ils s'en iront, à ce propos ? La fin de l'année scolaire est encore loin.

Il venait de finir de photographier les notes du quatrième livre. Il le ferma et le posa sur les deux premiers. Le troisième était sur le canapé avec le carnet de Lana. Il alla les chercher.

— Je remets tout ça dans la caisse, annonça-t-il. Il ne me reste plus qu'un livre à photographier.

— Bonne idée. Je ne sais pas ce que Carla et Daniel feront pour l'école. Devrais-je poser la question ou est-ce trop intrusif de la part d'une mère biologique ?

— Aïe ! Vous ai-je accusée d'être intrusive ? Qu'est-ce que j'y connais, d'abord ? Posez la question si vous en avez envie.

Lana le quitta de nouveau pour finir de se préparer. D'après le son, elle se séchait les cheveux. D'après l'image quand elle revint, elle s'était aussi maquillée. Elle était très jolie sans maquillage, mais un peu d'eye-liner et de mascara rendaient ses traits absolument frappants. Sa beauté coupa le souffle de Logan.

— Désolée, dit-elle en enfilant sa veste. J'éprouve toujours le besoin de faire un effort sur mon apparence quand je vois Dale.

— Pour qu'elle ne soit plus tentée de profiter de vous ?

— Peut-être.

Jaeger passa devant la maison alors que Lana verrouillait la porte. Il devait faire une ronde.

Logan le salua d'un signe de tête.

Jaeger toucha le bord de son chapeau et lança :

— Sois prudente, Lana.

Elle se contenta d'acquiescer sans répondre.

— En quoi consiste son travail, au juste ? demanda Logan quand ils se mirent en route.

— C'est le bras droit de Bruce. Ils se connaissent depuis l'enfance. Bruce l'a embauché quand il est sorti de prison.

— De prison ? Qu'a-t-il fait ?

— Il a été condamné pour harcèlement et coups et blessures.

— Et Bruce lui a confié la sécurité de sa famille ?

— Comme je vous l'ai dit, il est aussi loyal envers Bruce que la journée de travail est longue. Il ne ferait jamais de mal à Bruce ou sa famille.

— Peut-être, mais à vous ? Aux autres employés ?

— Il se tient à carreau depuis sa sortie. Son ex-femme est partie très loin et a changé de nom. Je pense qu'elle l'obsède et qu'il n'est dangereux que pour elle.

— Quel homme digne de confiance ! ironisa-t-il.

Quand ils atteignirent la grande maison, Dale ouvrit la porte avant qu'ils appuient sur la sonnette.

— Entrez, dit-elle. Même si je ne sais pas ce que je peux vous dire.

— Comment te sens-tu, pour commencer ? demanda Lana. C'est un vilain bleu que tu as sur la tempe.

— Je dois encore boire avec une paille, mais ça va. Le médecin m'a prescrit des analgésiques.

Elle leva la main pour empêcher Lana d'intervenir.

— Je sais ce que tu penses, poursuivit-elle. Mais j'ai arrêté de boire.

— J'espère que ça durera, répondit Lana avant de tirer Logan par la manche. Vous n'avez pas été correctement présentés en pleine fusillade ni ce matin. Dale, je te présente Logan Hess. Logan, Dale McGowan.

Dale observa Logan de la tête aux pieds et lui serra mollement la main.

— D'après les policiers qui m'ont interrogée à l'hôpital, vous m'avez sauvé la vie, dit-elle. Merci.

Il lâcha sa main et enroula un bras autour des épaules de Lana.

— C'est Lana que nous devons remercier, dit-il. Si elle ne nous avait pas couverts avec la camionnette, on serait morts tous les deux.

— C'est bien notre Lana, répondit Dale. Toujours prête à se sacrifier.

Il ouvrit la bouche, mais Lana lui donna un coup de hanche pour lui défendre de répondre.

— Pouvons-nous te poser quelques questions sur tes ravisseurs ? demanda-t-elle à Dale. Je sais que la police t'a déjà interrogée, mais j'aimerais en savoir le plus possible parce que ça me concerne directement.

— Bien sûr, répondit Dale avant de frapper dans ses mains. Rosa ! Des rafraîchissements, s'il te plaît.

Une femme hispanique d'une quarantaine d'années accourut.

— Qu'est-ce qui vous ferait plaisir, madame McGowan ? demanda-t-elle.

— Bonjour, Rosa, dit Lana. Comment vont Manuel et les enfants. Jamie s'en sort toujours bien à Berkeley ?

— Elle va bien, merci, répondit Rosa. Elle est en dernière année de sciences politiques. Qu'aimeriez-vous boire, votre ami et vous ? Du café ? Du thé glacé ?

Dale leva les yeux au ciel.

— Apporte-nous n'importe quoi, Rosa, intervint-elle. Ce n'est pas un restaurant.

— Du café sera très bien. Et une part de gâteau au café d'Alma, s'il y en a, dit Lana à la gouvernante en lui décochant un clin d'œil.

Logan observa toute la scène les yeux plissés. Elle lui apprit tout ce qu'il avait besoin de savoir sur Dale et sur Lana. Dale pouvait offrir le confort matériel à Carla, mais Lana aurait été une meilleure mère – haut la main.

Dale s'installa sur le canapé et lissa sa robe.

— Maintenant, que voulez-vous savoir sur les hommes qui m'ont enlevée et rouée de coups ? demanda-t-elle.

— Tu n'es pas capable de les identifier, je suppose, répondit Lana. L'inspecteur Delgado nous a dit qu'ils portaient des cagoules quand ils sont venus ici et qu'ils t'ont mis un bandeau pendant qu'ils te détenaient.

— C'est bien ça. Ils portaient des cagoules quand ils ont forcé l'entrée. Ils m'ont posé des questions absurdes, puis m'ont bandé les yeux et entraînée dans un fourgon. Je ne pensais qu'à Carla et Daniel.

Logan toussa.

— Ils vous ont interrogée à propos d'un journal, c'est bien ça ? demanda-t-il.

— Oui. En hurlant et en me frappant. J'ai essayé de leur expliquer que je ne savais pas de quoi ils parlaient.

Dale se pinça l'arête du nez et ferma les yeux.

— Dans le fourgon, ils ont mis un tissu sur mon visage, et je me suis évanouie, poursuivit-elle. Quand je suis revenue à moi, j'étais à l'intérieur d'un bâtiment. C'est tout ce que je peux vous dire. J'avais toujours les yeux bandés.

Lana posa les coudes sur ses genoux.

— Quand as-tu compris qu'ils te prenaient pour moi ? demanda-t-elle.

— Quand ils ont commencé à m'interroger sur mon frère et ce qu'il m'avait dit sur une ambassade.

Dale posa un doigt sur ses lèvres tuméfiées quand Rosa revint dans la pièce avec un plateau.

Logan bondit de sa chaise pour le lui prendre.

— Je m'en occupe, dit-il. Merci.

— Merci à vous, *señor.* Autre chose, madame McGowan ?

— Non, ce sera tout, répondit Dale. Merci, Rosa.

Lana servit un café avec du sucre et de la crème, et le tendit à Dale, qui semblait incapable de faire quoi que ce soit elle-même.

Logan prit une part de gâteau.

— Mais vous les avez détrompés, n'est-ce pas ? demanda-t-il. Vous leur avez dit que vous n'étiez pas Lana Moreno. Vous leur avez expliqué que Lana Moreno vivait dans une autre maison au fond de votre propriété et qu'elle avait reçu un colis contenant les effets personnels de son frère mort au combat, Gilbert.

Dale tressaillit et renversa du café sur sa robe blanche.

— Qu'étais-je censée faire ? se défendit-elle. Vous avez vu mon visage ? Et ils ne se sont pas contentés de me gifler. Ils m'ont aussi donné des coups de poing dans l'estomac et mis un couteau sous la gorge.

— Je n'attendais pas de toi que tu meures pour protéger mon identité, s'empressa de répondre Lana. Tu as fait ce que tu as pu pour survivre, et Logan le sait.

— Je suis désolée, mais tu peux me remercier, en un sens, dit Dale. S'ils ne m'avaient pas enlevée par erreur, tu ne saurais même pas que ces hommes te cherchent. Et je peux t'assurer qu'il ne faut pas qu'ils te trouvent. Vous m'avez vraiment sauvée, au bord de la route. Ces hommes m'auraient tuée sans hésiter. Ils sont dangereux. C'est pour ça qu'on emmène les enfants loin d'ici pour quelque temps.

— Où irez-vous ? demanda Lana en se frottant les mains l'une contre l'autre pour en faire tomber des miettes de gâteau.

— On préfère que tu ne le saches pas, au cas où. On a engagé une gouvernante et un tuteur. Comme ça, Carla... les enfants ne manqueront de rien et ne prendront pas de retard à l'école.

— C'est une bonne idée, intervint Logan. Et vous devriez faire la même chose, Lana. Vous éloigner du ranch. Je suis sûr que Bruce peut comprendre que vous preniez des précautions. N'est-ce pas, Dale ?

Dale battit des cils sans lui faire le moindre effet.

— Bien sûr, répondit-elle. Je lui en parlerai. Tu ne donnes plus de leçons d'équitation, de toute manière, et nous n'avons pas l'intention d'acheter d'autres chevaux pour le moment. À vrai dire, ça fait un moment que tu n'as plus grand-chose à faire. Et si les enfants ne sont plus là...

— Quitter le ranch ? Je ne saurais pas où aller, répondit Lana en empilant les assiettes vides sur le plateau. Et je ne peux pas partir sans savoir où je vais.

— Tu l'as déjà fait, non ? dit Dale avant de claquer des doigts. C'est vrai ! C'était quand tu avais un peu d'argent.

Lana se leva si brusquement qu'elle se cogna les genoux contre la table basse.

— Je te demande juste d'amener les enfants chez moi avant de partir pour que je puisse leur dire au revoir.

— Évidemment, répondit Dale.

La sonnette de la porte d'entrée résonna dans la maison.

— Je vous raccompagne en même temps que je vais ouvrir, annonça Dale.

Logan se plaça entre la porte et elle pour regarder par le judas.

— C'est un grand blond très musclé qui porte un T-shirt blanc moulant, dit-il.

— C'est Lars, mon masseur, répondit Dale en le poussant sur le côté. Je l'attendais.

Elle s'empressa d'ouvrir à son masseur et déposa un baiser sur sa joue.

— Tu n'imagines pas à quel point je suis contente que tu aies pu te libérer aussi vite, Lars ! Tu as appris ce qui m'était arrivé ? J'ai besoin qu'on prenne soin de moi.

— Je suis là pour ça, répondit le jeune homme. Tu auras l'impression de renaître.

Il salua Logan et Lana d'un signe de tête avant d'entreprendre de monter la table de massage qu'il portait dans une valise au milieu du salon.

— Lars a des mains divines, leur dit Dale avant de lever les yeux au ciel comme pour le remercier pour les mains en questions. Je te préviendrai quand on sera sur le point de partir, Lana. Prends soin de toi.

— Et prends soin des enfants, s'il te plaît, répondit Lana.

— On le fera. Je ne suis plus la même personne, je t'assure.

Dale tira sur la manche de Lana et indiqua Lars du menton.

— Tu aurais pu avoir tout ça, toi aussi, si tu avais bien joué tes cartes, ajouta-t-elle.

Lana dégagea son bras et sortit.

— Que voulait-elle dire par là ? demanda Logan lorsqu'ils s'éloignèrent de la maison.

Il voulut poser la main sur ses reins, mais elle le repoussa.

— C’était juste Dale qui faisait sa Dale, répondit-elle. Je ne suis pas sûre qu’elle soit capable de changer. Et je pense que Bruce n’apprécierait pas de voir son masseur se servir de ses mains divines.

— Ça les regarde, répondit-il. J’étais sérieux quand je vous ai suggéré de quitter le ranch, Lana.

— Et j’étais sérieuse quand j’ai répondu que je n’avais nulle part où aller et pas d’argent pour m’y rendre.

Elle accéléra tant qu’il eut du mal à la suivre alors qu’elle avait des jambes moins longues que les siennes.

— J’ai bien une ou deux idées...

— Je ne suis pas sûre de vouloir les entendre, répondit-elle en montant les marches de son perron.

Elle mit la clé dans la serrure, puis la lâcha comme si elle s’était brûlée.

— Qu’est-ce qui ne va pas ? s’inquiéta-t-il.

— Je suis sûre d’avoir verrouillé en partant.

Le cœur de Logan s’affola.

— Reculez, lui ordonna-t-il.

Il glissa deux doigts dans la ceinture du jean de Lana pour l’attirer derrière lui.

Il dégaina et fit tourner la poignée de la porte. Dès que celle-ci fut entrebâillée, il l’ouvrit d’un grand coup de pied et entra dans la maison l’arme au poing.

On l’avait fouillée de fond en comble.

Il ne réussit pas à retenir Lana au passage quand elle fonça dans la cuisine. Elle en ressortit livide.

Alors il sut ce qu’il s’apprêtait à entendre.

— Tout a disparu. Les livres de Gil, mon carnet... Tout.

9

— Ne bougez pas ! ordonna Logan avant d'aller inspecter la porte de derrière et toutes les fenêtres de la maison.

— Il n'y a aucun signe d'effraction, dit-il à son retour, le visage grave. Comment sont-ils entrés ?

— Quelle importance ?

Elle souleva la caisse qui contenait ce qu'il restait de la vie de Gil.

— Ils ont pris les livres et mes notes, murmura-t-elle.

— Ils n'ont pas pris mon téléphone, répondit Logan. Surtout, ils ne vous ont pas enlevée. Ils ne sauront pas quoi faire de ces notes. Même un cryptologue expérimenté ne pourrait pas déchiffrer le code de Gil sans vous. Vous êtes la clé.

Les doigts de Lana se crispèrent sur les bords de la caisse.

— Ça ne me console pas : ça me donne la nausée.

— Ce qui me donne la nausée, c'est le fait que quelqu'un soit entré dans cette propriété et dans votre maison sans que personne s'en aperçoive – sous l'œil attentif de Jaeger, qui nous a vus la quitter.

Elle tourna vivement la tête vers lui.

— Que sous-entendez-vous ?

— Je ne sous-entends rien, répondit Logan en abattant son poing sur le comptoir. J'affirme que Jaeger ou quelqu'un qui lui obéit a laissé les ravisseurs de Dale entrer chez vous.

— Pourquoi aurait-il fait ça ? demanda-t-elle, toujours incapable de lâcher la caisse qui la liait à Gil.

— J'ai ma petite idée, mais je vais en avoir le cœur net puisque Jaeger passe devant la maison en ce moment même.

Il fonça dehors.

— Jaeger ! lança-t-il. Où courez-vous comme ça ?

Lana se releva et rejoignit Logan sur le perron.

Jaeger cracha, puis se tourna lentement vers eux.

— Que voulez-vous ?

— Pourquoi avez-vous laissé les ravisseurs de Dale entrer dans la propriété ? demanda Logan. Ça ne plaira pas à Bruce.

Jaeger esquissa un sourire.

— Je ne sais pas de quoi vous parlez.

— Il vous l'a ordonné, n'est-ce pas ? demanda encore Logan. Vous ne faites rien sans l'aval de votre patron. Pourquoi a-t-il fait ça ?

— Vous êtes fou, grogna Jaeger en serrant les poings. Si vous essayez d'impressionner Lana, ce n'est pas la peine. Cette fille ne laisse personne l'approcher. Elle s'est donnée à un gosse de riche à Salinas il y a dix ans, mais elle n'a pas écarté les cuisses depuis.

Le sang de Lana se mit à bouillir dans ses veines, mais elle n'eut pas le temps de répondre avant que Logan abatte le poing sur la figure de Jaeger.

Celui-ci recula, le nez en sang, pour contre-attaquer aussitôt. Logan esquiva à la vitesse de l'éclair et lui décocha un crochet du gauche sous le menton.

Jaeger toussa, puis fonça tête baissée sur Logan. Il enroula les bras autour de son ventre pour employer tout son poids à essayer de le renverser.

Logan donna un coup de genou dans les parties génitales de Jaeger, qui le lâcha, puis abattit ses mains jointes sur son dos comme un marteau. Jaeger tomba à genoux.

— Je te tuerai ! rugit-il.

Il essaya d'attraper la jambe de Logan, mais celui-ci l'écarta à temps pour lui donner un coup de pied dans le torse.

— Ça suffit, Jaeger ! intervint Bruce.

Il tira Jaeger à l'écart par sa chemise – même s'il ne représentait pas une menace pour Logan, qui avait toujours les poings serrés et du sang de son adversaire sur la manche.

Lana le rejoignit.

— Vous êtes-vous fait mal à la main ? s'inquiéta-t-elle.

— Un peu, répondit-il en secouant ses doigts rougis. Pourquoi avez-vous laissé les ravisseurs de votre femme entrer dans le ranch, McGowan ? Vous auriez pu appeler la police, à la place. Êtes-vous stupide ?

Bruce tendit un mouchoir à Jaeger avec un air désolé.

— Je n'ai rien fait de tel, Hess, répondit-il. Et vous avez de la chance que je n'appelle pas la police maintenant parce que vous avez agressé l'un de mes employés.

— Votre employé a aidé ces hommes à s'introduire chez Lana. Ils ont volé le journal de son frère et ils auraient pu faire bien pire.

— Quoi ? Le journal de Gil a disparu ? Je croyais que tu ne l'avais pas.

— Tu le sais très bien, répondit-elle avec une assurance qu'elle devait à la présence de Logan. Quand as-tu préparé ce coup ? Tu as conclu un marché avec des hommes qui ont enlevé ta femme et terrorisé tes enfants.

— Vous avez perdu la raison, ton ami et toi. Je ne sais pas de quoi vous parlez. Si quelqu'un est entré chez toi, je ferai changer la serrure avant notre départ. Tu sais qu'on s'en va, n'est-ce pas ? Tu as mis ma femme et *mes* enfants en danger.

Elle ricana.

— Ta femme et toi mettez ces enfants en danger tous les jours par votre attitude.

— Nous avons donné à Carla bien plus que tu n'aurais pu le faire, et tu le sais. Si tu veux continuer à vivre dans ce cadre agréable et à voir ta fille tous les jours, je te conseille de trouver des amis plus fréquentables.

Elle vit Logan se raidir et lui caressa le dos comme elle caressait les étalons nerveux.

— Il n'en vaut pas la peine, lui murmura-t-elle à l'oreille.

— Nous savons tous les deux que tu n'as plus grand-chose à faire avec les chevaux, ajouta Bruce. Si tu veux, à notre retour, on envisagera de te faire travailler avec Rosa.

Jaeger pouffa, et Bruce lui donna une tape sur l'épaule alors qu'ils s'éloignaient.

— Je suis prêt pour un deuxième round, si vous voulez, grommela Logan.

— Ce n'est pas la peine, répondit-elle en effleurant les muscles tendus de son bras. Et si Bruce espérait me vexer avec sa suggestion, c'est raté. Rosa vaut vingt fois mieux que sa femme et lui réunis.

— Il a laissé ces hommes entrer dans sa propriété et voler le journal de Gil pour se débarrasser d'eux.

— En un sens, on ne peut pas le lui reprocher. Rentrons. Je vais trouver de la glace pour votre main.

— On ne peut pas le lui reprocher ? s'écria-t-il. N'y a-t-il que des fous dans ce ranch ?

— Bruce leur a permis de trouver ce qu'ils voulaient pour qu'ils n'ennuient plus sa famille – ni moi, si on y réfléchit.

Elle réussit enfin à ramener Logan à l'intérieur et ferma la porte.

— S'il avait un moyen de les contacter – et je me demande bien lequel —, pourquoi ne les a-t-il pas simplement livrés à la police ?

— Jaeger a beaucoup de relations dans les milieux les moins recommandables. Ça ne m'étonnerait pas qu'il se soit contenté de faire savoir que Bruce était prêt à négocier.

Elle s'assit sur le canapé et tapota le coussin à côté d'elle.

— Venez ici, s'il vous plaît.

Logan s'assit en tenant son poignet.

— Mais nous savons tous les deux que ça ne s'arrêtera pas là, répondit-il. Ils auront besoin de vous.

— Bruce l'ignore, et il s'en moquera éperdument quand il aura quitté le ranch avec sa famille.

Elle remplit un sac en plastique de glaçons et humidifia un torchon propre.

— Je n'arrive pas à croire que vous lui trouviez des excuses alors qu'il a mis votre vie en danger, dit Logan quand elle revint dans le salon.

— Ce ne sont pas des excuses, répondit-elle. Montrez-moi cette main, Tex.

— Vous donnez vraiment l'impression de l'épargner, grommela-t-il en tendant la main.

Elle se servit du torchon humide pour nettoyer le sang de Jaeger qu'il avait sur les doigts, puis s'attaqua à sa manche.

— Si vous faites tremper cette chemise tout de suite, il devrait être possible de la sauver, dit-elle.

Il la retira et la lui tendit.

— Elle était sale, de toute manière, répondit-il.

Le regard de Lana s'attarda sur son torse moulé dans un T-shirt blanc.

— Merci d'avoir défendu mon honneur, au fait, dit-elle.

— Je déteste les hommes comme Jaeger.

Ses mâchoires se crispèrent. Ce que Jaeger avait dit sur le père de Carla devait lui avoir inspiré un million de questions. Elle lui raconterait peut-être toute l'histoire un jour – s'ils avaient plus de jours à passer ensemble.

Elle lui tendit le sac de glaçons.

— Mettez ça sur votre main pendant que je m'occupe de cette chemise.

— Oui, madame.

Elle emporta la chemise dans la cuisine. Pendant que l'évier se remplissait, elle observa son reflet dans la fenêtre. Elle avait les joues roses et les yeux brillants. L'excitation de la bagarre n'était pas encore retombée, et le fait que Logan se soit battu pour elle la troublait profondément.

Elle posa une main mouillée sur son cœur, qui était en danger depuis qu'elle avait posé les yeux sur les bottes de Logan. Elle n'avait pas été aussi sensible au charme d'un homme depuis qu'elle s'était perdue dans les yeux bleus du père de Carla. Mais elle avait fini par découvrir que l'armure de Blaire était en fer-blanc et ses promesses aussi creuses que des *piñatas*.

Elle mit un peu de savon liquide dans l'eau et frotta la manche quelques secondes avant de laisser tremper.

Quand elle retourna dans le salon, Logan faisait les cent pas. Le sac de glaçons était posé sur la table basse.

— Venez donc vous installer dans la cuisine, dit-elle. Vous y êtes allé fort. Cette main a besoin de glace.

Elle prit le sac de glaçons et força Logan à s'asseoir sur un tabouret.

— Votre main !

— Vous devez vraiment partir d'ici, dit-il en posant sa main déjà gonflée sur le comptoir.

— Je vous ai dit que je n'avais nulle part où aller.

— Je connais un endroit où vous pourriez aller.

Elle posa le sac de glace.

— Je n'irai pas au Mexique. Voulez-vous de l'ibuprofène ?

— Je pensais au Texas.

Elle tourna brusquement la tête alors qu'elle venait de prendre un verre.

— Quoi ? Qu'est-ce que j'irais faire au Texas ?

— Ce serait parfait. Réfléchissez… On pourrait y travailler ensemble sur le journal de Gil. J'ai photographié les notes de quatre livres sur cinq. Vous pourriez recommencer votre carnet. Surtout, vous seriez en sécurité loin de ce ranch où tout le monde est si prompt à vous trahir.

— Dans le ranch de vos parents ? Vous voulez débarquer chez eux avec une inconnue ?

— Comme je préférerais que ma famille ignore la raison de votre présence, il faudrait trouver un prétexte.

— C'est encore pire. Vous voulez que je m'impose chez des gens en leur mentant ?

Elle remplit le verre d'eau et le posa devant Logan avec un comprimé d'ibuprofène.

— Vous avez besoin de quelque chose de plus fort si vous croyez que je peux accepter ça. Vous êtes fou.

— Où est le problème ? Ma famille a un ranch gigantesque et une maison tout aussi gigantesque. Personne ne prêtera attention à une nouvelle employée.

— Une employée ?

Elle posa les coudes sur le comptoir et le menton dans ses mains.

S'attendait-elle qu'il la fasse passer pour sa petite amie ? Il en avait peut-être une là-bas. Elle savait qu'il n'était pas marié et n'avait pas d'enfants, mais cela ne signifiait pas qu'il n'y avait personne dans sa vie.

— Vous entraînez des chevaux, nous avons des chevaux, répondit-il en examinant sa main. Beaucoup de chevaux.

Lana sentit l'espoir naître au creux de sa poitrine et se méfia.

— Si vous avez beaucoup de chevaux, vous devez aussi avoir beaucoup d'entraîneurs.

— C'est vrai, mais la femme qui donne des leçons d'équitation aux enfants est en congé maternité. Mes parents m'en ont parlé la dernière fois que je les ai eus au téléphone, juste avant ma permission. Et puis...

— Et puis quoi ? demanda-t-elle en contemplant son visage qui aurait été parfait pour le premier rôle d'un western.

— Mes parents ne s'attendent pas à me voir. Ils seront ravis, quelle que soit la personne qui m'accompagne.

— Voilà qui est réconfortant, ironisa-t-elle. Ils seront tellement contents de vous voir qu'ils accepteront n'importe quel chien perdu ?

— Pourquoi l'interpréter de cette manière ? C'est de la fierté mal placée.

— Ce n'est pas vrai ! se défendit-elle.

Gil lui avait souvent fait ce reproche. L'entendre dans la bouche d'un autre homme qu'elle respectait lui noua l'estomac.

— Je ne me sentirais pas à ma place, expliqua-t-elle. J'aurais l'impression d'être une intruse.

— Vous seriez mon invitée.

— Votre employée, le corrigea-t-elle.

— Que diriez-vous d'une combinaison des deux ? On sera amenés à passer du temps ensemble pour travailler sur le journal de Gil, ce que je ne ferais pas avec une employée lambda. Mais si j'amène une amie qui se trouve être entraîneuse et qui peut remplacer Charlotte ? Tout le monde sera ravi, et personne ne se doutera de rien.

— Je n'irai pas au Texas, Logan.

— Vous pouvez apporter votre sauce salsa.

Elle sourit malgré elle.

— Ce n'est pas suffisant pour me convaincre.

— Qu'est-ce qui pourrait vous convaincre, alors ?

Subitement, les yeux verts de Logan la troublèrent beaucoup trop pour continuer une conversation aussi sérieuse. Elle alla ouvrir le réfrigérateur.

— Rien, répondit-elle en appréciant l'air froid qui caressait ses joues brûlantes.

— De l'argent ?

— Quoi ?

Son trouble se mua en colère. Elle claqua la porte du réfrigérateur.

— Pour les leçons d'équitation, je veux dire, précisa-t-il. Je sais que vous envoyez tout ce que vous gagnez à votre mère. Nous pouvons vous offrir un bon salaire. Il ne s'agit pas de vous faire l'aumône.

Pourquoi tout le monde croyait-il qu'il était aussi facile de l'acheter ? Elle devait émettre de mauvaises ondes.

— Non merci, répondit-elle. Voulez-vous emporter les restes d'Alma ?

— Je suis désolé si je vous ai offensée, Lana. J'essaye juste de vous rendre plus facile de quitter ce ranch et votre emploi.

— Les restes ?

Il se leva.

— Non merci. Je déjeunerai en ville. Avez-vous besoin d'aide pour ranger ? Ces salauds ont tout retourné.

— Et ils ont trouvé ce qu'ils cherchaient, dit-elle en jetant un coup d'œil à la caisse.

Elle avait perdu les livres de Gil, Carla s'en allait, et Logan partirait bientôt. Tout le monde finissait par l'abandonner.

— Alors ? Un coup de main ?

— Non, ça ira.

— Avant de partir, je demanderai à Humberto et à Leggy de garder un œil sur vous.

— Vous allez leur attirer des ennuis avec Bruce.

— Bruce a des ennuis avec moi, répondit Logan. Il a permis aux hommes qui ont battu sa femme d'entrer chez vous. Il peut bien laisser deux de ses employés s'assurer que ces hommes ne reviennent pas.

— Je suis sûre que Humberto et Leggy sont déjà au courant de ce qui s'est passé et qu'ils ont des projets.

— Décidément je les aime bien.

Il enfila sa veste et examina ses doigts.

— Merci pour les glaçons, ajouta-t-il. Ça a aidé.

— Recommencez quand vous serez dans votre hôtel, lui conseilla-t-elle.

— Dites-moi… On continuera à travailler ensemble sur le journal de Gil même si on ne va pas au Texas, j'espère ?

— Bien sûr.

Elle n'était pas encore prête à le laisser partir.

— Je commencerai un nouveau carnet si vous m'imprimez

vos photos, promit-elle. Je devrais aller plus vite la deuxième fois.

— Tant mieux. On pourrait s'y mettre quand vous me rapporterez ma chemise.

Elle posa une main sur sa bouche.

— J'avais oublié votre chemise !

— Ce n'est pas grave. Plus elle trempe, plus il y a de chances pour que le sang de Jaeger disparaisse, non ?

— Je suppose. Merci pour tout, dit-elle en ouvrant la porte. Merci de m'avoir défendue contre Jaeger.

— Il est grand temps que quelqu'un vous défende, Lana Moreno.

Il sortit et agita la main pour lui dire au revoir avant de s'éloigner.

Elle ferma la porte et la verrouilla.

— Ressaisis-toi ! s'ordonna-t-elle. Tu le reverras. Il n'a pas disparu pour toujours – pas encore.

Elle passa le quart d'heure suivant à remettre de l'ordre dans le salon. Avaient-ils aussi fouillé la chambre ? Elle n'avait même pas vérifié.

Elle n'y trouva que quelques tiroirs renversés. Ils avaient dû comprendre assez vite que les livres de la caisse, dont elle avait recopié les notes dans un carnet, devaient constituer le journal de Gil.

Ils n'auraient pas dû abandonner la caisse dans la cuisine, mais comment auraient-ils pu deviner que Jaeger laisserait les ravisseurs de Dale entrer dans le ranch ?

Après avoir remis de l'ordre dans la chambre, elle entra dans la salle de bains où ils ne s'étaient pas donné la peine de toucher à quoi que ce soit.

Elle donna un coup de pied dans quelque chose et baissa les yeux. Ils avaient quand même touché à un tube de rouge à lèvres.

Elle le ramassa. Quand elle se retourna pour le ranger, elle sursauta en découvrant la phrase écrite au rouge à lèvres sur le miroir.

On n'en a pas fini avec toi, Lana.

10

Logan serra la main de Humberto.

— Merci, lui dit-il. Avec des pourris comme Jaeger dans le coin, Lana a besoin de protection.

Il repartit vers sa voiture, garée devant la maison de Lana. Pourquoi refusait-elle aussi résolument de l'accompagner au Texas ? Cela résoudrait tous ses problèmes urgents. C'était quand il avait parlé d'argent qu'elle s'était énervée. Il avait compris qu'il avait commis une erreur dès que les mots avaient quitté sa bouche, mais il ne savait toujours pas laquelle. Si elle remplaçait Charlotte, pourquoi ne serait-elle pas payée ?

Il ne prétendait pas mieux comprendre les femmes que les autres hommes, mais il était certain que Lana était la plus compliquée des femmes.

Alors qu'il s'approchait de sa voiture, Lana jaillit hors de sa maison. Elle partit en courant vers les écuries et changea de direction dès qu'elle le vit. Il écarta les jambes et se prépara à la collision.

— Que se passe-t-il ? demanda-t-il lorsqu'elle se jeta dans ses bras.

— Je vais au Texas, répondit-elle, l'air terrifiée.

— Pourquoi ?

Il ne demandait qu'à croire qu'elle avait changé d'avis parce qu'elle avait fini par voir les avantages de sa proposition, mais sa panique l'incitait à penser que ce n'était pas la seule raison.

— Dans la maison, répondit-elle. Ils m'ont laissé un message sur le miroir de la salle de bains.

— Comment cela a-t-il pu m'échapper ?

— À part ça, ils n'ont touché à rien dans la salle de bains. Il faut se tenir en face du lavabo pour le voir.

— Que dit le message ?

— Vous ne voulez pas venir voir ?

— Je vous suis.

Elle l'entraîna à l'intérieur avec affolement comme si elle craignait que le message ne disparaisse.

Il entra dans la salle de bains et regarda le miroir.

— Ils savent, Lana, dit-il. Ils savent qu'ils ne peuvent pas déchiffrer le journal de Gil sans vous. J'ai envie de tuer Bruce.

Il rencontra le regard de Lana dans le miroir.

— Ce message m'a fait comprendre que je n'étais pas en sécurité, répondit-elle. Rien ne peut me protéger dans ce ranch – ni Humberto et Leggy, ni mon arme, ni même vous. Maintenant que vous avez humilié Jaeger, on peut s'attendre à tout de sa part quand Bruce sera parti. Il pourrait me livrer à ces hommes rien que pour se venger. Il a failli tuer une femme à coups de poing, et c'était quelqu'un qu'il prétendait aimer. Il n'aura aucune pitié pour moi.

Logan effaça le message avant de répondre :

— Alors en route pour le Texas !

Le ranch des McGowan était ridicule en comparaison du Double H – pour Hugo Hess, le nom du grand-père, du père et du frère de Logan. Lana essayait de ne pas trop écarquiller les yeux tandis que le frère de Logan leur faisait traverser en 4x4 une propriété immense dans laquelle devait se cacher une maison.

— L'écurie est de ce côté, Lana, dit Hugh. Quelle chance

que Logan soit tombé sur vous ! On risquait de perdre des élèves à cause du congé maternité de Charlotte.

— J'avoue que je suis surprise que vous preniez la peine de donner des leçons d'équitation dans un ranch de cette taille.

— C'est une vieille tradition, répondit Hugh. On a des élèves qui viennent de Dallas et de Fort Worth.

Il salua deux hommes qui réparaient une clôture.

— Merci de me laisser ma chance.

— Une recommandation de mon frère me suffit, dit Hugh avant de jeter un coup d'œil à Logan dans le rétroviseur. Vous vous connaissez depuis longtemps ?

— Non, pas très longtemps, répondit Logan de la banquette arrière. Je t'ai déjà dit que Lana était la sœur d'un ami. J'ai appris qu'elle avait besoin d'un travail, je savais pour Charlotte et je me suis dit que ça arrangerait tout le monde.

— De fait, ça nous arrange, admit Hugh avant de donner un petit coup de coude à Lana. Je me demandais juste s'il essayait de faire engager sa petite amie.

Lana déglutit péniblement.

— Parce qu'il l'a déjà fait ? demanda-t-elle.

Logan frappa l'appuie-tête de son frère.

— C'est à lui que vous devriez demander ça, répondit Hugh après un nouveau coup d'œil dans le rétroviseur.

— Voici la maison de Charlotte, dit Logan en frappant sa vitre. La plupart des employés du ranch vivent le long de cette route.

Lana observa le joli cottage.

— Et ça ne dérangera pas Charlotte que je m'installe chez elle en son absence ? s'inquiéta-t-elle.

— Charlotte et son mari vivent à Fort Worth, répondit Hugh avant de s'engager dans l'allée. C'est un informaticien. Charlotte ne dort ici que de temps en temps. Ça ne la dérangera pas. Les meubles, la vaisselle et les draps appartiennent au ranch.

Il se gara devant la maison.

— Pour le moment, c'est chez vous ! conclut-il.

Elle sortit de la voiture et laissa Logan tirer sa valise du coffre.

— Je ne te retiens pas, dit-il à son frère. J'aide Lana à s'installer et je vous l'amène. Papa veut la voir, je suppose.

— Bien sûr !

Hugh décocha un clin d'œil à Lana.

— Notre père croit qu'il dirige encore le ranch et veut savoir tout ce qui s'y passe, expliqua-t-il.

— C'est compréhensible, répondit-elle avant de se cacher les yeux du soleil pour mieux voir une grande maison au loin. C'est la maison de la famille ?

— Oui. C'est là que nous vivons tous : nos parents, ma femme et moi, nos deux enfants, notre frère, Cody, sa femme et leur fille. Seul Logan nous a abandonnés pour entrer dans sa Delta Force.

— *Ma* Delta Force, répéta Logan en ricanant. Je suis sûr que tu as des tas de choses à faire, Hugh.

— Soyez la bienvenue au Double H, Lana, dit Hugh en touchant le bord de son chapeau avant de remonter dans le 4x4.

Il souleva un nuage de poussière en démarrant.

Logan le regarda s'éloigner pendant quelques secondes avant de porter la valise de Lana sur le perron.

— Cette maison est un peu plus grande que celle où vous vivez dans le ranch des McGowan, mais elle est conçue de la même manière, dit-il.

— Je commence à comprendre que tout est plus grand au Double H que chez les McGowan. J'ai recherché des informations sur le ranch sur Internet, mais les photos que j'ai trouvées ne m'ont pas préparée à ça. Votre famille possède beaucoup de terrain et beaucoup de bétail, n'est-ce pas ?

— Oui, répondit-il avant d'agiter des clés sous son nez.

Sur ce trousseau, vous avez la clé de la maison et celles de la plupart des portails du ranch, y compris celui de l'entrée.

Elle le regarda ouvrir la porte du cottage. « Sa » Delta Force l'avait-elle éloigné de sa famille ? Quelque chose clochait. Elle avait senti des tensions entre Hugh et lui. Elle avait envie de lui poser la question, mais elle avait peur de se faire mordre.

Il s'écarta pour la laisser entrer la première.

— Bienvenue chez vous !

— Ça sent un peu le renfermé, mais c'est charmant, commenta-t-elle.

— On peut aérer tant qu'il ne pleut pas.

Il ouvrit toutes les fenêtres du salon avant de lui faire visiter les autres pièces.

— Il y a deux chambres et deux salles de bains, dit-il, mais l'une des chambres est nettement plus grande que l'autre. Sauf si vous préférez l'autre pour une raison quelconque, je vais y poser votre valise.

— Vous pouvez la laisser dans le salon pour le moment, répondit-elle.

Elle le suivit dans le couloir et jeta un coup d'œil à la première chambre, dont le lit était assorti aux meubles.

— C'est joli, dit-elle.

Logan disparut dans une autre pièce.

— C'est la chambre principale, lui lança-t-il. Elle a une salle de bains attenante, c'est plus pratique.

Lana l'y rejoignit et caressa les pétales d'une jonquille placée dans un vase sur la table de nuit.

— C'est une attention délicate, dit-elle.

— Sans doute d'Angie, la femme de Hugh, répondit Logan, les mâchoires inexplicablement crispées.

— C'est très gentil de sa part.

Elle appuya sur le matelas, qui semblait très confortable, et ajouta :

— Je risque d'être tentée de m'installer ici de manière permanente.

Logan tourna vivement la tête vers elle.

— Je plaisante, s'empressa-t-elle de préciser.

— Je sais, mais si ça se passe bien…

— Charlotte pourrait avoir des objections quand elle rentrera de son congé.

— *Si* elle revient.

— Quand suis-je censée être présentée à Sa Majesté ?

— Ça ne ressemble pas à ça, ne vous en faites pas, répondit Logan avant de donner un petit coup de pied dans un meuble.

Lana croisa les bras.

— Très bien. Quel est le problème ?

Il était au courant de tous les drames de sa famille. C'était à son tour de tout savoir.

— Vous êtes tendu depuis l'atterrissage, et je suis sûre que ça n'a rien à voir avec le journal de Gil et le major Denver, insista-t-elle.

Il enfonça les mains dans ses poches.

— Je suis désolé. Ça n'a rien à voir avec vous non plus.

— Je ne le pensais pas.

— Je ne m'entends pas parfaitement avec ma famille.

— Ah oui ?

Il esquissa un sourire. Même si c'était pour un instant, elle fut contente de retrouver le Logan qu'elle connaissait et appréciait – sans doute un peu trop.

— Je ne suis pas à la hauteur de leurs attentes, expliqua-t-il.

— C'est amusant, parce que je ne m'entends pas parfaitement avec ma famille pour la raison inverse. J'ai toujours été à la hauteur de leurs attentes : m'occuper de papa, envoyer de l'argent à maman, abandonner mon bébé… Et ça m'a menée où ? Je me suis retrouvée coincée dans un endroit que je déteste. Quoi que vous fassiez, ne cédez pas.

— Approchez.

Il ne vint pas à l'esprit de Lana de refuser. Le regard de Logan suffit à la rendre docile.

Elle traversa la chambre comme si elle était sous hypnose.

Quand elle atteignit sa partie de l'univers, il l'attira dans ses bras. Elle posa la tête sur son cœur.

Il lui caressa les cheveux pendant quelques secondes avant de la repousser avec douceur et de plonger le regard dans le sien.

Elle cligna des yeux comme si elle émergeait d'un rêve.

— Qu'est-ce qui me vaut ça ? demanda-t-elle.

— Vous aviez l'air d'avoir besoin d'un câlin, et je sais que c'était mon cas.

— Quand vous voulez, Tex. Êtes-vous prêt à entrer dans la tanière du lion ?

— Tant que vous êtes auprès de moi.

— Vous avez été à mes côtés tous ces derniers jours, lui rappela-t-elle.

Il caressa sa joue, puis se pencha pour effleurer ses lèvres.

— Dois-je m'excuser ? demanda-t-il d'une voix rauque lorsqu'il s'écarta.

— Ce n'est pas nécessaire, répondit-elle. Le câlin n'a pas eu l'effet désiré ?

— Il a très bien marché, mais je voulais plus. Vous pouvez m'accuser d'être gourmand.

Elle était disposée à l'accuser de tout ce qu'il voulait s'il recommençait.

— Prête ?

— Prête pour quoi ?

Il haussa un sourcil.

— À rencontrer mon père.

— Oh ! Ça…

— Si vous préférez prendre le temps de vous installer d'abord, ce n'est pas un problème, mais mon père n'est pas un ogre. Hugh le fait passer pour un tyran, mais ce n'est pas juste.

— Je n'ai pas peur de rencontrer votre père, mais laissez-moi quelques minutes pour me brosser les dents et les cheveux.

Elle sortit sa trousse de toilette de sa valise et s'enferma dans la salle de bains.

— À quoi joues-tu ? demanda-t-elle à son reflet dans le miroir en chuchotant.

Était-elle venue au Texas pour sa sécurité ou parce qu'elle voulait être auprès de Logan ? Sans doute les deux. Il fallait peut-être qu'elle l'admette et qu'elle arrête de se torturer. Elle avait le droit d'être attirée par un homme et de se laisser embrasser.

Elle se brossa les cheveux et se fit une queue-de-cheval pour avoir au moins l'air d'être venue pour travailler.

Quand elle sortit de la salle de bains, Logan regardait le tableau qui était placé au-dessus de la cheminée.

— C'est le ranch, dit-il sans se retourner. C'est ma mère qui l'a peint.

Lana s'approcha. Le tableau représentait une horde de chevaux sauvages au soleil couchant.

— C'est très beau, dit-elle. Votre mère est peintre ?

— Ce n'est qu'un hobby. S'occuper de mon père a toujours été et sera toujours le métier de ma mère.

Il se retourna.

— On peut y aller à pied ou demander qu'on vienne nous chercher, dit-il. Que préférez-vous ?

— Après le vol et le long trajet en voiture, ça me fera du bien de me dégourdir les jambes, répondit-elle.

La maison de la famille Hess était à moins d'un kilomètre, et l'air frais la vivifia. La maison occupa de plus en plus de place dans le paysage jusqu'à ce que Lana se retrouve devant un véritable manoir. Qui n'aurait pas voulu vivre là ?

Lana s'attendait presque à voir Logan sonner à la porte, mais il entra sans cérémonie.

Il y avait une femme dans l'entrée.

— Monsieur Logan ! s'écria-t-elle avec un grand sourire. C'est bon de vous avoir à la maison.

— Merci, Lupe, répondit Logan. Tu as l'air en forme. Je te présente Lana Moreno, qui remplacera Charlotte pendant son congé.

Lupe souhaita la bienvenue à Lana en espagnol.

— Voulez-vous quelque chose à boire ou à manger ? demanda-t-elle. On servira le déjeuner dans une heure, mais je peux vous préparer un en-cas tout de suite.

— Rien pour moi, merci, répondit Lana.

Elle admira le grand escalier courbe, la hauteur sous plafond et le dôme en verre qui coiffait l'entrée.

— Pour moi non plus, dit Logan. Merci, Lupe. On est juste venus voir Junior. Il veut rencontrer Lana.

— Bien sûr, répondit Lupe. Il tient toujours à savoir ce qui se passe dans le ranch. C'est bon pour lui.

— Est-il dans la bibliothèque ou dans la grande salle ?

— Dans la grande salle. Je suis ravie de vous rencontrer, Lana.

— Moi aussi, répondit Lana.

Elle regarda Lupe disparaître par une porte sur leur gauche, puis tira sur la manche de Logan.

— Junior ? Vous appelez votre père Junior ?

Logan haussa les épaules.

— Comme tout le monde. Son père était Hugo Hess. Mon père est Hugo Hess Junior et Hugh est Hugo Hess troisième du nom, mais il préfère qu'on l'appelle Hugh. Ma famille aime compliquer les choses.

Il lui prit le bras et l'entraîna vers leur droite.

— La grande salle est par ici.

Leurs bottes claquèrent sur ce qui devait être du marbre jusqu'à ce que Logan pousse la double porte d'une pièce qui méritait le titre de grande salle.

Il y avait un énorme lustre en cristal au plafond et une cheminée qui occupait la moitié du mur du fond. Son manteau en marbre vert pailleté d'or était presque de la même teinte que les yeux de Logan. Les grandes fenêtres en ogive permettaient d'admirer la piscine avec son bar et sa cascade.

Le regard de Lana s'attarda sur les détails exquis de la pièce pour ne pas se poser sur les huit humains qui les fixaient.

Elle joignit aussi les mains pour ne pas s'agripper au bras de Logan, ce que les gens qui l'observaient risquaient de prendre pour une provocation. Dire qu'elle était censée n'être qu'une employée... Elle n'osait pas imaginer l'accueil qu'ils réservaient aux compagnes de Logan.

Celui-ci s'était raidi à côté d'elle.

— Quel comité d'accueil ! lança-t-il. Je croyais être venu pour présenter Lana à Junior.

— Je suis là, répondit un homme aux cheveux gris et au visage buriné depuis son fauteuil roulant.

Logan ne l'avait pas informée que son père était en fauteuil roulant.

— On ne t'a pas vu depuis longtemps, dit une très belle femme qui avait un carré platine et les doigts couverts de diamants. À quoi t'attendais-tu ? Viens donc dire bonjour à ta mère.

Logan s'approcha d'elle, prit la main qu'elle lui tendait et déposa un baiser sur sa joue.

— Maman, je te présente Lana Moreno, dit-il.

Lana eut l'impression d'être arrachée d'une transe quand il prononça son nom. Elle avança à son tour. Bien sûr, elle trébucha contre le bord d'un tapis, mais elle réussit à ne pas tomber devant tous ces gens.

— C'est un plaisir de vous rencontrer, madame Hess, dit-elle en tendant la main.

La mère de Logan la lui serra avec une vigueur qui la surprit.

— Bienvenue à bord, Lana, dit-elle. Vous pouvez m'appeler Dolly.

Dolly et Junior ?

— C'est un surnom, chérie, précisa Dolly.

Lana maudit son expressivité.

— Ça vous va bien, balbutia-t-elle.

Junior pouffa, ce qui le fit tousser.

— Elle me plaît déjà ! lança-t-il quand la quinte fut terminée.

Logan serra la main de son père.

— Junior, Lana Moreno.

— Ravie de vous rencontrer, monsieur, dit Lana en serrant sa main dont la peau ressemblait à du parchemin. Et merci de m'offrir la chance de travailler au Double H. C'est un lieu incroyable.

— Plus impressionnant que ce que vous appelez des ranchs en Californie, n'est-ce pas ? Vous devriez vous contenter de faire pousser des salades et nous laisser nous occuper du bœuf.

Il lui décocha un clin d'œil avant d'ajouter :

— Et appelez-moi Junior, comme tout le monde.

Logan la présenta ensuite à Angie, la femme de Hugh, à Cody, son autre frère, et sa femme, Melissa, à sa sœur, Alexa, et au valet de son père, Carlton.

Lana eut l'impression d'être un insecte sous un microscope. Tous ces gens lui sourirent et lui parlèrent poliment, mais ils avaient l'air de retenir leur souffle, comme s'ils s'attendaient qu'elle fasse quelque chose d'extravagant. Tous sauf Alexa.

La sœur de Logan parut sur le point d'éclater de rire quand Lana lui serra la main.

Elle comprenait mieux pourquoi Logan n'avait pas d'excellents rapports avec les membres de sa famille. Ils étaient bizarres. Que faisaient-ils tous là, pour commencer ? Ils auraient pu tomber sur Logan après leur rendez-vous avec Junior.

— Veux-tu t'entretenir avec Lana, alors ? demanda

Logan à son père à la fin des présentations. Lui expliquer le fonctionnement du ranch et en quoi consiste son travail ?

— Bien sûr ! Je dirige encore ce ranch, non ? répondit Junior en jetant un regard hostile à Hugh. Carlton ! Allons dans la bibliothèque.

Junior mit son fauteuil motorisé en marche et disparut dans une pièce voisine avec Carlton.

— J'imagine que je vous reverrai tous au déjeuner. Vous pourrez m'interroger à ce moment-là, dit Logan avant d'entraîner Lana dans le sillage de son père.

L'atmosphère étrange des présentations rendit Lana méfiante, mais son entretien avec Junior se passa comme elle s'y attendait. Il l'interrogea sur ses emplois précédents et la prévint que celui qu'il lui offrait ne serait que provisoire si Charlotte décidait de revenir.

Après l'entretien, Logan proposa de la raccompagner, à pied ou en voiture.

— Je préférerais rentrer seule, si ça ne vous dérange pas, répondit-elle.

— Je ne peux pas vous en vouloir d'avoir envie d'être seule après l'accueil qu'ils nous ont réservé.

— C'était... J'aime bien votre père. Comment s'est-il retrouvé dans ce fauteuil ?

— Un cheval.

— C'est vrai ? C'est d'une ironie cruelle.

— Ce n'était pas l'un des nôtres, précisa Logan. Ce vieil idiot a essayé de dompter un cheval sauvage. Prévenez-moi si vous avez besoin de quoi que ce soit. Je passerai vous voir un peu plus tard. On pourra se remettre à travailler sur le journal de Gil.

— Très bien, répondit-elle.

Elle avait presque oublié pourquoi elle était là. Pour la première fois depuis sa mort, elle avait presque oublié Gil.

— Êtes-vous sûre de ne pas vouloir emporter quelque

chose à manger ? Angie a préparé la maison pour votre arrivée, mais elle n'a pas rempli le réfrigérateur.

— Je n'ai pas faim. Je pourrai toujours faire des courses un peu plus tard.

— À tout à l'heure, alors.

Logan se retourna. Il hésita un instant avant de franchir la porte comme s'il s'apprêtait à entrer dans une arène.

Lana regagna la maison de Charlotte. Elle rangea ses affaires de toilette dans la salle de bains, puis s'installa sur le canapé avec son ordinateur. Alors qu'elle consultait ses mails, des coups frappés à la porte la firent sursauter. Elle inspira profondément.

Elle avait laissé la peur derrière elle. Le Double H représentait la sécurité. Logan représentait la sécurité.

Elle regarda par le judas et fronça les sourcils en découvrant Alexa devant sa porte avec un plateau dans les mains.

Lana ouvrit.

— Rebonjour.

— Rebonjour !

Alexa entra sans attendre que Lana l'y invite.

— J'ai pensé que vous deviez avoir faim, dit-elle. Lupe est une excellente cuisinière.

— Merci, c'est très gentil à vous – mais j'ai dit à Logan que je n'avais pas faim.

Alexa posa le plateau sur la table et souleva la cloche qui couvrait l'assiette.

— Des *enchiladas*, du riz, de la salade et deux sodas, annonça-t-elle.

Lana huma l'air.

— Je reconnais que ça sent bon.

— Goûtez ! répondit Alexa avant de balayer la pièce du regard. Je n'étais pas venue ici depuis longtemps. C'est mignon.

— C'est une maison très agréable.

Alexa s'assit et posa les coudes sur la table.

— Êtes-vous vraiment une entraîneuse venue travailler au ranch ? demanda-t-elle.

Lana s'assit en face d'elle et ouvrit l'une des canettes de soda.

— Vous voulez l'autre ? proposa-t-elle.

Alexa répondit en la prenant.

— Alors ?

— Que ferais-je là, sinon ? demanda Lana.

Alexa avait-elle deviné que son frère menait une enquête ? Logan avait été parfaitement clair. Il ne voulait pas que sa famille sache ce qu'il faisait – et Lana comprenait pourquoi, à présent.

Par ailleurs, Alexa semblait incapable de garder un secret, même si sa vie – ou celle de quelqu'un d'autre – en dépendait. Or, la vie de Lana dépendait de ses secrets, pour le moment.

— Est-ce pour ça que vous m'avez tous regardée comme si je débarquais d'une autre planète ? demanda-t-elle. Ce n'est sûrement pas parce que je suis hispanique. Vous vivez au Texas, après tout.

— Bien sûr que ce n'est pas ça ! répondit Alexa en agitant une main aux ongles bleus pailletés. La femme de Cody est à moitié mexicaine. On a pensé que votre recherche d'un d'emploi pouvait n'être qu'un prétexte.

— Pourquoi ? Pourquoi Logan vous présenterait-il quelqu'un sous un prétexte ?

— Pour nous cacher que vous êtes sa petite amie, par exemple, répondit Alexa.

Lana prit une bouchée d'*enchiladas* pour dissimuler son malaise.

— Non, je ne suis pas sa petite amie, mais je ne vois pas où serait le problème. Je suis sûre que Logan en a eu et qu'il en a même amené ici. Je me trompe ?

— Oh non ! répondit Alexa après avoir bu une gorgée de

soda. Le problème, c'est que la dernière en date était une croqueuse de diamants.

Lana se sentit rougir.

— Qu'est-ce qui vous fait dire ça ?

— Elle aimait peut-être Logan - qui ne l'aimerait pas ? —, mais elle aimait encore plus l'argent de la famille. Elle a essayé de le forcer à l'épouser.

Lana posa sa fourchette.

— Comment ?

— Elle a employé la plus vieille méthode du monde : elle est tombée enceinte.

11

Logan frappa à la porte du cottage les mâchoires crispées. Sa petite sœur avait besoin qu'on lui dise de se mêler de ses oignons. Elle n'avait pas apporté un déjeuner à Lana par bonté de cœur. Il n'y avait pas beaucoup de bonté dans son cœur.

Lana ouvrit la porte.

— Logan…

Il fonça tête baissée vers sa sœur.

— Occupe-toi donc de ta vie plutôt que de la mienne, grogna-t-il.

— C'est dommage. J'arrivais à la partie la plus intéressante de l'histoire, répondit Alexa avec une moue boudeuse.

— Va-t'en ! ordonna-t-il en lui montrant la porte, que Lana n'avait pas encore fermée.

— Si tu veux, mais tu me remercieras un jour. Lana a l'air vraiment gentille, et elle est très sexy. Tu dois apprendre à t'ouvrir aux autres.

— Et tu dois apprendre à la boucler. Dehors !

Sa sœur se leva.

— Ce n'est pas juste. Je lui ai juste dit que Violet était tombée enceinte. Je n'ai même pas parlé des vols et des mensonges.

— Désolé de te priver de ce plaisir.

Alexa se dirigea vers la porte en traînant les pieds et posa la main sur le bras de Lana.

— Vous me remercierez plus tard, ajouta-t-elle avant de sortir.

Lana ferma la porte et s'y adossa.

— Avez-vous un enfant ? demanda-t-elle.

— Non. Venez finir votre déjeuner. Il est passé au moins une bonne idée dans la tête pleine de courants d'air d'Alexa.

Lana s'assit, mais laissa sa fourchette où elle l'avait posée.

— Comptez-vous me raconter le reste de l'histoire ? demanda-t-elle. Et pourquoi Alexa a-t-elle éprouvé le besoin de venir m'en parler ?

— Alexa ne croit pas que vous soyez venue pour donner des leçons d'équitation, visiblement. Mais je préfère qu'elle imagine une relation entre nous plutôt qu'elle découvre la vérité.

Il s'assit sur la chaise que sa sœur venait de quitter.

— Puisqu'elle croit qu'il y a quelque chose entre nous, Alexa estime de son devoir de vous livrer tous les détails de ma vie et de vous initier à la dynamique familiale.

— Parce qu'elle pense que vous ne vous ouvrez pas assez aux autres ?

Il haussa les épaules.

— En partie. Et elle n'a que vingt-deux ans. Je suis sincèrement désolé si elle vous a mise mal à l'aise.

— Vous devez être plus mal à l'aise que moi, répondit Lana. Je n'aimerais pas que quelqu'un raconte ma vie à tout le monde.

— J'ai l'habitude. C'est pour ça que j'ai compris à quoi elle jouait dès que Lupe m'a dit qu'elle vous avait apporté à manger. Si vous voulez que je vous raconte le reste de l'histoire, finissez votre déjeuner.

Il inspira profondément pendant que Lana prenait sa fourchette. Il en était capable. Cela avait dû être bien plus dur pour Lana de lui parler de Carla. Et sa sœur avait raison sur un point : il ne serait jamais proche de personne s'il n'apprenait pas à s'ouvrir. Or, il voulait être proche de Lana.

— J'étais jeune et stupide, commença-t-il.

— Ne sommes-nous pas tous passés par là ?

Il esquissa un sourire et se détendit un peu.

— J'ai rencontré Violet dans une petite ville, à quelques kilomètres d'ici, se lança-t-il. On l'a traversée en arrivant. Ses parents avaient confié Violet à une tante qui vivait là.

— Ça aurait dû vous mettre la puce à l'oreille, intervint Lana en levant sa fourchette.

— Sans doute. On a commencé à sortir ensemble. Pour faire court, il a fini par devenir évident que le ranch l'intéressait plus que moi.

— Comme dit Alexa, elle devait s'intéresser aux deux, parce que qui ne vous aimerait pas ?

Il haussa un sourcil.

— Ma sœur a dit ça ?

— Parole de scout.

— Ça alors, murmura-t-il en se grattant le menton.

— Comment avez-vous découvert que Violet en voulait à la fortune familiale ?

— Elle a essayé de me forcer à l'épouser en annonçant qu'elle était enceinte.

— Elle ne l'était pas, j'imagine, si vous n'avez pas d'enfant. À moins que...

— Non, elle ne l'était pas, la rassura-t-il. Quand elle a compris que son plan tombait à l'eau, elle nous a volés.

— Sacrée personnalité, commenta Lana. Qu'a-t-elle volé ?

— Des babioles – des babioles hors de prix. Des bijoux de ma mère, entre autres.

— Avez-vous tout récupéré ?

— Nous n'avons rien récupéré. Elle s'est envolée. Elle a dû retourner à New York, où elle vivait avant. Sa tante était mortifiée. J'étais mortifié.

— Parce que vous n'aviez rien vu venir ?

— Sans doute parce que je ne voulais rien voir venir. Violet était perturbée. Elle avait besoin d'aide. Ma famille n'a jamais oublié cette histoire. C'est pour ça que je n'amène aucune femme ici et qu'ils vous ont fait passer cet examen d'entrée.

Lana haussa un sourcil et but une gorgée de soda.

— Ils voulaient s'assurer que je ne partirais pas avec l'argenterie ?

— Quelque chose comme ça. Ils croient sincèrement qu'on ne peut pas me faire confiance pour choisir une petite amie.

— Ignorez-les, répondit-elle avant de pousser son assiette vers lui. Vous voulez le reste ?

— Non merci.

Il emporta l'assiette encore à moitié pleine dans la cuisine.

— C'est ce que je fais, je les ignore, dit-il. C'est pour ça que j'évite de venir ici quand j'ai des permissions.

— Je ne vous conseille pas de ne plus jamais les voir, mais ne les laissez pas vous blesser.

Il leva les yeux au plafond. Devait-il tout dire à Lana ? S'ouvrir à elle pourrait les rapprocher. Cela pourrait aussi inciter Lana à le chasser de sa vie pour toujours.

Il enveloppa l'assiette de Lana dans une feuille d'aluminium.

— Il ne s'agit pas que de Violet, répondit-il. Le fonctionnement du clan me pose problème. Les membres de ma famille sont incapables de se mettre d'accord sur quoi que ce soit. Ils passent leur temps à se disputer et à se rabaisser les uns les autres. C'est épuisant. Ils se sont très bien tenus quand ils vous ont accueillie.

— Je suis habituée aux familles tumultueuses. L'alcoolisme de mon père a rendu la nôtre chaotique. Votre famille a seulement un emballage plus coûteux que la mienne, et je comprends que vous n'ayez pas envie de baigner dans cette atmosphère.

— Je mets les restes dans le frigo, dit-il. Vous aurez de quoi déjeuner demain.

— Ou dîner ce soir, sauf si quelqu'un peut m'emmener faire des courses.

— Nous ferons d'une pierre deux coups. Je vous inviterai à dîner, puis je vous emmènerai dans un supermarché.

— Parfait. Voulez-vous qu'on s'occupe du journal, en attendant ?

— C'était ce que j'avais en tête.

Il alla chercher l'enveloppe qu'il avait posée sur le petit meuble de l'entrée en arrivant.

— J'ai imprimé les photos, dit-il. Je ne suis pas venu que pour empêcher ma sœur d'étaler mon linge sale devant vous.

— Il n'est pas si sale que ça, répondit Lana. J'avoue même que vous m'impressionnez.

— Parce que j'ai été un imbécile manipulable ?

— Parce que vous avez une nature confiante et généreuse. La plupart des hommes qui sont dans votre situation se méfient de tout le monde.

— J'*avais* une nature confiante et généreuse, la corrigea-t-il. Ce garçon a disparu. C'est peut-être pour ça que je n'ai pas eu de relation sérieuse depuis un moment. C'est ce que pense ma sœur qui se mêle de ce qui ne la regarde pas, du moins. Et voilà que je babille comme un idiot...

Lana lui décocha un sourire.

— Les femmes font seulement semblant d'aimer les hommes forts et silencieux. On aime qu'ils soient forts, c'est vrai, mais on aime aussi qu'ils soient capables de s'ouvrir un peu.

— Précisément : un peu, répliqua-t-il avant de poser l'enveloppe sur la table. Voici mes photos. Il ne manque qu'un livre. Je vous ai aussi apporté un carnet.

— Pourriez-vous m'aider, s'il vous plaît ? Pour être honnête, je n'avais fait que recopier les notes. Je n'avais pas commencé à essayer d'y associer des dates ou d'autres souvenirs.

— Heureusement que vous n'êtes pas allée plus loin. Ceux qui ont volé votre carnet n'ont rien d'utile.

Il s'assit à côté d'elle.

— Et recopier, c'est dans mes cordes, dit-il. Allons-y !

Ils consacrèrent les heures suivantes à recopier les notes de Gil sur des feuilles volantes numérotées.

Il se moquait éperdument de ce que sa famille les imaginait en train de faire.

S'ils croyaient tous qu'il sortait avec Lana, comme Alexa, ils devaient être forcés d'admettre qu'il aurait pu trouver bien pire. N'importe quel homme aurait raison de se réjouir d'avoir une femme comme Lana à ses côtés. Partageait-elle son enthousiasme pour leur… amitié ?

Il y avait de l'électricité entre eux. Elle ne pouvait pas le nier plus que lui, mais s'était montrée farouche à Greenvale. Elle avait expliqué ses réticences par son désir d'échapper aux ragots. Serait-elle plus réceptive à ses avances dans une région où les gens ignoraient tout de son passé ?

Il ratura la phrase qu'il venait de mal recopier et secoua la tête. Ils étaient en train de chercher à percer les secrets de cet avant-poste au Nigéria, et ainsi peut-être comprendre la raison pour laquelle le major Denver s'y était rendu plusieurs fois, et il songeait à séduire Lana.

— Avez-vous une crampe ? s'inquiéta Lana.

— Non, ça va. Continuons.

Elle lui offrit un sourire éblouissant.

Il se remit au travail avec un peu plus d'énergie. Déchiffrer et séduire ? Il esquissa un sourire.

Il avait toujours été doué pour faire plusieurs choses en même temps.

Lana posa son crayon et s'étira.

— J'ai fini, annonça-t-elle.

— J'y suis presque, répondit Logan sans cesser d'écrire. La prochaine étape, c'est associer des dates ou d'autres nombres à ces souvenirs. La plupart des codes reposent sur des nombres.

— Pas maintenant, répondit-elle en faisant rouler la tête sur ses épaules. Mon cerveau est grillé après le vol, l'accueil de votre famille, cette séance de recopiage, sans compter mon petit tête-à-tête avec Alexa...

— J'avais presque oublié cet épisode. Ne vous ai-je pas promis un dîner et des courses ?

— Si. Mais j'ai besoin de prendre une douche et de me changer d'abord.

— Inutile de vous mettre sur votre trente et un. Vous avez vu la ville quand on l'a traversée... Mais vous l'avez peut-être manquée si vous avez cligné des yeux à ce moment-là.

Il se leva, et elle s'autorisa à contempler sa silhouette harmonieuse quand il s'étira. Elle avait encore plus de respect pour lui maintenant qu'elle connaissait l'histoire de Violet.

Elle l'avait imaginé presque parfait. Elle avait supposé que les erreurs qu'elle avait commises et sa famille dysfonctionnelle lui inspiraient de la pitié. Mais il avait commis des erreurs, lui aussi, et sa famille n'était pas plus fonctionnelle que la sienne.

Le fait que Violet ait prétendu être enceinte pour piéger Logan retournait l'estomac de Lana. On l'avait accusée de vouloir piéger Blaine quand elle était tombée enceinte pour de vrai. Les parents de Blaine avaient réussi à l'en convaincre et l'avaient envoyé dans un autre lycée en un temps record. Elle ne l'avait pas revu, et il n'avait pas essayé de voir le bébé. Et elle avait accepté l'argent que ses parents lui avaient donné pour ne plus jamais le contacter.

Logan n'avait pas besoin de connaître cette partie de l'histoire.

Elle empila le fruit de leur travail et agita les feuilles sous le nez de Logan.

— On ne fera pas la même erreur deux fois, déclara-t-elle. Peut-on mettre ça à l'abri quelque part ?

— Pas sans que Junior sache que j'ai quelque chose à cacher. Il contrôle tous les coffres-forts du ranch.

Il fit un tour de la pièce, puis claqua des doigts.

— Il y a des lattes mal fixées près de la cheminée, dit-il.

— Comment le savez-vous et qui d'autre le sait ? demanda-t-elle.

— Mes frères et moi – surtout mes frères – nous servions de ce cottage pour organiser des fêtes quand nous étions ados. La cachette était assez grande pour qu'on y mette deux bouteilles, plus des paquets de cigarettes et de préservatifs. Elle devrait pouvoir contenir cette liasse.

Elle le regarda frapper le parquet, puis glisser un canif entre deux lattes.

— J'ai trouvé ! annonça-t-il en les soulevant.

Il sortit son téléphone pour éclairer la cavité.

— Il y a encore quelque chose dedans, dit-il.

— Du vieux whisky ?

Il plongea la main dans le trou et en tira une boîte bleue.

— Des préservatifs périmés. Mes frères n'ont pas dû avoir autant de chance qu'ils l'espéraient.

— Laissez-les dedans, dit-elle en le voyant les poser à l'écart. On devrait tout laisser dans le même état pour n'éveiller aucun soupçon.

— Ça m'étonnerait que mes frères viennent chercher une boîte de préservatifs qu'ils ont cachée là il y a vingt ans, répondit Logan.

— Pour me faire plaisir...

— Si vous voulez. Mais il vaudrait mieux mettre les feuilles au-dessous.

Elle lui confia la précieuse liasse et le regarda la cacher. Il posa la boîte de préservatifs dessus et replaça les lattes.

— Personne ne les trouvera, dit-il en se frottant les mains l'une contre l'autre. Et personne ne les cherchera. Vous êtes en sécurité, ici.

— Et si ces hommes nous avaient suivis ? Il suffit qu'ils connaissent votre nom pour trouver le Double H. Ils n'ont qu'à faire une recherche sur Internet, comme moi, pour localiser ce ranch.

— Encore faut-il qu'ils connaissent mon nom.

— Ils sont en contact avec Jaeger. Ils n'ont qu'à le lui demander.

— Vous pensez que Bruce a dit à Jaeger comment je m'appelais ? Jaeger et moi n'avons pas été officiellement présentés.

— D'une manière ou d'une autre, Jaeger connaît le nom de l'homme qui lui a mis une raclée, croyez-moi.

Logan se releva, s'approcha d'elle et posa les mains sur ses épaules.

— Ne vous en faites pas pour ça, dit-il. Ce ranch est bien protégé. Mon frère ne laissera personne qui n'a rien à faire là s'y promener.

— Je me sens en sécurité quand vous êtes avec moi.

— J'aimerais être encore plus près, mais ma famille exploserait si je m'installais ici. Mais si c'est ce que vous voulez… Dans ce cas, je me fiche de ce que ma famille en pensera. Je peux dormir dans la deuxième chambre, si vous voulez.

L'idée de dormir dans la même maison que Logan dans une région où personne ne la connaissait était très tentante, mais cela ruinerait leur couverture.

— Si vous faites ça, vos parents sauront qu'on leur a menti. Ils penseront que vous vous êtes arrangé pour faire embaucher votre petite amie dans le ranch familial.

— Et alors ? On aurait dû choisir ce scénario dès le début. Vous êtes ma petite amie. Quand j'ai appris que Charlotte était en congé, j'ai pensé que ce serait une bonne place pour vous.

— Ils auraient sans doute cru que j'en voulais à votre argent, moi aussi.

— Je vous l'ai dit : je m'en fiche, répondit-il en enroulant l'une de ses mèches autour de son doigt. On change de scénario ?

— Votre père risque-t-il de me renvoyer ?

— Êtes-vous une bonne entraîneuse et un bon professeur ?

— Je suis excellente.

— Alors non.

Elle posa les mains sur son torse.

— Laissez-moi y réfléchir. Ça peut être… perturbant.

— Ça peut être amusant, répliqua-t-il.

— Pour commencer, je vais prendre une douche et me changer. Et ne vous faites pas d'idées. Vous n'êtes pas encore mon petit ami.

— Oui, madame. Je veux dire : non, madame.

Il la lâcha et enfila sa veste.

— Quand serez-vous prête ? demanda-t-il.

— Laissez-moi une heure.

— Une heure ?

— Si je dois être votre petite amie, je veux que vous soyez fier de moi, Logan Hess.

Il éclata de rire et sortit. Elle crut l'entendre murmurer : « C'est déjà le cas », avant de fermer la porte.

La serveuse du Longhorn Bar et Grill les avait placés dans un coin, mais il n'était pas possible d'échapper au bruit et à l'activité du restaurant. Les gens de cette ville n'avaient pas beaucoup d'options pour sortir, apparemment.

Lana mangea avec délice la dernière bouchée de son filet mignon.

— Je dois reconnaître que le Double H fait de la très bonne viande, dit-elle.

— La meilleure, répondit Logan. Mais c'est le cuisinier du Longhorn qu'il faut féliciter pour sa préparation.

Il jeta un coup d'œil par-dessus son épaule et ajouta :

— Ennemi en vue !

Elle tourna la tête et vit Alexa se frayer un chemin vers leur table.

— J'espère que ça ne vous dérange pas, mais Alexa a proposé qu'on prenne un verre ensemble quand je lui ai dit qu'on dînerait ici, expliqua Logan. Ce qui nous oblige à remettre les courses à demain.

— Non, ça ne me dérange pas. Et j'ai encore des restes d'*enchiladas*.

Alexa les rejoignit et approcha une chaise de la table voisine.

— Avez-vous pris le filet ? demanda-t-elle à Lana. On peut mourir heureux après ça, non ?

— Il était délicieux. Avez-vous dîné ? Voulez-vous vous joindre à nous ?

Logan lui donna un petit coup de pied qu'elle ignora.

— Non merci. J'ai mangé à la maison. Mais j'adore voler des frites, répondit Alexa en joignant le geste à la parole.

— Eh ! s'écria Logan. C'est malpoli. Si tu as faim, commande quelque chose.

Lana éclata de rire. Elle avait le même genre de relation avec Gil. Logan avait beau ne parler d'Alexa que comme d'une petite sœur agaçante, il y avait de la tendresse dans ses yeux quand il la regardait.

— Juste une, répondit Alexa.

Elle mordit dans sa frite.

— Vous pouvez m'en prendre autant que vous voulez, intervint Lana.

Alexa tira la langue à Logan.

— Une ou deux de plus, alors.

— Je croyais qu'on devait se retrouver pour prendre un verre, pas pour dîner, dit Logan avant de se tourner vers Lana. Depuis qu'elle a eu vingt et un ans, Alexa passe beaucoup de temps dans les bars.

— Il exagère, comme toujours, dit Alexa. Au moins, c'est légal. Je n'ai pas caché de bouteilles de whisky dans le cottage quand j'étais mineure, contrairement à certains.

— Comment sais-tu ça ?

— J'ai mes sources. Et j'ai bien prévu qu'on se retrouve au bar. Je ne suis venue que pour vous dire de vous dépêcher et te demander ce que tu sais sur Drew Halliday, le nouvel employé du ranch.

— Un nouvel employé ? Tu parles au mauvais Hess. C'est Hugh que tu devrais interroger.

— Je ne veux pas qu'il sache que je suis intéressée. Tu sais comment il est.

— Je sais comment *tu* es. Et qu'a-t-il de spécial, ce Drew Holiday ?

— Halliday, le corrigea Alexa. Il est beau, et il porte des jeans moulants. Qu'y a-t-il d'autre à savoir ? Ah ! il est au bar en ce moment même.

— Alors que faites-vous là ? demanda Lana.

— J'aurais aimé avoir quelques informations, mais Logan ne sait visiblement rien.

Elle vola une autre frite avant de se lever.

— Dépêchez-vous !

Logan la regarda s'éloigner, puis soupira.

— J'aimerais qu'elle s'intéresse à autre chose qu'aux cow-boys qui portent des jeans moulants, mais Junior lui donne assez d'argent pour qu'elle n'en fasse qu'à sa tête, expliqua-t-il.

— Je pense que beaucoup de femmes de vingt-deux ans s'intéressent aux cow-boys qui portent des jeans moulants, répondit-elle. Elle finira par trouver sa voie.

— Un dessert ? Un café ? proposa Logan.

— Non merci. J'aimerais voir le jean moulant de ce Drew Halliday de mes propres yeux, répondit-elle en lui décochant un clin d'œil.

Le bar, qui se trouvait au sous-sol, était encore plus bruyant que le restaurant. De la musique country sortait d'un juke-box, et la petite piste de danse était bondée.

Lana tira sur la manche de Logan.

— Alexa est là-bas, dit-elle. Et on dirait qu'elle a ferré sa proie.

— Mon Dieu, dit Logan. J'espère qu'il ne passera pas la soirée à me poser des questions sur le ranch.

Il posa une main sur ses reins et l'entraîna à travers la foule.

Alexa quitta son tabouret quand elle les vit approcher.

— Vous voilà ! s'écria-t-elle. Lana, je vous présente mon amie Becca, et voici Drew. Il vient d'arriver au ranch, comme vous.

Lana salua d'un signe de tête une blonde qui aurait pu être la sœur d'Alexa et Drew, qui effleura son chapeau.

Comme Logan et Becca se connaissaient déjà, Alexa ne présenta son frère qu'à Drew. Les deux hommes se serrèrent la main.

D'autres employés du Double H se joignirent à eux. Un quart d'heure plus tard, la bière coulait à flots, et tout le monde riait.

Logan posa sa bouteille sur le comptoir et prit le bras de Lana.

— On danse ? suggéra-t-il.

Même si elle n'était pas une très bonne danseuse, Lana le suivit avec joie. Elle était prête à s'humilier dans une danse en ligne, mais la musique changea dès qu'ils arrivèrent sur la piste.

Logan l'attira contre lui et l'entraîna dans une valse avec une aisance et une grâce qui la stupéfièrent. Même s'il lui avait révélé quelques-uns de ses défauts, il restait proche de la perfection. Danser avec lui était comme flotter sur un nuage. Elle posa la joue contre son torse et se laissa guider, les yeux fermés.

Quand le morceau s'acheva, elle ne quitta pas ses bras. Elle aurait pu rester là jusqu'à la fin des temps, à tout oublier sauf Logan.

— Prête à vous joindre à cette cohue ? lui murmura-t-il à l'oreille.

Elle ouvrit les yeux et découvrit qu'ils étaient le seul couple encore au milieu de la piste. Les autres s'étaient alignés sur les côtés.

— Je crois que j'ai déjà usé mes chaussons de danse, répondit-elle.

— Moi aussi.

Il lui prit la main pour aller rejoindre sa sœur et leur petit groupe.

— Je crois que j'ai aussi usé mes chaussons de bar, dit Logan quand ils retrouvèrent leurs tabourets. La journée a été longue ? Ça vous ennuie si on rentre déjà ?

— Pas du tout.

Ils dirent au revoir à tout le monde.

— J'espère que vous êtes plus que le nouveau professeur d'équitation, chuchota Alexa à l'oreille de Lana quand elles s'étreignirent.

— Bonne nuit, Alexa, répondit Lana. Et bonne chance avec votre cow-boy.

Elle salua Drew – qui semblait avoir bu un verre de trop – d'un signe de tête.

— Alors ? Que pensez-vous de la vie nocturne de Yellowtail ? demanda Logan pendant le trajet du retour.

— Au moins, tout le monde connaît tout le monde, et les gens ne se disputent pas au moment de choisir où ils passeront la soirée.

— Vous n'avez pas vu le bar de Mickey en bas de la rue.

— On est passés devant. J'en ai assez vu pour savoir que c'est là que se retrouvent ceux qui ont un sérieux penchant pour la bouteille. N'oubliez pas que j'ai été élevée par quelqu'un qui avait un sérieux penchant pour la bouteille. Les bars miteux se ressemblent tous.

— Ça, c'est bien vrai.

Bercée par les mouvements de la voiture, elle s'assoupit pour se réveiller en sursaut quand Logan s'arrêta au portail du ranch.

— Désolée. Je me suis endormie, dit-elle alors que les battants du portail électrique s'ouvraient devant eux.

— La journée a été longue, répondit-il en prenant la direction du cottage. Vous êtes sûre de ne pas vouloir que je reste chez vous cette nuit ?

— Merci, mais ça ira. Je suis dans le ranch, je verrouillerai la porte, les notes de Gil sont bien cachées, et vous n'êtes qu'à quelques centaines de mètres de moi.

— Et nom numéro est enregistré dans votre nouveau téléphone. N'hésitez pas à m'appeler.

Il se gara devant le cottage et sortit de la voiture pour l'accompagner jusqu'à la porte.

— Demain, vous devriez aller voir les chevaux et jeter un œil à l'emploi du temps de Charlotte. Après ça, on planchera un peu sur le journal de Gil. Dès que vous aurez associé des nombres aux notes, on pourra s'en remettre à quelqu'un dont c'est le métier.

— Ne faut-il pas d'abord trouver quelqu'un que ça intéresse ?

— Laissez-moi me soucier de ça.

— On y arrivera, n'est-ce pas ? demanda-t-elle en agrippant sa chemise. Gil ne sera pas mort pour rien ?

— Il n'est déjà pas mort pour rien, répondit-il en lui effleurant la joue. Il est mort au service de son pays. Ses supérieurs peuvent maquiller les faits autant qu'ils veulent, personne ne lui retirera ça.

— Merci.

Il déposa un petit baiser sur ses lèvres.

— N'oubliez pas de verrouiller la porte, dit-il avant de remonter en voiture.

Une fois à l'intérieur, elle s'enferma et se brossa les dents en ayant du mal à garder les yeux ouverts. Elle tira une chemise de nuit de sa valise, se glissa entre les draps et ne trouva même pas la force de lire quelques pages.

Quelques minutes ? Quelques heures ? Plus tard, un homme – Logan ? – écarta la couverture.

— Réveillez-vous, Lana ! Vous devez sortir.

— Sortir ? répéta-t-elle sans réussir à ouvrir les yeux.

— Venez ! Dépêchez-vous !

— Où ? Pourquoi ?

— Il y a le feu !

Elle essaya de se lever, mais ses jambes refusaient de lui obéir. Une odeur de fumée lui picota le nez.

— Le feu...

— Oui. Je suis venu vous sauver.

Logan la sauverait. Il la sauvait toujours.

Il la prit dans ses bras puissants, et la tête de Lana roula au creux de son cou. Elle inspira son odeur et se raidit.

Ce n'était pas Logan.

Elle essaya de se cambrer, mais son corps était toujours en proie à une étrange léthargie.

— Non...

— Tout va bien, Lana, dit l'homme qui n'était pas Logan.

Il la prit sur son épaule pour foncer hors de la maison où régnait une chaleur suffocante. Elle lui griffa le dos sans provoquer la moindre réaction.

Elle avait compris que cet homme l'enlevait et que ni Logan ni elle ne pouvait rien faire pour l'en empêcher.

12

Alors que Logan faisait une deuxième ronde, un café à la main, une odeur de fumée lui fit froncer le nez.

Il posa sa tasse sur le poteau le plus proche. Un incendie dans l'écurie ou dans les étables pourrait avoir des conséquences désastreuses.

Il renifla pour repérer d'où venait l'odeur, mais ce n'était pas nécessaire. Il vit presque aussitôt un nuage de fumée noire du côté de la maison de Lana.

Une décharge d'adrénaline le fit courir plus vite qu'il n'avait jamais couru. Il appela la maison principale pour donner l'alerte et garda son téléphone à la main.

Quelques secondes plus tard, une sirène se mit à hurler dans tout le ranch.

Lorsqu'il atteignit enfin la maison de Lana, il découvrit quelqu'un étendu devant.

L'estomac noué, il accéléra encore et s'accroupit près de Lana, qui gisait par terre en chemise de nuit. Que s'était-il donc passé ?

Elle gémit quand il la prit dans ses bras.

— Tout va bien, lui dit-il. Je suis là.

Il sentit ses muscles se crisper, mais elle ne fit pas un geste.

Elle avait peut-être respiré trop de fumée. Il l'emmena à l'écart de la maison en flammes et la posa dans l'herbe, sa tête sur ses genoux.

Deux minutes plus tard, des employés du ranch arrivèrent dans une camionnette équipée d'un réservoir d'eau et d'une lance à incendie. Ils arroseraient la maison jusqu'à l'arrivée des pompiers de Yellowtail.

Alors qu'il berçait Lana, il la vit ouvrir la bouche. Après plusieurs tentatives infructueuses, elle murmura :

— Journal.

— Ne vous souciez pas de ça.

Une larme apparut au coin de son œil et elle répéta :

— Journal.

Logan appela l'un des hommes qui s'activaient autour de la maison.

— Brian ! Peux-tu rester auprès de Lana pendant quelques minutes, s'il te plaît ? Je reviens.

— Bien sûr, patron.

Logan fonça vers la porte.

— N'entrez pas, Logan ! lui lança l'employé qui maniait la lance. Quelque chose pourrait exploser.

— Je n'en ai que pour deux minutes, répondit Logan.

Il s'engouffra dans la maison et déplia son canif. Par chance, l'incendie n'avait pas encore atteint le salon. Il récupéra la liasse en se réjouissant que Lana n'y ait pas pensé avant de sortir de la maison – elle n'en serait peut-être jamais sortie.

Il cacha les papiers sous sa veste. Quand il sortit de la maison, les pompiers arrivaient. Il retourna auprès de Lana et posa la main sur l'épaule de Brian.

— Merci. Comment va-t-elle ?

— Elle essaye de parler, mais je ne comprends rien à ce qu'elle dit.

Logan reprit sa place.

— N'essayez pas de parler, dit-il à Lana en lui caressant le front. Ne vous inquiétez pas. J'ai le journal de Gil. Détendez-vous. Un médecin arrive. S'il le faut, on vous emmènera à l'hôpital de Fort Worth en hélicoptère.

La nouvelle que le journal de Gil était sauvé parut la détendre.

Hugh apparut en pyjama.

— Que s'est-il passé, Logan ? lui lança-t-il.

— Je ne sais pas. J'étais dehors et je me suis aperçu que le cottage brûlait. Quand je suis arrivé ici, j'ai trouvé Lana devant la maison. Elle ne peut ni bouger ni parler. Elle est peut-être en état de choc. Ou bien la fumée l'a intoxiquée.

— Le docteur Flanagan est en route ?

— Oui.

— Il pourra la soigner à la maison.

Quelques minutes plus tard, le docteur Flanagan arriva dans une ambulance.

— Est-elle brûlée ? demanda-t-il en s'accroupissant près de Lana.

— Je ne crois pas.

Logan se chargea d'allonger Lana sur la civière.

— Pourquoi est-elle aussi léthargique ? demanda-t-il.

— Elle est peut-être en état de choc, répondit Flanagan. Emmenons-la chez vous pour que je l'ausculte.

Logan monta dans l'ambulance et tint la main de Lana pendant le trajet. Il aurait dû passer la nuit chez elle.

Quarante minutes plus tard, Flanagan rangea ses instruments dans sa trousse. Lana dormait paisiblement dans une chambre d'amis.

Logan tendit sa veste au médecin.

— Vous êtes sûr qu'elle s'en remettra ?

— Son cœur bat un peu trop lentement, mais elle va bien, pour le reste, et ses poumons n'ont pas été touchés. L'état de choc peut se manifester de plusieurs manières, dont la léthargie. Quand elle se réveillera – et elle se réveillera —, elle ne devrait avoir aucune séquelle. Vous savez où me trouver si quelque chose vous inquiète et vous pouvez la faire emmener à Fort Worth en hélicoptère en cas d'urgence.

Logan lui serra la main.

— Merci, docteur. Si ça ne vous dérange pas de gagner la sortie tout seul, j'aimerais rester auprès de Lana.

— Bien sûr que non. Savez-vous comment l'incendie a démarré ?

— Pas encore. Je poserai la question à Hugh quand je le verrai.

Après le départ du médecin, Logan ferma la porte de la chambre, s'installa dans un fauteuil près du lit et regarda Lana dormir.

Lorsqu'une quinte de toux le réveilla, il se redressa brusquement et jeta un coup d'œil à la pendule. Il avait dormi plusieurs heures. Un filet de lumière filtrait entre les rideaux.

— Lana ? Êtes-vous réveillée ?

Ses paupières frémirent, et elle leva une main, qu'il prit entre les siennes.

— Ça va, Lana ? Me revenez-vous ?

Elle passa la langue sur ses lèvres parcheminées.

— J'ai soif.

Il s'empressa de prendre le verre d'eau avec une paille qui était posé sur la table de nuit.

— Tenez, dit-il en glissant la paille entre ses lèvres. Si vous saviez comme je suis content de vous entendre parler !

Elle vida le verre d'un trait.

— J'ai tellement soif...

— Je reviens.

Il alla remplir le verre dans la salle de bains.

Lana le but encore presque entièrement avant d'essayer de se redresser.

Il arrangea l'oreiller pour l'aider.

— Comment vous sentez-vous ?

— Ça peut aller. Très fatiguée.

— Pouvez-vous bouger vos jambes ?

— Mes jambes ? répéta-t-elle en en repliant une sous la couverture. Oui, pourquoi ? Ai-je fait une chute de cheval ?

Elle ne savait pas ce qui lui était arrivé.

— Le cottage a pris feu. Vous ne vous en souvenez pas ?

— Un incendie ?

Elle examina ses bras, puis repoussa la couverture et fronça les sourcils.

— Où est ma chemise de nuit ? Celle que je portais ?

— Elle était sale. Celle-ci appartient à Angie. Un médecin vous a examinée. Il a dit que vous alliez bien et que vous étiez en état de choc. Il n'a pas parlé de risque d'amnésie, mais...

— Une minute, le coupa-t-elle. Une chose à la fois. Pourquoi ma chemise de nuit était-elle sale ?

— Je vous ai trouvée étendue devant la maison et je vous ai portée sur la pelouse. Donc oui : votre chemise de nuit était assez sale quand on est arrivés ici.

Elle hocha la tête.

— D'accord. Vous avez parlé d'un médecin.

— Le docteur Flanagan. C'est notre médecin local. Mais on peut vous faire emmener à l'hôpital de Fort Worth si c'est nécessaire.

— Non, je n'ai pas besoin de soins. Je vais bien. Je suppose que je suis sortie de la maison à temps.

Elle écarquilla les yeux.

— La maison ! s'écria-t-elle. A-t-elle entièrement brûlé ? Et le journal de Gil ?

— La maison est très abîmée, mais c'est réparable. Et j'ai récupéré le journal de Gil. C'est vous qui m'avez envoyé le chercher.

— Je vous ai envoyé dans une maison en feu, et vous m'avez obéi ? Êtes-vous fou ? Brûlé ?

— Je vais bien et je ne suis pas fou. C'était important pour vous.

Lana se mordilla la lèvre.

— Un incendie... Comment a-t-il démarré ?

— Je ne le sais pas encore. Pourquoi ?

— Ne trouvez-vous pas bizarre qu'il y ait un incendie le jour de mon arrivée ?

L'estomac de Logan se noua.

— Je ne sais pas. Je vous ai trouvée dehors, saine et sauve, et j'ai trouvé le journal de Gil où on l'avait caché.

— Mais que se serait-il passé si vous n'étiez pas intervenu aussi vite ?

Il quitta son fauteuil pour s'asseoir au bord du lit et prit les mains de Lana dans les siennes.

— Je suis intervenu, répondit-il. Un million de scénarios horribles m'ont traversé l'esprit pendant que je courais vers le cottage.

— Comment vous êtes-vous aperçu qu'il y avait le feu ? Vous ne voyez quand même pas ma maison de la fenêtre de votre chambre ?

— Je... patrouillais.

Elle haussa un sourcil.

— Et c'est quelque chose que vous faites régulièrement quand vous séjournez chez vos parents ?

— Non. Seulement quand je protège un invité.

— Vous étiez donc inquiet.

— Prudent.

— Nous devons découvrir où et comment l'incendie a démarré.

— Ce que je sais, c'est que c'est l'arrière de la maison qui a subi le plus de dégâts – la deuxième chambre. Vous avez dû entendre les flammes ou sentir la fumée et pu sortir parce que vous étiez du bon côté.

— C'est curieux que je ne m'en souvienne pas.

— De quoi vous souvenez-vous ?

Elle but une gorgée d'eau avant de répondre :

— Je me souviens que j'étais terriblement fatiguée. J'ai eu du mal à me brosser les dents et je me suis endormie dès que j'ai posé la tête sur l'oreiller.

— J'étais fatigué, moi aussi. J'ai bu plusieurs tasses de café pour rester éveillé. Vous n'avez vraiment aucun souvenir du moment où vous êtes sortie de la maison ?

Elle secoua la tête.

— Je me souviens juste que je tombais de sommeil.

— Cette amnésie est bizarre. J'aurais aimé que le docteur Flanagan reste jusqu'à votre réveil... Et j'aimerais qu'il me donne une explication.

Il bondit quand on frappa à la porte.

— Qui est-ce ?

Angie entrouvrit la porte.

— Je viens juste prendre des nouvelles. Comment va Lana ?

Lana s'éclaircit la voix.

— Entrez, Angie, répondit-elle. Et merci pour la chemise de nuit.

— La vôtre était toute tachée. Et ne vous en faites pas : c'est moi qui vous ai changée.

Angie ouvrit grande la porte. Elle était avec Hugh, qui portait un plateau.

— On vous a apporté le petit déjeuner, reprit Angie. Vous sentez-vous capable de manger ?

— Je veux bien une tasse de thé et du jus de fruits. Je meurs de soif.

Hugh posa le plateau sur le lit.

— Le docteur Flanagan nous a assuré que vous n'aviez rien de grave, dit-il. Nous avons été soulagés d'entendre ça. Fumez-vous, Lana ?

— Pourquoi demandes-tu ça ? intervint Logan.

— Laisse-la répondre, s'il te plaît, grommela Hugh. Alors, Lana ?

Elle prit le verre de jus de fruits d'une main qui tremblait un peu.

— Non, je ne fume pas. Pourquoi me posez-vous cette question ?

— Parce qu'il semblerait que l'incendie ait été provoqué

par quelqu'un qui a fumé sous les arbres derrière la maison. On a trouvé plusieurs mégots.

— Quelqu'un a fumé près de la maison dans laquelle dormait Lana ? s'écria Logan.

— C'était peut-être Lana elle-même, répondit son frère.

Le sang de Logan ne fit qu'un tour.

— Elle vient de te dire qu'elle ne fume pas. Je peux le confirmer - ce qui ne devrait pas être nécessaire.

— Ne monte pas sur tes grands chevaux, frérot. Je n'accuse personne de rien. Que s'est-il passé hier soir, Lana ?

— Je... ne m'en souviens pas. Je me suis endormie et j'étais dans ce lit quand je me suis réveillée.

— Vous n'avez aucun souvenir de l'incendie ? s'écria Hugh avec une surprise exagérée.

Angie lui donna un coup de coude dans les côtes.

— Elle devait être en état de choc, dit-elle. Je l'aurais été, à sa place.

— Tu serais en état de choc si ton esthéticienne était en rupture de stock de ton vernis préféré, chérie, répliqua Hugh.

Logan vit les narines de Lana frémir et fut tenté de la laisser se défouler sur Hugh, mais cela n'arrangerait pas leurs affaires.

Il s'interposa.

— Tu es un idiot, Hugh. Je suppose qu'Angie l'a compris depuis longtemps. Si tu as fini d'accuser Lana, tu peux nous laisser. On reparlera de l'incendie plus tard.

— Logan a raison, dit Angie en tapotant le bras de Lana. Hugh est un idiot. Ne faites pas attention à ce qu'il dit. J'espère que vous serez bientôt en pleine forme.

— D'autant plus que vous étiez censée examiner les chevaux aujourd'hui, grommela Hugh.

— Dehors ! ordonna Angie.

Elle poussa son mari dans le couloir et ferma la porte derrière eux.

— Génial. Votre frère pense que j'ai provoqué l'incendie

– sans doute volontairement, résuma Lana. Pourquoi ferais-je une chose pareille ?

Il baissa les yeux.

— Pour vous retrouver ici, répondit-il.

— Quoi ?

— Je sais comment l'esprit de mon frère fonctionne – et je vous assure que ça me terrifie. Il pense que vous avez mis le feu à la maison et fait semblant d'être en état de choc pour vous retrouver dans ce lit. Violet 2, le retour.

Lana pinça les lèvres.

— Je me moque de ce qu'il pense tant que vous ne le pensez pas aussi.

— Moi ? Vous savez ce que je pense ?

— La même chose que moi. Que les hommes qui veulent le journal de Gil nous ont suivis jusqu'ici, ont réussi à entrer dans le ranch et mis le feu au cottage.

— Oui, c'est exactement ce que je pense, soupira-t-il. Mais je ne comprends ni le comment ni le pourquoi.

— Comment ? Jaeger leur a donné votre nom, et ils n'auront eu aucun mal à nous retrouver. Et nous savons déjà ce qu'ils veulent : le journal de Gil.

— Ce n'est pas si simple. Comment ont-ils réussi à s'introduire dans le ranch ? Pourquoi ont-ils mis le feu au cottage. Voulaient-ils détruire le journal ? Vous tuer ?

Lana tira la couverture sous son menton.

— Mais ils ne peuvent pas déchiffrer le journal de Gil sans moi, balbutia-t-elle. Je ne leur sers à rien morte.

— Ils ne tiennent peut-être pas tant que ça à déchiffrer le journal – peut-être moins qu'à s'assurer que personne ne découvre ce qu'il contient.

— Alors pourquoi ont-ils raté une occasion en or hier soir ? Vous dites que vous m'avez trouvée étendue devant la maison. Il leur était facile de m'achever avant votre arrivée. Pourquoi ne l'ont-ils pas fait ?

— Vous avez raison, répondit-il. Ils voulaient vous enlever, pas vous tuer.

— Et vous les en avez empêchés. Ils ne s'attendaient pas que l'incendie soit découvert aussi vite. Vous m'avez sauvée, Logan.

— Dieu merci ! s'écria-t-il en prenant ses mains. S'ils vous avaient enlevée... Suis-je fou de me soucier autant de vous ? Est-ce mon imagination, mon complexe de preux chevalier, ou partagez-vous mes sentiments ?

Elle effleura sa joue.

— Si vous êtes fou, je le suis aussi, répondit-elle.

Il s'assit au bord du lit avec un sourire qu'il savait stupide et pressa les lèvres contre celles de Lana comme pour sceller un pacte entre eux.

Elle enroula les bras autour de son cou et lui rendit son baiser.

Fou de désir, il caressa ses seins à travers la chemise de nuit d'Angie.

— Suis-je trop impatient ? murmura-t-il contre ses lèvres. Je devrais sans doute te laisser te reposer.

— Trop impatient ? J'attends ce moment depuis notre rencontre.

— Il aurait suffi que tu le dises pour qu'il se produise plus tôt, répondit-il en glissant une main entre ses cuisses. Je vois qu'Angie t'a aussi retiré tes sous-vêtements.

— J'ai d'abord cru que c'était toi qui m'avais déshabillée.

— J'ai eu trop peur de ne pas pouvoir m'empêcher de prendre des libertés.

Elle gémit sous ses caresses et lui griffa la nuque.

— J'avoue que cette idée m'a excitée...

— Tout en toi m'excite, répliqua-t-il. Veux-tu voir à quel point ?

Elle effleura son érection à travers son jean.

— Crois-tu que les préservatifs de la cachette soient encore utilisables ? demanda-t-elle.

Un doute le paralysa subitement.

— Qu'est-ce qui a changé entre Greenvale et maintenant ? s'inquiéta-t-il. Je ne suis pas en train de profiter de ton état de faiblesse, j'espère ?

— Tout a changé, répondit-elle. Ici, je suis une autre femme – une femme qui n'est pas définie par les erreurs de son passé – et je ne veux plus perdre de temps. Nous percerons peut-être bientôt le code de Gil. Chaque jour nous rapproche du moment où nous n'aurons plus de raisons de nous voir.

— Quoi qu'il arrive, je ne peux pas imaginer ne plus te voir, lui assura-t-il.

— Malgré les casseroles que je traîne ?

— Carla n'est pas une casserole.

— Tout le monde, y compris son père, a pensé que j'avais fait exprès de tomber enceinte pour le piéger – l'histoire de Violet.

— Sauf que c'était faux, répondit-il. Et que tu n'es pas une voleuse.

— Ce n'est pas l'opinion des membres de ta famille.

— Je crois t'avoir dit que je me fichais de ce qu'ils pensaient. Je ne me soucie que de toi.

— Alors je pense qu'on devrait reprendre où on s'est arrêtés.

— Oui, madame.

Il glissa une main sous sa chemise de nuit et remonta lentement entre ses cuisses tandis qu'elle couvrait sa gorge de baisers.

Alors qu'il atteignait son but, elle releva brusquement la tête.

— Veux-tu que j'arrête ? demanda-t-il péniblement.

— Il a essayé de m'enlever, répondit-elle.

13

Elle se sentit subitement vulnérable quand Logan écarta les mains de son corps.

— Tu te souviens que quelqu'un a essayé de t'enlever ?

Elle se massa les tempes. La mémoire lui revenait par bribes.

— Ce n'est pas le feu qui m'a réveillée. Il y avait un homme. Il m'a secouée. Sans lui, je ne me serais pas aperçue que la maison brûlait.

— Il voulait te sauver ?

— Non ! Enfin si : de l'incendie.

— T'a-t-il dit quelque chose ?

— Juste des paroles réconfortantes. J'ai d'abord cru que c'était toi, mais il n'avait pas ton odeur.

Logan fronça les sourcils.

— Mon odeur ? À quoi ressemblait-il ?

— Je ne sais pas. Je n'y voyais rien.

— La fumée était si épaisse que ça ?

Elle posa une main sur sa gorge.

— Je ne pouvais pas ouvrir les yeux. Je ne pouvais pas bouger. N'as-tu pas dit que j'étais paralysée quand tu m'as trouvée ?

— Tu ne pouvais pas bouger tes membres et tu avais du mal à parler. Veux-tu dire que tu étais paralysée *avant* l'incendie ? Que ce n'était pas un état de choc ?

Elle frissonna et acquiesça.

— Comme je ne pouvais pas bouger, il m'a portée dehors. Il m'a mise sur son épaule comme un sac de pommes de terre.

— Que s'est-il passé ? Pourquoi t'a-t-il posée par terre ?

— Tu as déclenché l'alarme. Il ne devait pas s'attendre que ça se produise aussi vite. Il lui fallait encore me faire sortir du ranch. Il a dû penser qu'il n'y arriverait pas, alors il s'est enfui. Pourquoi étais-je paralysée ? Que m'a-t-il fait et quand ?

— Ça a dû se passer au bar, et on nous a peut-être fait la même chose, répondit Logan. Moi aussi, j'étais fatigué – mais pas autant que toi.

Il se leva et se mit à faire les cent pas.

— Combien de bières as-tu bues hier soir ?

— Deux. Et toi ?

— Je n'ai même pas fini la première. Je me méfie de nos routes mal éclairées. Les accidents sont nombreux.

— Tu penses qu'on a mis quelque chose dans nos bières. Mais alors qui ? Tu connaissais tout le monde, non ?

— Sauf le nouveau.

Elle tressaillit.

— Drew, murmura-t-elle.

— Il faut que je rende une petite visite au cow-boy sexy d'Alexa. Te souviens-tu d'autre chose ?

Elle réfléchit quelques instants avant de répondre :

— Pas vraiment. Je me souviens surtout de son odeur, qui n'était pas la tienne. Mon visage s'est retrouvé contre son cou quand il m'a portée dehors.

— Tu ne peux pas te mettre à renifler tout le monde... A-t-il peur que tu puisses l'identifier, à ton avis ?

— Sans doute pas. Il doit connaître les effets de la drogue qu'il nous a administrée : paralysie, même des paupières, amnésie temporaire...

— Il faut qu'on interroge Drew. Sauf qu'il risque de nous filer entre les doigts dès qu'il comprendra qu'on le suspecte.

Elle se mordilla la lèvre.

— On ne devrait peut-être pas montrer qu'on soupçonne quelque chose, suggéra-t-elle.

— Dans ce cas, il faut commencer par faire ce qu'on était censés faire aujourd'hui. Te sens-tu capable d'aller voir les chevaux ? Je t'accompagnerai.

— Bien sûr ! Je me sens de mieux en mieux à mesure que les effets de la drogue se dissipent.

— Je vais envoyer quelqu'un chercher tes affaires, si elles n'ont pas brûlé.

— Je n'ai pas défait ma valise, dit-elle. Si le feu n'a pas atteint le salon, elles devraient être intactes.

— Tant mieux. Quand tu seras douchée et habillée, on descendra prendre le petit déjeuner.

— Dois-je m'attendre à être coincée au milieu de tes frères et sœur ? Dans ce cas, je préfère me contenter du plateau.

— Ne t'inquiète pas : c'est un buffet.

Elle soupira de soulagement.

— Ça, je peux gérer.

— Je commence à croire que tu peux tout gérer, répondit Logan.

Elle lui offrit un sourire timide. Elle était sûre de ne pas être capable de lui dire adieu.

Vêtue d'un jean délavé et d'une chemise à carreaux, Lana descendit le grand escalier, puis suivit l'odeur du bacon jusqu'à la salle à manger.

Elle balaya la pièce du regard et fut soulagée de trouver Logan seul à une table.

— Café ? proposa-t-il quand elle le rejoignit.

— Oui, mais je peux me débrouiller toute seule, merci.

Elle alla chercher une tasse de café et des œufs au bacon, puis revint s'asseoir en face de Logan.

— As-tu vu quelqu'un ce matin ? lui demanda-t-elle.

— Tu viens de rater Cody et Melissa, répondit-il en lui tendant la crème. Comment te sens-tu ?

— Parfaitement normale depuis la douche. Et toi ?

— Mon frère n'est jamais normal, répondit Alexa, qui hésitait devant une salade de fruits à quelques pas de leur table. J'ai entendu parler de l'incendie. Je suis soulagée que vous soyez indemne, Lana. Papa dit que c'est à cause d'une cigarette.

— Il paraît, répondit Logan. Où étais-tu, pendant ce temps-là ?

Alexa lui décocha un sourire et s'assit à côté de Lana.

— J'étais occupée, répondit-elle.

— Par le cow-boy sexy ? demanda Lana après avoir échangé un regard surpris avec Logan.

— Je ne vous le dirai pas. Et vous ? Il paraît que vous êtes restés dans la même chambre toute la nuit.

Logan posa sa fourchette.

— Tu le connais à peine, Alexa, grommela-t-il. Hugh l'a embauché hier.

Alexa versa de la crème dans son café et le touilla.

— Ai-je dit que j'avais couché avec Drew ? Occupe-toi de tes affaires.

Logan ricana.

— C'est savoureux de la part de quelqu'un qui a couru raconter tous mes secrets à Lana dans les minutes qui ont suivi son arrivée.

— Ce n'est pas la même chose, se défendit Alexa. Et n'oublie pas que je suis une adulte.

— Je te demande d'être prudente, c'est tout.

Alexa passa la demi-heure qui suivit à parler des chevaux et des élèves de Charlotte à Lana.

— Que faisons-nous des assiettes sales ? demanda Lana quand ils eurent fini de manger.

— C'est Lupe qui débarrasse, répondit Logan. Comme on est les derniers, je vais lui dire qu'on a terminé.

Alexa les quitta quand Logan revint de la cuisine. Lana la regarda s'éloigner.

— Si Drew a passé la nuit avec Alexa, il ne peut pas avoir mis le feu au cottage et essayé de m'enlever, dit-elle.

— Ma sœur aime provoquer, répondit Logan. Elle n'a jamais affirmé qu'elle avait passé la nuit avec Drew. Elle en est parfaitement capable... Mais il arrive aussi qu'elle se fasse passer pour plus délurée qu'elle n'est.

— Je peux peut-être lui soutirer la vérité en lui parlant de femme à femme...

— Tu peux toujours essayer. En attendant, faisons comme si tout était normal et gardons Drew à l'œil.

Un quart d'heure plus tard, Lana entra dans l'écurie avec Logan. Un homme vint à leur rencontre.

— Lana, je te présente Jake, le chef palefrenier. Jake, voici Lana, qui remplace Charlotte.

— Bienvenue dans l'équipe, Lana, dit Jake. J'ai entendu parler de l'incendie. Vous n'avez rien ?

— Non. Merci de vous en soucier, répondit Lana en lui serrant la main. Pouvez-vous me montrer les chevaux qui participent aux leçons ?

— Oui et je peux faire mieux que ça, déclara Jake en lui tendant un cahier. Voici les notes de Charlotte sur ses élèves. Elle est très méticuleuse, vous verrez.

— Merveilleux !

Elle suivit Jake d'une stalle à l'autre, l'écouta attentivement et fit connaissance avec les chevaux.

Ils étaient au milieu de l'écurie quand Logan reçut un coup de téléphone.

— Junior veut me voir, dit-il après avoir raccroché. Je peux te laisser te débrouiller ?

— Bien sûr, répondit-elle. On se retrouve au déjeuner.

Cinq minutes plus tard, Alexa et Drew entrèrent dans

l'écurie. Le cœur de Lana se mit à battre plus vite. Drew la salua avec un sourire qui ne trahissait rien.

Alexa s'approcha de la stalle d'une jument baptisée Ginger et lui embrassa le museau.

— Alors, est-ce que notre petite écurie vous plaît, Lana ? demanda-t-elle.

— Petite ? pouffa Lana. Tous vos chevaux sont magnifiques.

— Certains ont plus de tempérament que d'autres, répondit Alexa. Comme mon petit joyau.

— Jake m'a dit que Ginger ne participait pas aux leçons.

— Non. Ginger est tout à moi. Mais je vous conseille d'essayer Coco. C'est une belle jument qui a du caractère sans être trop espiègle.

— Et si tu allais te promener avec Lana ? suggéra Drew à Alexa.

Il se tourna vers Lana et expliqua :

— Alexa voulait qu'on se promène ensemble, mais ma pause n'est pas très longue, et je ne voudrais pas m'attirer des ennuis dès mon premier jour de travail.

Lana réprima un frisson. Avait-il essayé de l'enlever la veille ? Sa voix ne trahissait rien.

— Pourquoi pas ? répondit-elle avant d'interroger Jake du regard.

— C'est une bonne idée, dit-il. Alexa peut vous montrer les sentiers que Charlotte emprunte avec ses élèves les plus chevronnés. Voulez-vous que je selle Coco ?

— Qu'en dites-vous, Alexa ? demanda Lana. Voulez-vous de ma compagnie ?

— Pourquoi pas ? Si je ne peux pas avoir celle que je voulais.

— Merci pour cette invitation chaleureuse, ironisa Lana. Puis-je vous parler dehors cinq minutes ?

— Faites donc ça pendant qu'on s'occupe de seller vos juments, Jake et moi, lança Drew.

— Je ne voudrais pas abuser de ta pause, grommela Alexa, un poing sur la hanche.

Lana l'entraîna dehors. Elle ne pouvait pas renifler le cou de Drew, mais elle pouvait vérifier son alibi.

— Soyez prudente, dit-elle à Alexa quand elles se furent un peu éloignées de l'écurie. Drew ne m'inspire pas confiance.

— Mais il est tellement sexy...

— Avez-vous couché avec lui hier soir ?

Alexa hocha la tête.

— On avait tous les deux un peu trop bu, mais il s'est bien occupé de moi.

— Je ne veux pas connaître les détails, s'empressa de dire Lana. Mais vous avez passé toute la nuit ensemble ?

— Je n'ai regagné mon lit qu'au petit matin.

Lana sentit ses épaules s'affaisser. Ce n'était pas Drew qui avait essayé de l'enlever. Il avait un alibi.

La porte de l'écurie s'ouvrit, et Jake et Drew en sortirent avec Ginger et Coco.

Drew posa les mains sur les hanches d'Alexa pour l'aider à se mettre en selle alors qu'elle n'en avait clairement pas besoin.

Lana remercia Jake de s'être occupé de Coco et se mit en selle à son tour.

— Bonne promenade ! lança Jake quand Alexa et elle s'éloignèrent.

Alexa lui montra les enclos dans lesquels Charlotte faisait cours aux débutants et se révéla être une source précieuse d'information.

Elles s'arrêtèrent à un endroit où plusieurs sentiers se croisaient.

— Il y a une jolie promenade à faire de ce côté avec un bon morceau de forêt et une rivière, dit Alexa. C'est là qu'il fait le plus frais en été. Les autres sentiers sont plus rocailleux et moins ombragés.

— Va pour la rivière ! répondit Lana.

— En savez-vous plus que ce matin sur l'incendie ? demanda Alexa.

— Non. Je n'arrive pas à croire que l'alarme du ranch et l'agitation ambiante ne vous aient pas réveillée… Mais vous ne dormiez peut-être pas.

Alexa pouffa.

— Oh si ! je dormais ! J'étais si fatiguée quand je suis rentrée que je ne pouvais plus garder les yeux ouverts.

— C'est vrai ? l'encouragea Lana.

— Je vais vous confier un petit secret qui devrait rassurer mon frère : je n'ai pas couché avec Drew. J'étais à bout de force, et il s'est conduit en parfait gentleman. Nous n'avons fait que dormir dans le même lit.

— Et vous ne vous êtes pas réveillée de la nuit ?

— Même l'alarme ne m'a pas réveillée.

— Et Drew ? demanda Lana alors qu'elles commençaient à entendre la rivière.

— Il a passé la nuit avec moi.

— Comment pouvez-vous le savoir si vous dormiez aussi profondément ?

— J'ai senti sa présence, et il m'a réveillée ce matin. Il a insisté pour que je retourne dans ma chambre.

— Ça, ça ne m'étonne pas.

— Vous pensez qu'il l'a fait parce qu'il avait peur d'avoir des ennuis ? Vous vous trompez. Il l'a fait pour protéger ma réputation.

— Vous le connaissez à peine, Alexa.

Mais la sœur de Logan ne l'écoutait pas. Elle sortit son téléphone et lut un texto.

— Oups ! J'ai quelque chose à faire à la maison, dit-elle. Vous atteindrez la rivière en continuant tout droit. Le sentier la longe pendant un moment, puis vous tomberez sur une prairie qui permet de beaux galops. C'est ce que Charlotte fait avec ses élèves.

— À propos de Drew…

— Je sais, je sais, la coupa Alexa en faisant demi-tour.

Lana envoya un texto à Logan dès qu'Alexa s'éloigna.

Je crois qu'on tient notre homme.

Elle longea la rivière. Lorsqu'elle atteignit la prairie, elle suivit le conseil d'Alexa et lança Coco au galop.

Après quelques secondes d'euphorie, les mouvements de la jument devinrent désordonnés.

— Du calme, lui dit Lana.

Elle tira sur les rênes et essaya de reprendre le contrôle, mais Coco estimait visiblement que Lana avait abusé de sa patience.

Elle se cabra et rua jusqu'à ce qu'elle réussisse à lui faire perdre l'équilibre. Lana tomba lourdement et se mit en position fœtale pour minimiser les risques de coups de sabots. Coco s'échappa. Alors qu'elle reprenait son souffle, elle entendit un autre cheval approcher.

Elle se redressa et reconnut le chapeau noir du cavalier.

— Ça va, Lana ? demanda Drew en mettant pied à terre. Laissez-moi vous aider.

— Je vais bien, répondit-elle, même si elle n'était pas encore capable de se relever. Si vous pouviez rattraper Coco pour moi, je la ramènerai à l'écurie. J'ai... déjà appelé à l'aide.

Drew tourna la tête vers son téléphone, qui gisait dans l'herbe à quelques mètres d'elle.

— Ah oui ? Comment ? Avec des signaux de fumée ? Je vous ai vue tomber. Vous avez à peine eu le temps de reprendre votre souffle avant que je vole à votre secours... une nouvelle fois.

Il se planta devant elle.

— Une nouvelle fois ? répéta-t-elle comme si elle ne comprenait pas.

— Arrêtons de jouer au chat et à la souris, Lana. Nous sommes enfin seuls, comme je le voulais.

14

Un frisson parcourut Lana. Ils avaient effectivement fini de jouer.

— Que veux-tu ? demanda-t-elle.

— Toi.

— Pourquoi ?

Elle se mit à genoux et repéra Coco en train de brouter au loin.

— Allons, Lana. Tu sais très bien pourquoi : nous ne pouvons pas déchiffrer les notes de ton frère sans toi. On veut savoir ce qu'il a écrit.

— Pour remettre son journal aux autorités compétentes et faire toute la lumière sur l'attaque au cours de laquelle il s'est fait tuer, c'est bien ça ?

— C'est bien ça, sauf que nous n'avons peut-être pas les mêmes autorités compétentes, répondit-il en tirant quelque chose de sa poche.

— Alors vous me tuerez quand je ne vous servirai plus à rien. Pourquoi vous aiderais-je ? Pour qui travaillez-vous et pourquoi avez-vous attaqué cet avant-poste ?

— Parce qu'il y a des gens que tu aimes auxquels on peut faire du mal si tu refuses de coopérer. Et tu n'as pas besoin de savoir qui nous sommes.

Elle serra les poings. Carla. Ils devaient savoir pour Carla.

— Vous n'arriverez pas à vous approcher d'elle.

— Je commençais à croire que je n'arriverais pas à m'approcher de toi, et regarde-nous ! répondit Drew en écartant les bras.

Elle jeta un coup d'œil derrière lui et esquissa un sourire.

— Nous ne sommes pas aussi seuls que tu le crois.

Drew tourna la tête, jura et se remit en selle.

— Ce n'est pas fini, Lana, lui lança-t-il avant de filer.

Il disparut entre les arbres tandis que Logan approchait. Au moins, la couverture de Drew était grillée. Il ne pouvait plus mettre les pieds au Double H.

— Que s'est-il passé ? demanda Logan en arrêtant son cheval devant elle. Si ce cavalier va chercher du secours, il est parti dans la mauvaise direction.

Elle poussa un petit sanglot de soulagement.

— Ce cavalier est Drew. Poursuis-le, Logan ! Attrape-le !

Logan mit pied à terre et s'agenouilla à côté d'elle.

— T'a-t-il fait du mal ?

— Il n'en a pas eu le temps. Ne t'occupe pas de moi et rattrape-le !

— En te laissant toute seule ? Pas question. Il a trop d'avance et pourrait revenir pendant que je le cherche. Pourquoi a-t-il décidé d'abattre ses cartes ? Il a gâché tous les efforts qu'il avait faits pour infiltrer le ranch.

— J'ai peur de ne pas être une très bonne actrice, répondit-elle. Il a compris que je savais. Ça ne m'étonnerait pas qu'il ait orchestré ma chute. Ce qui est sûr, c'est qu'il s'est arrangé pour m'isoler. Je me promenais avec Alexa quand elle a reçu un texto qui l'a incitée à faire demi-tour.

— T'a-t-il dit ce qu'il voulait ? Ce ne doit pas être ta mort, en tout cas, puisqu'il vient de laisser passer sa deuxième occasion de te tuer.

— Non. Ses complices et lui ne veulent pas me tuer… tout de suite. Ils veulent que je les aide à déchiffrer le journal de Gil. Ils tiennent autant que nous à savoir ce qu'il contient.

— Alors plus vite on percera le code de Gil, plus vite tu seras en sécurité.

— Il a menacé de faire du mal à des gens que j'aimais. Je suis sûre qu'il parlait de Carla.

Logan l'attira dans ses bras.

— Je suis sûr que Bruce peut la protéger et je peux te protéger. Si seulement je ne t'avais pas quittée des yeux...

Elle déposa un baiser au creux de son cou.

— Tu me sauves toujours juste à temps, répondit-elle. Je crois avoir vu une seringue dans la main de Drew. Elle contenait sans doute une dose de la drogue qu'il nous a administrée hier, à Alexa, toi et moi.

— Alexa ?

— Elle m'a fourni les détails de sa nuit avec Drew. Elle est allée chez lui, mais elle était si fatiguée qu'elle s'est endormie tout de suite. Elle croit qu'il a passé la nuit avec elle, mais il l'a quittée pour mettre le feu au cottage et essayer de m'enlever.

— Le salaud ! grogna Logan. Peux-tu te lever ? Es-tu blessée ?

— Ça va. Et je crois que Coco va bien, elle aussi.

— Allons vérifier.

Quelques minutes plus tard, elle était installée sur la monture de Logan, un bras enroulé autour de sa taille, et elle tenait les rênes de Coco.

— Au moins, Drew est démasqué, soupira-t-elle.

— J'ai vu Alexa prendre des photos, hier soir. J'ai l'intention d'afficher sa belle gueule dans toute la ville pour qu'il ne puisse même plus y prendre un café.

— Alexa sera déçue.

— Elle s'en remettra quand le prochain cow-boy sexy débarquera au ranch.

Jake vint à leur rencontre quand ils approchèrent de l'écurie.

— Logan ! Drew, le nouveau, est parti avec Diablo sans

permission. Je ne sais pas ce qui lui a pris. Je suis sûr que Hugh le renverra quand je le lui dirai.

— Drew s'est fait passer pour un employé pour entrer dans le ranch et s'approcher de Lana, répondit Logan. C'est un homme dangereux. Dis-le aux autres, même si ça m'étonnerait beaucoup que vous le recroisiez.

— Et Diablo ? demanda Jake.

— Je ne vois pas ce que Drew ferait de lui. À mon avis, il l'abandonnera là où il mettra pied à terre. Il y a des chances pour qu'il revienne tout seul.

— Et il faudra sûrement soigner Coco, intervint Lana. Je pense que Drew a glissé un chardon sous sa selle, ou quelque chose comme ça. Elle est devenue folle quand je l'ai lancée au galop et m'a désarçonnée.

Jake jura.

— Et ça va ? Rien de cassé ? s'inquiéta-t-il.

— Oui, ça va. Mais soignez bien la pauvre Coco.

Ils confièrent la jument et le cheval de Logan à Jake.

— Veux-tu rentrer à pied ou préfères-tu que quelqu'un vienne nous chercher ? demanda-t-il.

— J'ai besoin de faire travailler mes muscles, répondit-elle. Je me sens déjà raide.

— Quand on aura prévenu tout le monde, je récupérerai une photo de Drew pour la faire circuler en ville.

— Et il faut que je commence à associer des dates aux notes de Gil. J'ai l'impression que c'est une course contre la montre, maintenant.

Dès qu'ils rentrèrent, Logan rassembla tout le monde et raconta ce que Drew avait fait.

— Où est Alexa ? demanda-t-il. Elle a pris de photos de lui. Je pense qu'il est déjà loin, mais je veux que le shérif sache à quoi il ressemble.

— Elle est partie rejoindre son amie Becca, répondit Angie.

— Peux-tu la prévenir, s'il te plaît ? demanda Logan.

— Bien sûr, répondit Angie.

Hugh enfonça les mains dans ses poches.

— Vas-tu essayer de nous faire croire que ce Drew voulait enlever Lana parce qu'elle est professeur d'équitation, Logan ? demanda-t-il.

— Je n'essayerai rien du tout, Hugh. La seule chose que tu aies besoin de savoir, c'est que Lana a des préoccupations plus importantes que les cours de Charlotte.

Lana esquissa un sourire. Même si Logan n'était pas à l'aise au sein de sa famille, il savait la gérer.

Il l'entraîna à l'étage en laissant son frère se débrouiller avec le mystère qu'il laissait planer.

— Je suppose que tu as envie de prendre une douche et de te changer, dit Logan quand ils entrèrent dans la chambre où elle avait passé la nuit précédente. Pendant ce temps-là, je ferai un peu de place dans le bureau de mon père pour que tu puisses y travailler.

— Que va-t-il dire ? s'inquiéta-t-elle.

— Carlton l'a emmené chez son kiné. Il y restera tout l'après-midi.

— Je n'en ai pas pour longtemps, promit-elle.

Dix minutes plus tard, vêtue d'un jean propre et d'un chemisier, elle rejoignit Logan dans le bureau de Junior. Il avait dégagé un petit bureau dans un coin.

— Prête à te plonger dans tes souvenirs ? lui lança-t-il.

— Tu es sûr que ça servira à quelque chose ?

— Je suis sûr qu'il y a des gens haut placés qui veulent savoir ce que Gil avait à dire sur cet avant-poste. Fais-moi confiance.

— Aveuglément, répondit-elle avant de déposer un baiser sur ses lèvres.

Tandis que Logan pianotait sur son ordinateur dans le fauteuil de son père, elle se plongea dans les notes de Gil. Les souvenirs qu'il avait écrits étaient tous reliés à une date précise. Pour chacun d'eux, elle nota sur une feuille l'année, le mois et le jour exact quand elle s'en souvenait.

Après une heure de travail, sa page était couverte de nombres.

— J'ai fini un livre, annonça-t-elle. Que fait-on, maintenant ?

Il la rejoignit avec la liasse de photographies imprimées.

— De quel livre s'agit-il ?

— Du premier que tu as photographié.

Logan chercha les pages.

— J'ai la tête qui tourne, dit-elle en se massant le front. Que faisons-nous de tous ces nombres ?

— Nous nous en servons pour isoler des lettres ou des mots dans les pages correspondantes. Deux, seize, quatre-vingt-dix...

Il se munit d'un crayon et se mit à entourer des lettres ou des mots, pour tout effacer deux minutes plus tard et recommencer.

— À quoi joues-tu ? demanda-t-elle.

— Je cherche la logique. Le deux peut signifier qu'on doit prendre en compte un mot sur deux, le deuxième mot de chaque ligne ou de chaque paragraphe, ou bien la deuxième lettre de certains mots... Il y a de nombreuses possibilités.

— Et on doit faire ça pour chaque date et chaque page ? Il nous faudra un an ! Plus, peut-être.

— Il suffit qu'on obtienne un premier résultat pour prouver qu'on a raison, répondit-il. Alors on pourra confier le reste à des professionnels. Ça ne leur prendra pas un an.

— Tant mieux. Je savais que Gil était intelligent, mais je ne l'imaginais pas capable de concevoir un tel puzzle.

— Commence donc à associer des dates aux notes d'un autre livre pendant que je fais ça, suggéra-t-il.

Elle se remit au travail. De temps à autre, l'ordinateur de Logan, qu'il avait laissé sur le bureau de son père, bipait pour signaler qu'il avait reçu un mail. Chaque fois, Logan allait jeter un coup d'œil, puis se replongeait dans sa tâche.

— Tu ne veux pas éteindre ça ? demanda-t-elle après le cinquième bip.

— Non, répondit-il. Je cherche quelqu'un à qui confier le travail de décryptage. J'ai envoyé des mails à plusieurs personnes et je ne veux pas rater une réponse.

Ils poursuivirent ainsi pendant une heure, puis Logan s'étira.

— Je ne sais pas toi, mais j'ai faim – et je n'aurais rien contre une dose de caféine.

— Moi aussi, j'ai faim, mais j'ai surtout hâte de me sortir ces dates de la tête pour les coucher sur le papier.

— Alors continue à travailler. Je vais demander à Lupe de nous préparer des sandwichs. Et surveille mes mails, s'il te plaît.

— D'accord. Et pourrais-tu vérifier si Alexa est rentrée ? Je commence à m'inquiéter pour elle.

— Je suis sûr qu'elle va bien. Angie m'a dit qu'elle était allée voir une amie. Mais je demanderai si elle est rentrée.

Lana recommença à aligner des nombres en s'interrompant à chaque nouveau mail. Ils progressaient enfin. Elle avait confiance en Logan pour comprendre la logique de Gil et trouver quelque chose à montrer aux autorités compétentes. Alors ce cauchemar prendrait fin, et Logan et elle auraient une chance de faire connaissance dans de bonnes conditions.

L'ordinateur de Logan bipa une fois de plus. Ce mail-ci avait été envoyé par l'armée. C'était peut-être important.

Elle l'ouvrit et en lut le premier paragraphe. Son sang se figea dans ses veines. La vue brouillée par la colère, elle se força à relire ce paragraphe.

— Déjeuner ! annonça Logan en entrant dans la pièce avec un plateau. On a des sandwichs, des fruits, des chips...

Il laissa son énumération en suspens et s'arrêta net parce qu'elle le fusillait du regard.

— Que se passe-t-il ?

— Sale menteur ! répondit-elle.

Il fronça les sourcils.

— De quoi parles-tu ? Quel est le problème ?

— J'ai lu le mail, dit-elle en agitant un doigt en direction de son ordinateur. Je sais ce que tu as fait – ou plutôt ce que tu *n'as pas* fait.

— Le mail ?

— Le mail qui décrète que tes camarades de la Delta Force et toi n'avez rien fait de mal en n'allant pas défendre cet avant-poste d'ambassade au Nigéria quand il s'est fait attaquer. Que vous n'avez rien fait de mal pendant que mon frère, ses amis et tout le personnel de l'avant-poste se faisaient tuer !

Le cœur de Logan se serra.

— Je voulais te le dire. Je voulais t'expliquer…

Il posa le plateau par terre pour essayer d'attraper Lana au vol quand elle fonça vers la porte.

— Ne me touche pas ! s'écria-t-elle. Ne m'approche plus jamais !

Il lui courut après, mais s'arrêta quand elle sortit de la maison. Que pouvait-il faire ? La ligoter ?

Il sortit à son tour pour la regarder s'éloigner. Retournait-elle au cottage ? Elle n'avait peut-être besoin que d'un peu de temps pour se calmer.

Il pourrait lui expliquer qu'ils avaient reçu l'ordre de ne pas intervenir. C'était l'une des raisons pour lesquelles il avait voulu savoir ce qui s'était réellement passé dans cet avant-poste – une raison dont il ne pouvait pas parler à Lana. Mais elle comprendrait sûrement, puisque Gil était un marine.

Il rentra dans la maison la tête basse. La scène avait attiré quelques membres de sa famille hors de leurs tanières, mais les regards qu'il leur lança les firent disparaître.

Il retourna dans le bureau de Junior, ouvrit l'un des sodas du plateau et lut le mail qui avait dressé Lana contre lui.

Il écarquilla les yeux quand il atteignit le deuxième paragraphe, que Lana n'avait peut-être pas lu. Son supérieur avait accepté d'envoyer une demande de décryptage à la CIA. Ils avaient presque réussi. Quand le journal de Gil serait décodé, Lana ne risquerait plus rien.

Il but une gorgée de soda et replongea dans l'esprit de Gil – un homme qu'il n'avait pas pu sauver, qu'il avait reçu l'ordre de ne pas sauver. Mais il pouvait sauver sa sœur, qu'elle le veuille ou non.

Il releva vivement la tête quand la porte du bureau s'ouvrit. Angie, Hugh, Cody et Melissa se bousculèrent presque pour entrer dans la pièce.

Le visage livide, les yeux rouges, Angie lui demanda :

— As-tu eu des nouvelles d'Alexa ? On ne sait pas où elle est.

Logan fronça les sourcils.

— Elle n'est pas avec Becca ?

— Comme on n'arrivait pas à la joindre, on a fini par appeler Becca, répondit Hugh. Elle est à Fort Worth, et Alexa n'est pas avec elle.

— Avez-vous essayé de localiser sa jeep ? demanda Logan.

— Elle est garée devant le cottage, répondit Cody.

Angie, qui venait de recevoir un texto, pâlit encore plus.

— Qu'y a-t-il, Angie ? demanda Logan. C'est Alexa ?

— C'est Becca, répondit Angie. La mauvaise conscience l'a rattrapée, et elle m'informe qu'Alexa s'est enfuie avec Drew Halliday.

15

Lana essuya ses larmes et se mit au volant de la jeep d'Alexa, qu'elle venait de trouver devant le cottage avec la clé sur le contact. Elle se moquait éperdument que les parents de Logan pensent qu'il avait introduit une autre voleuse dans la famille.

Elle lui avait accordé toute sa confiance alors que leur relation reposait sur un mensonge gigantesque.

Comment avait-il pu lui cacher qu'il appartenait à l'une des unités qui auraient pu intervenir quand l'avant-poste avait été attaqué et qui ne l'avaient pas fait ?

Elle écrasa l'accélérateur pour fuir le Double H et Logan.

À l'entrée, elle ouvrit le portail avec son trousseau et ne prit pas la peine de le refermer.

Elle ne savait pas où elle allait. Elle ne pouvait pas rouler jusqu'en Californie avec cette voiture. Ce serait du vol, et elle n'était pas une voleuse. Elle pouvait prendre un car jusqu'à Fort Worth, puis l'avion.

Alors qu'elle fonçait vers la petite ville de Yellowtail, son téléphone vibra dans le vide-poches. Elle n'était pas encore prête à parler à Logan. Elle ne le serait peut-être jamais. C'était ce qu'elle lui avait dit, en tout cas.

Elle soupira quand son téléphone se remit à vibrer. Il ne lui avait pas menti à proprement parler. Elle ne lui avait pas demandé s'il lui aurait été possible d'aider Gil. Mais il savait forcément que c'était une information vitale pour elle !

Elle renifla, prit son téléphone et fronça les sourcils en découvrant qu'elle avait reçu un texto d'Alexa. Elle l'ouvrit.

Venez me chercher chez Mickey, s'il vous plaît, et n'amenez pas Logan. Je ne veux pas l'entendre me rappeler qu'il m'avait dit de me méfier de Drew.

Lana soupira de soulagement. Alexa savait pour Drew et semblait avoir accepté l'évidence.

Elle s'arrêta au bord de la route pour répondre.

Vous avez de la chance. Je suis en route pour Yellowtail dans votre jeep et je suis seule.

Elle se remit en route. Au moins, les Hess ne pourraient pas l'accuser de vol de voiture puisqu'elle allait rendre la jeep à sa propriétaire.

Une fois à Yellowtail, elle se gara sur le parking presque désert du bar de Mickey et n'y reconnut aucune voiture du Double H. Comment Alexa s'était-elle donc rendue en ville ? C'était peut-être Becca qui lui avait servi de chauffeur.

Lana entra dans le bar. L'odeur de vieille bière et de vomi qui flottait dans l'air lui donna la nausée. Leur mère les avait souvent envoyés, Gil et elle, chercher leur père dans des bars de ce genre.

Elle s'approcha du comptoir.

— Avez-vous vu Alexa Hess ? demanda-t-elle au barman.

Il ricana et répondit :

— Pas aujourd'hui.

Alors que Lana balayait la salle du regard, un ivrogne s'approcha d'elle.

— Alexa, la jolie blonde ? lui demanda-t-il.

Lana s'interdit de reculer pour échapper à sa puanteur.

— Oui. Vous l'avez vue ?

— Elle est aux toilettes, répondit l'ivrogne.

— Merci.

Lana s'engagea dans un couloir obscur. Elle n'était pas

sûre de vouloir découvrir les toilettes de cet établissement, mais était contente de s'éloigner des ivrognes et du barman hostile.

Les toilettes étaient une pièce minuscule dans laquelle il n'y avait que deux cabines et un lavabo crasseux.

Elle frappa à la porte de la cabine occupée.

— Alexa ? Êtes-vous là-dedans ? Répondez, s'il vous plaît. J'ai hâte de sortir de ce trou à rats.

La porte s'ouvrit, mais elle ne se retrouva pas en face de la sœur de Logan. Drew lui enfonça un revolver dans les côtes.

— Bonne idée, Lana. Sortons de ce trou à rats.

Elle rassembla son courage et demanda :

— Où est Alexa ?

— Elle va bien, répondit Drew. J'avais juste besoin de mettre la main sur son téléphone. C'est toi que je veux. Où est ton chien de garde ? Le type de la Delta Force.

Ils savaient donc très bien qui était Logan, sans doute depuis le début.

— En chemin. Je l'ai appelé quand j'ai reçu un texto que je croyais venir de sa sœur.

— Bien tenté, répondit Drew. Mais tu n'as aucune raison d'avoir peur de moi, tu sais. Nous voulons juste que tu travailles avec nous plutôt qu'avec lui au déchiffrage du journal de ton frère.

— C'est qui, « nous » ?

Drew bloqua la porte des toilettes de l'épaule quand quelqu'un voulut entrer.

— C'est occupé !

Une femme l'insulta copieusement, mais elle s'éloigna.

— Nous sommes juste dans un autre camp, répondit Drew. Il y a plein de camps dans ces conflits : le tien, le nôtre, le leur... Quelle importance ? On dirait bien que ton camp ne veut pas que tu découvres ce qui est arrivé à ton frère.

— Et ton camp l'a tué.

Il haussa les épaules.

— Allons-nous-en avant que quelqu'un d'autre nous dérange.

L'esprit de Lana s'affola. La jeep d'Alexa. Elle savait que les Hess l'avaient équipée d'une balise GPS pour garder un œil sur leur petite sœur indocile. Quelqu'un songerait-il à localiser la jeep ? Comme ils croyaient tous Alexa avec Becca, ils n'avaient pas de raisons de s'inquiéter pour elle. Pouvait-elle convaincre Drew de prendre la jeep d'Alexa plutôt que son propre véhicule ? Évidemment pas.

Elle devait donc rester le plus près possible de cette jeep le plus longtemps possible.

Elle se couvrit la bouche.

— Je crois que je vais vomir, gémit-elle.

Drew plissa les yeux, mais il la poussa dans l'une des cabines et l'y suivit. L'odeur de son eau de Cologne ou de sa lotion après-rasage l'enveloppa. Comment avait-elle pu le confondre avec Logan, ne serait-ce qu'un instant, la nuit de l'incendie ? Logan… Pourquoi s'était-elle stupidement enfuie ?

— Fais vite ! ordonna Drew.

Elle s'accroupit devant la cuvette. L'odeur putride qui s'en dégageait l'aida à hoqueter de manière crédible.

Drew n'attendit que quelques secondes avant de lui tirer les cheveux.

— Ça suffit. Tu n'es pas malade.

Elle se redressa et prit quelques feuilles de papier toilette pour s'essuyer le nez.

Drew ouvrit la porte de la cabine, la poussa dehors et lui planta son arme dans le dos.

— Que fais-tu ? grogna-t-il quand elle s'approcha du lavabo.

— Je me rince la bouche, répondit-elle.

Elle ouvrit le robinet sans lui laisser le temps de répondre. Elle prit de l'eau au creux de sa main, l'aspira, la garda dans la bouche quelques instants et la cracha.

Drew lui frappa l'arrière du crâne alors qu'elle s'apprêtait à recommencer.

— Ça suffit ! Crois-tu vraiment que l'un de ces ivrognes va venir te sauver ? Je n'ai donné que vingt dollars à celui qui t'a dit qu'Alexa était aux toilettes.

Elle tendit une main tremblante vers le distributeur de papier, se rendit compte qu'il était vide et s'essuya les mains sur son jean.

Drew lui enfonça son arme dans les reins. Elle se résigna à aller jusqu'à la porte. Il l'entrouvrit pour jeter un coup d'œil dans le couloir.

— C'est bon, dit-il. Il n'y a personne.

Elle pourrait toujours courir, crier, faire un scandale...

— Si tu tentes quoi que ce soit, tu es morte, lui dit Drew.

Il projetait sans doute de la tuer quand elle aurait déchiffré le journal, alors pourquoi ne pas tenter le tout pour le tout ? Parce qu'elle avait encore l'espoir absurde que Logan vienne la sauver.

Il le fallait. Elle lui devait des excuses. Il devait s'en vouloir de ne pas avoir aidé Gil et les autres. Et elle savait qu'il avait obéi à des ordres, tout comme Gil.

Et aussi, Logan et elle n'avaient pas eu l'occasion de faire l'amour. Leur histoire ne pouvait pas s'achever comme cela.

— Avance ! ordonna Drew.

Il lui donna un coup de coude entre les omoplates qui faillit la faire tomber, mais elle s'agrippa à la poignée de la porte.

— Si tu veux que je t'aide, dis-moi ce que tu as fait d'Alexa, exigea-t-elle.

— Je l'ai ligotée, c'est tout. Je te montrerai une photo quand on sera dans ma voiture. Avance !

Elle s'engagea dans le couloir en traînant les pieds. Drew la poussa vers la porte de derrière. Elle plissa les yeux quand il l'ouvrit. Même si le ciel était nuageux et le soleil bientôt couché, il y avait plus de lumière sur le parking que dans le bar miteux où personne ne pouvait l'aider.

Drew la poussa vers une voiture noire parfaitement quelconque.

Elle s'arrêta brusquement.

— Une minute !

— Quoi encore ?

— Tu veux que je vous aide à déchiffrer le journal de mon frère, c'est bien ça ?

— Qu'est-ce que je ferais dans cette ville de ploucs, sinon ?

— J'ai déjà commencé à y travailler, et mon carnet est dans la jeep.

— Dépêche-toi !

Elle se dirigea vers la jeep en résistant à la panique. Y trouverait-elle quelque chose qu'elle pourrait faire passer pour des notes ?

Elle ouvrit la portière du conducteur et se pencha à l'intérieur. Drew se posta derrière elle. Elle sentit que son arme était maintenant du côté de son oreille gauche. Un faux mouvement, et il lui ferait sauter la cervelle.

Par chance, il y avait des déchets de toutes sortes dans la voiture d'Alexa. Elle rassembla des factures, de vieux plans et des reçus, puis se redressa.

— J'ai trouvé ! s'écria-t-elle triomphalement en agitant sa liasse.

Drew fronça les sourcils, mais n'examina pas les papiers de plus près. De la sueur perlait à son front malgré la fraîcheur de l'air.

Ce n'était pas son truc. Il avait enlevé Dale chez elle, avec l'aide de complices. Il était seul et exposé, à présent. Ils étaient sur un parking au milieu d'une petite ville où tout le monde connaissait tout le monde.

Elle chercha une nouvelle manière de gagner du temps.

— Que veux-tu que je fasse de la clé de la jeep ? demanda-t-elle. Je la mets sur le contact ?

— Je m'en fiche complètement, grommela Drew. Si tu savais comme j'ai hâte que tu la boucles…

Lana se raidit.

— Qu'est-ce que ça veut dire ? Tu vas me tuer, n'est-ce pas ?

— Si j'avais voulu te tuer, tu serais morte. On aurait pu faire sauter ta maison dans l'autre ranch. J'aurais pu mettre quelque chose de plus fort dans tes bières hier soir ou te laisser mourir dans l'incendie… On te veut en vie pour que tu déchiffres le journal.

— Si tu n'as pas l'intention de me tuer, comment comptes-tu t'y prendre pour me forcer à la boucler ?

Il lui prit le bras et l'entraîna vers la voiture noire.

— J'ai quelque chose qui t'aidera à te détendre, répondit-il. Tu ne croyais quand même pas que j'allais m'emmerder à te garder en joue tout en conduisant ?

— Je ne veux pas que tu me drogues.

— Tu préfères mourir ?

— Tu as dit que vous me vouliez en vie.

— Dans certaines limites. On préférerait que tu meures plutôt que tu continues à aider Hess. Me suis-je bien fait comprendre ?

Elle déglutit péniblement.

— Oui.

— Alors monte dans la voiture ! ordonna-t-il en ouvrant les portières avec la télécommande.

Tandis qu'elle montait à l'avant, elle aperçut Logan à l'angle du bar.

Elle réprima un gémissement de soulagement et se força à regarder droit devant elle. Maintenant, elle devait offrir à Logan une occasion de passer à l'action.

Drew se mit au volant. Il fit passer son arme dans sa main gauche pour sortir une seringue de sa poche droite. Il en retira le capuchon avec les dents et l'approcha du bras de Lana.

Elle réussit à la lui faire lâcher d'un coup dans le poignet. La seringue tomba à ses pieds.

— Merde, Lana ! s'écria Drew. Ça ne changera rien. Ramasse-la !

Avec joie, songea-t-elle.

Elle se tourna un peu, puis se pencha tant que son front toucha presque le tapis de sol.

Il n'en fallait pas plus à Logan. Une vitre explosa, et un liquide chaud lui coula dans le dos.

Elle ne put s'empêcher de crier. Deux secondes plus tard, Logan la dégageait du cadavre de Drew et la tirait hors de la voiture.

Hugh et Cody accoururent. Hugh arracha son arme à Drew, ce qui était parfaitement inutile.

— Alexa ! s'écria Lana en attrapant la chemise de Logan. Elle est ligotée, quelque part. Il m'a dit qu'elle était indemne et qu'il avait une photo d'elle.

Cody fouilla les poches de Drew et y trouva deux téléphones.

— Ça, c'est celui d'Alexa, dit-il.

— Vérifie les photos, suggéra Logan.

Cody toucha l'écran.

— Il est protégé par un mot de passe, dit-il.

Hugh pouffa.

— Et je ne le connaîtrais pas ?

Il le donna à Cody, qui ouvrit le dossier des photos.

— Bingo ! s'écria-t-il. Il a pris la photo avec ce téléphone. Reconnaissez-vous le décor ?

Hugh prit le téléphone à son frère et répondit :

— Elle est à l'auberge de Yellowtail. Je ne peux pas vous dire dans quelle chambre, mais il n'y en a pas beaucoup. J'appelle le shérif et l'auberge immédiatement.

Une demi-heure plus tard, après l'arrivée d'une première patrouille et du fourgon du médecin légiste, Lana effleura la joue de Logan.

— Je me suis souvenue qu'il y avait une balise GPS sur la jeep d'Alexa, lui dit-elle. J'ai gagné le plus de temps possible en priant pour que tu comprennes que j'étais en danger.

Logan déposa un baiser sur son front.

— Becca a avoué à Angie qu'elle avait aidé Alexa à s'enfuir avec Drew, répondit-il. Aucun de nous n'avait eu le temps de lui dire qu'il avait essayé de t'enlever dans la forêt. Comme Cody avait vu sa jeep garée devant le cottage, j'ai tout de suite compris que tu l'avais prise quand elle a disparu.

— C'était tellement stupide de ma part ! reconnut-elle. Drew m'a envoyé des textos depuis le téléphone d'Alexa pour m'attirer chez Mickey. J'étais si furieuse contre toi que je n'ai pas pensé un instant que ça pouvait être un piège. Par contre, j'ai pensé que vous risquiez de porter plainte pour vol de voiture.

Logan la serra dans ses bras.

— Je n'ai jamais été aussi heureux de présenter une voleuse à ma famille, lui murmura-t-il à l'oreille.

Lana s'autorisa quelques instants de pur réconfort, puis se redressa.

— J'avoue que je suis soulagée que tu aies tué Drew, mais on n'est pas encore hors de danger, dit-elle. Il avait des complices qui veulent toujours me mettre la main dessus.

— C'est trop tard.

— Comment ça ?

— Le mail que tu as lu.

— Oui ?

— Si tu l'avais lu jusqu'au bout, tu aurais su que mon supérieur avait déposé une demande auprès de la CIA. J'ai reçu la réponse depuis, et c'est gagné : ils veulent le journal de Gil.

— C'est vrai ?

Elle se jeta à son cou. Alors qu'il se penchait pour l'embrasser, la sirène d'une voiture de police leur fit tourner la tête.

Alexa en jaillit et courut vers eux.

— Je suis désolée, Lana ! s'écria-t-elle. J'espère que tu vas bien.

— C'est moi qui espère que tu vas bien, dit Lana. Tu as dû être terrifiée.

Logan salua le shérif qui s'approchait d'eux.

— Maintenant, il ne vous reste plus qu'à espérer que je vais bien aussi, parce que je vais devoir répondre à un certain nombre de questions, répondit-il.

Épilogue

Lana enroula les doigts autour de sa tasse et souffla sur son café.

— Alors cet entrepôt secret de l'avant-poste servait à faire transiter des armes destinées à des terroristes ?

— C'est ce que Gil a découvert, répondit Logan.

— Tu penses que le major Denver l'avait découvert aussi et que c'est pour ça qu'on l'a piégé ?

— Si Denver s'est rendu dans cet avant-poste et s'il a posé des questions aux marines, c'est qu'il suspectait quelque chose. Il a peut-être obtenu des réponses. Je pense que Gil l'a aidé à les obtenir et que ça les a mis en danger tous les deux.

Logan repoussa son assiette encore à moitié pleine.

— Mais qui s'est servi d'un avant-poste d'ambassade pour livrer des armes à des terroristes et pourquoi ?

— Pour l'instant, tout le monde montre du doigt l'assistant de l'ambassadeur et son équipe. Tous les accusés ont le bon goût d'être morts. Et on ne sait toujours pas ce que sont devenues les armes qui ont été volées pendant l'attaque.

Lana posa sa tasse parce que ses mains tremblaient trop.

— Il se passe quelque chose de grave au sein du gouvernement et de l'armée, n'est-ce pas ? Et Denver s'est trop rapproché de la vérité.

— C'est bien ce que je pense. Mais les gens qui ne sont

pas impliqués commencent à se rendre compte que Denver est victime d'un coup monté.

— Alors pourquoi l'armée n'abandonne-t-elle pas les poursuites à son encontre ? Il pourrait sortir de la clandestinité.

— C'est plus facile à dire qu'à faire. D'abord, les militaires ont peur. Ils ne savent pas à qui se fier. Ensuite, il y a Denver lui-même. Il ne sortira pas de la clandestinité avant d'avoir atteint son but.

— Et quel est son but ?

— Démasquer les membres du gouvernement qui ont des liens avec les groupes terroristes de cette région.

Il jeta un coup d'œil derrière elle et posa un doigt sur ses lèvres.

Alexa, qui venait d'entrer dans la salle à manger, fonça vers eux.

— Je sais que vous voulez passer le plus de temps possible ensemble avant la fin de la permission de Logan, mais tu donnes tes premiers cours ce matin, et j'ai promis de t'aider, Lana, dit-elle.

— Et je t'en remercie, répondit Lana. On a presque fini. Je te retrouve à l'écurie dans dix minutes.

— Dix minutes ? s'écria Alexa. Ce n'est pas assez. Il y a un nouvel employé dont j'aimerais faire la connaissance.

— Sois prudente, dit Lana, qui n'arrivait pas encore à croire qu'ils ne risquaient plus rien.

— Ne t'en fais pas. Becca le connaît depuis toujours. Il est validé.

— Pauvre garçon, soupira Logan.

Quand Alexa s'éloigna, Logan écarta sa chaise de la table et se tapota les cuisses. Lana alla s'installer sur ses genoux.

— Ma sœur a raison sur un point : dix minutes, c'est bien trop court, dit-il. Surtout pour ce que j'aimerais faire avec toi.

Il pressa les lèvres contre les siennes.

— Carla ne te manquera pas trop ? demanda-t-il.

— Si, mais j'irai la voir régulièrement, et tu avais raison : Dale mérite d'avoir une vraie chance d'être sa mère.

— Tu es aussi généreuse que tu es belle.

— À ce propos... J'essayerai de ne pas te juger aussi durement et précipitamment à l'avenir. Je sais que tu avais des ordres au Nigéria. Et je sais que tu aurais aidé Gil et ses camarades si la décision t'avait appartenu.

— Oui. Mais Denver, lui, y serait allé en envoyant les ordres au diable.

— Denver est dans une situation très délicate, lui rappela-t-elle. Je préfère que tu obéisses aux ordres et que tu rentres à la maison.

— À la maison... Ça veut dire que tu seras encore là à ma prochaine permission ?

— J'y compte bien.

— Et tu ne t'ennuieras pas trop au Double H sans moi ?

— Eh bien... Il y a beaucoup de cow-boys dans le coin, et je suis sûre qu'Alexa se fera un plaisir de me conseiller.

Logan lui pinça la taille.

— Dans ce cas, je vais devoir m'assurer que tu as assez de souvenirs de moi pour te tenir chaud les nuits d'hiver.

— Peut-on s'y mettre maintenant ?

— Je te rappelle que tu as des cours à donner. Veux-tu te faire renvoyer ?

— Alors je me contenterai d'un baiser.

— Il sera inoubliable.

Elle lui sourit. Elle en était certaine.

Logan était entré dans sa vie au moment où elle avait le plus besoin de lui.

Elle avait envie de croire que son petit frère veillait sur elle comme elle avait veillé sur lui presque toute leur vie. C'était peut-être lui qui lui avait envoyé ce cow-boy de la Delta Force pour la protéger et la chérir.

ANNA J. STEWART

La peur sur ton visage

Traduction française de
CHRISTINE BOYER

BLACK ROSE

HARLEQUIN

Titre original :
COLTON ON THE RUN

Ce roman a déjà été publié en 2021.

1

Un rayon du soleil couchant frappa son visage, la tirant de sa torpeur, et elle entrouvrit les paupières, des paupières lourdes et meurtries.

Aussitôt, une vive douleur explosa à l'intérieur de son crâne, son estomac se révulsa tandis qu'une bile amère brûlait sa gorge. La lumière lui était insupportable et elle referma les yeux. Elle voulut crier, mais ne parvint qu'à émettre un bruit inaudible, sa bouche étant bâillonnée par un épais ruban adhésif. Quand elle tenta de l'arracher, elle se rendit compte qu'elle avait les poignets liés. La corde qui les emprisonnait était si serrée qu'elle ne sentait plus ses doigts.

Peu à peu, elle recouvrait ses esprits, mais le processus était laborieux, ralenti par la violente migraine et les nausées dont elle était la proie. Elle avait la tête dans un étau, le sang rugissait à ses oreilles, son cerveau embrumé avait perdu tous ses repères et elle avait l'impression d'avoir été rouée de coups. Pourtant, refusant de se laisser sombrer, elle s'accrocha et lutta pour remonter à la conscience.

Des odeurs de foin pourri, de poussière et de bois mêlées lui chatouillaient les narines. Tout près, elle entendait des grattements, elle devinait des petites bêtes qui sortaient de leurs cachettes.

Avec une profonde inspiration, elle s'ordonna d'ouvrir

les yeux. Un marteau-piqueur lui vrillait les tympans, des mèches de cheveux plaquées sur son visage en sueur obscurcissaient sa vision. Pourtant, elle parvint à battre des paupières.

Elle regarda autour d'elle. Elle se trouvait dans un vieil abri de jardin, si vieux qu'il semblait sur le point de s'écrouler. Le toit s'était effondré par endroits, laissant les derniers rayons du soleil se répandre à l'intérieur. Certaines poutres de la charpente étaient brisées, plusieurs planches des murs fendues.

Elle était allongée sur un plancher sale et vermoulu. Elle tenta de changer de position, mais chaque mouvement était douloureux.

Des larmes jaillirent de ses yeux et roulèrent sur ses joues. Envahie de colère et de peur, elle se demanda ce qui lui était arrivé, comment elle avait atterri ici.

Que s'était-il passé ? Où était-elle ? Qui l'avait ligotée, bâillonnée et enfermée dans ce cabanon ? Et pourquoi ?

Réaliser qu'elle n'avait aucune réponse à toutes ces questions la remplit de terreur. Elle n'avait gardé aucun souvenir des événements qui l'avaient conduite ici.

Pire, elle avait également oublié qui elle était. Elle avait beau s'interroger, se creuser la cervelle, elle n'avait aucune idée de son identité, de son nom, de son adresse... Sa tête n'était plus qu'un trou noir.

Un sanglot s'échappa de ses lèvres. Elle avait perdu la mémoire.

Totalement désemparée, elle poussa un gémissement.

Ressaisis-toi, s'ordonna-t-elle. *Ce n'est vraiment pas le moment de pleurnicher comme un bébé.*

Au lieu de s'apitoyer sur son sort, il lui fallait agir, se libérer des liens qui l'entravaient, sortir de cette cabane et essayer de trouver de l'aide.

Trouver de l'aide ? Non, comprit-elle. Elle n'avait aucune aide à espérer de quiconque ici. Elle était seule et ne pouvait compter que sur elle-même.

Inutile de paniquer !

Céder à l'affolement ne ferait qu'embrouiller son esprit et rendrait l'entreprise plus difficile encore. Avec effort, elle s'obligea à respirer à fond pour se calmer. *Inspire. Expire...*

Après un moment, elle promena son regard autour d'elle, tentant de se repérer. Elle posa les yeux tour à tour sur une porte, une petite fenêtre tapissée de toiles d'araignée, un panneau à outils, un établi chargé d'une scie circulaire rouillée, d'un pistolet à souder et d'un chalumeau antique. Une tondeuse mécanique à laquelle il manquait une roue avait été poussée dans un coin.

Elle se redressa.

Elle avait les pieds nus, remarqua-t-elle. Où étaient passées ses chaussures ? Elle ferma un instant les paupières, mais renonça vite à chercher dans sa mémoire où elle avait pu les laisser.

Non sans mal, elle parvint à se lever ; aussitôt sa tête se mit à tourner et, prise de vertiges, elle s'adossa à la cloison de bois. De violentes nausées lui soulevaient l'estomac. Dans l'espoir de les chasser, elle inspira de nouveau à plusieurs reprises, profondément. Il n'était pas question de vomir.

Son malaise un peu dissipé, elle fit quelques pas afin de découvrir son environnement. Bouger lui était difficile. Ses muscles ankylosés protestaient et elle avait les jambes en coton. Elle se concentra pour ne pas tomber.

Dehors, le soleil déclinait rapidement, emportant avec lui sa seule source de lumière. Elle comprit qu'il lui fallait s'échapper de ce cabanon au plus vite, avant que ceux qui l'y avaient laissée ne reviennent. Et ils reviendraient. Ils la savaient en vie. Sinon pourquoi l'auraient-ils attachée et bâillonnée ? Ils n'avaient pas voulu qu'elle fasse du bruit, qu'elle attire l'attention et signale sa présence. Ce qui signifiait qu'elle ne devait pas être loin de la civilisation. Non ?

Tout en marchant, elle inspecta les lieux. Les pelles et les râteaux posés contre le mur comme les tournevis, les marteaux et les clés à molette accrochés sur le panneau à outils ne lui seraient d'aucune utilité. La scie circulaire semblait plus prometteuse. Ses lames étaient rouillées mais affûtées comme celles d'un rasoir.

Elle rejeta ses cheveux en arrière d'un brusque mouvement de tête et s'approcha de l'appareil, les bras tendus devant elle. Lentement, alors que tous ses instincts lui criaient de se dépêcher, elle écarta au maximum les poignets jusqu'au moment où elle sentit le métal de la scie sur sa peau. Penchée en avant, elle appuya fermement la corde qui l'entravait contre les bords dentelés et la frotta de haut en bas. Dès que le chanvre commença à s'effilocher, elle accéléra son va-et-vient. Soudain, ses mains glissèrent et la scie entailla profondément sa paume.

Le sang jaillit et une nouvelle vague de nausées l'assaillit. Tout tournait autour d'elle et elle dut s'appuyer au mur de bois pour ne pas s'écrouler. Sa gorge se serrait d'angoisse à l'idée de ne pas réussir à sortir à temps de cette cabane.

Il n'y avait pas un instant à perdre, comprit-elle, luttant contre la panique qui la gagnait. Elle devait fuir cet endroit au plus vite, avant le retour de ses ravisseurs.

Elle se remit au travail et bientôt elle parvint à rompre les derniers filaments qui l'emprisonnaient. Quand ils cédèrent, elle bascula en avant et faillit s'effondrer sur la scie. Elle s'appuya sur le billot pour recouvrer l'équilibre. De sa main libre, elle s'efforça de retirer le ruban adhésif collé sur sa bouche. L'entreprise s'avéra plus difficile que prévu. Le chatterton résistait, s'accrochait à ses lèvres et elle finit par l'arracher d'un coup sec. La douleur déclencha de nouveaux haut-le-cœur et elle ferma les paupières. Des gouttes de sueur perlaient à son front.

Pour refouler le malaise qui l'envahissait, elle avala plusieurs goulées d'air.

Dès qu'elle se sentit mieux, elle repoussa ses cheveux en arrière et s'examina rapidement. Sa chemise en soie blanche comme son pantalon en lin étaient déchirés, tachés de terre et de sang. Une longue entaille ornait sa jambe gauche, ses mollets étaient couverts de bleus. S'était-elle battue avec un animal sauvage ?

L'obscurité grandissante l'inquiétait. La nuit allait bientôt tomber et elle comprit que, dans le noir, sa fuite deviendrait très compliquée, voire impossible. Il lui fallait profiter des dernières lueurs du soleil pour sortir de cet abri de jardin et filer loin d'ici.

Elle prit pourtant le temps de s'approcher des outils alignés sur le panneau mural. Elle les examina rapidement et s'empara d'un sécateur. Il était rouillé mais, après quelques tentatives, elle parvint à l'ouvrir. Elle se hâta alors vers la porte du cabanon.

Elle actionna la poignée et tira.

Rien ne se produisit. Elle essaya encore, avec plus d'énergie, cette fois. Mais elle eut beau secouer le loquet à plusieurs reprises, les charnières métalliques tremblèrent, mais le battant de bois ne bougea pas. Ce n'était pas possible ! Ce cabanon tombait en ruine et ne tarderait sans doute pas à s'écrouler, mais le seul élément qui refusait de céder était la porte ! Saisie d'une brusque colère, elle la frappa des deux poings avec un cri de rage. Puis, consciente qu'elle s'épuisait pour rien, elle s'en détourna pour reporter son attention sur la petite fenêtre tapissée de toiles d'araignée.

Pour avoir les mains libres, elle glissa le sécateur sous la ceinture de son pantalon. Puis elle poussa la tondeuse sous la lucarne et y posa la scie circulaire. Saisissant alors une pelle, elle s'en servit pour briser la vitre et dégager le passage. D'un revers de manche, elle balaya les éclats de verre qui jonchaient la scie avant de grimper dessus. Lorsqu'elle sortit la tête au-dehors, l'air frais lui gifla les joues, lui remettant les idées en place. Il faisait nuit noire, à présent. Elle lança le sécateur au loin et se faufila dans l'ouverture.

La fenêtre était plus haute qu'elle ne l'avait escompté et, quand elle heurta le sol, une vive douleur la traversa, mais il n'était pas question de s'arrêter pour si peu. Elle n'avait pas un instant à perdre. Aussi roula-t-elle sur elle-même avant de se relever. Elle chercha à tâtons le sécateur. Dès qu'elle l'eut récupéré, elle s'efforça de se repérer, malgré l'obscurité. Le cabanon se trouvait dans un bois et, comme elle contournait la petite structure, elle découvrit devant la porte des traces de pneus qui menaient à un chemin de terre.

À quelques mètres se dressait un chalet bâti avec les mêmes matériaux que l'abri de jardin. L'endroit était visiblement à l'abandon et au fil du temps la nature y avait peu à peu repris ses droits. Envahie de ronces, la maisonnette semblait inhabitée. De toute façon, elle ne pouvait pas prendre le risque de s'y aventurer. Ceux qui l'avaient enfermée dans cette cabane se trouvaient peut-être à l'intérieur. Elle avait besoin de prendre le large et vite !

Elle tremblait déjà de froid et, avec la tombée de la nuit, les températures baisseraient encore. Ses pieds étaient en sang. Pourtant, elle se mit résolument en marche. Le sentier débouchait certainement sur une route qui menait à la civilisation.

Elle le suivrait. En espérant qu'il la conduirait au salut.

Elle marchait depuis des heures ou peut-être des jours, des semaines, elle ne savait plus. À bout de fatigue, elle avait perdu toute notion du temps. De violentes nausées revenaient la tourmenter, provoquées par le stress sur un estomac vide. Elle transpirait à grosses gouttes et l'angoisse nouait sa gorge.

La décharge d'adrénaline qui l'avait poussée à s'échapper en se glissant par la fenêtre du cabanon s'était vite dissipée.

Elle en subissait à présent le contrecoup. Elle se sentait terriblement faible et ses maux de tête s'aggravaient à chaque pas. Seul point positif, ses mains et ses poignets ne saignaient plus.

Elle se surprit à se demander si elle était vaccinée contre le tétanos, une question saugrenue qui ne fit que la traverser. Comme le soleil disparaissait derrière la forêt, laissant place au froid et à l'humidité, rester en vie devint sa seule obsession.

Sa vision se troublait et ses forces s'amenuisaient alors qu'elle se frayait un chemin à travers les ronces du sous-bois. Pour ne pas s'écrouler, elle s'appuyait sur les arbres. Épuisée, elle avait peur de trébucher et d'être incapable de se relever.

Quelle qu'ait été son existence avant ce petit séjour dans le vieil abri de jardin, elle n'avait en tout cas jamais suivi de stage de survie. Si elle avait été un jour formée à se débrouiller en pleine nature, elle ne se serait pas sentie aussi perdue, aussi démunie. Même en ayant tout oublié, elle aurait retrouvé d'instinct des réflexes pour se débrouiller en milieu hostile. En attendant, elle aurait donné beaucoup pour pouvoir dormir. Pas longtemps, quelques instants. Le temps de recharger ses batteries et de retrouver un peu d'énergie. Elle était si fatiguée ! Elle se serait également damnée pour un verre d'eau. Elle mourait de soif.

Dans le noir, elle buta soudain sur une grosse racine et s'étala de tout son long sur le sol boueux. Étendue sur le ventre, face contre terre, elle hésita un instant à rester là, sans bouger. Elle n'en pouvait plus. Elle voulait seulement fermer les yeux et dormir, dormir…

Comme elle s'apprêtait à sombrer dans l'inconscience, une petite voix intérieure monta du fond de son esprit et lui ordonna d'un ton sans réplique :

Lève—toi ! Secoue-toi ! Tu ne vas pas mourir dans cette forêt. Pas question de renoncer, d'abandonner ! Debout !

Et ce fut là qu'elle l'entendit. Très faible mais parfaitement audible. L'écho lointain d'une voiture qui passait sur une route. Puis d'une autre et d'une autre encore. Des bruits de circulation ! Les yeux plissés, elle scruta l'obscurité. Imaginait-elle la lumière fugitive de phares entre les arbres ? Était-elle victime d'une illusion d'optique ? Comme un nomade perdu dans le désert qui croit voir une oasis derrière chaque dune, prenait-elle ses désirs pour la réalité ? Avait-elle perdu la raison ? Ou avait-elle retrouvé la civilisation ?

Elle était exténuée, mais elle n'avait pas l'intention de s'arrêter si près du but. Elle reprit sa marche d'un pas chancelant. Quand la route à deux voies apparut, elle se dit qu'il s'agissait d'un miracle. Les larmes aux yeux, le souffle court, elle s'adossa à un arbre pour guetter l'arrivée d'autres voitures.

Soudain son sang se glaça.

Des lumières rouge et bleu déchirèrent la nuit, venant vers elle. Les gyrophares d'un véhicule de police.

La panique la saisit. Un cri jaillit du plus profond de son ventre tandis qu'un frisson glacé la traversait avec l'intensité d'une décharge électrique.

Non, non, je ne veux pas mourir. Pas comme ça...

En proie à une terreur irrationnelle, elle s'élança en avant et traversa la chaussée à toutes jambes, décidée à fuir coûte que coûte dans la direction opposée. Comme elle courait comme une dératée, elle ne remarqua pas la camionnette qui arrivait sur elle. Quand elle entendit le hurlement d'un klaxon et les crissements de freins, il était trop tard. Deux phares l'éblouirent, la pétrifiant sur place, et elle porta la main à ses yeux pour les protéger. Le véhicule freina, tenta de l'éviter, mais n'y parvint pas totalement. Son pare-chocs la heurta à la cuisse. Elle surprit l'expression bouleversée d'un adolescent derrière le volant.

La gorge serrée, elle recula.

Le jeune homme ouvrit sa portière, bondit sur le sol.

— Je suis vraiment désolé, madame. Je vous ai vue trop tard et je n'ai pas réussi à... Hé ! Où allez-vous ? Attendez ! Je crois que vous êtes blessée !

Mais sans s'arrêter, sans se retourner, elle fonça droit devant elle, vers les arbres.

Loin des gyrophares qui la terrifiaient plus que tout.

Voilà trois mois que Leo Slattery était revenu à Roaring Springs, petite ville perdue aux confins du Colorado. Trois mois qu'il avait déposé son sac marin contenant tout ce qu'il possédait sous le porche du ranch de ses grands-parents. Et depuis qu'il vivait là il ne parvenait toujours pas à s'habituer au calme de la campagne environnante.

Après avoir englouti sa gamelle, Ollie, le berger allemand de son grand-père, vint s'asseoir à ses pieds en remuant la queue. Leo sourit. L'énergie débordante de l'animal lui faisait du bien.

Leo avait grandi dans ce ranch, mais à la fin de ses études il avait quitté la région pour aller exploiter des gisements d'hydrocarbures offshore en Alaska. Curieusement, à présent, ne plus entendre les bruits qui régnaient en permanence sur une plate-forme pétrolière, le grincement perpétuel des machines ou les cris des hommes, le perturbait. Il n'aurait jamais imaginé qu'il lui serait aussi difficile de s'acclimater au silence.

En cette fin juillet, la matinée s'annonçait belle et ensoleillée. De la fenêtre de la cuisine – l'endroit préféré de sa grand-mère Essie, autrefois –, Leo regardait le soleil se lever au-dessus des montagnes tout en sirotant un café brûlant. Un sourire mélancolique passa sur ses lèvres alors qu'il se remémorait son aïeule. Longtemps infirmière au sein de l'armée, elle avait quitté son poste après être tombée folle amoureuse d'un marin, Isaac Slattery. Lorsqu'ils s'étaient installés dans ce ranch, elle avait veillé sur la maisonnée, Isaac se chargeant du bétail.

Maintenant, tout était à Leo. Il avait hérité de leur propriété.

Comme chaque fois qu'il songeait à ses grands-parents, une profonde tristesse s'empara de lui. Certains jours, il n'arrivait toujours pas à croire qu'ils n'étaient plus là. Un an plus tôt son grand-père avait été emporté par un AVC alors qu'il s'occupait du troupeau, et quatre mois plus tard sa grand-mère avait rejoint son Isaac adoré dans la tombe, pendant son sommeil.

Pendant plus de cinquante ans, tous deux s'étaient si intensément aimés, avaient été si profondément attachés l'un à l'autre, que Leo n'avait pas été surpris qu'ils meurent à si peu de temps d'intervalle. Son grand-père lui avait toujours dit que Essie et lui étaient « liés par le cœur ». Aux yeux de Leo, ils incarnaient le couple idéal. Incapables de vivre l'un sans l'autre, ils s'étaient évidemment retrouvés très vite de l'autre côté du miroir. Ils avaient laissé le fruit du travail de toute une vie à leur petit-fils et unique héritier. Et voilà pourquoi Leo avait mis fin à sa mission d'ingénieur et était retourné au seul endroit au monde où il s'était toujours senti chez lui.

— Il est temps de commencer la journée, Ollie.

Le berger allemand aboya aussitôt avec enthousiasme pour donner son accord et trottina vers la porte. Avant de partir, Leo remplit une thermos de café, s'empara d'un bagel rassis et enfila sa veste en daim. Sur une impulsion, il se saisit du chapeau d'Isaac, un vieux stetson cabossé.

Une fois dehors, il inspira l'air frais du matin. Il se remémora les yeux sombres de son grand-père, pétillants d'amour chaque fois qu'ils se posaient sur Essie. Isaac était tombé éperdument amoureux d'elle au premier regard.

Il se dirigea vers l'écurie tandis qu'Ollie se précipitait dans la grange, sans doute pour traquer un chat inconnu qui s'y cachait depuis quelques jours. Le chien était heureux d'être revenu au ranch, chez lui. Après la mort de ses maîtres, il avait été pris en charge par des voisins, mais dès son retour Leo était allé le chercher. Tous deux éprouvaient le même chagrin et se soutenaient mutuellement.

Certains jours, Leo aurait aimé avoir quelqu'un avec qui partager son existence, ses joies et ses peines, quelqu'un qu'il aurait pu retrouver à la fin de sa journée de travail. Un travail qui l'occupait parfois du lever au coucher du soleil.

Aujourd'hui, il monterait Duke, décida-t-il.

Des quatre chevaux que son grand-père avait gardés quand il avait réduit son troupeau et ses effectifs, il y a quelques années, le hongre alezan était le préféré de Leo. Peut-être parce que Duke avait été la monture attitrée d'Essie. Et qu'il devinait que le cheval souffrait autant que lui de la disparition de cette femme hors du commun. Mais peut-être finissait-il par se faire des idées à force de vivre seul sur les huit cents hectares du ranch.

Cela dit, il ne demeurerait peut-être pas seul longtemps. En effet, il avait acheté de nouvelles têtes de bétail qui arriveraient à la fin de l'année. Et il aurait évidemment besoin d'embaucher du personnel pour l'aider à s'en occuper.

Le vieux contremaître était resté assez longtemps pour permettre à Leo de prendre le relais. Mais une fois les foins rentrés il était parti à la retraite. Après la mort d'Isaac, les autres cow-boys s'étaient également dispersés.

Il ne restait donc plus que Leo et Gwen sur la propriété. Au cours des quatre dernières années, Gwen avait été le bras droit de son grand-père. Dotée du don de « murmurer à l'oreille des chevaux », elle avait suivi une formation d'assistante vétérinaire et Leo attendait son retour avec impatience. Âgée de trente-deux ans, elle était actuellement en safari en Afrique, en lune de miel prolongée avec son épouse, Lacey.

Il espérait qu'à l'arrivée de Gwen et Lacey il aurait fini de restaurer au moins l'une des dépendances du domaine pour permettre au jeune couple d'y emménager. Si les deux femmes étaient bien installées, Gwen serait sans doute plus disposée à travailler pour lui à temps plein.

Dans l'immédiat, Leo était capable de se charger seul du troupeau. Mais, quand son cheptel aurait quadruplé, il n'arrêterait pas.

Il entra dans l'écurie.

— Es-tu prêt pour une petite balade matinale, Duke ? demanda-t-il en caressant les flancs du hongre.

Il sortit le cheval de son box et l'accrocha au vieil anneau de la cour. Alors qu'il s'apprêtait à aller chercher une selle, un aboiement retentit de l'intérieur de la grange. Effrayé, Duke hennit et recula.

— Du calme, Duke. Ce n'est qu'Ollie qui s'explique avec un chat, lui rappela Leo.

Pourtant, le comportement du chien éveilla sa propre curiosité. Le berger allemand n'avait pas l'habitude de donner de la voix sans raison.

— Je ferais mieux d'aller voir ce qui se passe. Je reviens tout de suite ? Tu m'attends ici, d'accord ?

Comme si le cheval allait s'en aller ! Se moquant de lui-même, Leo se dirigea vers le hangar.

Les aboiements d'Ollie devenaient de plus en plus forts. Le berger allemand se tenait devant la porte, les oreilles pointées vers les bottes de foin empilées.

— Que t'arrive-t-il, vieux ? demanda-t-il en s'approchant. Tu n'as quand même pas peur d'un matou, si ?

Leo se figea brusquement en comprenant qu'il y avait quelqu'un au fond de la grange.

— Qui que vous soyez, montrez-vous ! lança-t-il. Je ne vous veux aucun mal, mais sortez de votre cachette.

Comme il n'obtenait aucune réponse, il s'avança, Ollie sur les talons. Le chien grognait doucement.

— Je sais qu'il faisait froid hier soir, poursuivit-il, et que vous aviez sans doute besoin d'un endroit pour dormir, mais...

Ce qu'il s'apprêtait à ajouter s'évanouit sur ses lèvres à la vue d'une jeune femme recroquevillée dans un coin. Elle le dévisageait, visiblement terrorisée.

Un bref instant, il se demanda s'il était victime de son imagination et il eut presque envie de se pincer pour s'assurer qu'il ne rêvait pas. Avec ses traits fins, sa peau laiteuse et sa longue chevelure rousse aux reflets d'or, l'inconnue ressemblait à une poupée de porcelaine.

À la vue de son corsage en soie qui avait un jour été blanc et de son pantalon en lin bien coupé, il devina qu'il ne s'agissait pas d'une fille de la campagne. Ses vêtements en lambeaux comme ses pieds nus, couverts de plaies, prouvaient surtout qu'il lui était arrivé quelque chose de mal. Plus inquiétant encore, sa chemise n'avait manifestement pas été déchirée par des branches, mais par des mains déterminées...

Son visage taché de sang et de terre, ses cheveux sales et emmêlés et, surtout, l'indicible peur qui brillait dans ses grands yeux verts confirmaient ses craintes.

Cette femme avait été attaquée, violée peut-être, comprit-il avec colère.

Son regard perdu et terrifié éveilla tous les instincts protecteurs de Leo. Pour ne pas l'effrayer davantage, il s'accroupit, s'efforçant de paraître le plus petit possible tout en continuant de l'examiner, l'air de rien. Il remarqua une entaille à la tête, qui avait visiblement saigné en abondance.

Bouleversé, il ravala pourtant sa fureur. Quoi qu'il se soit passé, l'inconnue avait besoin de calme et de compréhension. Et surtout d'aide et de protection.

Il s'obligea à arborer une expression détendue, à faire comme s'ils faisaient connaissance autour d'un café dans une des brasseries de la ville. Ollie s'assit finalement aux pieds de son maître pour les considérer tour à tour.

Comme la femme reculait, Leo aperçut le sécateur rouillé

qu'elle serrait dans son poing. Il resta immobile, la main sur la fourrure d'Ollie.

— Vous êtes blessée, dit-il d'une voix basse, douce.

Elle tressaillit et hocha la tête.

— Avez-vous été victime d'un accident, d'un accident de voiture, peut-être ?

Il résista à l'envie de regarder derrière lui, à l'extérieur de la grange. De toute façon, il aurait remarqué un véhicule à proximité.

Elle continuait de le dévisager en silence et il poursuivit :

— Étiez-vous seule ? Quelqu'un d'autre est-il blessé ? Je devrais peut-être appeler...

Alors qu'il s'apprêtait à se lever, il sentit la main de la jeune femme agripper son bras. Il s'efforça d'ignorer le frisson qui le traversa à ce simple contact.

Ollie s'approcha pour renifler leur visiteuse et, après un moment, il frotta son museau contre elle comme pour quémander une caresse. Sachant qu'Ollie cernait bien les gens, Leo se détendit.

— Je vous en supplie, n'appelez personne, murmura-t-elle. Je n'ai besoin que de...

Elle fronça les sourcils comme si elle cherchait ce dont elle avait besoin. Finalement, elle le lâcha pour poser une main tremblante sur la tête d'Ollie. Des larmes brillaient dans ses yeux.

— Vous avez un beau chien.

Ollie se tourna vers Leo comme pour s'assurer que son maître avait bien entendu le compliment.

L'inconnue semblait plus à l'aise avec le berger allemand qu'avec lui.

— Pouvez-vous me dire ce qui vous est arrivé ?

Comme il tendait une main vers son visage pour vérifier qu'elle n'était pas gravement blessée, elle recula et serra plus fort son sécateur.

— Détendez-vous, dit-il. Je n'ai pas l'intention de vous faire du mal…

Il attendit qu'elle lui dise son nom.

Au lieu de quoi, il n'obtint qu'un regard de biche apeurée.

— D'accord. Vous me le direz plus tard. Quant à moi, je m'appelle Leo. Leo Slattery. Vous êtes sur mon ranch.

Il hésita à lui serrer la main, mais y renonça, devinant qu'un rien la ferait fuir.

— Voulez-vous entrer ? proposa-t-il. Chez moi, vous pourrez vous doucher et vous restaurer. Aimeriez-vous boire quelque chose ? Un café, peut-être ? Ou un verre d'eau ?

Une fois plus sereine, peut-être l'autoriserait-elle à prévenir les autorités.

Leo chercha des yeux un sac à main, un téléphone portable. Il ne vit rien.

— De l'eau, répondit-elle enfin. Je veux bien un peu d'eau, s'il vous plaît.

Elle était polie, bien élevée, ravissante. Leo repoussa ce dernier qualificatif avant qu'il ne s'incruste dans son esprit.

— Ma maison est par là. Vous venez ? ajouta-t-il.

Elle fixa un long moment la main qu'il lui tendait avant de la saisir. Tout en se levant, elle se tourna vers le chien.

— Ollie vient aussi, poursuivit Leo. Et vous pouvez emporter ce sécateur avec vous.

Elle considéra d'un air hagard l'outil qu'elle tenait toujours comme si elle ne comprenait pas ce qu'il faisait là.

Il dut faire appel à toute sa volonté pour s'interdire de la prendre dans ses bras. Il mourait d'envie de la porter à l'intérieur et de soigner ses blessures. Mais il aurait fallu être aveugle pour ne pas voir que ces dernières n'étaient rien en comparaison de son traumatisme intérieur, psychique. Dans l'immédiat, elle avait surtout besoin de se sentir en sécurité, en confiance et de maîtriser la situation. Il pourrait l'aider dans un deuxième temps.

Il s'attendait à ce qu'elle s'éloigne de lui dès qu'ils seraient dehors, peut-être même qu'elle s'enfuie en courant. Au lieu de quoi, elle glissa une main dans la sienne et marcha – ou plutôt boitilla – à côté de lui jusqu'à la maison.

— Je dois ramener mon cheval dans son box, dit Leo tandis qu'elle s'asseyait à la table de la cuisine.

À la place qui avait été celle de sa grand-mère.

En prendre conscience lui fit plaisir, même s'il regretta qu'Essie ne soit pas là pour le conseiller. Et pour l'aider avec leur étrange visiteuse.

Il remplit un verre d'eau et le posa devant elle.

— Je reviens dans un instant, d'accord ? Ollie reste avec vous.

Il ne donnait pas souvent d'ordre à l'animal, mais le berger allemand se rapprocha aussitôt de l'inconnue et se colla à ses jambes.

Un petit sourire passa sur ses lèvres, elle se mit à caresser le chien.

— D'accord.

Leo se précipita dehors, trouva Duke toujours accroché à l'anneau et le fit rentrer dans l'écurie.

Le cheval hennit pour lui signifier sa contrariété.

— Désolé, vieux. Nous ferons cette balade tout à l'heure, cet après-midi peut-être.

Il lui fallait également remettre à plus tard la réparation de la clôture en haut du pâturage ouest. Les complications s'amoncelaient, mais abandonner sa protégée à son triste sort n'était pas une option. Il n'avait pas l'intention de la laisser tomber. Sa grand-mère se retournerait dans sa tombe.

— Nous sortirons plus tard, Duke. Promis.

Leo retourna en vitesse à la maison. La jeune femme était toujours assise là où il l'avait laissée, les mains dans la fourrure d'Ollie. Elle semblait un peu perdue. Mais elle avait bu le verre d'eau.

Il regarda le téléphone sur le mur.

— Peut-être devrais-je appeler le shérif…

— Non !

Elle bondit de sa chaise et se jeta presque sur lui pour l'empêcher de s'emparer du combiné.

— Non, je vous en prie. N'appelez pas la police. Ni l'hôpital. Je ne veux voir personne. Je m'en vais, si vous préférez. Mais je…

Comme elle repoussait ses cheveux en arrière, il fut frappé par son expression déterminée et par la peur dans ses yeux.

— Je vous en supplie, poursuivit-elle. Personne ne doit savoir où je suis.

— D'accord, d'accord.

En l'apercevant dans la grange Leo en avait eu l'intuition ; à présent il en était certain. Il reconnaissait les signes pour les avoir si souvent vus, enfant, cette panique à peine contenue, ce regard terrifié et ce réflexe de fuite. Elle souffrait d'un stress post-traumatique. Les crises de son père à son retour d'Irak avaient appris très tôt à Leo qu'un événement traumatisant pouvait laisser de graves séquelles. Pour l'apaiser, il était indispensable d'établir avec elle un rapport de confiance.

— Mais j'aimerais que vous me parliez, ajouta-t-il. Et j'ai besoin que vous me disiez la vérité. D'accord ?

Elle hocha la tête.

— Avez-vous été violée ?

Elle battit des paupières et réfléchit à la question.

— Non, je ne crois pas, répondit-elle enfin. Je n'ai pas mal là.

— Tant mieux, dit-il, soulagé. Dans ce cas, il ne paraît pas indispensable de prévenir les autorités. Pour l'instant, en tout cas. Et votre nom ? Pouvez-vous me dire qui vous êtes ?

— Non, chuchota-t-elle avec une pointe de colère. J'ai essayé et essayé encore, mais je n'arrive pas à m'en souvenir. Je suis désolée.

Avec une grimace, elle commença à se masser les tempes.

— J'ai terriblement mal au crâne, mais à part cette migraine il n'y a plus rien à l'intérieur. Ma tête est vide. Je ne me rappelle plus rien. Pourquoi ? ajouta-t-elle. Pourquoi ?

— Je n'en sais rien. Nous aviserons plus tard. Pour l'instant, calmez-vous. Je vais vous redonner un peu d'eau.

Leo remplit un autre verre et la regarda le boire.

Il tira alors une chaise et s'assit en face d'elle.

— Vous souvenez-vous de mon nom ?

— Leo. Et lui c'est Ollie, dit-elle, désignant le chien.

— C'est bien que vous ayez retenu nos prénoms sans les inverser.

Elle esquissa un sourire.

— Comment ai-je pu oublier qui je suis ? reprit-elle. Cela n'a aucun sens. Je ne sais plus... rien.

Elle subissait le contrecoup d'un traumatisme, comprit-il. Et ce coup sur la tête n'avait pas dû arranger les choses.

— La mémoire vous reviendra. Vous avez été victime d'un choc. Dans l'immédiat, vous ne pouvez rien y faire.

Elle acquiesça, résignée.

— Et en attendant je vais vous appeler Jane. Qu'en dites-vous ?

— Comme Jane Doe ?

Dans les pays anglo-saxons, Jane Doe désignait une inconnue dont personne ne connaissait l'identité.

— Exactement. Cela semble approprié, non ?

— Ce n'est pas très original, dit-elle avec un petit rire.

Son rire cristallin alla droit au cœur de Leo.

— Désolé. Ma grand-mère avait une belle plume, pas moi.

Les lettres que lui envoyait régulièrement Essie quand il travaillait en Alaska étaient de véritables cadeaux. Il les gardait précieusement dans un tiroir de sa commode.

— Je n'ai malheureusement pas hérité de ses talents littéraires. Le prénom Jane vous convient-il ?

Elle haussa les épaules.

— C'est toujours mieux que rien.

— Avez-vous faim ? poursuivit-il. J'ai des œufs. Je peux aussi vous faire cuire un morceau de viande, si vous préférez. Mais je ne suis pas sûr que vous vous nourrissiez de steaks.

À en juger par sa silhouette fine, elle ne devait pas manger grand-chose.

— Des œufs brouillés, c'est très bien. Je vais vous aider.

— Tant que nous n'avons pas examiné vos blessures, mieux vaut que vous en fassiez le moins possible. Et si j'allais vous chercher des vêtements propres à l'étage ? Vous pourriez prendre une douche. Je m'occuperai ensuite de la plaie que vous avez à la tête. Et de vos poignets. Je parie que vos pieds ont besoin d'être soignés, eux aussi.

— Pas vraiment. Ils sont si engourdis que je ne les sens plus.

— Raison de plus pour s'y intéresser. Ça vous va ?

Elle se mordilla les lèvres et hocha la tête.

— D'accord. Merci, Leo.

Il la conduisit dans la petite chambre d'amis, près de la cuisine, que sa grand-mère avait aménagée, des années plus tôt. Elle bénéficiait d'une salle de bains attenante, équipée d'une baignoire sabot, d'un lavabo et d'une cabine de douche. Le lit en bois était confortable et charmant avec sa couette brodée à la main. Des photographies de Leo et de sa famille à différentes étapes des vingt-sept dernières années contribuaient à donner à la pièce une ambiance chaleureuse.

— Avez-vous tout ce qu'il vous faut ?

— Oui, merci, répondit-elle avec un vrai sourire, cette fois. Je vous appellerai si j'ai besoin d'aide.

Elle considéra sa chemise déchirée et fronça les sourcils.

— Pourquoi je n'arrive pas à me souvenir de ce qui m'est arrivé ?

— Vous y parviendrez. En attendant, ne forcez rien, dit Leo en sortant de la chambre. Ça va aller, Jane. Qui que vous soyez, quoi qu'il se passe, tout vous reviendra. Et nous allons y faire face ensemble. Je monte vous chercher des vêtements.

Comme il se hâtait vers l'escalier, il faillit trébucher sur Ollie, couché dans le couloir.

— Eh bien, mon vieux. Je crois que nous avons de la compagnie pour un petit moment. J'espère que ça te va.

Ollie remua la queue et s'assit devant la chambre de Jane.

— Tu me préviens si elle a besoin de quelque chose, ajouta Leo.

Ollie laissa échapper un bref aboiement tandis que Leo grimpait les marches quatre à quatre.

Il se passa la main dans les cheveux.

Cette journée resterait certainement dans les annales.

2

Dommage que l'eau de la douche n'ait pas le pouvoir d'emporter la peur.

Jane – ce prénom qui ne provoquait aucun écho en elle n'était certainement pas le sien – shampouina ses cheveux emmêlés et les rinça avec soin. Elle offrit son visage au jet brûlant, grimaçant quand la plaie sur son cuir chevelu protesta. L'eau cascada sur son corps endolori mais, lorsqu'elle tourbillonna à ses pieds avant de disparaître, happée par le tuyau d'évacuation, elle était rouge de sang.

Il s'était passé quelque chose, quelque chose dont elle n'avait gardé aucun souvenir. Quoi qu'il lui soit arrivé, l'événement avait volé sa mémoire. Et maintenant elle n'avait plus rien à quoi se raccrocher. Elle avait oublié qui elle était.

L'envie de se cogner le crâne contre le mur carrelé dans l'espoir de remettre ses idées en place la traversa, mais elle ne voulait pas alarmer Leo ou Ollie.

Leo.

Elle se repositionna sous le pommeau de la douche. La veille au soir, quand elle était parvenue devant cette grange, celle-ci lui avait paru le paradis sur terre. Le clair de lune ne donnait pas beaucoup de visibilité, mais lui avait permis de distinguer les contours du bâtiment dans l'obscurité. Son épuisement était tel qu'elle claquait des dents et ne cessait de trembler. Attirée par une bonne odeur de foin, elle était entrée, s'était frayé un chemin entre les bottes avant de s'écrouler dans un coin, exténuée.

Jane ignorait combien de kilomètres elle avait parcourus avant d'atteindre ce refuge. Et n'avait aucune idée de l'endroit d'où elle venait. Elle aurait été incapable de dire où se trouvait le cabanon où elle avait été enfermée. Il était situé près d'une route qui menait... quelque part, voilà tout ce qu'elle savait.

À bout de fatigue, elle s'était vite endormie et ne s'était réveillée que lorsqu'elle avait entendu Ollie aboyer.

— Jane ?

Un petit coup donné à la porte de la salle de bains la fit sursauter et elle faillit glisser.

— Je vous ai laissé des vêtements sur le lit, d'accord ? poursuivit Leo.

— D'accord, merci.

Elle poussa un soupir de soulagement. Leo. Ce n'était que Leo, Leo Slattery. Sans qu'elle comprenne bien pourquoi, il ne déclenchait pas chez elle les crises de panique qui s'emparaient d'elle en permanence depuis qu'elle avait repris connaissance dans le vieil abri de jardin.

Avec ses yeux bruns mélancoliques, ses cheveux ébouriffés qui lui donnaient envie d'y passer les doigts, le jeune cow-boy était très beau, très séduisant. Mais, au-delà de son indéniable charme, il l'avait touchée au cœur avec son doux sourire et son regard teinté de bonté. L'infinie gentillesse qui émanait de lui était un baume pour son âme meurtrie. La façon dont il lui avait tenu la main l'avait réconfortée. Elle avait senti sa détermination à la protéger de tous les dangers qui se présenteraient, quels qu'ils soient.

Et ils ne tarderaient pas. Elle en avait... l'intuition.

Elle sentait planer autour d'elle quelque chose de sombre, d'inquiétant, une menace. Comme si elle était la proie d'un chasseur. Elle frissonna. Un chasseur avec un plan en tête, un plan qu'elle ne parvenait pas à comprendre.

Pourquoi s'était-il attaqué à elle ? Pourquoi tout cela lui était-il arrivé *à elle* ?

Et que devait-elle faire ? Elle avait l'impression d'errer dans un univers hostile semé d'embûches, de pièges. Elle était incapable d'expliquer la terreur qui s'emparait d'elle à l'idée d'appeler la police ou de se rendre à l'hôpital. Elle avait tout oublié et, en attendant de recouvrer la mémoire, elle avançait sur des sables mouvants et ignorait sur quoi s'appuyer. Mais elle faisait confiance à son instinct, à ses petites antennes qui lui soufflaient que la seule personne à qui elle pouvait se fier, avec qui elle était en sécurité, était Leo.

Elle finit de se doucher, de se débarrasser des dernières traces de boue et de sang. Le savon comme le shampoing sentaient le chèvrefeuille. Un bref instant, l'image d'un spa luxueux la traversa, liée à... Jane fronça les sourcils... Liée à la France ? Pourquoi pensait-elle soudain à la France ?

Elle n'avait même pas demandé à Leo où elle se trouvait. Mis à part l'évidence – dans un ranch en pleine campagne – elle n'avait aucune idée de l'endroit où elle était. Elle considéra ses mains abîmées, ses ongles cassés au vernis écaillé, sa peau égratignée. Ce n'étaient pas les mains d'une éleveuse de bétail.

Quelques instants plus tard, elle s'enveloppa dans une grande serviette-éponge et, armée d'un peigne, entreprit de démêler sa longue chevelure. Comme elle examinait son reflet dans le miroir au-dessus du lavabo, des larmes brouillèrent sa vue. Ce visage lui était inconnu. Elle caressa ses joues, passa les doigts sur l'empreinte rouge d'une main qui marquait l'une d'elles.

Avec un gros soupir, elle entrouvrit la porte pour laisser entrer un peu d'air et désembuer la glace. Quand Ollie glissa son museau dans l'embrasure, elle se surprit à sourire.

— Tu veilles sur moi, mon bon chien ?

Voir le berger allemand la réconforta. Entendre les bruits qui émanaient de la cuisine aussi.

Ollie s'assit sur le sol et remua la queue.

— Apparemment, ton maître aussi s'occupe de moi. Et c'est un vrai gentleman, ajouta-t-elle, remarquant qu'il avait fermé la porte de sa chambre pour respecter son intimité.

Elle avait lavé ses dessous dans le lavabo, les avait laissés sécher sur le battant de la douche, mais elle roula le reste de ses vêtements en boule. Ils étaient bons pour la poubelle.

Elle enfila le jean et la chemise en coton qu'elle trouva sur le lit. Ils étaient trop grands pour elle mais confortables. Ils feraient l'affaire pour l'instant. Elle retroussa les manches et replia le bas du pantalon avant de natter ses cheveux. Ses haillons sous le bras, elle se rendit dans la cuisine. Elle y découvrit Leo qui s'activait devant les fourneaux. À la vue du nombre d'œufs dans la poêle, elle secoua la tête, effarée.

— Deux m'auraient suffi, vous savez, lui dit-elle.

Il lui lança un sourire penaud par-dessus l'épaule.

— Je pensais les partager avec vous.

— Pouvez-vous m'indiquer où jeter mes vêtements ? poursuivit-elle.

Un bref regret la traversa à l'idée de mettre à la poubelle le corsage en soie et le pantalon en lin. Sans doute avaient-ils coûté cher.

— Ce sont des vêtements de prix, objecta Leo. Nous devrions les garder. Lorsque vous serez prête à vous rappeler qui vous êtes, les étiquettes se révéleront utiles.

Quand elle serait *prête* ?

— À vous entendre, on pourrait penser que j'ai tout oublié par choix.

Elle le regarda plier ses affaires dans un sac en papier qu'il rangea sur une étagère au-dessus de la machine à laver.

— C'est peut-être le cas, répondit-il avec bonhomie comme s'ils discutaient de la météo et non d'un cas grave d'amnésie.

Avec un gémissement, elle se laissa tomber sur une chaise.

— Comment puis-je savoir que je souffre d'amnésie alors que j'ignore mon propre nom ? Cela n'a aucun sens.

— Parce que votre amnésie est sans doute liée à ce nom.

Tout en parlant, Leo tira une boîte en métal d'un placard et la posa sur la table. Il avait préparé du café.

— Le fonctionnement du cerveau est complexe, tous les neurobiologistes vous le confirmeront. Comme je vous l'ai dit, il ne sert à rien de lui mettre la pression. Vos souvenirs remonteront quand vous serez prête à les accepter.

— Cette phrase à elle seule me donne mal à la tête. Je ne sais même pas où nous sommes.

— Dans le Colorado, répondit Leo. Près de Roaring Springs.

Il leva un sourcil comme s'il s'attendait à ce que ce détail provoque chez elle un déclic.

— Ce nom ne vous dit rien ?

— Rien du tout.

La frustration commençait à la ronger. Elle se sentait tellement... stupide ! Et elle détestait ce sentiment.

— Comment prenez-vous votre café ? demanda-t-il en lui tendant une tasse.

— Avec un nuage de lait. Sans sucre. Apparemment, je n'ai pas été lobotomisée puisque j'ai gardé ces détails en mémoire, ajouta-t-elle en riant.

— Tout le monde sait comment il aime son café, la taquina Leo. Ollie, tu deviens casse-pieds. Va dans ton panier.

— Il ne me dérange pas, assura Jane en tapotant les flancs du chien. Je me sens bien avec lui.

— J'en suis heureux, dit-il en ouvrant la boîte métallique. Maintenant, buvez votre café et préparez-vous. Je vais désinfecter vos plaies et cela risque de piquer.

Il imbiba d'alcool une boule de coton et en tamponna la longue entaille à la racine de ses cheveux.

Elle serra les dents, des larmes brûlèrent ses paupières. Mais, consciente qu'elle devait soigner cette blessure, elle ne s'écarta pas. De plus, la présence de Leo Slattery la réconfortait. Il la troublait. À plus d'un titre. Elle huma avec délice la bonne odeur de savon qui émanait de lui. Curieusement, ces fragrances l'enivrèrent.

— Pourquoi est-ce que je me sens en sécurité avec vous ? demanda-t-elle soudain.

Elle avait peur de tout et de tout le monde. Il aurait dû la terrifier comme les autres et pourtant...

Il s'interrompit.

— Pardon ?

Jane rougit.

— J'ai pensé tout haut, pardonnez-moi. Mon cerveau a dû être sérieusement atteint. C'était...

— ... sincère, dit-il avec un sourire éclatant. Je n'ai pas de réponse à cette question, poursuivit-il. Peut-être un sixième sens vous souffle-t-il que je ne vous veux aucun mal.

— Mais quelqu'un m'en a fait. Quelqu'un m'a giflée, ajouta-t-elle en portant la main à sa joue douloureuse. Qui m'a frappée et pourquoi ?

— Là encore, je n'ai pas de réponse.

Il jeta la boule de coton souillée à la poubelle et sortit des pansements de sa boîte.

— Nous ne le découvrirons que lorsque vous vous rappellerez qui vous êtes. Et il est peu probable que nous y parvenions sans aide.

— Je ne veux pas de celle des flics ! s'écria-t-elle aussitôt.

La simple idée de s'approcher d'un policier la terrifiait.

— Ils pourraient vous identifier.

— Et comment ?

Leo sourit, mais pour la première fois son sourire semblait teinté de tristesse.

— Vous n'êtes pas d'ici, Jane. Vos vêtements de marque, vos mains fines et manucurées, votre somptueuse chevelure, vous... Tout l'atteste. Vous ne menez pas la vie d'une femme de rancher. Or la plupart des gens de Roaring Springs exploitent une ferme. Vous vous démarquez. Vous n'êtes pas une fille de la campagne, j'en suis certain. Maintenant, voyons vos pieds, poursuivit-il après un moment en tirant une chaise pour qu'elle y étende les jambes.

Elle fit ce qu'il lui avait demandé. À l'instant où ses mains se posèrent sur elle, elle sentit un long frisson la parcourir. Des doigts puissants examinèrent la plante de ses pieds, à la recherche de plaies.

— Est-ce grave, docteur ?

— Moins grave que je ne le craignais, répondit-il. Mais mieux vaut ne pas trop mettre les pieds par terre pendant un jour ou deux. Pour les laisser cicatriser.

Répétant le processus qu'il avait suivi pour son entaille à la tête, il désinfecta ses blessures avant d'y appliquer une pommade cicatrisante et de les couvrir de gaze.

— C'est quoi, ça ? demanda-t-il soudain en effleurant les bleus sur son mollet. Cela ressemble à des traces de doigts.

Elle hocha la tête. Une indicible peur obstruait sa gorge et elle ferma les yeux, s'efforçant de ne pas trembler.

— Je sais, murmura-t-elle.

Ce fut tout ce qu'elle réussit à dire. Mais regarder Leo la réconforta. Elle vit une myriade d'expressions passer sur son visage. L'inquiétude, la curiosité, la colère.

— Voilà qui devrait aider, dit-il en s'emparant d'une paire de chaussettes blanches sur la table. En tout cas, après un traumatisme à la tête, il vaut mieux éviter de bouger, tous les médecins vous le diront. Nous allons attendre un jour ou deux, voir comment vous vous sentez, avant de discuter de la suite.

— De discuter de la suite ?

De nouveau, la panique s'emparait d'elle.

— Il y a forcément des gens qui s'inquiètent de votre absence, Jane. Si vous ne voulez pas que je vous conduise au poste de police ni à l'hôpital, nous devrons les chercher nous-mêmes.

— Je pourrais rester ici sans rien dire à personne...

Bizarrement peut-être, dans cette cuisine campagnarde avec ses jolis rideaux aux fenêtres et sa collection de théières dans le vaisselier, elle se sentait en sécurité.

— Vous « cacher », vous voulez dire, corrigea Leo.

Il lui enfila les chaussettes et poursuivit :

— Maintenant, passons à vos mains.

— Elles sont vraiment dans un sale état, fit-elle remarquer.

Elle se remémora les dents de la scie mordant sa peau.

— Il allait revenir, dit-elle soudain.

— Qui ? De qui parlez-vous ?

— Du type qui m'avait enfermée dans cette cabane.

Et le simple fait d'en parler réveilla la terreur qui l'habitait depuis qu'elle y avait ouvert les yeux.

— Dès que j'ai repris conscience et que je me suis rendu compte que quelqu'un m'avait ligotée et bâillonnée, j'ai su que celui qui m'avait enlevée et emprisonnée reviendrait.

— Décrivez-moi cet endroit. Dites-moi tout ce dont vous vous souvenez.

Jane fronça les sourcils. La douceur des mains de Leo compensait la brûlure du désinfectant sur ses plaies.

— Il s'agissait d'un vieil abri de jardin ou peut-être de l'ancien atelier d'un bricoleur du dimanche. En tout cas, il était à moitié en ruine, le toit était en partie effondré. Il y avait une petite fenêtre couverte de toiles d'araignée. Une porte. J'avais les mains attachées. Évidemment.

Elle les leva pour lui montrer la trace des liens sur ses poignets comme preuve.

Il passa un doigt sur les rougeurs laissées sur sa peau.

— Il a utilisé des cordes pour vous ligoter. Et pas du ruban adhésif. Intéressant.

— Pourquoi ? Le ruban adhésif aurait peut-être été trop facile à couper.

— Peut-être. Qu'y avait-il dans ce cabanon ?

— Des vieux outils de jardin. Une tondeuse à gazon

cassée, des pelles. Ce genre de choses, se souvint-elle. Et du matériel de menuiserie aussi, très ancien. La porte ne s'ouvrait pas.

— Alors vous êtes passée par la fenêtre, dit-il en attrapant une pince à épiler.

— Comment le savez-vous... Aïe !

Il arracha un éclat de verre de ses plaies et le lui montra.

— Encore heureux qu'il n'y en eût pas dans vos pieds.

Elle le regarda examiner avec attention chaque centimètre de ses mains, de ses poignets et de ses avant-bras.

— Êtes-vous sûr de ne pas être médecin ?

Elle sentit son visage s'embraser et se reprocha de réagir comme si elle avait quinze ans et nourrissait un béguin pour la toute première fois.

— Lorsque j'étais ingénieur sur une plate-forme pétrolière, en Alaska, j'étais chargé des premiers soins quand les hommes se blessaient, ce qui arrivait souvent. Au fil des ans, j'ai appris à les soigner correctement.

— Vous n'êtes donc pas éleveur ? Mais je croyais...

— Je le suis devenu, maintenant.

Il appliqua un cicatrisant sur sa peau meurtrie avant d'envelopper ses poignets de gaze.

— Ce ranch était celui de mes grands-parents. Ils sont morts l'année dernière et j'en ai hérité.

— J'ai vu les photos dans la chambre. De votre famille.

Après sa douche, Jane avait remarqué les portraits accrochés au mur ou posés sur la commode. Elle avait pris le temps de les regarder. Il y avait un couple de personnes âgées. Ils se souriaient, visiblement très amoureux. Elle avait également vu celui d'une jeune femme tenant un bébé, Leo sans doute. Et la photo d'un homme en uniforme qui ressemblait beaucoup à Leo.

— Ma grand-mère Essie nous mitraillait en permanence. Toutes les photographies que vous trouverez dans cette maison – et il y en a partout – ont été prises par elle, ajouta-t-il avec un sourire qui illumina son beau visage. Elle immortalisait chaque fête de famille, chaque réunion.

— Et vos parents ? Ils n'avaient pas envie de reprendre le ranch ?

— Ma mère est morte quand j'étais petit. Mon père n'a jamais voulu être rancher. Il a été militaire pendant la majeure partie de mon enfance. Comme l'armée l'envoyait se battre à l'autre bout du monde, j'ai toujours vécu ici.

Il nettoya et rangea le kit, se lava les mains et glissa quelques tranches de pain de mie dans le grille-pain.

— Il a combattu pendant la guerre du Golfe. En principe, j'aurais dû aller vivre avec lui à son retour. Mais il est revenu... différent. Il s'est donc installé ici, au ranch, avec nous et il y est resté. Jusqu'à sa mort.

Que Leo Slattery soit seul au monde, qu'il ait perdu toute sa famille, émut Jane au cœur.

— Je suis vraiment désolée, Leo.

— C'est la vie. Tout le monde connaît des épreuves, Jane. Tôt ou tard, elles nous tombent dessus. C'est la façon dont nous les gérons qui fait la différence.

— S'il s'agissait d'un message subliminal, ma réponse est non. Je n'irai pas trouver la police.

Le simple fait d'évoquer cette éventualité la glaçait.

Le sourire qu'il lui lança calma son angoisse.

— Il n'était pas subliminal puisque vous l'avez reçu cinq sur cinq. Le coup que vous avez pris sur la tête n'était peut-être pas si violent, après tout.

En fait, ses migraines revenaient la tourmenter.

— Avez-vous des antalgiques dans votre boîte magique ?

— Commencez par manger quelque chose. Si vous prenez des médicaments l'estomac vide, vous risquez de souffrir de maux de ventre, en plus du reste.

Il plaça une assiette d'œufs brouillés devant elle au moment où les toasts, dorés à point, sautaient du grille-pain.

— Attendez.

Il ouvrit une armoire et en sortit un pot de confiture.

— Pas question de déguster un toast sans l'avoir recouvert de la confiture de mûres de ma grand-mère. C'est un délice, croyez-moi.

— Je vous crois.

Cela n'avait d'ailleurs aucun sens, mais en prendre conscience l'apaisa.

Alors qu'elle piquait sa fourchette dans ses œufs, il lui prit la main.

— Jane.

— Oui ?

— Nous allons découvrir qui vous êtes et qui vous a enlevée, enfermée, blessée. Je vous le promets. Et je vous aiderai à retrouver vos proches.

— Vraiment ?

— Vraiment. Et je n'ai qu'une parole. Je ne fais jamais de promesses en l'air.

La lueur déterminée qui brillait dans son regard l'en convainquit et la réchauffa.

— Merci, Leo.

3

Depuis son retour au ranch, Leo se battait avec une couverture réseau très insuffisante et une mauvaise connexion Internet. Voilà pourquoi, entre autres, ses projets n'avançaient pas. Tous ses plans concernant l'exploitation étaient suspendus. À l'heure actuelle, il était en effet difficile de gérer une entreprise sans être connecté.

En revanche, le fait de n'avoir accès qu'aux programmes de la chaîne de télévision locale ne le dérangeait pas. Après une dure journée de travail, il préférait se plonger dans un bon livre ou écouter de la musique pour se détendre. La collection de vinyles de son grand-père était un trésor rempli de pépites. Mais alors qu'il regardait Jane recroquevillée sur le canapé du salon, la couette cousue main par sa grand-mère sur les jambes, il regretta de ne pas bénéficier de la technologie moderne. Une petite recherche sur Internet l'aurait certainement aidé à résoudre nombre des problèmes posés par l'irruption de cette belle inconnue dans sa vie.

— Es-tu sûre que tout ira bien ? demanda-t-il en posant un verre d'eau près d'elle sur la table basse.

Alors qu'ils bavardaient en se régalant des confitures de sa grand-mère, ils en étaient venus tout naturellement à se tutoyer.

— Si ça t'ennuie de rester toute seule, ajouta-t-il, il ne

me serait pas très compliqué de reporter mes réparations de clôtures à demain et...

— À moins de vouloir me regarder dormir, je ne vois pas l'intérêt pour toi de demeurer ici. Tu ne peux rien faire de plus pour moi, Leo. J'ai seulement envie de me reposer.

— D'accord. Comme je ne serai pas là pour te surveiller, j'ai réglé la minuterie de la cuisine afin qu'elle sonne dans une heure. Quand elle retentira, tu la programmeras de façon qu'elle se fasse entendre une heure plus tard et ainsi de suite. D'accord ?

— Est-ce vraiment indispensable ?

— C'est le deal. Après une commotion cérébrale aggravée d'une amnésie, il faut prendre quelques précautions. Puisque tu ne veux pas que je te conduise chez un médecin, tu devras te lever régulièrement pour t'assurer que tu vas bien. C'est important, Jane.

— Ce prénom n'est certainement pas le mien, répondit-elle avec une moue irritée. Et je n'ai pas besoin d'une nounou.

Leo n'en était pas si sûr. Il s'accroupit pour se mettre à la hauteur de ses yeux émeraude.

— C'est la minuterie ou les urgences. À toi de choisir.

Elle frissonna et se mit en boule sur le canapé.

— Si je me rends à l'hôpital, quelqu'un là-bas préviendra la police.

Une petite voix intérieure soufflait à Leo qu'il aurait déjà dû appeler le bureau du shérif. Elle avait été attaquée, enlevée, séquestrée dans un endroit isolé. Son ou ses ravisseurs avaient sans doute l'intention de revenir, pour la tuer peut-être.

— Voilà pourquoi gérer une minuterie semble un bon compromis.

— C'est vrai et c'est agaçant.

Si elle s'exprimait d'un ton léger, Leo avait vu l'éclair de terreur passer dans son regard à l'idée de contacter les autorités.

— Je ne m'absenterai que quelques heures, poursuivit-il. La télécommande du téléviseur est sur la petite table là-bas. Il y a des DVD sur l'étagère. Fais comme chez toi.

— J'ai seulement envie de dormir, affirma-t-elle en s'enfonçant plus profondément sous la couette.

— D'accord. Alors, dors bien.

Leo savait qu'il devait s'en aller. Mais la vue de cette belle et mystérieuse rousse sur son canapé le perturbait. Pourtant, il ne pouvait pas s'attarder. Beaucoup de travail l'attendait dans le ranch et il lui fallait également tenter d'apporter des réponses aux nombreuses questions qu'il se posait.

Plus tôt il s'en occuperait, mieux cela vaudrait.

Il se leva et siffla Ollie. Le chien arriva en remuant la queue.

— Tu restes à la maison avec Jane, vieux. D'accord ?

Comprenant sans doute qu'il ne sortirait pas beaucoup aujourd'hui, le berger allemand poussa un gémissement.

— Et ensuite tu auras droit à un bon dîner, ajouta Leo avec une caresse encourageante sur le flanc de l'animal. Je compte sur toi pour veiller sur Jane. Je reviens vite.

Ollie aboya pour lui signifier son accord.

Leo décrocha sa veste, enfonça son stetson sur sa tête et sortit. Il se dirigea d'abord vers la grange. Les empreintes de pieds nus que Jane avait laissées dans la cour s'étaient effacées, mais il repéra vite des traces de sang noir sur le sol. Il les suivit et parvint à la limite des arbres à l'autre bout de la propriété.

Saisi d'un mélange d'admiration et de colère, il mesura les difficultés qu'elle avait rencontrées pour atteindre la grange. En pleine nuit, pieds nus, sans doute épuisée et perdue dans le noir, elle avait dû souffrir au cours de son périple. Et pourtant elle avait réussi, elle avait trouvé son chemin jusque chez lui.

Grâce aux petites branches cassées, il put remonter la piste qu'elle avait parcourue. Au bout de deux ou trois kilomètres, il arriva à une route. Il n'avait pas le temps d'aller plus loin, de l'explorer. Mais il se promit de revenir.

— Chaque chose en son temps, grommela-t-il.

Il lui fallait d'abord réparer cette clôture avant que le bétail ne s'enfuie sur la propriété voisine.

Leo retourna à la grange et s'installa au volant de son pick-up, garé devant.

Il roula jusqu'aux pâturages ouest en silence, les vitres ouvertes pour profiter de l'agréable brise d'été du Colorado. Ollie lui manquait, mais il lui avait été plus facile de laisser Jane en sachant que l'animal veillait sur elle.

Il chargea la remorque de granulés stockés dans le silo et les apporta au troupeau. Normalement, les bêtes broutaient l'herbe des champs mais, pour s'assurer qu'elles ne s'approcheraient pas des barbelés tombés, il leur déposa les aliments loin des clôtures. Demain, il les déplacerait vers les pâturages nord, ce qui lui donnerait un peu de répit pour quelques jours.

Ils croyaient qu'il l'avait tuée.

Ça aurait dû l'amuser mais en réalité ça l'irritait. Pourquoi n'avait-il pas eu l'idée d'assassiner Skye Colton ? se reprochait-il. Non seulement il l'aurait pu, mais il avait eu de nombreuses occasions de le faire. Il était en effet très proche de la fille la plus sympathique du clan Colton.

Cela dit, le bon sens l'en aurait sans doute empêché. Tuer Sabrina Gilford avait déjà attiré l'attention sur lui. Celle du FBI, en particulier. La situation devenait dangereuse. Mieux valait se montrer prudent, s'en tenir au plan initial. Et rester où il était, à la vue de tous, à surveiller les faits et gestes des Colton et des Gilford.

L'angoisse des habitants à propos de la disparition de Skye ou des cadavres découverts sous la neige devenait de plus en plus perceptible. Il sentait leur peur. Il s'en délectait, s'en nourrissait. Ces tensions lui procuraient une joie particulière, même si elles n'étaient pas aussi satisfaisantes que le plaisir d'étrangler ces femmes.

Peut-être... peut-être avait-il tort. Peut-être était-il temps de frapper un grand coup, de leur briser le cœur en tuant leur petite Skye chérie. Peut-être...

Un sourire passa sur ses lèvres tandis qu'il imaginait la vie quittant les beaux yeux verts de Skye. Comme il se représentait la scène, il éprouva une intense jouissance, une sorte d'extase, comme le « flash » d'une dose d'héroïne. Par l'esprit, il s'y voyait, planifiait tout.

Peut-être, se dit-il en souriant au groupe de touristes qui passaient près de lui pour se rendre au Château. Peut-être était-il temps de participer aux recherches de Skye Colton...

Il était plus de midi quand Leo tira les derniers fils barbelés et les fixa aux poteaux de bois. D'un revers de manche, il essuya la sueur de son front et repoussa son chapeau. Maintenant, le troupeau ne risquait plus de s'aventurer sur la route ni d'aller voir si herbe était plus verte ailleurs. Tout allait bien au Slattery Ranch.

Pour autant qu'il le sache, en tout cas.

Il ramassa ses outils et son matériel, les jeta à l'arrière de son pick-up avant de s'emparer de sa gourde pour boire de longues rasades d'eau fraîche. Il se remémora la liste des tâches qui lui restaient à accomplir. Il s'était promis d'inspecter sans tarder la clôture à l'extrémité sud de la propriété, mais avant de s'en occuper il avait quelque chose de plus important à faire.

Voilà pourquoi, après avoir déposé sa remorque derrière la grange, il ne s'arrêta pas à la maison, mais remonta la route du ranch, franchit les grilles et mit le cap vers la ville.

Au moment où la minuterie de la cuisine retentit pour la quatrième fois, Jane comprit qu'elle ne réussirait pas à dormir.

— Et c'était sans doute ce qu'il espérait depuis le début…

Elle rejeta la couette avec un grognement de frustration assez fort pour surprendre Ollie, qui fit un tour rapide de la maison pour s'assurer qu'il n'était pas passé à côté d'une intrusion.

— Ne t'inquiète pas. J'ai seulement envie d'étrangler ton maître.

Lorsque le berger allemand émit un étrange bruit de gorge, Jane se figea, se demandant si le chien avait compris ce qu'elle venait de dire.

— Tu partages mon avis, non ? Un homme qui empêche une pauvre femme de se reposer ne mérite pas de vivre. Tu es d'accord avec moi ?

Ollie aboya joyeusement et Jane aurait juré qu'il riait.

— Je suis contente qu'au moins l'un de nous deux s'amuse.

Elle se leva du canapé et entra d'un pas traînant dans la cuisine. D'un geste las, elle fit taire la sonnerie qui lui vrillait les tympans et ravivait ses maux de tête. Peut-être Leo avait-il raison. Peut-être devrait-elle consulter un médecin.

Ou prendre un autre antalgique. Elle en avala deux cachets avec un grand verre d'eau et se posta devant la fenêtre de la cuisine. La vue était à couper le souffle. Le ranch de Leo était au cœur d'une nature grandiose, magnifique. Des montagnes à l'horizon encadraient des champs parsemés de fleurs sauvages, où paissaient tranquillement des bœufs. Impressionnée, elle s'abreuva de la beauté de ce paysage bucolique.

Comme elle y promenait un regard émerveillé, elle changea soudain de couleur et s'effondra par terre avec un gémissement.

Ollie se précipita aussitôt près d'elle et posa la tête contre sa poitrine où son cœur battait à tout rompre. Envahie par une sourde terreur, elle ferma les paupières. Le sang rugissait à ses oreilles, bloquant toute pensée rationnelle. Avec effort, elle s'efforça pourtant d'analyser ce qu'elle avait entrevu au loin. Un homme à cheval sur la ligne de crête d'une colline. Leo était allé travailler au volant de son pick-up. Il ne serait pas revenu pour repartir à cheval sans le lui dire, n'est-ce pas ? Avait-elle rêvé ? Avait-elle imaginé ce cavalier ?

D'une main tremblante, elle attrapa le bord de l'évier et se releva. La gorge serrée, elle risqua un coup d'œil par la fenêtre. Lorsque la silhouette à cheval apparut de nouveau, elle se pétrifia, glacée de peur. Il était loin et elle savait qu'il ne pouvait la voir. Mais, elle, elle le voyait. Qui était ce type ? Leo avait-il des cow-boys qui l'aidaient au ranch et dont il ne lui avait pas parlé ?

Elle aurait dû lui poser la question ! Au lieu de le pousser à s'en aller, pourquoi ne l'avait-elle pas interrogé ? Cela dit, elle était capable de se défendre toute seule.

Le cœur battant, elle observa un moment le cavalier avant de s'emparer d'un gros couteau de cuisine. Elle le serra contre elle et s'accroupit à nouveau sur le sol.

Tu es ridicule, pensa-t-elle mais elle avait beau essayer de se raisonner, sa peur ne se dissipait pas.

Derrière ses paupières closes, les lumières rouge et bleu des gyrophares l'affolaient. Quand elle entendit le bruit de bottes qui approchaient, elle courut se cacher derrière le vaisselier, se faisant toute petite. Elle prit de profondes respirations avant de rouvrir les yeux. Elle s'aperçut alors qu'elle était seule. Mis à part Ollie, il n'y avait personne dans la cuisine – uniquement des ombres et sa propre terreur.

Personne ne sait que tu es ici. Personne ne pourrait le deviner. Tu n'as rien à craindre.

Pourtant, elle avait beau se le répéter, elle ne parvenait pas à y croire. Elle ignorait son propre nom. Comment pourrait-elle prévoir ce qu'un inconnu ferait ou pas ?

Il n'était pas question de prendre le moindre risque. Ici, seule, sans personne à qui se fier, elle avait besoin de se protéger à tout prix. Veillant à rester accroupie, elle se déplaça jusqu'au salon. Sur une impulsion, elle traversa la maison en vitesse pour fermer tous les rideaux.

La ferme était à présent plongée dans la pénombre. Ollie l'avait parcourue de pièce en pièce, l'air inquiet. Si les chiens avaient su parler, il l'aurait certainement exhortée à se calmer. Et à cesser de penser que tout le monde lui voulait du mal.

Mais elle était incapable de s'en empêcher. Elle aspirait viscéralement à retrouver la protection de l'obscurité. La dernière pièce, la bibliothèque, n'était pas équipée de rideaux. Elle contourna le bureau, couvert de dossiers, de papiers et d'un vieil ordinateur, et se réfugia derrière un fauteuil poussé dans un coin. Elle s'y recroquevilla. Elle tremblait de tous ses membres, elle avait du mal à respirer. Surtout, elle avait envie de se boucher les oreilles pour ne plus entendre les bruits de bottes et les hurlements des sirènes.

Ses doigts crispés sur le manche du couteau devenaient douloureux. Mais pas question de le lâcher.

Le chien la dévisageait de ses grands yeux soucieux.

Elle tenta de le rassurer.

— Ça va, ne t'en fais pas, mentit-elle. Tout va bien.

Leo serait bientôt de retour. Leo. Pour repousser sa peur, elle se remémora le séduisant cow-boy, sa force et son sourire. Leo allait revenir.

Elle n'était pas en sécurité. Ni ici. Ni dehors. Ni nulle part.

Celui qui l'avait enfermée dans ce cabanon était toujours dans les parages. Il la cherchait.

Mais pourquoi ? Qui était-elle ? Qu'avait-elle fait pour pousser quelqu'un à s'attaquer ainsi à elle ?

Plus important encore, quand allait-elle se sentir de nouveau en sécurité ?

Leo se gara près de M&P Grocery, la supérette familiale de Juniper Grove, une bourgade totalement insignifiante. Roaring Springs était une ville bien plus attrayante avec ses rues animées, ses restaurants, ses boutiques et ses discothèques. Mais Leo était du genre à toujours aller au plus simple. À moins d'une heure de route du ranch, Juniper Grove, avec ses magasins d'antiquités kitsch, ses boutiques de cadeaux et son atmosphère décontractée, était parfaite pour les gens comme lui qui appréciaient le calme et prenaient le temps de vivre. Et, surtout, il savait que les petites villes absorbaient les nouvelles comme des éponges. Tout en remplissant leur Caddie, les clientes échangeaient des ragots entre les rayons de M&P Grocery. C'était l'endroit parfait pour commencer.

Il prit son stetson et sauta de son pick-up. À cette heure de la journée, il tomberait forcément en pleine pause déjeuner. Le restaurant sur la place était déjà plein à craquer, la boutique de cadeaux avait accroché le panneau « Ouvert ». Une fois n'était pas coutume, Leo ne passa pas à la librairie. Il n'avait pas besoin non plus d'acheter du matériel ou des granulés pour le bétail. Il se rendit directement à la supérette.

Il effleura son chapeau pour saluer deux sexagénaires qui en sortaient avec, chacune, un sac en papier sous le bras.

En le voyant entrer, Clarice Summers lui sourit.

— Bonjour, Leo, dit-elle en caressant son ventre rebondi de femme enceinte. De quoi avez-vous besoin aujourd'hui ?

— Je viens pour le ravitaillement habituel, répondit-il. Pour être tranquille ce week-end.

Il s'empara d'un chariot et s'avança vers le rayon viande. Il y avait beaucoup de choix, c'était l'avantage de vivre dans une région d'élevage. Comme il considérait les morceaux proposés, emballés sous plastique, il se gratta la tête.

Jane aimait-elle le bœuf ? N'avait-il pas intérêt à prendre du poulet, au cas où ?

Ses compétences culinaires étaient passables – sa

grand-mère les aurait jugées médiocres. Lorsqu'il travaillait sur la plate-forme pétrolière, il donnait souvent un coup de main en cuisine. Là-bas, on vous demandait juste de préparer de quoi rassasier les gars. Il s'était donc lancé, décidé à faire de son mieux, et à présent il se débrouillait.

S'il avait connu plusieurs relations amoureuses au cours de ses vingt-sept ans d'existence, il n'avait jamais vécu avec une femme. Jane préférerait-elle une salade composée ? Des fruits de mer ? Ou avait-elle oublié ses préférences en la matière ? Peut-être aurait-il dû lui poser la question.

Quand il aligna ses articles sur le tapis roulant, il eut l'impression d'avoir fait les bons choix. Des pâtes, des légumes frais. Et des croquettes pour chiens. Il n'avait pas pris de pâtisseries. Il confectionnerait les sablés au beurre de sa grand-mère. Servis avec des fraises, ils feraient un dessert parfait.

— Vous voyez grand, remarqua Clarice avec un sourire. On jurerait que vous faites vos réserves pour l'hiver.

— Ainsi, je n'aurai pas à revenir trop vite, répondit Leo avec bonne humeur. J'ai tellement à faire au ranch. Et vous, comment allez-vous ? Le petit arrive bientôt, non ?

— J'ai hâte qu'il montre le bout de son nez, gémit Clarice. Il bouge tellement qu'il se destine sans doute à une carrière de nageur. Mais je me demande bien comment il y parviendra. Il n'y a pas de piscine à Juniper Grove ni dans les environs.

— Tu n'auras qu'à l'emmener à Roaring Springs, au spa du Château, répliqua en riant Betsy, une autre employée.

— Pour y engloutir mon salaire ? Merci bien. Êtes-vous déjà allé là-haut, Leo ?

— Au Château ? Ah, non.

Les complexes hôteliers de luxe ne faisaient pas partie de son mode de vie. Il ne connaissait l'endroit que de réputation, et encore. Enfant, scolarisé à la maison par sa grand-mère, il ne sortait pas souvent du ranch. Il ne s'était jamais soucié des Colton ni de ce qu'ils organisaient à Roaring

Springs pour attirer les clients. Et depuis son retour rien n'avait changé. Ils n'appartenaient pas au même monde et il serait sans doute incapable de reconnaître un Colton s'il en croisait un.

— En tout cas, ce qui se passe dans la région, ces temps-ci, n'est pas très bon pour le tourisme ni donc pour leurs affaires, poursuivit Betsy. Les crimes de l'Avalanche Killer risquent de dissuader les gens de venir. Cela dit, certains auront peut-être envie de se faire peur ou de jouer les détectives.

— L'Avalanche Killer ? répéta Leo, s'efforçant de prendre un air décontracté. De quoi s'agit-il ?

— Si vous n'en avez pas entendu parler, vous passez trop de temps seul sur vos terres, dit Clarice. Des cadavres de jeunes femmes ont été découverts dans la montagne, à moitié ensevelis sous la neige, près du Lodge, du Refuge. Il paraît que le tueur frappe à cet endroit-là depuis des années, mais un nouveau corps y a été retrouvé, dernièrement, celui d'une autre malheureuse, ajouta-t-elle en frissonnant. Inutile de vous dire que je m'enferme à double tour chez moi, maintenant.

— Quelle époque, murmura Leo, dont les neurones fonctionnaient à plein régime.

Il ne croyait pas aux coïncidences. Après ce qui était arrivé à Jane, apprendre l'existence de ce tueur en série le glaça. Il avait soudain hâte de retourner au ranch pour s'assurer qu'elle allait bien.

— Merci, Clarice. Alors, qui s'occupe de l'enquête ? Il paraît que le FBI se charge souvent de ce genre d'affaires.

Betsy secoua ses cheveux blonds oxygénés.

— D'après ce que j'ai entendu dire, l'adjointe Daria Bloom supervise le dossier. Elle se donne du mal pour remonter les pistes. En tout cas, cette histoire ferait un livre ou un téléfilm du tonnerre. Je me demande s'ils viendraient le tourner ici.

Leo se força à rire et prit les sacs dans lesquels Clarice avait rangé ses achats.

— Beaucoup de gens y ont pensé, j'en suis sûr. Merci, mesdames, et belle journée. Ménagez-vous, Clarice.

— Vous aussi, Leo, répondit-elle avec un sourire.

Tout en empilant ses sacs à l'arrière du pick-up, Leo hésita. Beaucoup de doutes et de questions le tourmentaient et il avait très envie d'essayer d'en apprendre davantage sur ce tueur en série. D'instinct, il était tenté d'aller parler à cette Daria Bloom. Mais il avait promis à Jane qu'il n'irait pas trouver les autorités et il n'avait qu'une parole. En outre, s'il se mettait à interroger la police, cette dernière ne tarderait sans doute pas à le mettre sur la liste de suspects.

Non, ce n'était pas le moment. Il ne pouvait pas rompre la promesse qu'il avait faite à Jane. Pour se reconstruire, elle avait besoin de confiance. S'il la trahissait et allait parler à la police, elle n'en saurait rien. Mais lui le saurait.

Son grand-père lui avait souvent répété qu'un homme n'avait peut-être pas grand-chose, mais il avait une parole et, une fois celle-ci donnée, il n'avait plus le droit de la reprendre.

Voilà pourquoi Leo resterait à distance du poste de police et de l'adjointe Bloom.

Pour l'instant.

4

— Jane !

Leo posa ses sacs sur la desserte du porche arrière. Avant de rentrer, il était passé lui acheter des vêtements. Il s'était rendu dans une boutique située à l'extérieur de la ville, dans laquelle il n'avait encore jamais mis les pieds et où personne ne le reconnaîtrait ni ne s'interrogerait sur ses emplettes.

Il accrocha sa veste et son chapeau à leurs crochets respectifs.

— Désolé, j'ai mis plus de temps que prévu.

Il entra dans la cuisine, bizarrement très sombre. Les sourcils froncés, il se dirigea vers le four et remarqua que la minuterie était éteinte.

Elle l'avait donc arrêtée au moins une fois. Tout en roulant, il s'était demandé si elle aurait respecté ses consignes. Son sourire s'envola lorsqu'il se rendit compte que le rideau de la fenêtre avait été tiré. Et manifestement à la hâte parce qu'il était mal fermé.

Un brusque malaise s'empara de lui.

— Jane ? Ollie ?

Le fait que le chien ne réponde pas le terrifia et il se rua dans le salon, plongé lui aussi dans l'obscurité. La couette gisait sur le canapé, mais Jane n'était nulle part en vue. Il fonça dans la chambre d'amis, inspecta la salle de bains avant de faire le tour de toutes les pièces au pas de course. Partout, les rideaux avaient été tirés, les lumières éteintes.

Enfin, il la découvrit dans la bibliothèque, tapie derrière un fauteuil.

— Jane, dit-il, s'efforçant de calmer les battements précipités de son cœur. Que fais-tu ici ? Ollie ?

Le chien gémit, mais resta couché près d'elle.

Les bras serrés autour des genoux, un des couteaux de cuisine à la main, Jane se balançait doucement d'avant en arrière. Son regard vide le glaça.

Visiblement rassuré par la présence de son maître, Ollie se leva et pressa sa truffe humide contre sa main.

Comme s'il avait affaire à une pouliche effrayée, Leo s'approcha lentement et s'accroupit près d'elle. Il n'essaya pas de lui retirer le couteau ni de la forcer à sortir de sa cachette.

— Jane ? dit-il d'une voix douce. Que s'est-il passé ?

Livide, elle le dévisagea un long moment avant de se tourner vers la fenêtre.

— J'ai vu quelqu'un, balbutia-t-elle en frissonnant. Dehors. Un homme sur un cheval. Ce n'était qu'un cavalier sur sa monture, mais je... j'ai eu peur. Je suis désolée. J'ai eu tort de me cacher, ajouta-t-elle, les yeux brillants de larmes.

— Tu n'as aucune raison de t'excuser.

Depuis le départ, Leo avait toujours pris soin de ne pas la toucher. Certes, elle avait affirmé ne pas avoir été sexuellement agressée mais, sachant qu'elle avait tout oublié, il préférait faire attention. Aussi, au lieu de la prendre dans ses bras pour la rassurer, la réconforter, se contenta-t-il de les lui ouvrir. Pour la laisser libre de venir ou non se blottir contre lui.

Lorsqu'elle se jeta contre lui en tremblant, il l'étreignit.

— Personne ne te fera de mal, Jane. Pas chez moi. Je te le promets.

— Tu ne peux pas me le promettre, murmura-t-elle.

Le nez dans ses cheveux, il huma avec délice le parfum floral de son shampoing et, soudain, une image le traversa. Celle d'une Jane souriante qui dansait dans un champ rempli de fleurs sous le soleil du Colorado.

La voir rire et sourire, sans qu'aucune trace de peur vienne assombrir ses beaux yeux, était son rêve le plus cher.

— Je te promets ce que je veux, répliqua-t-il. Pardonne-moi de t'avoir laissée seule. C'était une erreur. Je ne le ferai plus.

— Tu ne vas pas veiller sur moi en permanence. J'ai juste besoin d'un peu de temps pour arrêter de paniquer pour tout.

— Prends autant de temps que nécessaire. Comment va ta tête ? En vrai, ajouta-t-il en la regardant en face.

Elle l'observait comme si elle le voyait pour la première fois.

— Elle me fait encore souffrir. Mais moins qu'avant.

— As-tu changé d'avis au sujet de la police ?

Il avait eu l'intention de lui parler de ce qu'il avait entendu en ville, dans l'espoir de déclencher une réaction, des souvenirs peut-être, afin de déterminer si elle avait été ou non la cible de cet Avalanche Killer. Mais, vu l'état dans lequel il l'avait trouvée, lui apprendre qu'un tueur en série rôdait dans les parages risquait de la faire s'enfuir en courant. Peut-être ne la reverrait-il alors jamais.

— Non, répondit-elle d'un ton suppliant. Pas la police. Tu n'es pas allé leur parler, n'est-ce pas ?

Son regard désespéré le toucha au cœur et il fut soulagé de ne pas avoir à lui mentir.

— Non. J'y ai pensé, mais je t'avais promis. Et je n'ai qu'une parole, tu t'en souviens ?

— Je m'en souviens.

Il l'étreignit contre lui et désigna le couteau qu'elle tenait toujours à la main.

— J'en aurai besoin tout à l'heure. Pour préparer le déjeuner.

— D'accord. Tu me diras quand et je te le rendrai.

Incapable de s'en empêcher, il éclata de rire.

— Qu'y a-t-il de si drôle ? demanda-t-elle, les sourcils froncés. Tu me trouves sans doute ridicule.

Leo secoua la tête et l'embrassa sur le front. Il n'avait pas voulu se moquer d'elle, bien au contraire. Il était heureux de partager un moment joyeux avec elle. Il n'avait pas ri depuis une éternité. Depuis trois mois, il ne faisait que vaquer à ses tâches quotidiennes, se plier à la même routine que son grand-père avait pratiquée pendant plus de cinquante ans.

— Si ce couteau te rassure, garde-le. J'en prendrai un autre.

— Je n'en ai plus besoin maintenant, répondit-elle en le lui tendant. Je n'ai plus peur quand tu es là.

Lorsqu'elle posa la main sur son torse musclé, Leo sentit son cœur s'emballer. La douceur du geste le fit frissonner de la tête aux pieds. Il ferma un instant les paupières. La désirer n'était pas une option. Il n'avait pas le droit de la toucher alors qu'elle ne savait même pas qui elle était, que sa vie lui échappait, qu'elle ne maîtrisait plus rien.

— Je vais t'aider à traverser cette zone de turbulences, Jane.

Si elle laissait plus longtemps sa main sur lui, elle y laisserait une empreinte indélébile, devinait-il. Aussi la prit-il doucement et pressa-t-il ses lèvres contre ses doigts.

— Nous allons découvrir qui tu es et ce qui s'est passé. Mais nous le ferons quand tu seras prête, quand tu te sentiras suffisamment forte pour l'affronter. D'accord ?

Elle hocha la tête. Il voyait son regard troublé, un peu perdu, mais il le supportait infiniment mieux que la peur qui y brillait quelques instants auparavant.

— Et si tu avais raison ? chuchota-t-elle.

— À propos de quoi ?

— Tu m'as dit que celui qui m'avait attaquée l'avait sans doute fait *parce que j'étais qui j'étais*. Peut-être ai-je tort d'essayer de m'en souvenir. Ne pas retrouver la mémoire est peut-être ma seule chance de rester en vie.

La poitrine de Leo se contracta. Il n'avait encore jamais vu quelqu'un d'aussi désemparé.

— Céder à la peur n'est pas une façon de vivre, Jane. Et, en m'appuyant sur le peu que je connais de toi, je ne t'imagine pas rendant les armes si facilement. Tu es une battante. Tu t'es battue pour sortir de ce cabanon. Tu t'es battue pour trouver ton chemin dans les bois et arriver jusqu'ici. Et maintenant...

— Et maintenant je t'ai toi pour m'aider dans mon combat.

Et soudain le miracle se produisit. La peur, le désespoir et la terreur qui l'habitaient s'envolèrent et elle lui sourit.

— Je t'ai toi, répéta-t-elle.

— Et maintenant tu m'as, oui, approuva-t-il.

Il se leva et lui tendit la main.

— Nous sommes dans le même bateau, Jane. Je serai à tes côtés jusqu'à ce que tu retrouves ta vie.

« Jusqu'à ce que tu retrouves ta vie. »

Près d'une semaine plus tard, les mots de Leo résonnaient toujours dans son esprit.

Le vieux sommier protesta lorsque Jane roula sur le côté. Les jours se suivaient, semblables aux précédents. Elle s'ennuyait. Elle avait l'impression de tourner en rond, de passer de sa chambre à la cuisine, de la cuisine au salon puis à la chambre, de voir chaque jour les mêmes émissions à la télévision, les mêmes livres alignés sur les étagères de la bibliothèque. Même Ollie devenait agité et regardait les portes avec envie comme s'il rêvait de s'échapper.

Elle rejeta ses couvertures. Ses maux de tête s'atténuaient, comme ses bleus. Elle finissait presque par les oublier. En revanche, la peur était toujours là. La certitude terrifiante qu'une menace planait au-dessus d'elle, que quelque chose d'horrible allait se produire à l'instant où elle sortirait de cette maison. Peut-être cette angoisse disparaîtrait-elle si elle parvenait à se rappeler quelque chose, n'importe quoi, de sa vie d'avant, d'avant son réveil dans cette cabane.

Et puis il y avait Leo. Le pauvre Leo, si beau, si gentil, si inquiet. Leo qui n'arrêtait pas. Il se mettait en quatre pour accomplir en vitesse les nombreuses tâches du ranch tout en revenant toutes les deux heures s'assurer qu'elle allait bien. Elle devinait que, sans sa promesse, il serait allé trouver les autorités depuis longtemps mais, sur le sujet, elle se montrait catégorique, intraitable. Si elle n'était pas en mesure d'expliquer pourquoi, elle *savait* qu'impliquer la police ne ferait qu'aggraver la situation. Ce qui signifiait que quelque chose devait changer.

S'il était encore très tôt, la chaleur emplissait déjà la pièce. Un ventilateur tournoyait au plafond, brassant l'atmosphère confinée, mais son T-shirt lui collait à la peau. Un peu d'air lui aurait fait du bien, mais la peur lui interdisait d'ouvrir la fenêtre.

Elle ignorait l'heure qu'il était. La nuit n'était plus totalement noire. L'aube n'allait plus tarder.

Les bras repliés sous la tête, comme tous les matins, Jane se remémora l'essentiel : elle était en vie.

C'était tout ce qui comptait.

« Jusqu'à ce que tu retrouves ta vie, je serai à tes côtés. »

Un sourire passa sur ses lèvres. Certes, elle avait perdu la mémoire mais, intuitivement, elle devinait qu'elle n'avait jamais rien entendu de plus... gentil. Ces mots lui faisaient du bien. Elle n'était pas seule. Leo était là.

Au-delà de la porte fermée de sa chambre, elle l'entendait s'activer dans la cuisine, parler à Ollie à voix basse. Le sourire de Jane s'élargit. Le chien avait passé beaucoup de temps à décider s'il préférait passer ses nuits avec lui ou avec elle. Parfois, elle se réveillait et trouvait l'animal allongé devant sa porte. Son regard soucieux la touchait au cœur. Le berger allemand était aussi bon et gentil que son maître.

Bon et gentil. Le jour où Leo l'avait trouvée derrière un

fauteuil de la bibliothèque, elle avait mesuré sa profonde bonté, son infinie gentillesse. La façon dont il lui avait ouvert les bras l'avait réconfortée et bouleversée. Avec lui, elle se sentait protégée. Pourtant, ce côté protecteur de Leo provoquait aussi chez elle une certaine irritation. Sans doute était-elle dotée d'un caractère fort et indépendant parce qu'elle renâclait à laisser quelqu'un la prendre en charge. Cela dit, ce n'était pas ce qu'il faisait.

Elle roula sur le dos. Ce n'était pas *tout* ce qu'il faisait. Quel que soit le sujet, Leo lui donnait le choix de décider de la suite.

Ce matin, ses migraines étaient de retour. Elle savait qu'elles inquiétaient Leo.

L'arôme d'un café fraîchement moulu flottait dans l'air, lui donnant l'eau à la bouche, et elle se leva. À quoi bon traîner au lit alors que le sommeil la fuyait ? Elle ouvrit la porte et gagna la cuisine faiblement éclairée.

Leo leva le nez de la gamelle qu'il préparait pour Ollie.

— Désolé de t'avoir réveillée.

— Je l'étais déjà. Il fait trop chaud pour dormir.

S'éventant de la main, elle fit mine de ne pas remarquer la lueur qui s'alluma aussitôt dans les yeux de Leo. Intéressant. Elle ne prenait donc pas ses désirs pour des réalités. L'attirance qu'elle éprouvait pour cet homme hors du commun était sans doute réciproque. Un petit frisson la parcourut.

— Tu t'es levé tôt, ajouta-t-elle.

Il était à peine 4 heures du matin à l'horloge. Normalement, elle ne sortait de sa chambre qu'après 7 heures, alors que Leo revenait après avoir accompli sa première série de tâches quotidiennes.

— Toujours, dit-il avec un grand sourire avant de plonger dans le réfrigérateur ouvert. Le travail au ranch commence avant le lever du soleil et...

Il se retourna et la trouva juste derrière lui.

— Puis-je me rendre utile ? demanda-t-elle.

— J'ai lancé le café et des toasts sont en train de dorer. Mais oui, bien sûr. Veux-tu sortir les bols, la confiture et le sucre ?

— Tout de suite, dit-elle en mettant tout sur la table. Mais je ne parlais pas seulement du petit déjeuner, ajouta-t-elle. Je te proposais de te donner un coup de main au ranch.

— Tu veux m'aider au ranch ? répéta-t-il.

Jane n'aurait jamais cru que la gêne, le malaise et la nervosité de Leo la divertiraient à ce point.

— Revenir ici toutes les deux ou trois heures pour veiller sur moi te fait perdre un temps fou alors que tu as tellement à gérer. Donc, à moins qu'il n'y ait quelqu'un d'autre pour t'aider...

Elle s'interrompit, se souvenant de l'homme qu'elle avait vu passer à cheval.

— Il n'y a personne d'autre, n'est-ce pas ? insista-t-elle.

— Et il n'y en aura pas avant plusieurs semaines.

Comme s'il comprenait soudain ce qu'elle avait voulu dire, il cessa de couper les restes de poulet pour Ollie et la regarda.

— Tu penses toujours au cavalier que tu as aperçu.

— Sur la colline là-bas. Tu te souviens de la crise de panique qu'il a déclenchée...

Le ventre de Leo se noua à ce souvenir.

— Les voisins passent tout le temps. À moins qu'il ne s'agisse de Trapper. C'est un vieil excentrique qui vit dans la région depuis une trentaine d'années. Il avait l'habitude de travailler comme journalier pour mon grand-père. Nous l'avons toujours laissé aller et venir à sa guise. Et en général il réapparaît à cette époque de l'année.

Jane sortit du beurre du réfrigérateur.

— Où vit-il ?

— Il est toujours par monts et par vaux, il n'a pas de domicile fixe. Il dort parfois près de la rivière ou dans un petit bois non loin de la voie express. C'est un ours, il veille à rester à distance de la civilisation. Beaucoup de gens lui offrent le gîte et le couvert. En échange, il rend de petits services. C'est un brave homme, Jane. Tu n'as pas à avoir peur de lui.

Elle se mordilla les lèvres. Ces jours-ci, elle avait peur de tout le monde, sauf de Leo.

— Je pensais d'ailleurs lui demander de s'installer au ranch quelque temps, poursuivit-il. Une paire d'yeux supplémentaire ne peut pas faire de mal. Surtout maintenant.

Jane se figea. Elle n'était donc pas la seule à s'inquiéter.

— Au cas où celui qui m'a attaquée, enlevée et enfermée se présenterait, tu veux dire ?

— Oui.

Qu'il réponde sans hésiter lui en disait long sur le genre d'homme qu'était Leo. Honnête. Fiable. Protecteur.

— De plus, je vais avoir besoin d'aide avec le troupeau maintenant que tu es ici. Il y a toujours quelque chose à réparer sur un ranch, et bien sûr il faut s'occuper du bétail et des chevaux.

— Comment ? Tu n'as pas de poules à nourrir ? plaisanta Jane. Je croyais que tous les ranchs avaient une basse-cour.

— Nous avions des poules autrefois. Les voisins les ont prises, à la mort de ma grand-mère. Je compte en racheter un de ces jours. C'est sur ma liste des choses à faire.

Intriguée, Jane regarda Leo poser la gamelle d'Ollie par terre. Le chien resta assis, attendant patiemment que Leo donne son accord. Puis il engloutit sa pâtée en un clin d'œil.

Jane rejoignit Leo à la table et grimaça en repliant les jambes sous elle. Elle se demanda dans combien de temps elle pourrait bouger sans souffrir à chaque mouvement.

— Qu'y a-t-il d'autre sur ta liste ?

— Elle est longue comme le bras.

Leo leur versa une tasse de café. Il n'avait pas oublié comment elle l'aimait.

— En ce moment, je réfléchis à la façon de faire évoluer le ranch pour aller de l'avant.

— Ton grand-père l'aurait-il souhaité ?

— Il rêvait d'augmenter la taille du troupeau pour que son cheptel devienne l'un des plus importants de la région. Il imaginait des transformations en termes quantitatifs, mais je mûris d'autres options.

— Lesquelles ?

— Tu t'en moques, en réalité, non ?

— Pourquoi dis-tu ça ? répliqua Jane, fronçant les sourcils. Me réduire à mes ongles vernis et mes vêtements stylés n'est pas loyal. Et pourquoi n'aurais-je pas le droit de me soucier de ta vie alors tu as sauvé la mienne ?

Le sujet l'intéressait. Elle voulait tout savoir sur Leo, sur sa famille et ses activités. Par curiosité, mais aussi parce qu'elle avait envie de penser à autre chose qu'à l'attaque dont elle avait été victime.

Leo haussa les épaules.

— Tu l'as sauvée toute seule, objecta-t-il avec bonhomie. Mais, si mon travail t'intéresse vraiment, viens donc avec moi aujourd'hui. Je te montrerai la propriété. De toute façon, je n'avais pas l'intention de déplacer le troupeau avant demain.

— Et tu pourras ainsi garder un œil sur moi, non ?

— Bien sûr. Ne pas avoir à revenir ici toutes les quelques heures me facilitera la tâche. J'aurai la possibilité de faire ce que j'ai à faire plus rapidement et, quand j'aurai fini, je te présenterai les stars du ranch.

— Les stars ? Quelles stars ?

— Si je te le dis, ce ne sera pas une surprise. Bon, il est temps de s'y mettre, ajouta-t-il en consultant sa montre. Je te donne vingt minutes pour t'habiller.

— Je ne sais peut-être pas mon nom, mais je sais une chose : je suis toujours prête à relever un défi.

Tout en roulant sur la route rocailleuse de son ranch, Leo jeta un coup d'œil en biais à Jane. Il avait plutôt bien choisi le jean qu'il lui avait acheté. Peut-être trop bien, vu la façon dont il moulait ses courbes. Il devinait des seins bien ronds sous son corsage. Elle portait des baskets neuves aux pieds – des pieds dont elle avait tenu à s'occuper elle-même ce matin. Ces baskets ne resteraient sans doute pas blanches très longtemps.

Il avait eu raison sur une chose : l'emmener lui permettrait d'effectuer plus vite ses tâches.

Comme elle bondissait une fois de plus du pick-up pour ouvrir et fermer une des barrières du pâturage, elle se tourna vers lui.

— Cesse de me couver comme une mère poule, Leo. Je suis capable de grimper et de descendre d'un véhicule.

— Je sais. Comment va ta tête ?

Il avait remarqué qu'elle ne lui parlait plus de ses migraines ni de ses insomnies. Certes, il aurait pu l'interroger à ce sujet, mais il ne voulait pas se montrer trop intrusif. Après l'avoir trouvée dans la bibliothèque et prise dans ses bras, il s'efforçait de garder ses distances.

La vie était assez compliquée sans s'impliquer avec une femme amnésique. Jane était peut-être mariée, avec des enfants. Qu'en savait-il, après tout ? En tout cas, belle comme elle était, elle ne menait certainement pas une vie solitaire. Mais il avait beau faire, s'interdire de rêver, elle ne quittait plus ses pensées. Il ne cessait de se demander ce que ce serait de l'embrasser. De l'embrasser vraiment. De l'embrasser jusqu'à ce qu'ils ne puissent plus s'arrêter. De l'embrasser jusqu'à ce qu'il ait exploré chaque centimètre d'elle.

Il serra plus fort le volant. Il devait cesser de fantasmer. Jane était une inconnue qui avait besoin d'aide. Il n'avait pas le droit de céder au désir qui lui brûlait les reins. De toute façon, toute intimité entre eux serait forcément fondée sur un mensonge.

— Jane ? répéta-t-il comme elle ne répondait pas à sa question. Comment va ta tête ?

— Elle est sur mes épaules, à sa place, répliqua-t-elle en rehaussant ses lunettes de soleil sur son nez comme si elle le défiait d'insister. Tu m'exposais tes projets pour le troupeau. Ton grand-père prévoyait donc d'agrandir le cheptel. Et toi ?

Manifestement, elle n'avait pas envie de lui parler de ses migraines. Pourtant, elle en souffrait. Il le savait parce qu'elle ne cessait de tirer le bord du vieux chapeau de sa grand-mère pour protéger ses yeux des rayons du soleil.

— D'abord, il faut savoir qu'il y a des élevages de vaches laitières et des élevages de bêtes à viande. Il ne s'agit pas des mêmes espèces. D'autre part, certains éleveurs s'occupent d'amener les veaux à maturité pour les revendre après deux ou trois ans à d'autres ranchs. Ces derniers prendront le relais et les nourriront jusqu'à ce qu'ils soient bons pour la boucherie ou pour donner un maximum de lait.

— Et toi, que fais-tu ?

— Mon grand-père a toujours élevé des bêtes à viande et, depuis que j'ai repris l'exploitation, je continue. Mais les prix du bœuf ne sont plus ce qu'ils étaient. Élever du bétail est de moins en moins rentable et de plus en plus risqué. Pour pérenniser l'activité, je dois changer la composition du cheptel.

— Qu'as-tu en tête ?

— Je dois encore mûrir mon projet, mais j'ai décidé de diversifier le troupeau et d'acheter de la black angus, une vache réputée pour la finesse de sa viande et son goût persillé. Elle s'engraisse facilement et uniquement à l'herbe ! Et ce n'est pas ce qui manque ici. Dans un marché de plus en plus concurrentiel, proposer une viande d'exception est devenu une nécessité vitale.

— Rien que t'entendre en parler me donne envie d'en manger !

— J'ai également eu l'idée d'élever deux ou trois taureaux de cette race pour saillir non seulement mes vaches, mais celles de ranchers du coin.

— Pas bête !

— Il me faut encore calculer les coûts, évaluer ce que me rapporteraient ces nouvelles activités, mais intuitivement je suis sûr que miser sur la qualité est l'option gagnante. Et j'ai bon espoir d'aboutir. Tout cela va demander de l'argent et de l'énergie, mais c'est jouable.

— As-tu les moyens d'investir ?

— Es-tu en train de me demander si j'ai de l'argent ?

— Non, non, répondit-elle en rougissant.

— Je te taquine, Jane. Mes grands-parents ont fait de ce ranch une exploitation rentable. Je cherche à la développer mais, si miser sur la qualité et non la quantité est un pari, je ne risque pas la ruine, même si le marché est fluctuant. Je suis propriétaire des terres. De plus, ajouta-t-il avec un haussement d'épaules, je gagnais bien ma vie sur les plates-formes pétrolières et j'ai mis de l'argent de côté. Je n'ai pas besoin de beaucoup pour vivre. Je dépense peu. Ce que j'ai, je veux le consacrer au ranch. Pour le développer. Pour...

— Pour accomplir les rêves de tes grands-parents ?

— C'est un peu ça.

Jane s'appuya contre la portière pour pouvoir mieux le regarder.

— C'est adorable de ta part, Leo.

— Merci, Jane.

Il s'apprêtait à poursuivre son raisonnement, mais quelque chose attira son attention. Il arrêta son pick-up et ouvrit sa portière.

— Attends-moi ici.

— Quoi ? Pourquoi ?

Affolée, elle tourna la tête dans tous les sens.

— Que se passe-t-il ? insista-t-elle d'une voix blanche.

— Rien de grave. Un veau qui a faussé compagnie au troupeau.

Comprenant qu'elle avait eu peur, Leo posa la main sur son bras pendant un bref instant.

— Je suis désolé. J'aurais dû le dire tout de suite. Il n'y a aucune raison de s'inquiéter. C'est un jeune qui a perdu sa mère et je vais le lui ramener. C'est bizarre, ça n'arrive jamais.

Comme si elle n'avait pas entendu son ordre de rester dans l'habitacle, Jane sauta à terre.

— Je pensais que tu avais compté les bêtes quand tu les avais nourries ?

— Manifestement, j'ai mal compté.

Qu'il l'admette ou non, Jane était une source de distraction. L'emmener n'avait peut-être pas été une bonne idée. Mais la laisser derrière...

La perspective de la retrouver en proie à une autre crise de panique le glaçait.

— Oh ! il est là ! Je le vois !

— Attends, Jane ! Ne...

Leo la regarda s'élancer vers le veau en fuite.

— Elle n'a aucune idée de ce qu'elle fait, n'est-ce pas, Ollie ? Tu veux aller l'aider ?

Ollie sauta du pick-up.

— Ce petit veau ne va pas lui faire de mal mais, si tu en doutais encore, tu as la preuve que Jane n'est pas une fille de la campagne.

Il reporta son attention sur la jeune femme qui, vêtue de son jean et de son corsage neufs, chaussée de ses baskets blanches, courait à travers champs, son chapeau à la main, sa longue tresse rousse dansant dans son dos.

— Qu'elle est belle, chuchota-t-il avant de siffler Ollie pour aller la rejoindre.

— Tu aurais pu me dire qu'il y avait des flaques de boue, grommela Jane alors qu'ils repartaient.

Maintenant, elle n'aspirait qu'à prendre une douche et à se changer. Et elle aurait aimé que Leo arrête de se moquer d'elle.

— Je me débrouillais très bien toute seule avant que tu ne viennes t'en mêler, poursuivit-elle.

Du moins le croyait-elle. Une éleveuse se serait armée d'une corde pour guider l'animal. En tout cas, ramener un petit égaré à sa mère était beaucoup plus difficile que Jane ne l'avait anticipé, c'était certain.

Après avoir rendu le veau au troupeau, ils reprirent le chemin de la maison.

Comme Jane considérait piteusement son reflet dans le rétroviseur, Leo se remit à rire et elle se tourna vers lui d'un air courroucé.

— Quoi ?

— Rien. Tu es... adorable.

Avec un gros soupir, elle s'affaissa sur son siège.

— En tout cas, tu avais raison. Je ne suis certainement pas une fille de la campagne.

— Chérie, depuis que je te connais, tu n'as jamais davantage ressemblé à une éleveuse qu'aujourd'hui.

Chérie. Comme elle aimait qu'il l'appelle ainsi ! Elle serra Ollie contre elle pour cacher son sourire, mais même le chien semblait décontenancé, peut-être même un peu dégoûté, par la boue dont elle était recouverte.

— Ai-je donc droit à la surprise, maintenant ?

— Oui, mais je la garde pour demain. Tu as eu une grosse journée. Rentrons nous mettre au frais. Je ne veux pas que tu t'évanouisses sous cette chaleur.

Il n'était que midi, mais les températures étaient déjà caniculaires et l'atmosphère irrespirable.

— Quelle chaleur ? demanda Jane avec un clin d'œil innocent.

Comme elle regardait Leo, elle se mordilla les lèvres. Savait-il à quel point il était beau et séduisant ? Elle s'en était déjà fait la remarque et de nouveau elle s'interdit de s'attarder sur le sujet. Elle n'était pas responsable de l'attirance qu'elle éprouvait pour lui mais, avant de s'autoriser à aller plus loin avec lui, elle devait y réfléchir.

En tout cas, elle en connaissait assez sur Leo pour deviner qu'il ne ferait jamais le premier pas. Étant un honnête homme, il estimait ne pas en avoir le droit avec une femme qui avait tout oublié, y compris qui elle était. Ses scrupules le rendaient encore plus charmant à ses yeux.

L'habitacle était une vraie fournaise et Jane s'éventa de la main. La chaleur estivale donnait envie d'un hiver bien frais. Le ranch devait être magnifique sous la neige. Elle s'imagina soudain y fêter Noël avec Leo. Et ce rêve lui parut... idyllique.

Un éclat lumineux au loin attira soudain son regard. Là-bas, près de la maison. Ses yeux fatigués lui jouaient-ils des tours ? Saisie d'une brusque migraine, elle ferma les paupières, mais aussitôt les lumières rouge et bleu des gyrophares revinrent la tourmenter...

— Jane ?

Lorsque la main de Leo se posa sur son bras, elle sursauta et revint brutalement au présent.

— Oui ?

La gorge serrée, elle eut du mal à déglutir, mais très vite elle se redressa, déterminée à garder le contrôle. Cette fois, elle n'irait pas se cacher dans un coin. Cette fois, elle se battrait.

Il lui sourit.

— Tout va bien. Trapper est manifestement arrivé au ranch. Et les jeux de lumière que tu aperçois viennent de Spectacle, sa jument. Tous ces miroirs font partie du système d'alarme de Trapper, un système très personnel, tu vas voir.

Il s'arrêta entre la maison et l'écurie.

— Préfères-tu rester dans le pick-up ?

Oui ! Elle rechignait à quitter la bulle de protection qu'elle avait trouvée avec Leo, mais comme il le lui avait rappelé la vie n'allait pas s'arrêter. Pour aucun d'entre eux.

— Non, s'obligea-t-elle à répondre.

Imaginait-elle le sourire approbateur qu'il lui décocha ?

— Salut, Trapper, dit-il en ouvrant sa portière. Vous passiez dans le coin ?

Jane descendit prudemment du véhicule, suivie d'Ollie. Il était difficile de dire qui de Trapper ou de son cheval était le plus âgé. À force de vivre en pleine nature, au milieu des éléments, d'affronter la pluie et le vent, tous deux arboraient un aspect débraillé. Mais aussi une énergie et une vitalité remarquables. Visiblement surpris, Trapper posa sur elle de magnifiques yeux bleus.

Mais très vite le vieil homme reporta son attention sur Leo.

— J'espère surtout que tu pourras m'aider, répondit-il en désignant sa jument. Elle boite depuis plusieurs jours. J'avais envie de la mettre au repos. Gwen est là ?

— Non, malheureusement. Mais si Spectacle a besoin de se soigner le ranch vous est grand ouvert, bien sûr. Laissez-moi jeter un œil.

Leo s'approcha de Spectacle, dont il flatta la croupe.

— Salut, ma belle, dit-il. Il paraît que ça ne va pas fort ?

Jane se tenait à distance, les bras croisés, fascinée mais pas vraiment étonnée par la réaction de Leo devant un visiteur inattendu. Après tout, il l'avait recueillie, non ?

Trapper souleva son vieux stetson et s'éclaircit la gorge.

— Bonjour, madame, dit-il poliment. Je me présente, John McHugh Trapper. Ravi de faire votre connaissance.

À la vue de son regard pétillant, Jane ne put s'empêcher de lui sourire. Sa barbe avait envahi la majeure partie de son visage. Moins grand et plus mince que Leo, il semblait presque décharné à côté de lui qui resplendissait de force et de santé.

— Bonjour, Trapper. Je suis Jane. Comment allez-vous ?

— Vous êtes, euh, de passage ?

Comme il l'inspectait de la tête aux pieds d'un œil surpris, elle se souvint qu'elle était couverte de boue.

— Pour quelque temps, oui. Leo me montrait, euh, le ranch.

— Vous devriez vous chausser autrement. Vous avez besoin de bottes ici. Qui est l'imbécile qui vous a donné ces...

— Nous n'avions pas le choix, intervint Leo. On dirait qu'un clou s'est coincé sous le fer de votre jument. Apparemment, il y a un début d'abcès. Pas trop grave à ce stade, mais qu'il faut traiter avant que l'infection ne s'installe.

Leo retira son chapeau et passa la main dans ses cheveux.

— Il me reste des antibiotiques pour chevaux. Je vous propose de lui retirer ce fer, de désinfecter la plaie, de la soigner quelques jours avant de lui remettre un nouveau fer. Si vous êtes d'accord pour rester un peu.

Il tourna la tête vers Jane, qui hocha la tête sans hésiter.

L'enthousiasme avec lequel Ollie avait accueilli Trapper avait peut-être contribué à la rassurer. En tout cas, le vieil excentrique ne l'inquiétait pas du tout.

Trapper les dévisagea tour à tour avant de se gratter la nuque.

— C'est que... je ne voudrais pas déranger...

— Vous ne dérangez pas, répondit aussitôt Jane.

Trapper se gratta la barbe.

— À vrai dire, si cela ne t'ennuie pas, Leo, j'aimerais bien profiter de l'ancien dortoir des hommes.

— Bien sûr. Il faudra peut-être le ranger un peu, mais vous pouvez y rester aussi longtemps que vous voudrez.

Leo semblait soulagé et Jane comprenait pourquoi.

— Rassure-toi, je ne me considérerai pas comme en vacances aux frais de la princesse, poursuivit Trapper. Tu m'indiqueras le travail à faire.

— Parfait. Vous n'allez pas chômer, je vous préviens,

lui assura Leo. Et si, pour commencer, je vous aidais à décharger et à vous installer ? Jane, tu voulais prendre une douche, non ?

Jane comprit que Leo lui indiquait de façon subtile qu'il désirait parler à Trapper seul à seul.

— J'y vais et ensuite je préparerai le déjeuner.

Le sourire de Leo n'atteignait pas tout à fait ses yeux.

— Très bonne idée, merci.

— Ollie, tu viens avec moi ?

Elle s'arrêta devant la porte arrière pour retirer ses baskets. Elles étaient sans doute bonnes à jeter, à présent. Ce n'est qu'en entrant dans la cuisine qu'elle se demanda ce que Leo et Trapper s'apprêtaient à se dire – et s'en inquiéta.

— Je suis sûr qu'elle est très jolie sous cette boue, dit Trapper avec un sourire. Est-elle… une nouvelle amie ?

— Quelque chose comme ça.

Leo se détourna de lui pour s'approcher de Spectacle et la décharger. Il commença par la ribambelle de miroirs accrochés sur la selle. Après les avoir déposés avec soin dans un casier, il s'empara d'un sac à dos, d'un gros fourre-tout et d'une canne à pêche.

— Le dortoir des hommes ne sert plus depuis le départ de Buck. Je ne pense pas y être retourné depuis.

— Ça m'est égal tant qu'il me permet d'avoir un lit et un toit. En vieillissant, j'ai de plus en plus de mal à dormir par terre.

Un chargement hétéroclite dans les bras, Trapper se dirigea vers le baraquement situé derrière l'écurie. Presque aussi grand que la ferme, le bâtiment avait été construit à l'époque où le ranch fonctionnait à plein régime pour abriter la vingtaine de cow-boys qui y travaillaient alors. Il se composait d'une cuisine équipée d'une longue table, de plusieurs cabines de douche et d'une enfilade de lits superposés.

Trapper déposa son fardeau et se tourna vers Leo.

— Maintenant, tu vas m'expliquer pourquoi tu as menti à propos de Spectacle. Elle n'a pas d'abcès. Je t'ai vu sortir un gros caillou de son sabot et elle ne boite déjà presque plus.

Leo grimaça.

— Merci de n'avoir rien dit. Par hasard, êtes-vous passé à cheval au ranch, en début de semaine ?

— Moi ? Non. J'étais encore de l'autre côté de cette monstruosité qu'ils appellent une ville.

L'aversion de Trapper pour les zones urbaines était un sujet de plaisanterie local. S'il était l'un des plus anciens habitants du comté, Trapper faisait son possible pour éviter les gens et les commerces.

— Pourquoi ? As-tu reçu la visite de voleurs de bétail ?

— Non, non.

Leo s'assit tandis que Trapper finissait de ranger son barda. Il savait que le vieil homme tenait beaucoup à son indépendance.

— Il ne s'agissait pas d'un voleur de bétail. Mais Jane a vu quelqu'un passer et elle a eu peur.

Trapper cessa de s'activer pour le dévisager.

— Elle a l'air de s'effrayer pour un rien, ta copine. Vas-tu enfin te décider à me dire qui elle est ?

J'aimerais bien.

— Je pensais que vous le sauriez peut-être.

S'il fuyait la civilisation, Trapper était toujours très au courant des événements et des potins de Roaring Springs.

— Difficile à dire sous toute cette boue. Tu me connais, Leo. Je ne me mêle pas des affaires des autres et personne ne s'occupe des miennes. Et ça me va très bien comme ça.

— Bref, ce n'est donc pas vous qu'elle a vu.

Il aurait préféré que ce soit Trapper. Il n'avait pas menti quand il avait assuré à Jane que les voisins traversaient parfois sa propriété. Mais en vérité cela ne se produisait pas souvent.

— Voilà pourquoi tu voulais que je reste ? dit Trapper. Tu t'inquiètes pour ta copine ?

— Ce n'est pas ma copine. Elle séjourne ici pour quelque temps, voilà tout. Elle a eu un accident, pris un gros coup sur la tête. Et elle... a peur.

Leo luttait pour ne pas tout lui raconter. S'il avait promis à Jane de ne pas aller trouver la police, il ne s'était jamais engagé à ne rien dire de sa situation à un vieil ami. De plus, Trapper était une tombe en matière de confidences.

— Elle est un peu perdue, elle ne se souvient de rien.

— Veux-tu dire qu'elle est amnésique ? s'exclama Trapper, les yeux écarquillés, en se laissant tomber sur le banc près de Leo. Je croyais que les histoires d'amnésie étaient toutes inventées, que cela n'arrivait jamais en vrai. Mais tu crois qu'elle a vraiment tout oublié ?

— Apparemment, oui.

— Es-tu sûr qu'elle ne simule pas ?

— Je ne pense pas. Elle a été traumatisée. Quelqu'un l'a enlevée et l'a enfermée dans une cabane abandonnée, perdue au milieu de nulle part.

— C'est monstrueux. As-tu prévenu le shérif ?

— Non.

Et cette décision lui pesait chaque jour davantage. Jane était-elle en état de décider ce qui valait mieux pour elle ? Il n'en était pas convaincu. Surtout maintenant qu'il savait qu'un tueur en série traînait dans les parages. Elle avait sans doute eu beaucoup de chance de s'échapper avant d'être assassinée.

— Jane ne veut pas que je le fasse.

Honnêtement, s'il n'avait pas eu peur qu'elle s'enfuie, il aurait reconsidéré sa promesse.

Et si elle avait raison ? Et si celui qui l'avait enlevée cherchait à la récupérer ? Il était prêt à tout pour la protéger, mais si elle avait la possibilité d'aider les autorités à attraper cet Avalanche Killer...

— Sais-tu où elle était enfermée ? demanda Trapper.

— Pas vraiment. Je pensais sortir une carte du coin et l'étudier avec elle pour voir si cela donnerait quelque chose. Parfois, il suffit d'un rien pour que tout revienne.

— Possible.

— Vous ne semblez pas convaincu.

Trapper ôta son chapeau et passa des doigts noueux dans ses cheveux trop longs.

— Je suis sur cette terre depuis longtemps, Leo. Plus rien de ce qu'un être humain peut faire subir à un autre ne me surprend. Aucune carte ne te donnera les réponses que tu recherches. Que se passe-t-il vraiment ? Je peux comprendre pourquoi ta Jane a la trouille. Mais toi, de quoi as-tu peur ?

— Qui vous a dit que j'avais peur de quoi que ce soit ? Et cessez de l'appeler *ma* Jane. Ce n'est pas ma copine.

Cette idée lui plaisait trop.

— Je t'ai vu naître, Leo Isaac Slattery. Je sais quand tu as quelque chose en tête. Tu as alors le même regard que ton papa et ton grand-père.

Une vague de chagrin submergea soudain Leo. S'il aimait beaucoup Trapper, son grand-père lui manquait terriblement. Et son père aussi. Il n'était pas si facile de continuer, de vivre seul. Cela dit, il ne l'était plus depuis quelques semaines. Depuis l'arrivée inattendue de Jane.

— Alors crache le morceau pour commencer, Leo.

À ce stade, il n'avait vraiment pas le choix, n'est-ce pas ?

— Vous n'avez pas été sincère tout à l'heure, en prétendant ne rien savoir de ce qui se passe en ville, n'est-ce pas ? commença-t-il, ignorant l'irritation dans les yeux de Trapper. Qu'avez-vous entendu à propos de cet Avalanche Killer ? Et des victimes sur la montagne ?

— Des cadavres trouvés près du Lodge, du Refuge, tu veux dire ? grommela Trapper.

Leo soupira. Il connaissait la détestation de Trapper envers tout ce qui concernait les Colton.

— Il ne s'agit pas des Colton, Trapper. Je vous en prie, c'est important. Si vous avez entendu quelque chose...

— Comment ça, il ne s'agit pas des Colton ! Lorsque le premier corps a été découvert, tout le monde pensait que Wyatt Colton était le tueur. Le shérif avait même été dessaisi du dossier parce qu'il y avait évidemment un conflit d'intérêts. Ils sont cousins. Ne me dis pas que les Colton n'ont rien à voir avec les meurtres de cet Avalanche Killer. Ils en sont les principaux suspects.

— Pouvez-vous vous concentrer sur les détails pour l'instant et me dire ce que vous savez ?

De toute évidence, il était temps d'envoyer une nouvelle réclamation au comté pour savoir quand il bénéficierait enfin d'un meilleur accès à Internet. Il était incroyable que dans un pays prétendument civilisé il ne puisse toujours pas se connecter.

Une recherche en ligne aurait pu lui épargner cette conversation.

— S'il vous plaît, Trapper. Pour Jane.

Le vieil homme fronça les sourcils.

— Tu crois que ta Jane aurait pu être la prochaine victime de ce tueur ?

— Je ne sais pas quoi penser.

Mais cette éventualité l'avait hanté toute la journée de la veille et ne cessait de le tourmenter depuis lors. Il avait eu du mal à s'endormir et, pendant la nuit, il s'était levé dix fois pour s'assurer qu'elle était là, que personne ne l'avait enlevée.

— Tout ce que je sais, c'est que je l'ai découverte dans ma grange, couverte de plaies et de bleus. Elle avait manifestement été victime d'une agression, mais elle avait tout oublié. Et quand je me suis rendu en ville j'ai appris qu'un tueur en série traînait en liberté à Roaring Springs. Difficile de ne pas faire le rapprochement.

— Je vois ce que tu veux dire. Qu'a dit Jane quand tu lui en as parlé ?

— Euh, rien.

Leo promena les yeux sur le sol du baraquement. Un petit coup de balai ne serait pas du luxe.

Trapper frappa la table du poing.

— Bon sang, tu es fou ou quoi ? Tu penses que cette fille a peut-être été attaquée par un psychopathe et tu ne lui dis rien ? Que comptes-tu faire ? La garder enfermée dans le ranch jusqu'à ce que les flics attrapent ce tueur ?

— Ou du moins jusqu'à ce qu'elle retrouve la mémoire.

— Et si elle se souvient d'avoir été agressée par ce monstre ? Et si elle découvre que tu le soupçonnais et que tu n'as rien dit ? Leo, je ne t'ai jamais pris pour un…

— Écoutez, Trapper. Vous savez tout ce qui se passe et se dit à Roaring Springs. Alors, si vous n'avez vraiment rien à m'apprendre sur cette affaire, accepteriez-vous au moins de rester ici, au ranch, et de m'aider à garder un œil sur elle ? Je n'aime pas l'idée de la laisser seule pendant longtemps.

— Alors emmène-la avec toi. De toute évidence, elle a un talent pour le travail de rancher, ajouta Trapper en riant. Qu'a-t-elle fait pour finir couverte de boue comme ça ?

— Elle a essayé d'attraper un veau fugueur toute seule.

Ce souvenir allait le faire rire longtemps.

— D'accord, dit Trapper, réprimant visiblement un sourire.

Il s'éclaircit la gorge, gonfla le torse de fierté et ajouta :

— Tu m'engages comme garde du corps, alors ?

— Et aussi pour trouver à l'occuper. J'ai beaucoup à faire. J'aimerais diversifier mes activités, agrandir le ranch… Sans parler du quotidien.

— Et sa mémoire ? Veux-tu que je l'encourage à se souvenir ? Ou surtout pas ?

— Bien sûr, je veux qu'elle se souvienne de qui elle est. Elle a une vie, Trapper. Quelque part, elle a une vie.

Une vie où il n'aurait pas sa place. Et plus tôt il l'accepterait, mieux cela vaudrait. Ce qui signifiait qu'il était temps de mettre une certaine distance entre lui et Jane. Et Trapper l'y aiderait.

— Allons installer Spectacle dans son box, d'accord ?

— Oh ! oui, allons-y. Je ferai de mon mieux pour aider ta Jane, Leo. Mais tu dois dire ce que tu veux et au plus vite.

5

— Soit je mourais de faim, soit tu es devenu un vrai chef étoilé, Leo Slattery, dit Trapper en posant ses couverts sur son assiette. Je me suis régalé. Qui se douterait que ce garçon ne savait pas faire cuire un œuf avant son départ pour l'Alaska ?

— Pas besoin d'être chef étoilé pour servir des steaks et des pommes de terre cuites au four, répondit Leo. Quelque chose ne va pas, Jane ? ajouta-t-il en la dévisageant avec inquiétude. Tes migraines reviennent t'ennuyer ?

Jane sursauta et battit des paupières comme si elle prenait soudain conscience qu'elle se frottait les tempes.

— Oui, reconnut-elle, gênée par l'éclat du plafonnier. Désolée. Que disais-tu ?

— Vous n'avez rien mangé, intervint Trapper en pointant de son couteau l'assiette aux trois quarts pleine. Vous devez vous alimenter si vous voulez reprendre des forces. Vous êtes trop maigre, surtout pour la vie au ranch.

— Je n'ai pas très faim, répondit-elle.

— Vous avez besoin de protéines, insista Trapper. Surtout si vous comptez m'aider avec les chevaux, demain.

— Vous aider à quoi ?

Elle se tourna vers Leo, qui semblait aussi étonné qu'elle.

— La surprise que je t'avais promise consistait à te

présenter les chevaux, mais Trapper est incapable de tenir sa langue et il m'a court-circuité.

— Nous en avons quatre, poursuivit Trapper comme si aucun d'eux n'avait rien dit. Cinq avec Spectacle, qui a besoin de soins particuliers. Avec tout le travail qu'il a à faire, Leo les a un peu négligés, ces derniers temps. Et comme Gwen n'est pas là il nous revient, à vous et à moi, de nous occuper d'eux.

— D'accord.

Jane fronça les sourcils, s'efforçant de se rappeler ce que Leo lui avait dit à propos du travail de Gwen au ranch.

— J'ignore ce que je sais sur les chevaux.

Comme dans de nombreux autres domaines...

— Ce que vous ne savez pas, je vous l'enseignerai. J'ai les chevaux dans le sang, je les soigne depuis toujours et je vous transmettrai cette passion. Ce qui signifie que vous devez vous nourrir correctement. Leo, qu'as-tu prévu pour le dessert ?

— J'ai acheté une tarte aux pêches, hier. Et il y a de la glace dans le congélateur. Jane ? ajouta-t-il avec un regard inquiet. Veux-tu des antalgiques ?

— Non, ça va passer, merci. Je suis désolée, mais je ne peux plus rien manger. J'en ai peut-être trop fait aujourd'hui.

— Rouler dans la boue est épuisant, c'est vrai, la taquina Leo.

Malgré son envie, elle n'avait plus l'énergie de rire.

— Peut-être devrais-tu aller te coucher, ajouta-t-il.

Elle repoussa sa chaise, s'efforçant d'ignorer le malaise dont elle était la proie. Elle se sentait au bord de l'évanouissement. Sa migraine semblait plus violente que celle qui l'avait réveillée dans l'abri de jardin.

— Cela vaut mieux, oui, dit-elle. Le dîner était très bon, Leo. Merci pour tout.

Comme elle trébuchait, il la rattrapa par le bras.

— La situation ne me plaît pas, dit-il en se levant. Nous

avions conclu un accord, tu t'en souviens ? Si tes maux de tête empiraient, tu devais me le dire. Je sais que tu refuses de voir un médecin, mais la décision ne t'appartient peut-être plus.

Le raisonnement de Leo se tenait. Et elle devinait son inquiétude. Mais elle sentait confusément qu'une fois qu'elle aurait quitté son ranch, qu'elle se serait aventurée dans le monde réel, tout changerait. Tout empirerait.

— Laissons passer la nuit et voyons comment les choses évoluent, d'accord ? Si j'ai encore mal à la tête demain matin, tu me conduiras en ville.

Cette éventualité lui donnait envie de vomir.

— Et tu me diras la vérité, promis ?

Quand il lui caressa la joue du pouce, elle frissonna et, pour la première fois depuis l'arrivée de Trapper, elle regretta de ne pas être seule au ranch avec Leo. Elle se sentait si bien avec lui. Protégée, comprise, en confiance. Comment pouvait-elle éprouver ces sentiments alors qu'elle ne savait pas qui elle était ni d'où elle venait ?

— Jane ?

— Je te dirai la vérité.

— Et nous prendrons soin de ces chevaux, ajouta Trapper. Dormez bien, petite. Et portez-vous mieux.

— Merci, Trapper. Je vais essayer.

Mais au lieu de les laisser, de quitter la pièce, elle restait là. Elle ne parvenait pas à bouger. Pas avec le regard si doux de Leo sur elle, pas avec sa main sur son bras.

— Tout ira bien. À demain, dit-elle.

Elle finit par sortir et gagna sa chambre. Quand elle ferma la porte derrière elle, elle se sentait si faible qu'elle se laissa glisser à terre. Elle replia les jambes contre elle et posa la tête sur ses genoux. Elle entendit Ollie gratter la porte, Leo ordonner au chien de la laisser tranquille. Elle ferma les yeux, luttant contre la douleur lancinante qui envahissait son crâne.

Était-elle sujette aux migraines depuis toujours ? Elle ne le pensait pas, mais en réalité elle n'en savait rien. Et Leo avait raison. Si ses maux de tête persistaient, il lui faudrait consulter un médecin.

Elle se leva, tituba vers le lit, s'interrogeant sur cette étrange sensation de vide au creux du ventre. Elle se déshabilla et se glissa sous les couvertures. Elle tremblait de froid.

De froid. En plein cœur de l'été, elle avait froid. Cela n'avait aucun sens. Être incapable de se souvenir de son nom n'en avait pas non plus.

Quel est mon nom ? Comment est-ce que je m'appelle ?

Elle se creusa en vain la cervelle et finit par s'endormir.

La vitre de sa portière explosa, projetant sur elle des éclats de verre aussi coupants que des lames de rasoir. Avec un hurlement, elle plongea sur le côté et sentit le levier de vitesse de sa voiture lui labourer les côtes. D'une main fébrile, elle tenta de débloquer sa ceinture de sécurité.

Avant qu'elle n'y parvienne, quelqu'un ouvrit sa portière. Une silhouette sombre se pencha dans l'habitacle. Des mains la saisirent. Elle se débattit, envoya des coups de pied à son agresseur. Elle frappait au hasard, elle ne visait pas particulièrement son genou, mais c'est là qu'elle l'atteignit. Se servant de son talon aiguille comme d'une arme, elle parvint à le déséquilibrer.

Dans la bagarre, elle perdit son escarpin et sentit l'air frais chatouiller son pied nu, mais elle devait aller jusqu'au bout, maintenant. Elle retira l'autre et profita du fait que le type reprenait son souffle pour presser à nouveau le système de fermeture de sa ceinture de sécurité. Cette fois, il se débloqua. Elle rampa vers la portière côté passager. Elle parvenait à peine à l'ouvrir et s'apprêtait à s'échapper quand des doigts puissants s'enroulèrent brutalement autour de sa cheville.

Elle hurla. Son cri résonna dans la nuit.

— Jane !

Paniquée, le visage en sueur, elle se redressa dans son lit, serrant les couvertures contre elle.

La lumière jaillit et Leo apparut dans l'embrasure de la porte.

— Ça va, dit-elle très vite d'une voix tremblante. Tout va bien. Mais j'ai fait un cauchemar. Un horrible cauchemar.

Laissant la porte ouverte, Leo s'approcha du lit.

— J'imagine, oui. Ton hurlement aurait réveillé les morts.

Il essayait de plaisanter, dans l'espoir d'alléger l'atmosphère, mais c'était inutile. Rien n'aurait pu lui faire oublier la terreur qu'elle avait éprouvée quand la main de ce monstre, de son agresseur, avait saisi sa cheville. Elle repoussa les couvertures pour toucher la peau encore meurtrie.

Leo se pencha pour allumer la lampe de chevet.

Elle battit des paupières, éblouie par la faible lumière, et le découvrit vêtu d'un simple bas de pyjama en coton. Elle le trouvait déjà très beau lorsqu'il était tout habillé. Mais là… Bouche bée, elle contempla son torse musclé, ses larges épaules. Malgré la tentation, elle s'interdit de le toucher.

— Jane ? Te souviens-tu de ce cauchemar ? Te rappelles-tu quelque chose ?

Il s'assit au bord du lit, mais il semblait vouloir maintenir une certaine distance entre eux, remarqua-t-elle. Manifestement, il n'avait pas envie de la prendre dans ses bras comme il l'avait fait l'autre jour dans le bureau de son grand-père, comme elle aurait aimé qu'il le fasse maintenant.

— Jane ?

— C'était la nuit. J'étais dans une voiture. Dans ma voiture. Il a cassé la vitre pour pouvoir ouvrir ma portière et m'attraper. J'ai essayé de m'échapper par l'autre portière, côté passager, mais la ceinture de sécurité m'en empêchait. Et je me cognais contre le levier de vitesse…

Elle s'interrompit, souleva les couvertures et baissa les yeux sur les marques qui zébraient son ventre.

En les voyant, Leo blêmit et se mit à crier :

— Jane, pourquoi n'as-tu rien dit à ce sujet ?

Il se leva, alluma le plafonnier et retourna près du lit pour examiner les hématomes. Quand ses doigts effleurèrent sa peau, Jane frissonna. Et pas à cause du froid. Sentir ses mains sur elle lui faisait tant de bien.

— Peut-être t'es-tu cassé une côte, dit-il.

— Je ne pense pas, répondit-elle. Cela ne fait pas très mal.

Mais maintenant elle savait d'où provenaient ces marbrures. Elle étendit la jambe et considéra les empreintes de doigts sur son mollet. Là encore, elle comprenait leur origine, à présent.

— Ça me fait mal à moi, chuchota Leo. Jane, chérie, pourquoi n'as-tu rien dit ?

— Parce que je ne me rappelais pas comment je m'étais fait ça.

Repoussant sa main, elle rabattit les couvertures pour dissimuler ses blessures. Elle tremblait comme une feuille.

— Mais maintenant je m'en souviens. Et ça ne me fait pas du bien. Au contraire. Je n'ai pas envie de me souvenir, Leo. J'ai peur. Et je suis désolée de t'avoir réveillé, ajouta-t-elle.

— Le problème n'est pas là. Mais tu dois me parler. Tu dois sortir ces images, ces souvenirs. Plus tu en parles, plus...

— Plus j'en parle, plus tout devient réel.

Elle ferma les yeux et détourna la tête.

— Il n'y a rien de nouveau, Leo. Je ne sais toujours pas qui je suis, ni d'où je viens. Il n'y a rien, à part cette terreur qui ne fait qu'empirer.

— Alors peut-être devrais-tu aller trouver la police.

— Non. Je veux seulement me rendormir. Et tout oublier.

— La Jane que je connais, la femme que tu es, ne s'exprimerait pas ainsi.

— Tu n'en sais rien, s'insurgea-t-elle. Tu ne sais rien de moi, Leo. Je suis peut-être une lâche qui a toujours eu peur de tout et voilà pourquoi je tremble à l'idée de me souvenir de ce qui m'est arrivé.

— Je n'en crois rien. Et, même si tu l'étais, nous sommes dans le même bateau. Nous allons découvrir qui tu es. Je te l'ai promis.

— Et si je n'avais pas envie de le savoir ?

Ce n'était pas la première fois qu'elle envisageait cette éventualité. Et, à cet instant plus que jamais, elle rêvait de demeurer amnésique sa vie durant.

Il secoua la tête.

— Je n'en crois rien, répéta-t-il.

Les mains posées sur les hanches, il la regarda et, pour la première fois depuis qu'elle l'avait rencontré, elle se rendit compte qu'il en voyait trop. Toutes ses failles qu'elle ne voulait pas montrer, il les devinait.

— Tu n'es pas une lâche, Jane. Depuis le début de cette histoire, tu ne t'es pas laissé faire et voilà pourquoi tu t'en es sortie. Et maintenant, quoi que tu aies à affronter, tu vas le faire. Et je serai là avec toi.

— Tu en parles comme si c'était à toi d'en décider.

Maintenant, elle s'exprimait comme une sale gosse.

Leo la dévisagea un instant en silence.

— Il est 3 heures du matin, Jane. Sais-tu comment s'appelle cette heure ?

— C'est une question piège ?

— En quelque sorte. C'est l'heure du tigre, le moment de la nuit où il part en chasse, le moment où le jour d'avant s'estompe pour laisser place au suivant. Il n'y a alors plus de barrière entre ce qui était et ce qui sera. Cet intervalle de temps est très fugace. Mais c'est à cette heure-là que toutes les pensées, les peurs en particulier, que nous avons réussi à repousser pendant nos heures d'éveil sortent pour gambader en liberté dans nos têtes. C'est ce que tu ressens en ce moment, Jane. Voilà pourquoi je ne te crois pas lorsque tu dis que tu ne veux pas savoir ce qui t'est arrivé. Tu veux le savoir. Et moi aussi.

Il lui caressa la joue.

Pendant un instant, le souffle court, elle crut qu'il allait l'embrasser. En voyant son visage se rapprocher du sien, elle s'humecta les lèvres.

— Leo, murmura-t-elle.

— À partir de demain, nous laisserons la peur derrière nous, Jane. Il te faut découvrir qui tu es. Moi aussi, j'ai besoin de le savoir. Pour beaucoup de raisons. Au moins pour pouvoir t'embrasser comme tes yeux me supplient de le faire.

Lorsqu'il se pencha vers elle, elle poussa un gémissement. Mais, au lieu de presser les lèvres contre les siennes, il les posa sur son front. Pour un chaste baiser, tendre et doux.

Très loin du baiser à pleine bouche dont elle rêvait.

— Je laisse la porte ouverte, chuchota-t-il. Et Ollie. Rendors-toi, Jane. Beaucoup de travail nous attend demain.

Il quitta sa chambre sans un regard en arrière. Comme au théâtre, le chien entra alors. Quand elle se rallongea sur le lit, Ollie se rapprocha pour s'étendre près d'elle.

— Puisque je ne peux pas l'avoir, lui, je me contenterai de toi, murmura-t-elle en le caressant.

Ollie soupira. Et Jane sombra de nouveau dans le sommeil.

Le lendemain matin, Trapper présenta les chevaux à Jane.

— Et voici Ginger, dit-il. Des quatre, enfin, des cinq avec Spectacle, elle est la plus calme. Il en faut beaucoup pour l'énerver.

Lorsque Jane lui offrit une pomme et lui tapota l'encolure, la jument se tourna vers elle, pour la regarder de ses grands yeux doux.

— Elle est magnifique. Quel âge a-t-elle ?

— Dix ans. Les chevaux sont d'excellents juges des caractères. Sur ce plan-là, ils sont comme les chiens. Ils voient les gens, ce qu'ils ont dans le ventre, au-delà des apparences.

Très vite, Jane distingua les différentes personnalités

des chevaux de Leo. Duke, le plus grand des deux mâles, avait des airs de prince. Il dominait les autres par sa seule présence. Ginger – que Jane ne pouvait cesser de caresser – était calme et douce. Ensuite, il y avait Bullet, le bien nommé comme l'avait remarqué Trapper. En effet, tel une balle, il fonçait droit devant lui sans toujours réfléchir. Quant à la petite jument noire qui semblait timide, elle avait été baptisée Teyla, comme l'un des personnages de télévision préférés de Leo.

— Vous êtes-vous déjà occupée de chevaux, auparavant ?

— Je ne pense pas.

Elle répondit à la question si naturellement qu'il lui fallut un moment pour comprendre que Trapper la testait.

Le vieillard lui tendit une brosse.

Elle s'en empara et glissa d'instinct la main sous la sangle.

— Vous ne me croyez pas ? demanda-t-elle.

— En tout cas, vous êtes à l'aise avec les chevaux, vous savez les approcher, les apprivoiser, leur parler... Vous avez été au contact de chevaux à un moment donné de votre vie, j'en suis sûr. Continuez. Brossez-la avec énergie. Des deux côtés. Ensuite, nous la sortirons de son box.

Jane se mordit la joue, un peu agacée par les paroles de Trapper. De toute évidence, le vieil ami de Leo ignorait l'enfer que cela représentait de vivre avec un trou noir à la place du cerveau, de souhaiter à longueur de journée qu'il se passe quelque chose qui lui permettrait de combler ce vide. Lorsqu'elle s'était réveillée ce matin, elle avait espéré que le cauchemar de la nuit l'aiderait à se remémorer son passé.

Elle était restée allongée, à tenter de percer la nuit, de voir au-delà des lumières des gyrophares, des ombres et de la main agrippant sa cheville. En vain. Aucun souvenir n'était remonté à sa mémoire. Seule la peur était revenue, insidieuse, glaçante. Mais à présent elle était déterminée à la déloger d'une manière ou d'une autre.

Leo avait raison. Se cacher sous son lit ne l'aiderait pas à sortir de ce marasme et à retrouver sa vie. Certes, elle avait tout oublié, mais elle devinait d'instinct qu'elle n'était pas femme à laisser quiconque décider à sa place.

— Toi, tu me crois, n'est-ce pas, Ginger ?

Jane avait adopté sans difficulté un rythme régulier de brossage.

— Si j'étais capable de m'en souvenir, je le ferais.

Du moins le pensait-elle.

Panser la jument l'apaisait et Ginger apprécia sans doute parce qu'elle bougea à peine pendant l'opération. Jane sentait son esprit s'alléger. La pression accumulée au cours des derniers jours se dissipait et elle se surprit à fredonner tout en s'activant.

Une portière de voiture claqua dehors, près de la maison.

— Il y a quelqu'un ?

Jane se figea, tout son corps se pétrifia de peur tandis qu'elle se tournait vers Trapper.

Il posa un doigt sur ses lèvres pour lui intimer de garder le silence puis il sortit de l'écurie.

Ginger hennit et recula. Jane entendait des voix masculines dans la cour. Poussée par la curiosité, elle posa la brosse et s'approcha à pas de loup d'une lucarne. Veillant à rester hors de vue, elle jeta un bref coup d'œil à l'extérieur. Le SUV sombre garé devant la maison était couvert de boue, mais elle aperçut l'autocollant d'or et d'argent sur le pare-brise. Le grand type qui discutait avec Trapper avait l'air d'un cow-boy avec son stetson marron et ses bottes en cuir.

Il tenait entre ses mains une carte routière dépliée qu'il montrait à Trapper.

— Vous avez pris la mauvaise route, lui disait ce dernier. Retournez sur vos pas et au croisement vous bifurquerez à droite. Et au bout d'une vingtaine de kilomètres vous arriverez chez les Dunham.

— Génial.

L'homme promena les yeux autour de lui.

— Vous avez une belle propriété, poursuivit-il. Je cherche à acheter un ranch dans le coin. Le vôtre ne serait pas à vendre, par hasard ?

— Non.

La réponse tranchante du Trapper rassura Jane.

Comme leur visiteur reportait son attention sur l'écurie, Jane se laissa tomber sur le sol, pressa son front contre ses genoux, s'efforçant d'arrêter de trembler.

C'est quelqu'un qui s'est perdu, se répétait-elle. *Et qui demande sa route. Rien de plus.*

Elle ferma les yeux et se balança d'avant en arrière.

Mon Dieu, faites que ce type soit ce qu'il prétend être.

— C'est sans appel, si je comprends bien ? reprit l'homme en riant.

Pourtant, Jane n'avait pas l'impression qu'il était amusé.

— Je m'en vais alors. Merci de votre aide.

Jane retint son souffle jusqu'à ce que le bruit du moteur du SUV s'éloigne.

Trapper revint.

— Fausse alerte. C'était juste un gars qui s'était perdu. Jane ?

Ne la voyant pas, Trapper s'arrêta près de Ginger et tourna la tête dans tous les sens.

— Où êtes-vous passée, petite ?

Jane s'obligea à se relever et, s'accrochant au mur, elle s'avança vers lui.

Trapper la considéra d'un air ahuri.

— Que fabriquiez-vous là ?

Elle laissa échapper un long soupir tremblant et, lorsqu'elle regarda le vieil homme, elle vit qu'il connaissait déjà la réponse.

— Personne ne vous fera de mal ici, Jane. Leo vous a donné sa parole et je vous donne la mienne. Vous nous croyez, n'est-ce pas ?

Elle hocha la tête. Elle n'avait pas le choix.

— La peur est une bonne chose, poursuivit-il. Mais il ne faut pas la laisser envahir votre vie. Ça va aller ?

Elle hocha de nouveau la tête.

— Alors retournez brosser Ginger. Ensuite, nous nettoierons les box.

Elle reprit la brosse et repartit s'occuper de Ginger, s'efforçant de retrouver ce calme, cette paix qui l'enveloppait auparavant.

Trapper s'approcha, une fourche à la main, comme si rien ne s'était passé.

— Dès demain, vous vous chargerez seule de ces tâches. Après, nous verrons si vous pouvez monter.

— J'ai hâte de te retrouver, murmura Jane à la jument.

Ginger laissa échapper un hennissement qui, pour Jane, ressemblait à un petit rire.

— Tu es de mon côté, n'est-ce pas, ma belle ?

La brise du matin caressait ses joues et, tout en brossant l'animal, Jane promenait les yeux sur le paysage magnifique du Colorado. Ce somptueux panorama ne déclenchait aucun souvenir. Mais la plongeait dans un sentiment de plénitude. Devant ce spectacle, les vestiges de sa peur s'évaporaient.

— Voilà pourquoi vous vivez dehors, n'est-ce pas ? demanda-t-elle.

Elle n'avait pas eu l'intention de poser la question mais, soudain, elle comprenait pourquoi Trapper avait choisi ce mode de vie. Une évidence.

— Les arbres sont les murs de votre maison, le ciel et les étoiles son toit, poursuivit-elle. Vous allez et venez à votre guise. Vous êtes libre comme le vent.

— Je ne suis bien qu'en pleine nature, dit-il.

— Comme je vous comprends !

Et pourtant c'était ici, dans ce ranch, qu'elle se sentait en sécurité.

Trapper lui sourit. Depuis qu'il s'était installé dans le baraquement des hommes, il avait fait une grande toilette, taillé sa barbe, lavé ses cheveux. Il portait un jean et une chemise propres, mais les mêmes bottes poussiéreuses aux pieds. Il ne ressemblait plus à un sauvage, mais à un gentil grand-père avec une étincelle de défi dans ses yeux clairs.

— J'ai beaucoup bourlingué au cours de ma vie. Plus jeune, j'ai fait partie des rangers. Le grand-père de Leo était marin, lui. Et le père de Leo était militaire, lui aussi. Il partait se battre au-delà des mers, au grand dam de la mère de Leo. Pourtant, si nous avons sillonné le monde, nous étions tous les trois d'accord pour dire que rien n'était plus beau que le Colorado. D'ailleurs, nous y sommes tous revenus.

D'un geste du menton, il désigna une colline proche.

— Ils reposent tous là-bas, maintenant. Tous sauf moi.

La tristesse teintait la voix du vieil homme.

— Leo m'a parlé de ses grands-parents. Et de vous, ajouta-t-elle. Mais il n'a jamais rien dit concernant son père.

Une pensée étrange la saisit. Avait-elle des parents ? Une fratrie ? Des gens qui la regrettaient, à qui elle manquait ? Elle n'en avait aucune idée.

Trapper secoua la tête.

— Je préfère ne pas parler des parents de Leo. Peut-être qu'avec votre charmant sourire vous réussirez à lui tirer les vers du nez, petite. Mais ne comptez pas sur moi pour vous livrer les secrets de famille. Vous l'interrogerez si vous voulez en savoir plus. Maintenant, reprenons le travail.

— Bien, monsieur.

Trapper était loyal à Leo. Elle n'allait pas le lui reprocher.

Toute la journée, Leo s'était demandé s'il trouverait Jane assise sur la balancelle, occupée à écosser des petits pois frais du jardin comme sa grand-mère le faisait autrefois.

Pourquoi avait-il l'intuition que, s'il en parlait à Jane, elle lui jetterait ce saladier de petits pois à la tête ?

Tomber sur Trapper, qui l'attendait appuyé contre la

balustrade du porche, le surprit. Et lui rappela les soirs où, adolescent, il se faufilait discrètement dans la maison après le couvre-feu.

Le vieil homme lui lança :

— Pourrais-tu m'expliquer pourquoi tu traînes pour retarder le moment de rentrer ?

Leo se sentit rougir.

— Il n'est pas si tard. Et pourquoi voudrais-je retarder le moment de rentrer ?

— En effet, vu qu'une jolie femme t'attend chez toi, je me demande bien pourquoi tu t'arrangerais pour rentrer le plus tard possible. Il faudrait être stupide.

Comme Leo se dirigeait vers la porte, Trapper l'arrêta.

— Attends. Avant de la voir, il y a quelque chose que tu dois savoir.

Leo changea de couleur.

— Que s'est-il passé ? Comment va Jane ?

— Elle va bien, mais elle a eu peur. Un automobiliste qui s'était perdu s'est arrêté pour demander son chemin.

Leo fronça les sourcils.

— C'est étrange.

— Je le pense aussi, dit Trapper. J'ai beau réfléchir, je ne vois pas comment quelqu'un pourrait se perdre par ici, à moins de le faire exprès. Un grand brun aux yeux noirs. Au volant d'un SUV, cela ne te dit rien ? J'ai noté le numéro de sa plaque d'immatriculation. Avec la marque et le modèle du véhicule. Ce n'est peut-être rien. Mais cela m'a paru bizarre. Surtout vu tout ce qui s'est passé.

— L'avez-vous dit à Jane ?

— Pas après l'avoir trouvée recroquevillée dans un coin de l'écurie. Quoi qu'il soit arrivé à ta copine, tu as raison. C'est grave. Elle essaye de surmonter sa peur, mais visiblement ce n'est pas simple. Si elle te semble distante, ce soir, ne le prends pas pour toi. Et peut-être devrais-tu penser à aller voir le shérif.

Un profond malaise s'empara de Leo. D'une manière ou d'une autre, il devait à tout prix convaincre Jane d'aller trouver la police. Sinon, il allait être contraint de faire quelque chose qu'il avait juré de ne jamais faire : trahir sa parole.

— Cela dit, poursuivit Trapper, j'ai effectué quelques recherches ce matin, avant le petit déjeuner.

Leo se renfrogna.

— Quel genre de recherches ?

Trapper leva les yeux au ciel.

— Celles que tu m'avais demandé de faire à propos de ta copine.

— Elle n'est pas...

Comprenant qu'il ne servait à rien de le lui répéter pour la énième fois, Leo réprima un soupir.

— Qu'avez-vous découvert ?

— Je ne suis sûr de rien, mais tu devrais peut-être aller faire un tour avec elle dans l'ancienne propriété de Preston. D'après la description que tu m'as donnée de cette cabane et la direction d'où venait Jane, je ne serais pas surpris qu'elle ait été enfermée là-bas.

Leo retira son chapeau et le frappa contre sa cuisse.

— Preston... Paul Preston, vous voulez dire ? Il n'est pas mort ?

— Si, il y a près de cinq ans, répondit Trapper. Il a légué ses terres à un neveu, cousin ou autre parent éloigné, je ne sais plus trop. J'y suis passé, tout à l'heure. L'endroit est totalement à l'abandon. Mais je n'en ai pas fait le tour, je ne voulais pas rester éloigné de chez toi trop longtemps.

En voyant Leo serrer les mâchoires, il ajouta :

— Ne m'en veux pas. Spectacle avait besoin de galoper un peu, mais je ne me suis absenté que une heure ou deux tout au plus. Jane s'occupait des chevaux avec Ollie à proximité. Elle s'entend bien avec eux.

— Comment allait-elle ? Je veux dire, avant la visite du gars en SUV ?

Leo avait eu du mal à ne pas revenir la voir au cours de la matinée. Ce cauchemar qu'elle avait eu dans la nuit l'avait inquiété. Mais ses efforts pour rester loin de la maison n'étaient rien, comparativement à la détermination qu'il lui avait fallu pour parvenir à sortir de sa chambre. Lorsqu'il avait vu son visage terrifié, son corps qui tremblait comme une feuille, il avait eu toutes les peines du monde à ne pas la prendre dans ses bras.

Il aurait voulu s'allonger à côté d'elle, l'attirer contre lui, l'étreindre avec force et lui jurer que plus personne ne lui ferait de mal et qu'elle n'aurait plus jamais peur. Mais il n'avait pas le droit de faire des promesses qu'il ne pourrait pas tenir.

Et, quand il s'était aperçu qu'elle était à demi nue dans son lit, il avait compris qu'il lui fallait quitter la chambre en vitesse.

Le regard pénétrant de Trapper le sondait comme un scanner.

— Que veux-tu dire ? demanda-t-il.

— Semblait-elle angoissée ? Souffrait-elle de maux de tête ?

— Elle a vraiment perdu la mémoire, elle ne simule pas. J'en suis certain, à présent. Je ne peux pas parler de souffrance, mais il y a de la tristesse chez cette fille. Vu le contexte, il est normal qu'elle ait peur. Pauvre gosse. Elle se sent sans doute perdue.

— Elle est perdue.

Et voilà pourquoi Leo ne pouvait céder à aucune des pensées qui l'avaient assailli toute la journée. Elle ne savait pas qui elle était et, jusqu'à ce qu'elle le sache, il n'avait pas le droit de songer à lui. Mais à elle. Uniquement à elle.

— Tu penses que ça l'a aidée de s'occuper des chevaux ?

— Tu n'imagines pas à quel point, répondit Trapper. Comme avec ton père.

Le cœur serré, Leo détourna les yeux.

Il savait à quoi Trapper faisait allusion. Les chevaux

avaient contribué à apaiser son père, jusqu'à ce qu'ils n'y parviennent plus. Mitch Slattery était revenu au pays physiquement épargné mais intérieurement en miettes. C'était Leo qui avait proposé à son père de travailler avec les chevaux. Il en avait eu l'idée après avoir lu un article sur un ranch de l'Ouest ouvert aux anciens combattants traumatisés. Heureusement, le grand-père de Leo l'avait soutenu sans réserve. S'occuper des chevaux avait fait beaucoup de bien à Mitch. Il avait trouvé une forme d'apaisement à les nourrir, à les panser, à nettoyer leurs box.

Jusqu'au jour où ses démons avaient recommencé à se manifester.

Et l'avaient conduit dans l'abîme.

Leo n'allait pas laisser Jane basculer, elle aussi, par-dessus bord. Peu importe ce qu'il devrait faire.

La voix de Trapper le ramena au présent.

— Quoi que ta copine ait traversé, je serais bien en peine de dire si ses épreuves ont été pires que celles auxquelles était confronté ton père, Leo. Nous avons tous des fantômes. Mais les siens la tourmentent plus que les nôtres, en ce moment.

— Peut-être qu'un petit tour dans l'ancienne propriété de Preston pourrait être un début.

Leo n'avait aucune envie de conduire Jane là où elle avait vécu un cauchemar et rien ne garantissait que cette visite donnerait un résultat quelconque. Mais ils devaient commencer quelque part.

Au fond de son cœur, il n'était pas certain qu'il ne regretterait pas cette initiative par la suite. Mais ce qu'il éprouvait n'avait pas d'importance. Jane seule comptait. Et il avait promis de la ramener chez elle.

De la rendre aux siens.

6

— J'ai une course à faire demain, annonça Leo. Et je me demandais si tu aimerais venir avec moi.

Assise sur le canapé, Jane leva les yeux du roman aux pages jaunies dans lequel elle s'était plongée après le dîner.

Leo s'avançait vers elle, chargé de deux tasses fumantes. Il lui en tendit une, une expression interrogative sur le visage. Un visage qui, elle devait l'avouer, lui avait manqué ces dernières semaines. Elle avait tant brossé les chevaux qu'elle finissait par craindre qu'ils ne deviennent chauves. Elle avait si souvent changé la litière de leurs box qu'elle serait à présent capable de le faire les yeux fermés. Et elle avait écouté assez d'histoires de Trapper sur la nature sauvage pour être en mesure d'animer une émission quotidienne sur le câble. Mais, à l'exception de rares petits déjeuners et des dîners, elle avait à peine vu Leo et il lui manquait.

Elle accepta le breuvage brûlant.

— Merci.

Il s'installa dans le fauteuil. Une heure plus tôt, ils avaient terminé le repas – poulet rôti, patates douces et maïs grillé. Après avoir fait la vaisselle, Trapper avait regagné le dortoir.

— Pourquoi veux-tu que je t'accompagne ? reprit-elle. Il te sera plus difficile de m'éviter si je suis dans ton pick-up, non ?

Elle se reprocha son ton accusateur, mais en vérité elle

ne comprenait pas pourquoi chaque fois qu'elle s'approchait de lui, chaque fois qu'elle le frôlait par inadvertance, Leo bondissait en arrière comme si elle était un serpent à sonnette.

Les yeux dans les siens, elle le mit au défi de le nier.

Il n'essaya pas de le faire.

— C'est vrai, dit-il finalement. Je t'ai évitée.

Elle posa sa tasse, referma son livre.

— Et tu souhaitais t'en excuser ?

— Non, certainement pas.

Elle avait donc eu tort d'aborder le sujet, se dit-elle. Elle avait cru qu'une fois qu'il lui aurait présenté ses regrets ils auraient pu analyser ce qui s'était passé entre eux, avancer.

— Si tu as changé d'avis et si tu préfères que je m'en aille...

— Ce n'est pas la question, Jane.

Sa réponse mit la patience de Jane à rude épreuve.

— Alors que se passe-t-il ? Écoute, si c'est à cause de mes cauchemars qui te réveillent...

Avec un gémissement, Ollie se leva et délaissa la cheminée pour s'approcher d'elle. Il posa la tête sur ses genoux.

— Il déteste les scènes et les éclats de voix, expliqua Leo d'un ton qui signifiait qu'il ne les appréciait pas non plus. Me réveiller n'est pas le problème, Jane. Je suis même un peu vexé que tu puisses l'imaginer.

— Alors quel est le problème ? répéta-t-elle en croisant les bras. As-tu appris quelque chose sur moi ? Qui t'a fait passer l'envie de m'aider ?

— Je n'avais pas l'impression que tu voulais de l'aide. Tu t'es occupée des chevaux, du ménage et tu as tout fait pour ne surtout pas découvrir qui tu es. Voilà pourquoi je t'ai laissée tranquille. Mais as-tu donc besoin de mon aide, finalement ? ajouta-t-il en la regardant en face.

— Tu le sais bien, répliqua-t-elle en se levant. Tu avais raison. Je ne peux pas continuer à me cacher.

Certes, elle aurait préféré rester éternellement à l'abri

dans la maison ou dans l'écurie avec les chevaux. La visite inattendue de l'automobiliste perdu l'avait ébranlée plus qu'elle n'aimait l'admettre, mais Leo avait raison. Peut-être était-il temps de progresser.

Avec un soupir, elle se mit à arpenter la pièce.

— Il me faut comprendre ce qui m'est arrivé. C'est peut-être ma seule chance...

— De découvrir qui tu es. Je suis d'accord. Ce qui me ramène à ma question initiale. J'ai une course à faire demain. Aimerais-tu m'accompagner ?

— Tu viens de me manipuler en beauté, Leo !

— Non, je t'ai laissée décider.

Leo se leva et posa les mains sur ses épaules. À leur contact, elle se détendit. Ses mains lui avaient manqué.

— Tu m'as laissée décider ? Que veux-tu dire ?

— Retrouver ta vie doit être ton choix, Jane. Je ne peux pas le décider à ta place. Je peux t'aider, mais c'est à toi d'être à la manœuvre. Je t'ai donc donné du temps, mais tu en as eu assez, maintenant.

Il le dit avec une pointe de colère, vite balayée par une autre émotion. Une émotion qu'elle vit briller dans son regard. Ses yeux sombres étaient si insondables qu'elle rêvait de s'y noyer. Elle savoura la douceur de ses mains sur elle, la chaleur de son corps près du sien. La proximité de Leo l'apaisait. La tentait, surtout.

S'il avait deviné la teneur de ses pensées, il se serait sans doute enfui en courant. Mais tout se passa si vite qu'il n'en eut pas le temps. Avec audace, elle prit le visage de Leo entre ses mains, se hissa sur la pointe des pieds et l'embrassa.

La surprise de Leo l'encouragea à continuer. Sans réfléchir, il lui rendit son baiser avec fougue tandis que ses mains glissaient jusqu'aux hanches de la jeune femme.

Jane vit le moment où il recouvra ses esprits. Alors, au lieu d'aller plus loin, de réclamer davantage - ce qu'elle désirait -, elle préféra s'écarter de lui. Le cœur battant à tout rompre, elle cessa de bouger, tenant toujours son visage entre ses mains.

— Qu'est-ce que ça signifie ? demanda-t-il d'une voix rauque qui lui donna envie de l'embrasser à nouveau.

— J'ai pris l'initiative comme tu me l'avais demandé. Et il vaudrait mieux t'y habituer, cow-boy.

Au départ, Leo avait pensé la conduire à l'ancienne propriété de Preston après le déjeuner, le lendemain. Mais il finit de déplacer le troupeau d'un pâturage à l'autre plus tôt que prévu. Sans doute était-ce parce qu'il s'était levé plus tôt que d'habitude, tant il avait hâte de commencer la journée, d'avancer et de trouver des réponses pour Jane. Plus vite ils découvriraient ce qui lui était arrivé, plus vite ils ouvriraient les vannes de sa mémoire. Et plus vite elle... partirait.

Avec une grimace, Leo serra plus fort le volant. Oui, il souhaitait rendre Jane aux siens. La regarder en face, ce matin, après leur baiser d'hier soir n'avait pas été simple.

Il n'avait jamais goûté de fruit plus sucré, plus délicieux, que les lèvres de Jane. Et au lieu d'éteindre le désir qui le consumait – et qu'il pensait n'être qu'un feu de paille – ce baiser l'avait au contraire embrasé, attisé. Et lui avait fait prendre conscience que quelque chose lui manquait.

Comme il se garait derrière la maison, il surprit un mouvement dans le paddock. Il ouvrit sa portière, sauta sur le sol et salua Ollie, qui bondissait vers lui.

Et soudain le monde parut cesser de tourner, tout s'arrêta quand il la vit. Ses longues tresses rousses dansant dans son dos, un chapeau trop grand sur la tête, Jane galopait sur le dos de Ginger. Et son visage rayonnait d'un bonheur absolu.

Fasciné, il eut du mal à en croire ses yeux.

Il avait vécu dans l'une des plus belles régions du pays, au milieu des glaciers, des chutes d'eau et des forêts d'Alaska.

Et pourtant rien ne se comparait à la beauté du spectacle qu'il découvrait.

Le bruit des sabots de la jument, le rire de Jane comme la présence de Trapper ramenèrent Leo à la réalité.

— Elle est si à l'aise qu'elle donne l'impression d'être née sur une selle, balbutia-t-il. Elle est faite pour monter à cheval.

— C'est certain, renchérit Trapper. Elle a eu du mal à s'y mettre, mais maintenant elle a visiblement trouvé sa place.

— Mais ce n'est pas le cas, répliqua Leo, le cœur serré. Sa place n'est pas ici. Jane n'est pas à nous, Trapper.

Elle n'est pas à moi. Il le ressentait au plus profond de son âme. Même s'il aurait aimé croire le contraire, même s'il en avait plus que tout envie, elle n'était pas à lui, elle n'était pas d'ici. D'ailleurs, Jane n'était personne tant qu'elle ignorait qui elle était vraiment.

Trapper haussa les épaules.

— Vas-tu l'emmener dans l'ancien ranch des Preston ?

— Oui, nous n'allons pas tarder à partir.

Pourquoi ne cessait-il de la dévorer des yeux ? Pourquoi était-il incapable d'arrêter d'imaginer...

— Rien ne t'interdit de changer d'avis, dit Trapper. Elle ne semble pas pressée d'obtenir des réponses.

— Peut-être le suis-je, moi.

Sans doute était-il stupide, peut-être vivait-il dans un rêve, mais au fond de lui Leo espérait que la véritable identité de Jane n'avait pas d'importance. Et ne changerait rien entre eux. Que leur baiser d'hier soir n'était qu'un début.

— Je lui ai promis de la rendre aux siens, Trapper. Et je n'ai qu'une parole.

— Tu es têtu comme ton grand-père.

Trapper retira son chapeau et l'agita vers Jane.

— Ça suffit pour aujourd'hui, petite. Rafraîchissons Ginger et rentrons-la dans son box.

Jane tira sur les rênes pour s'arrêter devant eux.

— Encore un peu, d'accord ? dit-elle avec un regard implorant vers Leo.

Leo secoua la tête en riant. Elle était belle à tomber par terre avec son sourire éclatant, ses yeux brillants, ses nattes rousses sur ses épaules. Son jean et sa chemise moulaient chaque courbe de son corps. Elle le rendait fou.

— Trapper est chargé des chevaux, c'est lui qui décide. De plus, j'ai prévu un pique-nique pour le déjeuner.

Jane sourit.

— Vraiment ?

— Vraiment. Brosse Ginger et va prendre une douche pendant que je confectionne des sandwichs.

— Où allons-nous exactement ?

Trapper regarda Leo par-dessus une épaule, le mettant au défi de lui avouer la vérité. De lui dire qu'il ne s'agissait pas d'une escapade romantique dans la montagne, mais qu'il avait l'intention de lui montrer l'endroit où elle avait sans doute été enfermée.

— C'est une surprise. Aimes-tu toujours les surprises ?

Leo réussit à sourire. Jusqu'à présent, il ne lui avait pas menti. Il tenait sa promesse.

Elle se laissa glisser de selle.

— Oui, j'aime beaucoup les surprises.

C'est alors qu'il remarqua ses bottes, des belles bottes de cuir aux éperons d'argent.

— Où les as-tu trouvées ?

— C'est Trapper qui les a trouvées, expliqua Jane avec un sourire radieux. Ne sont-elles pas magnifiques ?

Et elles lui allaient à la perfection.

— J'espère que cela ne te dérange pas, grommela Trapper. Je suis monté dans le grenier pour voir si je ne pouvais pas y récupérer des trucs pour Gwen et Lacey.

Leo regarda le vieil homme dans les yeux.

— Vous cherchiez « des trucs pour Gwen » et vous êtes tombé sur les affaires de ma mère ?

Le sourire de Jane s'envola.

— Oh ! je ne savais pas. Je suis vraiment désolée. Je n'ai pas...

Leo réajusta son stetson.

— Pas de problème. J'ai seulement été surpris, je ne les avais pas vues depuis longtemps.

Et il n'avait aucune envie de se remémorer cette dernière fois. Il n'était alors qu'un petit garçon, mais voir son père, anéanti de chagrin, ranger ce qui avait appartenu à sa mère lui avait brisé le cœur. Jane venait de transformer cette tristesse en lumière.

— Trapper a raison, Jane. Ses bottes sont faites pour toi. Et ma mère aurait préféré les voir à tes pieds que dans une boîte. Je vous laisse pour aller préparer le pique-nique.

— Ne me regardez pas comme ça, dit Trapper à Jane dès qu'ils furent de retour dans l'écurie.

— Vous ne m'aviez pas dit que ces bottes étaient celles de sa mère, dit Jane en défaisant les sangles de Ginger. Pourquoi ?

— Vous vouliez l'interroger sur ses parents. Maintenant, vous avez un bon prétexte pour le faire.

— Et depuis quand Leo et moi avons besoin d'aide pour trouver un sujet de conversation ?

Elle attrapa la selle et tira. Trop fort sans doute parce qu'elle fut soudain prise de vertige. Envahie de brusques nausées, elle ferma les paupières, le front moite. Déjà ses migraines revenaient en force. Et soudain une image s'imposa à sa mémoire, celle d'une femme qui était à la fois elle et une autre, qui riait et chantait.

Jane tenta de retenir cette image qui lui échappait déjà. Trapper accourut, Ollie sur les talons.

— Que se passe-t-il, petite ? Cela ne va pas ?

— Ne vous inquiétez pas, dit Jane. Cela va passer. Mais vous avez raison, j'en ai peut-être trop fait aujourd'hui.

Au début, elle avait eu peur de monter mais, à l'instant où elle s'était hissée en selle, elle s'était sentie... libre. Et l'envie de galoper l'avait saisie.

— Je vais chercher Leo, dit Trapper.

— Non, non, dit-elle en le retenant par le bras. Tout va bien.

Elle prit une profonde inspiration, mais ne parvint pas à dissiper totalement son malaise.

— Si je lui en parle, il voudra me conduire chez le médecin, et je n'y suis pas prête. Pas encore.

Mais elle savait que tôt ou tard elle devrait s'y rendre. Ses migraines n'avaient pas cessé, ses vertiges non plus.

Trapper l'examina avec attention et, pour la première fois depuis qu'elle le connaissait, elle vit une véritable inquiétude dans ses yeux.

— Si Leo l'apprend, il va me tuer.

— Il n'en saura rien. Je vous en prie, Trapper. Je me sens déjà mieux. Si nous lui disons, il m'obligera à m'allonger.

Pourtant, quelque part, elle en avait envie, elle aussi. À l'intérieur de cette maison, elle se sentait en sécurité. Elle sentait que rien – ni personne – ne pouvait l'atteindre.

Trapper n'avait pas l'air convaincu.

— Vous prendrez un antalgique en rentrant, promis ? Et vous lèverez le pied le reste de la journée ?

— Promis.

— Et, si ça se reproduit, je lui en parlerai. D'accord ?

— Cela ne se reproduira pas. Maintenant, aidez-moi à panser Ginger. Je...

— Laissez, l'interrompit-il. Je vais m'occuper d'elle.

Elle tenta de protester.

— Je vous l'ai dit, ça va.

Mais ce n'était pas vrai. Elle ne se sentait pas bien. Le

sang battait à ses oreilles, elle avait l'impression d'entendre des sirènes au loin.

— Faites ce que je vous dis, ordonna Trapper.

Elle l'embrassa sur la joue.

— Vous êtes vraiment adorable, Trapper.

— Pas du tout, grommela-t-il.

Cela fit rire Jane alors qu'elle se dirigeait vers la maison, Ollie à ses côtés.

Le shérif Trey Colton frappa à la porte de l'adjointe Daria Bloom et passa la tête par l'entrebâillement.

— Bonjour, Daria. Je vais déjeuner. Puis-je vous rapporter quelque chose ? Puisque vous semblez clouée à cette chaise.

Daria sortit de sa transe, de sa chasse à l'Avalanche Killer, et s'empara du gobelet de café qu'elle avait oublié de boire.

— Pardonnez-moi, j'étais perdue dans mes pensées. Vous vouliez quelque chose ? demanda-t-elle en passant la main dans ses boucles brunes.

Lorsque Trey entra et ferma la porte, elle se redressa. Qu'avait-elle fait ? Quelle erreur avait-elle commise ? Avait-elle parlé du dossier à quelqu'un et l'un des éléments de l'affaire se retrouvait-il à présent en première page du journal local ? Ou, pire, alimentait-il les rumeurs de la ville ? Avait-il découvert qu'elle était une Colton ? Elle n'était pas prête à s'expliquer à ce sujet. Pas encore.

Trey croisa les bras et posa les yeux sur elle.

— À quand remonte la dernière fois que vous êtes rentrée chez vous ?

— J'y suis passée tôt ce matin pour me doucher et me changer, répondit-elle, soulagée.

— Et pour dormir ? Quand vous êtes-vous octroyé une vraie nuit de sommeil ? Savez-vous que vous en avez besoin pour recharger vos batteries ?

Daria se mordilla les lèvres. Elle n'oubliait pas que, si elle considérait Trey comme un ami, il était d'abord son patron.

— Je dors... de temps en temps, répondit-elle avec un sourire innocent. C'est bientôt l'heure du déjeuner, non ?

Trey serra les mâchoires.

— Vous n'avez pas entendu un mot de ce que j'ai dit. Je m'apprêtais à sortir et je vous proposais de vous rapporter quelque chose.

— Une salade de crudités me ferait plaisir, merci.

— Par ailleurs, Levi McEwan ne vous est pas inconnu, n'est-ce pas ? reprit-il.

— En effet. C'est un petit trafiquant de drogue que nous avons emprisonné plusieurs fois. Qu'a-t-il encore fait ?

— Il s'est fait descendre. Des randonneurs ont trouvé son cadavre près de la station d'essence de Roundabout Road. Il a été poignardé. Apparemment, il était mort depuis quelques jours.

— Victime d'un client insatisfait, vous croyez ?

Daria ne parvenait pas à s'attrister de cet assassinat, sauf lorsqu'elle pensait à la grand-mère de Levi. Quelqu'un allait devoir lui annoncer qu'il ne rentrerait pas.

— Le légiste ne va pas s'amuser sur la scène du crime. Quoi qu'il en soit, j'ai le dossier, si ça vous intéresse.

— Celui de l'Avalanche Killer me suffit pour l'instant, merci.

— Vous regardez ce mur comme s'il allait vous parler.

Trey s'approcha du tableau blanc magnétique que Daria avait accroché dans son bureau. Mais ce n'étaient pas les photos médico-légales ou les gros titres des journaux qui l'intéressaient. Il semblait focalisé sur le portrait de Sabrina Gilford.

— Et que vous dit-il ? poursuivit-il.

— Vous voulez vraiment le savoir ? répondit Daria en se mordillant les lèvres. Il dit que l'Avalanche Killer n'a pas tué Sabrina.

— Pouvez-vous le prouver ?

— Non, reconnut-elle. Mais…

— Mais votre instinct vous le souffle. Et voilà pourquoi j'étais certain que vous alliez gérer cette affaire avec brio. En avez-vous parlé à notre ami du FBI ?

— Stefan ? Pas directement, non.

Chaque fois que Daria se retrouvait en tête à tête avec l'agent très spécial Stefan Roberts, l'enquête n'était pas la première chose qui lui venait à l'esprit. Elle avait l'habitude de compartimenter son existence. Et y était parvenue sans difficulté jusqu'au jour où Stefan était entré dans sa vie. Très séduisant et gros travailleur, il était également un homme avec qui il était simple de collaborer. Pour un agent du FBI. Si Daria voulait être sincère avec elle-même, c'était elle qui était compliquée. Stefan avait accès à des informations qu'elle convoitait – des informations dont elle avait besoin pour espérer retrouver un jour sa mère. Daria avait épuisé toutes les bases de données à sa disposition, mais un Fed avait d'autres ressources…

— Vous ai-je encore perdue ?

En le voyant froncer les sourcils, elle secoua la tête.

— Avec les autres cadavres de femmes, j'avais l'impression que le tueur faisait attention à la mise en scène. La façon dont leurs bras étaient disposés, comme si elles dormaient. Leurs vêtements étaient bien mis, leurs bijoux apparents. Regardez ce collier, par exemple. Certes, ce sont de petits détails. Mais avec Sabrina…

Elle le rejoignit devant le tableau et pointa du doigt la photo du corps de Sabrina Gilford.

— Contrairement aux autres, elle a l'air d'avoir été jetée sur le bord de la route. Comme s'il était en colère. D'accord, l'emplacement et la manière correspondent au mode opératoire du tueur en série.

Daria enfonça les mains dans les poches de son pantalon d'uniforme avant de poursuivre :

— Tout est différent avec Sabrina. Et pour moi cela signifie que quelqu'un d'autre l'a tuée. Mais que ce quelqu'un d'autre connaissait les détails. Sinon, comment aurait-il pu savoir où et comment laisser le cadavre ?

Elle se tourna vers Trey pour obtenir des conseils – et s'assurer qu'elle ne déraillait pas.

— Il sait qui est l'Avalanche Killer, Trey. Il lui fait porter le chapeau de son propre crime.

Trey posa les yeux sur la photo de Skye Colton punaisée dans le coin supérieur du tableau.

Le ventre de Daria se noua. Elle savait que le shérif pensait à la même chose qu'elle chaque fois qu'elle trouvait le courage de regarder ce portrait. L'éventualité que sa cousine puisse avoir été victime de l'Avalanche Killer la ravageait. Skye était l'une des stars du clan Colton. Dotée d'un cœur d'or, d'une vive intelligence et d'une volonté de fer, elle avait une personnalité difficile à oublier.

S'afficher partout au bras du producteur de disques Brock Madsen n'avait pas été la meilleure idée de Skye, d'autant qu'elle était déjà très présente sur les réseaux sociaux. Pour Daria, mettre toute sa vie, toutes ses relations, à la disposition du public était de la folie pure. Et disparaître du jour au lendemain de la circulation après s'être fait salement plaquer n'avait sans doute pas été très malin non plus. Voilà plus de huit semaines que personne n'avait entendu parler de Skye. Connaissant la force de caractère de sa cousine, Daria ne devait sans doute pas s'inquiéter. Mais le fait qu'elle n'ait plus envoyé le moindre signe de vie, pas même à sa sœur jumelle, Phoebe, dont elle était proche, était malgré tout troublant.

— Du nouveau concernant Skye ? s'enquit-il.

— Non, répondit Daria, s'efforçant de dissimuler sa peur. L'appel à témoins pour disparition inquiétante n'a rien donné. Nous avons lancé un avis de recherche pour sa voiture, laquelle est rouge et se voit de loin. Et demandé un mandat pour examiner ses relevés bancaires, les mouvements sur sa carte de crédit. Par ailleurs, j'ai prié Gerald de monter au Château aujourd'hui pour interroger Phoebe et les autres membres de la famille, au cas où ils se souviendraient de quelque chose.

Gerald n'était peut-être pas le plus sympathique des adjoints du service, mais il était consciencieux.

— Nous déployons des patrouilles dans les zones périphériques et les petites villes, poursuivit-elle. Nous la retrouverons.

— Oui, mais la retrouverons-nous vivante ?

— Je l'espère.

Le regard de Daria se tourna vers les autres victimes. Si elle avait raison et s'il y avait bien deux tueurs, les chances de survie de Skye semblaient proches de zéro.

— Je l'espère vraiment.

Le pique-nique, composé de sandwichs au thon, de tomates et de pommes de terre, lui pesait sur l'estomac. Et les cookies aux pépites de chocolat que Leo avait confectionnés pour le dessert n'arrangeaient rien. À vrai dire, ce petit repas champêtre avait été délicieux et Jane ne comprenait pas pourquoi elle se sentait aussi nauséeuse. Mais ce malaise avait commencé dès qu'ils avaient repris la route, après le déjeuner.

Leo les avait conduits dans un endroit magnifique pour pique-niquer, sur une colline surplombant la ville. Il lui avait montré d'autres ranchs au loin et l'avait aidée à se repérer par rapport à Roaring Springs. Il lui avait raconté l'histoire de la ville depuis sa fondation à l'initiative de deux familles, les Colton et les Gilford, ainsi que les remous provoqués dernièrement par le désir du premier clan de transformer la ville en centre commercial géant. Elle avait senti alors son ventre se nouer comme si ces noms ou l'histoire signifiaient quelque chose pour elle. Si Leo remarqua son malaise, il n'en laissa rien paraître.

Comme ils étaient venus se promener un jour de semaine, ils étaient seuls. Aux anges, Ollie avait passé son temps à courir après les papillons. Si Leo avait un plan en tête, elle ne l'avait pas remarqué. Mais maintenant elle commençait à s'interroger...

Alors qu'ils longeaient un bois à bord de son pick-up, Jane enfonça les doigts dans la fourrure d'Ollie et le chien tourna la tête vers elle, se demandant visiblement ce qui n'allait pas.

— Où allons-nous ? lança-t-elle, la gorge serrée par l'angoisse.

— Puisque tu ne veux pas aller trouver la police, j'ai envie d'essayer quelque chose.

L'explication de Leo la plongea dans un océan de perplexité.

— Que comptes-tu faire, exactement ?

Tentait-il de la piéger pour la forcer à consulter un médecin ?

Chaque fois qu'elle contemplait la route devant elle, elle se sentait mal. De violentes nausées la tourmentaient. La simple vue des arbres la révulsait. Plus ils avançaient, plus elle devenait nerveuse.

Elle saisit soudain la poignée de sa portière.

— Arrête-toi. Leo, arrête-toi, s'il te plaît.

Il lui jeta un bref coup d'œil avant d'obéir et de se garer sur le bas-côté.

Aussitôt, elle bondit du camion et plongea vers les arbres, où elle vomit son déjeuner. Humiliée, en sueur, elle recula, s'efforçant de reprendre son souffle.

Leo était là, une bouteille d'eau à la main, Ollie à ses côtés.

— Chérie ? dit-il en lui caressant le dos. Ça ne va pas ?

— Désolée.

Elle ne comprenait pas ce qui lui arrivait. Peut-être Trapper avait-il raison. Peut-être aurait-elle dû parler à Leo de ses maux de tête qui ne s'amélioraient pas. Et de cette sirène qui hurlait en permanence dans ses oreilles...

Elle regarda par-dessus l'épaule de Leo. La route, le virage, les arbres...

— Je connais cet endroit, dit-elle soudain. Je suis déjà venue.

Elle reporta son attention sur Leo.

— Cette nuit-là. Après m'être enfuie de la cabane de jardin, j'ai traversé un bois et je suis arrivée... là-bas, ajouta-t-elle en montrant un point du doigt. Tu le savais. Comment ?

— Je m'en suis douté.

Une brusque irritation balaya l'angoisse de Jane.

— Tu le savais et tu ne me l'as pas dit ? Pourquoi ne m'as-tu pas prévenue que nous nous rendions ici ?

— Ce que l'esprit perd ou choisit d'oublier, le corps s'en souvient parfois. Je t'observais tandis que nous roulions. Plus nous nous rapprochions d'ici, plus tu devenais nerveuse. Et maintenant nous avons un point de départ.

— Je suppose que tu es pressé de te débarrasser de moi.

— Tu sais bien que non.

Un cri de frustration brûlait les lèvres de Jane. Leo était-il obligé d'être aussi calme et pondéré, aussi rationnel et raisonnable et... Devait-il avoir toujours raison ? se demanda-t-elle en s'affaissant contre un arbre.

Elle ne pouvait pas continuer à vivre ainsi, à s'occuper de chevaux qui n'étaient pas les siens dans un ranch qui n'était pas le sien avec un homme... Avec un homme qui n'était pas le sien. Elle ne pouvait pas continuer à se cacher. Elle ne pouvait pas continuer à laisser la peur l'emporter.

— Où sommes-nous ?

— Près du ranch de Preston. Paul Preston est mort, il y a quelques années. Lorsque j'ai parlé de ton histoire à Trapper, il a tout de suite pensé à cette propriété. Je me disais que ça valait la peine de vérifier. Te sens-tu mieux ? Es-tu prête à y aller pour voir ce que ça donne ?

Le regard de Jane revint vers la route. Elle se revit dans le bois obscur après s'être échappée de l'abri de jardin, se remémora les débris qui jonchaient le sol. Elle avait couru vers les phares, vers la civilisation, dans l'espoir de trouver de l'aide. Elle était en effet parvenue ici. Ce qui signifiait...

Elle passa devant Leo et Ollie, longea le bas-côté vers les arbres. La circulation était aussi irrégulière que cette nuit-là. Quelques rares voitures passaient occasionnellement. Plus tôt, Leo lui avait dit que peu de gens utilisaient cette route, la plupart préférant emprunter la voie express.

— Il y avait des lumières.

Elle n'avait pas besoin de se retourner pour savoir que Leo était juste derrière elle. Il la soutenait. Comme il n'avait jamais cessé de le faire depuis le début, depuis qu'il l'avait trouvée dans sa grange. Et sentir sa présence l'aida à dominer sa peur.

— La nuit où je me suis enfuie, poursuivit-elle d'une voix détachée. Elles étaient loin là-bas, mais je les voyais.

Elle frissonna à ce souvenir.

— Quel genre de lumières ?

— Rouge et bleu, éblouissantes. Elles tournaient.

Le simple fait d'y penser lui fit mal à la tête. Elle pressa les doigts contre ses tempes.

— Des gyrophares de police ?

— Oui.

L'angoisse revenait en force, lui serrait la gorge, l'empêchant de respirer.

— Ces lumières me terrifiaient. J'ai décidé de traverser pour aller me réfugier de l'autre côté, dans la forêt en face, ajouta-t-elle en pointant l'endroit. Mais une camionnette a surgi. Avec un jeune homme au volant. Il m'a heurtée à la cuisse. Il est descendu de son véhicule, il voulait m'aider, mais j'avais trop peur. Je suis repartie en courant.

— Peut-être a-t-il fait un rapport au poste de police.

Pour une raison inconnue, elle espérait que non.

— Veux-tu remonter dans le camion et continuer ou préfères-tu marcher ?

— Je ne sais pas où…

Comme elle se tournait vers Leo, elle aperçut le sentier qui se perdait dans le sous-bois. Il menait au plus profond de la forêt, dans l'obscurité.

Elle hésita.

— Je suis là, Jane.

Leo effleura doucement son bras, comme s'il avait peur de la faire sortir de sa transe.

— Quoi que tu décides…

— Je sais, allons-y, dit-elle.

Elle lui tendit la main et, quand il mêla leurs doigts, un profond soulagement la traversa. Ollie s'approcha de l'autre côté, la réconfortant lui aussi.

Ensemble, ils se dirigèrent vers le chemin de terre.

7

— Commençons par le chalet, proposa Leo en l'entraînant vers le fond de la propriété.

— Es-tu sûr qu'il ne s'agit pas du décor d'un vieux film d'horreur ?

En prenant conscience que l'endroit ne déclenchait aucune réaction et donc aucun souvenir chez Jane, Leo mesura à quel point il l'avait espéré.

Usée par les intempéries, la bicoque délabrée aurait en effet offert un cadre parfait à des scènes effrayantes avec, dans le rôle principal, un type à la mine patibulaire armé d'une hache et décidé à éliminer ses semblables. Au fil du temps, la nature avait repris ses droits. La maisonnette ne se voyait plus qu'à peine, engloutie sous les branches et les feuillages. Des arbustes et des mauvaises herbes avaient envahi les lieux et de grosses racines sortaient du sol. Si, à une époque, des sentiers avaient relié la route au chalet, il n'en restait plus aucune trace.

— Il faudrait peut-être suggérer au propriétaire de proposer cet endroit à des producteurs de cinéma, dit-il.

Leo s'exprimait d'un ton léger, s'efforçant de dissimuler sa déception, mais il devinait que cette visite se révélerait inutile et ne les aiderait pas à découvrir qui était Jane ou pourquoi quelqu'un l'avait enlevée.

— On va jeter un coup d'œil à l'intérieur ? demanda Jane en approchant.

— Comme tu veux.

— Maintenant que nous sommes là, autant aller jusqu'au bout.

— Très bien. Ollie, tu montes la garde, d'accord ?

Avec un soupir, le chien s'assit devant l'entrée.

Lorsque Jane poussa la porte de la main, les charnières grincèrent avec force. Dès qu'ils pénétrèrent dans le chalet, une puanteur insoutenable les saisit à la gorge et ils durent se pincer le nez et se couvrir la bouche pour ne pas vomir. Les yeux de Leo le brûlaient et il se dépêcha d'ouvrir la fenêtre.

Quand le soleil de l'après-midi s'engouffra dans la masure, ils découvrirent une grande salle, qui faisait office de cuisine et de salon, dans un désordre indescriptible. Elle était meublée d'un vieux canapé défoncé dont les ressorts rouillés sortaient des coussins, d'une table en bois à laquelle il manquait une jambe, de deux ou trois chaises vermoulues. La cheminée en brique était pleine de cendres.

— Depuis combien de temps ce Preston est-il mort ? demanda Jane en enjambant une pile de magazines.

— Depuis cinq ans, d'après Trapper. Tu n'étais jamais venue ici auparavant, n'est-ce pas ?

Vu sa réaction sur la route, elle n'aurait sans doute pas été si détendue si elle y avait un jour été enfermée.

— Non, répondit-elle en s'emparant d'un tisonnier pour remuer les cendres dans l'âtre. Je ne reconnais rien. Peut-être l'abri de jardin me rappellera-t-il quelque chose. Aurais-tu une lampe de poche ?

— Dans le pick-up. Mais nous n'en avons pas besoin.

Il s'empara d'une boîte d'allumettes sur la cheminée et en craqua une tandis qu'elle sortait du tas de cendres les restes d'une carte plastifiée.

— Cela ressemble à un permis de conduire, annonça-t-elle.

Il rapprocha la flamme.

— Fais attention à tes cheveux, je ne voudrais pas les brûler.

— Cela me donnerait une excuse pour les couper.

— Je t'interdis de faire une chose pareille !

Tournant la tête, elle le regarda avec surprise.

— D'accord, dit-elle en souriant de ce mystérieux sourire féminin qui frustrait les hommes depuis des millénaires.

Leo se sentit rougir. Pourquoi avait-il fait cette réflexion à voix haute ? Certes, couper cette magnifique crinière serait un sacrilège. Mais il n'avait pas son mot à dire sur le sujet. Pourtant, combien de fois avait-il rêvé d'y glisser les doigts tout en serrant Jane contre lui, avant de l'embrasser à pleine bouche, de lui faire l'amour...

— Leo ? M'as-tu entendue ?

Comment l'aurait-il pu alors qu'il fantasmait comme un fou ?

— Euh, non, excuse-moi. Que disais-tu ?

— Regarde, fit-elle en lui tendant le permis de conduire à moitié calciné. Je n'arrive pas à décrypter le nom. Je distingue bien les premières lettres... L-E-V... Mais après ? Peut-être verrons-nous mieux à la lumière du jour.

— Oui, sortons. Respirer un peu d'air frais nous fera du bien.

Il considéra la table de la cuisine, sur laquelle traînaient encore des assiettes incrustées de nourriture, qui bourdonnaient d'insectes... Preuve que quelqu'un était venu récemment.

— Vérifions une dernière chose avant de partir, ajouta-t-il après avoir fait le tour de la salle. Il y a une porte fermée à clé au fond. Alors que le chalet n'était pas verrouillé. C'est bizarre, non ? En tout cas, ce n'est certainement pas pour rien.

Il s'approcha, actionna plusieurs fois la poignée en vain. Il entreprit alors de donner de violents coups d'épaule au battant de bois, qui finit par céder.

— Laisse-moi entrer en premier, dit-il.

— Pourquoi ? protesta-t-elle, les sourcils froncés.

— Parce que je suis un homme et que j'ai...

— Un zizi ?

Muet de stupeur, il la dévisagea en secouant la tête.

— Je n'arrive pas à croire que tu aies dit une chose pareille ! s'exclama-t-il en riant.

Et, quand elle s'esclaffa avec lui, son cœur s'allégea. Il n'avait jamais rien entendu de plus merveilleux.

— D'accord, reprit-il. Entrons ensemble.

Mais le rire cristallin de Jane s'interrompit brutalement lorsqu'ils pénétrèrent à l'intérieur.

Leo non plus n'eut plus envie de plaisanter en découvrant une dizaine de tables carrelées, chargées de matériel de chimie. Une poudre jaune recouvrait l'une d'elles. Les fenêtres avaient été badigeonnées de peinture noire.

— Il s'agit d'un laboratoire clandestin dans lequel des trafiquants confectionnaient de la drogue, déclara-t-il en prenant le bras de Jane pour l'empêcher d'avancer. N'entre pas. C'est une scène de crime.

— Oui, tu as raison.

— Nous devrions prévenir le shérif.

Pour la première fois, Jane parut envisager cette option, mais après réflexion elle secoua la tête.

— Non. Pas encore. Je veux d'abord en savoir un peu plus sur moi avant de faire appel à la police.

— Jane...

— Que pourrais-je leur raconter, de toute façon ? Rien. Parce que je n'ai aucun souvenir. Ils me poseront des questions auxquelles je serai incapable de répondre. Avant de les contacter, j'ai besoin d'en savoir plus sur ma vie, sur moi.

— D'accord, dit-il, les mâchoires serrées. Mais cela ne peut pas durer, tu en es consciente...

— Peut-être pourrions-nous nous servir de ce permis de conduire pour en apprendre davantage, suggéra-t-elle en brandissant la carte plastifiée. Si nous arrivons à retrouver ce type, peut-être saura-t-il nous expliquer ce qui m'est arrivé.

— Voler des indices sur une scène de crime ne paraît pas la bonne façon de procéder...

— Il faut aller de l'avant ou cesser de chercher, Leo. Dans le pire des cas, quelqu'un d'autre découvrira ce laboratoire clandestin et, en enquêtant, les flics trouveront nos empreintes. Nous répondrons alors à leurs questions.

Leo préférait les effacer préventivement. Il se servit de son T-shirt pour essuyer la boîte d'allumettes, les poignées de portes et tout ce qu'ils avaient touché.

Quand ils quittèrent le chalet, ils furent heureux de respirer l'air frais et de retrouver Ollie.

— Je pense que le nom de famille est McEwan, indiqua Jane, qui examinait le permis au soleil. Ce nom te dit-il quelque chose ?

— Non, mais je ne suis revenu dans la région que depuis quelques mois. Regarde là-bas, ajouta-t-il en pointant du doigt une petite structure enfouie, elle aussi, dans la végétation. S'agit-il de l'abri de jardin dont tu parlais ?

Elle regarda la vieille cabane en bois et hocha la tête.

— Oui. En tout cas, il lui ressemble beaucoup.

— D'accord, alors allons-y.

— Rien de tel qu'une balade dans les ronces pour gagner le cœur d'une fille, dit-elle avec un sourire ironique. Et, la prochaine fois que tu auras des courses à faire, n'oublie pas de me proposer de t'accompagner.

— C'est noté.

Ils avançaient dans les mauvaises herbes jonchées de déchets quand elle reprit la parole.

— Le type qui m'a enfermée ici connaissait cet endroit. Il n'y est pas venu par hasard.

— Peut-être pourrons-nous consulter les registres des notaires pour savoir qui a hérité de cette propriété. En tout cas, plusieurs personnes sont impliquées dans cette histoire. Il y avait beaucoup de tables dans ce laboratoire clandestin.

— Crois-tu qu'un cartel de drogue sévit à Roaring Springs ?

— La drogue est partout, Jane. Même lorsque je vivais en Alaska, je m'étais aperçu que les gars n'avaient aucune difficulté à se procurer toutes sortes de substances illicites. Peut-être y avait-il là-bas des laboratoires comme celui-ci. Va savoir.

— Tu penses que celui du chalet serait capable de fabriquer de grandes quantités de drogues ?

Le chemin qui menait au cabanon se perdait dans les fourrés et, pendant un instant, Ollie, qui trottinait devant eux, fut hors de vue. Il lança un bref aboiement comme s'il leur demandait de se dépêcher.

— Je pense que oui, répondit Leo. Au fond de moi, j'aimerais croire que le Colorado est une sorte de paradis terrestre, un lieu à part. Mais en réalité, comme partout ailleurs, s'il y a un marché, des clients, les trafiquants se débrouillent toujours pour produire de quoi répondre à cette demande. Ce sera une autre piste à explorer si ce permis ne nous mène nulle part.

— McEwan n'est pas un nom très courant. Quelqu'un doit le connaître.

Mais aller interroger les uns et les autres à propos de ce type ne semblait pas une bonne idée à Leo. Cela dit, s'il cherchait le moyen de pousser Jane à aller voir la police, il tenait peut-être là le prétexte dont il avait besoin.

— Une chose à la fois, dit-il. D'abord, essayons d'identifier le nouveau propriétaire des lieux puis nous nous intéresserons à ce McEwan.

Ils arrivaient devant l'abri de jardin.

— Non. Occupons-nous d'abord de ce cabanon, rétorqua-t-elle.

Elle passa devant lui pour s'arrêter à côté d'Ollie, qui s'était assis devant la porte.

— Avons-nous besoin de voir l'intérieur ? demanda-t-elle.

— Tu n'es pas obligée d'y aller, répondit-il.

Rien n'indiquait que cette visite provoquerait chez Jane un afflux de souvenirs. Dès lors, peut-être valait-il mieux qu'elle n'y entre pas.

— Moi, j'y vais, précisa-t-il. Peut-être verrai-je quelque chose que tu n'as pas vu.

— Je ne cherchais qu'à sortir.

Jane se laissa tomber sur le sol, passa les bras autour du cou d'Ollie et pointa du doigt la petite fenêtre cassée.

— Voilà la lucarne que j'ai brisée pour pouvoir m'enfuir. Mais tu essayeras d'ouvrir la porte. Cela sentait le renfermé à l'intérieur. Aérer un peu ne sera pas du luxe.

Comment il aimait son sens de l'humour !

— Je vais entrer par la fenêtre. Ollie ?

— Oui, oui, dit-elle. Le chien reste avec moi. Dépêche-toi.

Leo aussi avait hâte d'en finir. Passer à travers la lucarne par laquelle elle s'était échappée s'avérerait peut-être difficile. Avec sa silhouette mince, Jane n'avait pas rencontré de problèmes, mais il en serait peut-être autrement pour lui. Il balaya les éclats de verre sur le rebord et se servit de deux caisses en bois qui traînaient par là pour se hisser jusqu'à l'ouverture. Il s'y glissa et bondit à l'intérieur, heurtant au passage la vieille tondeuse déglinguée.

Comme Jane lui avait raconté les détails de sa fuite, il ne fut pas surpris de voir l'ancienne scie circulaire sur la tondeuse et non sur l'établi. De légères traces de rouge ornaient les dents métalliques. Le sang de Jane. Son ventre se serra alors qu'il l'imaginait s'efforçant à tout prix de se libérer de ses liens. Il laissa ses yeux errer autour de lui. Tout était poussiéreux, sale et rouillé. La puanteur était suffocante. Penser que Jane s'était réveillée là – seule, ligotée, terrifiée – lui donnait la nausée.

Mais elle avait réussi à s'échapper. Elle n'avait pas laissé la terreur la paralyser. Elle s'en était sortie. Et elle l'avait trouvé, lui.

Il ne s'était pas trompé l'autre soir dans sa chambre. Jane était une battante. Il en avait à présent la preuve.

Une vague d'émotion le submergea. Le fait qu'elle lui ait fait confiance après avoir survécu à cette histoire mettait une couche supplémentaire de responsabilité sur ses épaules. Elle ne méritait pas ce qui lui était arrivé. Elle méritait de rentrer chez elle, de retrouver les gens qui l'aimaient, l'entoureraient, s'occuperaient d'elle. Il l'y aiderait.

— Leo ? Que fais-tu ?

— Je regarde. Soit dit en passant, quand je te conduirai chez un médecin, pense à lui demander une injection antitétanique.

Sa réponse tarda à venir.

— D'accord.

Les rayons du soleil passaient à travers les trous du toit. Il se dirigea vers la porte et promena les doigts au-dessus du cadre à la recherche d'une clé. Rien. Il essaya d'actionner la poignée et, comme elle ne bougeait pas, il fronça les sourcils et s'accroupit pour examiner le battant.

— As-tu trouvé quelque chose ?

— Oui, dit-il en frappant la porte du poing. Tu n'aurais jamais pu sortir par cette porte sans la clé. Elle est blindée.

Mais pourquoi avoir installé une porte blindée pour fermer un abri de jardin ? Apparemment, le cabanon ne contenait que du matériel de jardinage hors d'état et de vieux outils oubliés.

Perplexe, Leo se releva et fit quelques pas dans la petite structure. Le plancher semblait ancien, sale et poussiéreux. Mais certaines lattes de bois étaient visiblement plus récentes que d'autres. Il commença à les frapper du talon de sa botte, écoutant le bruit qu'il provoquait. Plus dur ici, plus creux là-bas. Et soudain son pied traversa une planche pourrie.

— Hé ! Que fabriques-tu, Leo ?

— Je teste une autre théorie.

Il s'accroupit et arracha les morceaux de bois cassés, les jeta de côté. Il découvrit alors une cache creusée dans le sol, dans laquelle étaient empilés avec soin des sacs en plastique fermés par du ruban adhésif.

— J'ai trouvé où nos trafiquants stockaient leurs réserves de came, annonça-t-il.

Leo se saisit de deux ou trois sacs. Ils contenaient des centaines de petites pilules du même jaune que la poudre qui recouvrait l'une des tables du laboratoire. Il soupira. Il avait obtenu quelques réponses. Mais les questions plus importantes demeuraient. Et surtout la principale.

Pourquoi Jane était-elle toujours en vie ?

— Redis-moi pour quelle raison tu m'as conduite ici...

Jane enfonça plus profondément son chapeau sur sa tête alors qu'Ollie sautait du pick-up. Après leur visite à l'ancienne propriété de Preston, Leo avait mis le cap sur Roaring Springs. Au volant de son pick-up, il avait remonté la rue principale, était passé devant ses nombreuses boutiques avant de se garer dans une ruelle. Pour lui, circuler en ville était naturel, banal, mais voir tous ces gens la rendait nerveuse.

— Nous sommes ici parce que je suis fatigué de vivre comme un homme des cavernes.

Il se dirigea vers l'arrière d'un restaurant. Le bâtiment en brique semblait dater de l'époque de la ruée vers l'or.

— Si tu ne veux pas parler à la police...

— Non, je ne le veux pas ! Et tu m'avais promis que tu respecterais ce choix, Leo.

Il grimaça comme s'il le regrettait.

— C'est vrai. Mais nous avons besoin d'avancer, Jane, et pour avancer il nous faut effectuer des recherches. Et donc Internet. Tu te souviens d'Internet, non ? ajouta-t-il soudain.

— Oui, bien sûr, je me souviens d'Internet, répondit-elle en soupirant.

Mais le simple fait d'y penser la rendait nauséeuse. Pourquoi tout ce qui appartenait au passé la rendait-il malade ?

— Tu comprends donc pourquoi nous connecter est notre seule chance de progresser.

Elle redressa son chapeau.

— Mais pourquoi ici ? Je ne vois pas de cybercafé dans les parages.

— Nous sommes ici parce que Lucky D sert les meilleurs hamburgers de la ville et que je n'ai pas envie de préparer à dîner, ce soir.

— D'accord mais, moi, je n'ai pas envie d'être avec des gens.

La seule idée de croiser ses semblables lui donnait des sueurs froides. Elle avait accepté de l'accompagner dans la propriété de Preston, de replonger dans cette terrible nuit. Mais rien d'autre.

— Ne pousse pas le bouchon trop loin, cow-boy, dit-elle, enfonçant les mains dans ses poches. Je t'ai suivi jusqu'à l'abri de jardin où j'avais été enfermée. Mais cela suffit pour aujourd'hui. Et si je t'attendais dans le pick-up avec Ollie ?

— Non ! Restons ensemble ! Cela prendra quinze minutes à tout casser.

— Et après nous rentrerons à la maison ? Promis ?

Elle était incapable d'expliquer pourquoi elle était à ce point impatiente de regagner le ranch.

Leo sourit.

— Promis. Après, nous rentrerons à la maison.

Sans argumenter davantage, elle glissa sa main dans la sienne et lui emboîta le pas.

Dès qu'ils tirèrent la porte arrière du restaurant, Jane comprit qu'il l'avait emmenée au paradis des hamburgers.

Une délicieuse odeur de grillades et d'oignons rissolés lui chatouilla les narines.

— Waouh ! J'en ai l'eau à la bouche.

Au lieu de se diriger vers la salle, Leo l'entraîna vers la cuisine.

— L'endroit vaut le détour, tu vas voir. Bonjour, Miss D. Enfin, vous êtes revenue !

— Leo Slattery, c'est bien toi ?

Avant même que la patronne de l'établissement ne se retourne, Jane devina le grand sourire sur les lèvres. Si elle était sans doute plus âgée encore que Trapper, ses yeux bleus pétillants de malice lui donnaient une expression presque enfantine. Petite et ronde, les cheveux gris tirés en chignon, elle dévisagea Leo avec joie.

— Je suis rentrée depuis près d'une semaine et je me demandais quand je te reverrais.

— Avez-vous passé de bonnes vacances ?

— Des vacances ? Tu parles ! Deux jours après mon arrivée chez ma sœur, elle et son mari ont eu un accident de la route. J'ai dû jouer les infirmières et les gouvernantes avec leurs enfants. Et, à mon retour, je me suis aperçue que ma cuisine n'avait pas été bien tenue en mon absence et que personne ne s'était chargé de la comptabilité. C'est bien simple, je n'ai pas eu un instant pour souffler.

— Miss D était l'une des meilleures amies de ma grand-mère, expliqua Leo. La rumeur prétend que sa sauce spéciale, qu'elle sert avec ses grillades, est en réalité une recette originale de mon aïeule.

— Ne raconte pas n'importe quoi, protesta Miss D en le prenant dans ses bras pour l'embrasser. Pourquoi as-tu mis tant de temps pour passer ? Maintenant que tu as repris l'exploitation de tes grands-parents, tu te fais encore plus rare que lorsque tu travaillais en Alaska...

— J'ai été occupé au ranch, répondit Leo. Mais je viendrai plus souvent désormais, promis.

— Tu as intérêt. Qui est cette jolie fille ? demanda-t-elle en agitant sa cuillère en bois vers Jane. Et pourquoi êtes-vous entrés par l'arrière ?

— Jane n'aime pas trop la foule, dit-il en désignant le restaurant bondé.

— Je vous comprends, jeune femme, assura Miss D en s'approchant pour examiner Jane avec curiosité. J'adore être dans ma cuisine parce que j'y suis tranquille. C'est drôle, j'ai l'impression de vous avoir déjà vue, non ?

— Non, je ne crois pas.

Miss D hocha la tête d'un air dubitatif, puis lui prit le bras pour l'entraîner vers le gril.

— Comme mon apprentie s'est enfuie dans le café d'en face pour prendre un verre avec son fiancé, je vais vous mettre à contribution. Cela ne vous ennuie pas ? Vous allez faire dorer ces galettes de pommes de terre, poursuivit-elle sans attendre sa réponse. En faisant attention à ce qu'elles ne brûlent pas.

Elle décrocha un tablier et l'attacha autour de la taille de Jane avant de lui coller une spatule dans la main.

— C'est très facile. Dès que les bords s'assombrissent, vous les retournez. D'accord ?

— D'accord.

Jane jeta un regard un peu paniqué vers Leo. Quand il lui décocha un sourire à couper le souffle, elle sentit son cœur s'accélérer dans sa poitrine.

Tout en s'éventant avec un menu, Miss D s'approcha de Leo.

— Qu'est-ce qui t'amène alors, Leo ?

— Puis-je vous emprunter votre smartphone ? J'ai besoin de faire des petites recherches et…

— Comment ? Tu n'as toujours pas de réseau Internet au ranch ? s'exclama Miss D en secouant la tête. Sais-tu combien de lettres ta grand-mère a envoyées au comté à ce sujet ? La pauvre est morte sans avoir obtenu satisfaction.

Elle posa sa cuillère en bois pour fouiller dans son sac.

— Tiens. Je ne l'utilise pas beaucoup moi-même, sauf pour les urgences. Il faudra peut-être le recharger. Quels plats veux-tu emporter ensuite ?

Il accepta l'appareil avec un sourire.

— Des hamburgers avec des frites, des rondelles d'oignons. Et votre sauce spéciale, bien sûr. Trapper est chez moi, alors voyez large.

— Et pour moi aussi, ajouta Jane.

Les délicieuses odeurs qui flottaient dans cette cuisine la faisaient saliver.

— Ça marche. Tu as ce qu'il te faut, Leo ?

— Oui, m'dame, répondit Leo, qui tapotait déjà sur l'écran du smartphone. Mais vous avez raison. Il faut le recharger.

— Là-bas.

— Je crois que celles-ci sont prêtes, intervint Jane.

Avait-elle tort de souhaiter que la connexion soit mauvaise ou tombe en panne ? Tout serait tellement plus facile s'ils cessaient de chercher des réponses et laissaient les choses telles qu'elles étaient.

— Vous avez raison, répondit Miss D par-dessus son épaule. Êtes-vous sûre que je ne vous connais pas ? Vous ressemblez beaucoup à...

— Hé, Miss D !

Quelqu'un frappait la cloche au comptoir.

— Voici un tas de commandes ! C'est urgent !

Miss D sourit à Jane.

— Continuez, je reviens.

— As-tu trouvé quelque chose ? demanda Jane à Leo tout en surveillant la cuisson des galettes.

— Peut-être. Peux-tu rester ici un moment ? demanda-t-il en se levant. J'aurai une meilleure réception dehors.

— D'accord.

Jane fronça les sourcils, un peu déstabilisée par l'expression peinte sur le visage de Leo. Il semblait distrait ? Ennuyé ?

Quand Miss D revint, Jane préparait des galettes de pommes de terre aussi rapidement qu'une professionnelle.

Elle sursauta lorsque la porte battante s'ouvrit et qu'une serveuse apparut, chargée d'assiettes sales.

— Beaucoup de clients arrivent, Miss D.

— Rien d'inhabituel, Sylvie. Détends-toi.

Sylvie lança un regard curieux à Jane, qui devait avoir l'air ridicule avec son stetson et sa tenue de ranch, à s'activer devant le gril. Pour ne pas avoir à lui parler, Jane se concentra sur ses fourneaux.

— Vous avez fait du bon travail, Jane. Je vous remercie.

Comprenant que Miss D n'avait plus besoin de ses services, Jane reposa la spatule. Elle s'apprêtait à lui rendre son tablier quand elle remarqua les assiettes empilées dans l'évier. Elle se mit en devoir de les vider avant de les ranger dans le lave-vaisselle géant.

— N'hésitez pas à les gratter, dit Miss D.

Jane hocha la tête et s'approcha de la poubelle mais, à la vue du demi-steak dans une assiette, elle interrompit son geste. Elle se tourna vers le pick-up de Leo. Ollie la regardait, la suppliant des yeux de revenir vers lui.

— Ça vous ennuierait si je prenais ce reste de viande pour Ollie ?

— Pas du tout. Prenez tout ce que vous pensez qu'il mangera.

Elle aurait probablement dû demander d'abord à Leo si l'animal pouvait s'en régaler. Après tout, Ollie était son chien. Mais elle avait vu Trapper donner des morceaux de son steak à Ollie l'autre soir pendant le dîner et elle supposait donc qu'un petit extra exceptionnel ne poserait pas de problème.

Elle termina de racler les assiettes.

— Je reviens tout de suite.

Elle se précipita dehors avec la viande et la tendit à

l'animal, qui laissa échapper un jappement de joie avant de l'avaler.

— Es-tu content, Ollie ? dit-elle en le caressant.

Le hurlement soudain d'une sirène la fit sursauter et elle se tordit les mains en gémissant. Des lumières rouge et bleu envahirent la ruelle.

Le sang rugit aux oreilles de Jane. Sa tête tournait. La gorge serrée, elle se mit à transpirer à grosses gouttes. Redressant les épaules, elle s'ordonna d'affronter sa terreur au lieu de courir se cacher sous le pick-up comme elle en mourait d'envie.

Le cœur battant, elle avançait, s'appuyant contre le mur pour ne pas s'effondrer. Derrière elle, elle entendait Ollie aboyer, mais tout semblait lointain, sombre, brumeux. Lorsqu'elle atteignit la rue, elle faillit se trouver mal à la vue du poste de police. Il grouillait d'hommes en uniforme. Des voitures de patrouille allaient et venaient, les lumières tournoyantes des gyrophares lui donnaient le vertige.

Une vive douleur traversa son crâne, avec la violence d'un coup de massue. Terrifiée, elle se couvrit la bouche des mains pour réprimer un hurlement et recula.

Elle heurta Leo qui accourait à sa rencontre.

— Jane ! Que s'est-il passé ?

Incapable de formuler un mot, elle secoua la tête. En proie à une panique totale, elle ne parvenait même plus à respirer.

Il l'enlaça.

— Ça va aller, Jane, dit-il d'une voix apaisante. La police peut nous aider. Le commissariat est en face. Si tu veux, allons-y, allons parler à quelqu'un de ce qui t'est arrivé. Ils savent peut-être déjà quelque chose. Je serai là avec toi, ajouta-t-il.

— Non, non, je t'en supplie, balbutia-t-elle, à l'agonie. Non. Pas la police. Tu m'avais promis, Leo.

Elle secoua la tête, se reprochant les larmes qui brouillaient sa vue, la peur qui l'envahissait. Il ne comprenait pas. Elle n'était pas en sécurité avec des policiers. Elle devait partir d'ici. Sortir de cette ruelle, de cette ville, de...

— Je ne peux pas...

Livide, elle tremblait de tous ses membres.

Leo jeta un coup d'œil derrière lui. Pendant un instant, il sembla hésiter et jura comme s'il se demandait s'il fallait l'écouter ou non.

— S'il te plaît, Leo. S'il te plaît, ramène-moi à la maison.

Il céda.

— D'accord, chérie. Allons-y.

Enroulant un bras autour de ses épaules, il l'attira contre lui. Ils retournèrent vers le pick-up. Elle grimpa à l'intérieur et se jeta sur Ollie comme sur une bouée de sauvetage. Les yeux clos, elle pressa son visage contre la fourrure du chien, priant pour que ses tremblements s'arrêtent.

— Tout va bien ? demanda Miss D qui s'approchait du véhicule, deux grands sacs en papier dans les mains.

— Très bien, lui assura Leo. Combien vous dois-je ?

— Pas un centime, répondit Miss D. Je te l'ai dit à ton retour, tu es de la famille, Leo Slattery, et je ne vais pas faire payer ma famille. Tu me ramènes cette fille bientôt, tu entends ? Elle sait cuire des galettes.

— Merci, Miss D.

Leo prit les sacs et embrassa la vieille dame sur les deux joues. De son siège, Jane se demanda si Leo était conscient de la façon dont les gens le regardaient. Comme s'il avait ensoleillé leur journée.

Il installa les sacs dans la glacière à l'arrière – sans doute pour les protéger de l'appétit d'Ollie – puis monta à l'intérieur.

— Tu vas mieux ?

Jane hocha la tête et enfouit le visage dans la fourrure d'Ollie.

— Je veux juste rentrer à la maison.

8

Leo regardait en silence Jane qui, recroquevillée dans le box de Ginger, tordait nerveusement un bout de corde dans tous les sens. Dès qu'ils étaient arrivés au ranch, elle avait bondi du pick-up, Ollie sur les talons, et filé vers l'écurie, au milieu des chevaux. Là où elle se sentait le plus en sécurité.

D'instinct, il avait été tenté de la suivre, d'autant qu'elle n'avait pas prononcé un mot au cours du trajet de retour, mais il se l'était interdit et l'avait laissée seule. Lui-même avait besoin d'un peu de temps pour effacer le souvenir de la terreur absolue peinte sur le visage de Jane devant le poste de police.

Pour ne rien arranger, ses recherches en ligne – souvent interrompues par de fréquentes irruptions de clients dans le restaurant et par une mauvaise connexion – ne lui avaient pas appris grand-chose, mais avaient soulevé au contraire de nouvelles questions. Au lieu de le réconforter, le peu qu'il avait découvert l'avait convaincu qu'ils avaient besoin d'aide. Il s'apprêtait à lui en parler quand il l'avait surprise en pleine crise de panique, fixant le poste de police avec horreur.

Il était à présent certain que les réticences de Jane à avancer n'étaient pas dues uniquement à son amnésie. Il y avait autre chose, de plus grave, qu'elle craignait d'affronter.

Il n'avait pas voulu qu'elle se retrouve dans cette situation.

Retourner dans la propriété de Preston avait été une épreuve amplement suffisante et il se reprochait de l'avoir conduite en ville sans anticiper ce qui risquait de s'y produire. En tout cas, ses problèmes étaient liés à police, il n'avait plus aucun doute à ce sujet, à présent. Sa réaction avait été assez éloquente.

Cela dit, la journée n'était pas terminée.

Voilà pourquoi il restait à la regarder, à mémoriser son ravissant visage pour le jour où elle ne serait plus là. Il réprima un sourire triste. Elle était tellement concentrée sur son bout de corde qu'elle n'avait même pas remarqué sa présence.

Ginger frottait affectueusement ses naseaux contre elle tandis qu'Ollie, qui venait de repérer son maître, bondissait à sa rencontre.

Lorsque Jane se tourna vers lui, le cœur de Leo fondit. Elle correspondait en tout point à la femme de ses rêves. Un beau matin, elle était arrivée chez lui, comme tombée du ciel, ayant oublié qui elle était. Et pourtant elle s'intégrait à merveille au ranch et elle était parfaite pour lui. Il ne la voulait pas seulement dans son lit, mais surtout dans sa vie. Avec elle, les journées n'étaient pas seulement plus belles. Elles étaient plus riches, plus lumineuses, plus heureuses. Jane comblait son cœur. Et même la splendeur du coucher du soleil du Colorado ne pouvait rivaliser avec sa beauté.

— Tu sais vraiment t'y prendre avec les chiens et les chevaux, dit-il.

Elle lui sourit, mais la peur était toujours là, dans ses yeux. Ne sachant quoi ajouter, Leo s'approcha de la jument pour lui tapoter les flancs.

— Le dîner est prêt.

Pour garder ses distances, il s'en tenait à une conversation ordinaire, détachée.

— Je suis désolée, fit-elle en regardant l'horloge murale. Je ne me rendais pas compte qu'il était si tard.

— Pas de problème. Les hamburgers se réchauffent très bien.

C'était un petit mensonge et le seul qu'il ait proféré. Jusqu'à maintenant.

Il adorait la regarder. Chacun de ses gestes était empreint d'élégance. Elle avait une classe innée. Prenant soudain conscience de la tournure de ses pensées, il se ressaisit. Il était censé l'aider, pas la désirer.

— Je regrette d'avoir réagi ainsi, tout à l'heure, dit-elle. Je n'arrive pas à expliquer ce qui s'est passé.

— Tu n'as pas à te justifier.

— Bien sûr que si, répliqua-t-elle. Tu as mis ta vie, ton travail en stand-by pour veiller sur moi, et de mon côté je n'arrive même pas me résoudre à entrer dans un poste de police. C'est pathétique.

— Te conduire en ville était une erreur de ma part.

— Je ne suis pas en sucre et je n'ai aucune envie de vivre sous cloche. Mais chaque fois que je passe devant un...

— Tu as subi un traumatisme, Jane. Gérer les conséquences des événements traumatisants n'est pas simple du tout.

— Qu'en sais-tu ? rétorqua-t-elle.

Leo ne lui en avait jamais parlé, estimant qu'il n'avait aucune raison de le faire, mais pour aider Jane il le fallait.

— Mon père ne s'est jamais vraiment remis de la guerre du Golfe. À son retour, il était si traumatisé qu'il était incapable de vivre normalement. Mes grands-parents l'ont accueilli ici. Mon grand-père était persuadé que l'atmosphère du Colorado était capable d'opérer des miracles. Et en effet, peu à peu, il semblait aller mieux. Il s'occupait des chevaux et reprenait goût à la vie. Sans doute sommes-nous passés à côté de signes avant-coureurs.

Il planta les yeux dans les siens parce que regarder ailleurs risquait de le faire retomber dans le souvenir d'une journée qu'il avait passé sa vie à tenter d'oublier.

— Mais un jour il s'est tiré une balle. Sur la tombe de

ma mère. J'avais dix-sept ans. Ce matin-là, il s'était levé, avait déjeuné avec nous, nous avait dit ce qu'il comptait faire dans la journée et puis...

Leo s'était préparé à découvrir sur le visage de Jane un air horrifié ou empreint de pitié, des expressions auxquelles il avait souvent eu droit après le drame. Au lieu de quoi, il vit briller dans ses yeux une empathie sincère.

— Je suis désolée, Leo.

— Moi aussi, dit-il avec un petit sourire.

Il ne lui avoua pas le reste – qu'à certains égards la mort de son père avait été un soulagement. Pour eux tous.

— Je n'aime pas en parler. Mais si tu te demandes pourquoi je suis si déterminé à t'aider à dépasser...

— Quoi qu'il y ait à dépasser.

— C'est ça, oui.

Une myriade d'émotions s'emparaient de lui. Jane avait cet effet sur lui : elle lui redonnait vie. Il savait qu'il devait s'écarter, s'éloigner d'elle, mais il n'en avait pas envie. Il avait envie, besoin, d'être avec elle. Même pour un instant.

— Je ne veux pas seulement t'aider, Jane. Je rêve de bien davantage.

— Je n'avais pas l'intention de compliquer les choses entre nous hier soir, dit-elle. En t'embrassant.

Compliquer les choses ? Elle se trompait sur toute la ligne. Son baiser n'avait rien compliqué. En revanche, le souvenir de Jane après son cauchemar, l'autre nuit, était plus difficile à gérer. La voir ainsi dévêtue, serrant ses couvertures contre sa poitrine, les yeux remplis de désir, un désir qu'il partageait, l'avait presque rendu fou. Il effleura ses joues du bout des doigts et, quand elle s'appuya contre lui pour s'abandonner à cette caresse, il sentit son sexe se raidir.

Elle ferma les paupières. Au-delà de sa beauté, sa douceur, sa confiance absolue le touchaient au cœur. Il la dévora des yeux, mémorisant chaque grain de peau. Ses cicatrices s'étaient estompées, mais n'avaient pas complètement disparu.

— Jane, murmura-t-il, s'efforçant de reprendre le contrôle.

Elle se redressa et planta les yeux dans les siens.

— Je pensais être la seule à ressentir cet élan, cette envie...

— Oh non, tu n'es pas la seule, murmura-t-il avant de l'embrasser avec passion.

— Leo, chuchota-t-elle d'un ton suppliant.

Il lui enlaça la taille et l'attira contre lui pour prendre sa bouche. L'intensité de ce baiser le fit vaciller. De toute sa vie, il n'avait jamais rien désiré comme il désirait Jane à cet instant.

Elle promena les mains sur son torse, l'entraînant dans ce tourbillon de folie, dans cet abîme dans lequel il rêvait de plonger avec elle. À son tour, il tira sur son corsage pour le sortir de son jean et pouvoir toucher sa peau nue, sa peau douce, si soyeuse, si féminine. Il caressa son ventre doux. Il devinait ses seins ronds sous son soutien-gorge.

Lorsqu'elle noua les mains autour de son cou et se plaqua contre lui pour l'embrasser à pleine bouche, il s'enflamma. Il sentait ses seins s'écraser contre son torse, leurs pointes se dresser.

— Leo, dit-elle en gémissant. Je t'en prie.

Il ferma les paupières. Céder à la tentation serait facile, si facile...

— Jane, balbutia-t-il, le souffle court. Jane...

Non sans mal, il parvint à résister au feu qui lui brûlait les reins. Son corps était si tendu qu'il explosait dans son pantalon trop serré. Il se consumait pour elle, mais il avait tort. Ce n'était pas bien, il n'avait pas le droit.

— Leo ?

L'entendre prononcer son prénom le mena au bord du gouffre. Mais avant de chavirer il secoua la tête, s'interdisant de la regarder. Pas maintenant. Pas encore. Parce qu'il savait que, s'il recommençait à l'embrasser, il serait incapable de s'arrêter, de se contenter d'un baiser.

— Non, Jane. Il ne faut pas. Je ne dois pas faire ça.

— Tu ne veux pas de moi ? lança Jane avec une amertume qui lui broya le cœur.

Il vit la déception l'envahir, briser l'élan qui la soulevait un instant plus tôt. Et la repousser devint plus difficile encore, plus douloureux.

— Je te désire comme un fou, murmura-t-il d'une voix rauque. Mais il ne faut pas, Jane. Pas comme ça. Pas avant de savoir qui tu es. Peut-être as-tu une famille, peut-être es-tu mariée.

Cette éventualité le ravageait.

— Je ne le pense pas, répliqua-t-elle sans hésitation.

— Mais tu n'en sais rien. Moi non plus.

Il ne devrait pas s'en soucier autant.

— Tant que tu n'auras pas recouvré la mémoire, tant que tu ne sauras pas qui tu es, nous n'irons pas plus loin, Jane. *Je* n'irai pas plus loin.

La passion qui avait brillé si fort dans ses yeux disparut, balayée par un éclair de colère alors qu'elle s'écartait de lui.

— Tu crois peut-être que j'ai besoin de souvenirs pour savoir ce que je veux ?

— Tant que tu ignores qui tu es vraiment, tu n'es pas en mesure de faire ce choix.

Les mains sur les hanches, elle le regardait.

— Alors nous devons découvrir qui je suis, c'est la seule solution.

— Je suis d'accord. Voilà pourquoi j'ai besoin de te demander quelque chose.

— Quoi ?

Leo hésita. Il devinait qu'une fois qu'il se serait aventuré dans cette direction il n'y aurait plus de retour en arrière possible. Une fois qu'il lui aurait posé la question, tôt ou tard, elle s'éloignerait de lui. Ce ne serait plus qu'une question de temps.

Mais il lui avait fait une promesse : la rendre aux siens.

— Le nom Skye Colton te dit-il quelque chose ?

Skye Colton. Skye Colton...

Jane répéta ce nom dans sa tête comme s'il s'agissait d'un mantra magique capable de débloquer sa mémoire.

Pour un homme qui prétendait vouloir à tout prix l'aider à retrouver son identité, Leo ne semblait pas pressé d'approfondir la question qu'il avait posée. Pendant le dîner, chaque fois qu'elle tenta d'y revenir, il l'en empêcha en ne cessant de discuter avec Trapper. Les deux hommes s'interrogeaient sur la dépendance qu'il faudrait attribuer à Gwen et Lacey à leur retour de lune de miel. L'objectif était qu'elles soient bien installées, se sentent bien traitées et... aient envie de rester.

Tout en finissant en silence son assiette, Jane s'efforçait de réprimer sa colère et sa frustration. Leo cherchait à gagner du temps. Elle le savait et il savait qu'elle le savait. Qui était cette Skye Colton ? Et pourquoi voulait-elle à tout prix lui prouver qu'il se trompait, qu'elle n'était pas cette fille ?

— Croyez-moi, Trapper, disait-il, je suis certain qu'elles seront contentes de vivre dans cette maison.

Jane repoussa enfin son assiette.

— Un avis féminin vous serait peut-être utile, non ?

Les deux hommes se turent.

— Oui, je suis encore là, poursuivit-elle en se levant. Désolée si ma présence vous dérange. Mais, puisque manifestement il faut régler cette question avant de pouvoir passer à autre chose et aborder d'autres sujets, allons-y.

Elle s'interrompit pour aller mettre les assiettes sales dans l'évier et sortir une tarte aux pommes du réfrigérateur.

— Combien de dépendances y a-t-il sur tes terres ? reprit-elle.

— Une demi-douzaine. La plupart servent d'entrepôts d'aliments pour l'hiver, répondit Leo. Il y a aussi l'ancienne maison du contremaître située à la lisière de la propriété, mais j'ignore dans quel état elle est. Je n'ai pas eu le temps d'y passer pour y jeter un coup d'œil depuis mon retour.

— L'ancien logement de Buck ? demanda Trapper.

Leo secoua la tête.

— Non. Buck tenait à être près des écuries. Je parle de la maisonnette en pierre, bâtie sur la colline aux pommiers.

Jane coupa le gâteau et les servit. Quand Leo croqua sa part, il s'exclama :

— Un délice ! Il s'agit d'une autre des recettes de ma grand-mère, je parie.

— Sans conteste, Essie Slattery était un vrai cordon-bleu, renchérit Trapper.

Jane rongeait son frein, se sentant au bord de l'explosion. Mais, lorsque enfin les deux hommes se turent pour savourer leur dessert, elle se tourna vers Leo et lança en le regardant droit dans les yeux :

— Vas-tu te décider à parler de ma prétendue identité ? Ou préfères-tu garder le sujet pour un autre repas ?

— As-tu appris quelque chose, Leo ? s'enquit Trapper en fronçant les sourcils. Tu me déçois. Pourquoi ne pas m'en avoir parlé ?

— Oui, dit Jane, le ventre noué. Pourquoi ?

Lorsque Leo l'avait embrassée dans l'écurie, l'angoisse qui l'habitait depuis des jours s'était envolée. Sans doute parce que dans ses bras elle se sentait bien, à sa place. Elle ignorait peut-être qui elle était, elle avait peut-être oublié ce qu'avait été sa vie, mais elle savait qu'elle était tombée amoureuse de ce cow-boy. Et qu'elle le désirait. Plus que tout.

Elle décida de mettre les pieds dans le plat.

— Leo pense que je suis Skye Colton.

Trapper poussa un juron.

— Certainement pas !

— Grâce au smartphone de Miss D, j'ai effectué une recherche sur les disparitions inquiétantes signalées dans la région, répliqua-t-il. Et le nom de Skye Colton est apparu. Elle n'a plus donné signe de vie depuis début juillet.

Un grand froid envahit soudain Jane, un froid incompréhensible. Elle voulait des réponses, savoir qui elle était. Alors pourquoi avait-elle si peur d'apprendre la vérité ?

— Si tu espérais que tout me reviendrait avec ce nom, c'est raté. Il ne me dit rien. Qui peut m'expliquer qui sont ces Colton ?

— Moi, lança Leo, coupant l'herbe sous le pied de Trapper. Les Colton possèdent un...

— Ils possèdent la majeure partie de Roaring Springs, asséna Trapper. Russ Colton désigne l'ensemble de ses propriétés comme « l'Empire des Colton ». Et encore, Russ ne représente que l'une des branches du clan.

— Trapper, arrête ! cria Leo.

Le vieil homme acquiesça et se remit à déguster son dessert.

— Au départ, les Colton de Roaring Springs avaient ouvert une petite entreprise de fabrication de skis, dit Leo. Elle a bien marché, ils se sont développés, diversifiés. Et maintenant ils sont à la tête d'un complexe hôtelier cinq étoiles qui s'étend des montagnes jusqu'à la vallée.

— Un complexe hôtelier ultra-chic où le gratin de la société se retrouve pour skier en hiver et faire de la randonnée l'été, marmonna Trapper. Ce Lodge, ce Refuge, est une monstruosité et je préfère ne pas vous parler du *Château*.

— Et tu crois que je fais partie de cette famille, Leo ? s'exclama Jane. Tu penses que je suis cette Skye ?

— Tout concorde. Les dates, pour commencer. Les vêtements que tu portais quand je t'ai trouvée, ensuite. Ils prouvent un certain niveau de revenus, un milieu aisé.

Cela dit, je n'ai pas eu beaucoup de temps pour creuser la question parce que j'avais une autre recherche à faire.

Jane pinça les lèvres. Il faisait allusion au permis de conduire à moitié calciné découvert dans la cheminée du chalet abandonné. Elle l'avait presque oublié.

Trapper pointa sa fourchette sur elle et, pour la première fois depuis qu'elle l'avait rencontré, elle vit de l'hostilité briller dans ses yeux bleus.

— Jeune femme, vous n'êtes certainement pas une Colton et je vais vous dire pourquoi. Vous avez une âme, vous êtes liée à cette terre, à ces chevaux, vous êtes spontanée, douce et gentille. Ces Colton n'ont pas de cœur. Ils ne s'intéressent qu'à l'argent, aux rachats d'entreprises, aux prises de contrôle et aux fusions. Vu les tarifs exorbitants qu'ils pratiquent, croyez-moi, la plupart des gens n'ont pas les moyens de profiter de leurs hôtels de luxe, de leurs spas ni de leurs restaurants gastronomiques. Les Colton ne se sont pas fait beaucoup d'amis parmi le petit peuple.

— Le petit peuple ? répéta Jane en se tournant vers Leo pour obtenir des éclaircissements.

— Trapper parle des gens du coin, des habitants de Roaring Springs, des gens ordinaires, des gens comme nous, répondit Leo en secouant la tête. Écoute, Jane, je ne suis sûr de rien. Il ne s'agit que d'une supposition. Je n'ai qu'entrevu la liste des disparitions inquiétantes avant que Miss D vienne m'annoncer que tu étais partie. Je n'ai pas vu de photos, mais beaucoup de choses concordaient et voilà pourquoi c'est sans doute une piste à suivre.

Jane repoussa son dessert et croisa les bras sur sa poitrine.

— Et comment comptes-tu t'y prendre ? Vas-tu retourner chez Miss D pour lui réemprunter son smartphone ? Ou cela ne sera-t-il qu'un prétexte pour essayer à nouveau de me traîner au poste de police ?

Leo secoua la tête.

— Jane, je t'ai promis que je ne le ferai pas et je...

— Et tu tiens toujours tes promesses. Oui, tu me l'as dit dix fois.

C'était l'une des rares certitudes sur lesquelles elle savait pouvoir compter.

— Alors quoi ? poursuivit-elle. Nous nous contentons de ces informations en espérant que mon inconscient se manifestera bientôt pour te donner raison, c'est ça ?

— La nuit porte conseil, déclara Leo de ce ton calme et raisonnable qui exaspérait Jane. Allons nous coucher et nous aviserons demain.

— D'accord.

Incapable de trouver le sommeil, Leo regardait le plafond en s'interrogeant sur la suite des événements. À l'instant précis où il avait vu apparaître le nom « Colton » sur la liste des disparitions inquiétantes du comté, il avait compris qu'ils étaient arrivés à un tournant. Sa vie, devenue folle depuis que Jane y était entrée, allait l'être davantage encore.

Un grincement dans la nuit le fit soudain dresser l'oreille.

Leo fronça les sourcils, cherchant l'origine de ce bruit.

Jane venait d'ouvrir la porte moustiquaire, comprit-il. Était-elle en train de s'enfuir ? Avait-elle décidé de partir pour découvrir la vérité sans lui ?

Il se leva et, sur la pointe des pieds, et longea le couloir. Les articles qu'il avait vus sur Internet à propos des crimes de l'Avalanche Killer avaient imprégné son subconscient, le plongeant dans une angoisse qu'il ne parvenait pas à dissiper. Cela dit, ce n'était pas ce tueur en série qui l'empêchait de dormir. Non. Son insomnie était liée à la ravissante rousse qu'il avait installée dans la chambre d'amis.

— Jane ? chuchota-t-il.

N'obtenant pas de réponse, il poussa doucement la porte. Le lit était vide.

— Ollie ?

Le chien dormait avec elle maintenant, une habitude dont Leo essayait de ne pas être jaloux. Mais le berger allemand n'était pas là non plus.

Comme un autre grincement suivi d'un craquement se faisait entendre, Leo traversa la cuisine pour gagner la terrasse à l'arrière. Quand il aperçut Jane, Ollie près d'elle, un tel soulagement le souleva qu'il en resta un instant étourdi, sonné. Elle était toujours là.

Elle n'était pas partie. Pas encore.

En la voyant assise sur les marches du porche, il dut s'accrocher au chambranle de la porte moustiquaire, foudroyé par un désir impérieux. Pieds nus, vêtue d'un caleçon et d'un débardeur, elle était si belle qu'il demeura un moment pétrifié. Le clair de lune allumait des reflets cuivrés dans ses magnifiques cheveux, des cheveux qui cascadaient sur ses épaules comme la lave d'un volcan.

Elle tourna la tête vers lui.

— Je t'ai réveillé ? Je suis désolée. J'avais recommandé à Ollie de ne pas faire de bruit, mais ce n'est pas le chien le plus silencieux de la planète, ajouta-t-elle avec un sourire.

— Je n'arrive pas à dormir, répondit-il. Impossible de trouver le sommeil. Et toi ?

Il s'assit sur la même marche qu'elle. Au départ, il avait la ferme intention de garder une certaine distance entre eux. Mais en réalité elle était tout près de lui, remarqua-t-il soudain. Il serait si facile de glisser un bras autour d'elle, de l'attirer à lui et de l'embrasser. Ensuite, il l'emporterait à l'intérieur. Ils passeraient le reste de la nuit à faire l'amour jusqu'au matin.

— De nouveaux cauchemars m'ont tirée du sommeil, dit-elle, le regard tourné vers les montagnes. Ils empirent, ils deviennent de plus en plus effrayants. Même si mes bleus ont disparu, je sens toujours cette main attraper ma cheville, la serrer.

Ces mots le remplirent d'une telle colère qu'il se demanda

ce qui se passerait s'il mettait la main sur l'homme qui l'avait attaquée.

— Je suis désolé.

— Tu n'as aucune raison de l'être, répondit-elle en secouant la tête. D'ailleurs, j'ai trouvé un remède contre les mauvais rêves. Regarder la nuit, le ranch, le clair de lune... m'apaise.

Comme elle prenait une profonde inspiration, le regard de Leo tomba sur ses seins. Il réprima un gémissement. Avait-elle conscience de l'effet qu'elle lui faisait ?

Se tournant vers lui, elle demanda :

— Les détestes-tu autant que Trapper ? Les Colton ?

— Non, répondit-il avec sincérité. Ne te méprends pas. Je comprends la haine de Trapper à leur égard. Depuis qu'ils y ont étendu leurs activités, Roaring Springs n'a plus rien d'un village. Ses habitants se sentent floués. Les petits commerces, les hôtels de quartier ont beaucoup de mal à subsister face à ce géant. La concurrence est rude. Les Colton drainent une grande partie des touristes venus profiter des charmes de la région. Je suis persuadé qu'il y a de la place pour tout le monde et qu'il est possible de trouver un certain équilibre. Mais aux yeux de Trapper les Colton ont ruiné le paysage, détruit la communauté villageoise et mettent en péril la survie même des habitants du comté.

— As-tu déjà visité leur complexe hôtelier ?

Leo secoua la tête en riant.

— Les tarifs du Lodge sont un peu au-dessus de mes moyens. Et de mon ranch je bénéficie de la meilleure vue de Roaring Springs. Voilà pourquoi mes grands-parents étaient tombés amoureux de cet endroit il y a plus de cinquante ans.

— Et tu penses que je suis une Colton...

Il en était certain. Et, quand elle saurait qui elle était, elle quitterait ce ranch, il le savait. Elle le quitterait... lui.

— Oui, mais seule la police pourrait nous donner des

certitudes. Un simple coup de fil au bureau du shérif suffirait, Jane. Cela ne coûte rien de demander... d'essayer.

À la faible lueur du clair de lune, il la vit serrer les mâchoires.

— Je refuse de mêler la police à cette histoire. Si je suis une Colton, nous allons le découvrir. Ou je finirai par m'en souvenir. Maintenant que j'ai un nom, peut-être des souvenirs vont-ils remonter à ma mémoire. En attendant, nous avons beaucoup à faire au ranch.

Leo aimait l'entendre le dire. Elle allait sûrement lui manquer quand elle serait partie. Il redoutait déjà de devoir retourner chez lui après ses journées de travail sans qu'elle soit là à l'attendre. Il était... fou d'elle. Cette prise de conscience le perturba. Il savait qu'il n'avait pas le droit de tomber amoureux d'une femme qui avait tout oublié. Mais cela ne changeait rien. Il l'aimait. Son nom n'avait pas d'importance. Il aimait l'âme de cette femme, ce qu'elle était au plus profond.

— Tu as des projets, des idées, à propos de ce ranch, non ?

— Peut-être.

Il vit ses yeux de chatte briller dans l'obscurité.

— J'aimerais que tu m'emmènes faire le tour du propriétaire demain. Sur Ginger. J'ai envie de voir ces terres et ces dépendances comme tu les vois, comme tes grands-parents les voyaient. Et il y a encore autre chose que je voudrais, ajouta-t-elle en couvrant sa main de la sienne. Toi.

— Jane...

— Pour dormir, Leo. Rien d'autre.

Mais à la façon dont elle mêla leurs doigts il comprit qu'il aurait du mal à la tenir à distance.

— J'en ai assez de me sentir seule. Ce lit est trop grand. Il laisse entrer les cauchemars. S'il te plaît, Leo. Je ne demande rien de plus. Je veux seulement dormir dans tes bras.

Voir leurs mains jointes était déjà une torture, mais

partager son lit, sentir chaque courbe de son corps se presser contre le sien, serait pire encore… Il n'y survivrait pas.

— Es-tu fatiguée ? As-tu envie de dormir, maintenant ?

Elle hocha la tête et, dans le mouvement, ses longs cheveux le frôlèrent. Un frisson le parcourut.

— Acceptes-tu qu'un chaperon veille au respect des limites que tu as toi-même fixées ? demanda-t-il en se tournant vers le chien.

Ollie poussa un soupir comme pour encourager son maître à cesser de tergiverser.

N'étant pas du genre à ignorer les conseils de son berger allemand, Leo se leva.

Et lui tendit la main.

Le visage dans le miroir n'était pas le sien.

Ce visage lui ressemblait, il lui ressemblait même beaucoup. Les mêmes cheveux roux, les mêmes yeux verts, la même peau laiteuse… Mais ces joues étaient peut-être un peu plus rondes que les siennes, plus veloutées. Mais, comme elle examinait de plus près son reflet dans le rétroviseur de sa voiture, elle se demanda si…

La vitre explosa à côté d'elle, la recouvrant d'éclats de verre. Horrifiée, elle vit une main se glisser à l'intérieur et ouvrir sa portière.

En proie à une indicible terreur, elle hurla. Et se défendit bec et ongles. Elle envoya des coups de pied à son agresseur, le griffa, le frappa. Dans le même temps, elle cherchait à débloquer sa ceinture de sécurité. Elle se cassa un ongle, mais elle y parvint. Comme elle rampait vers la portière côté passager pour s'enfuir, elle sentit des doigts puissants saisir sa cheville et…

— Aide-moi ! Phoebe, aide-moi !

Elle se retourna vers la banquette arrière, espérant y voir cette Phoebe. Mais il n'y avait personne. Elle était seule dans cette voiture.

Submergée par un désespoir sans fond, elle cria :

— Au secours ! Au secours !

— Jane !

Elle tremblait de tous ses membres et claquait des dents. Un chien aboya au loin.

— Jane, réveille-toi. Réveille-toi.

La scène s'évanouit, son agresseur disparut.

— Ouvre les yeux, Jane. Regarde-moi.

Enlacée par un bras ferme, elle battit des paupières et découvrit la seule personne au monde capable d'apaiser sa terreur.

— Leo.

Avec un sanglot étouffé, elle s'accrocha à lui, se blottit contre son torse musclé. Enroulée autour de lui, elle le serra si fort qu'elle eut presque l'impression de ne faire plus qu'un avec lui. Quand une truffe humide se glissa dans son dos, elle sursauta.

— Ollie, dit-elle en tendant la main vers le chien.

— Tu lui as fait peur, la réprimanda doucement Leo.

Elle ferma les yeux, s'efforçant de refouler ses sanglots. Non, elle ne pleurerait pas. Elle refusait de verser une larme supplémentaire sur des événements dont elle n'avait gardé aucun souvenir.

— Ces cauchemars étaient censés cesser.

Leo pressa les lèvres contre le haut de sa tête. Il était si doux, si gentil. Si bon.

— Non, ils étaient censés s'améliorer, te permettre de progresser. Et c'est le cas. Si tu y réfléchis, tu le sais.

Si elle y réfléchissait ? Que diable voulait-il dire... ?

Jane fronça les sourcils, forçant son esprit à retourner dans ce cauchemar, à retourner dans la voiture. Et dans le rétroviseur.

Elle se remémora ces yeux. Verts comme les siens.

— Phoebe ? Qui est Phoebe ?

— À qui le demandes-tu ? dit Leo. À moi ou à toi ?

— Aux deux. Je ne sais pas.

Sa peur se dissipait. Jane prit une profonde inspiration et inhala l'odeur désormais familière de Leo. Il sentait l'air pur du Colorado et le savon. Des fragrances masculines qui l'enivraient.

— Es-tu Phoebe ? chuchota Leo dans ses cheveux.

L'était-elle ?

Elle fronça les sourcils. Replongeant un instant dans son rêve, elle se remémora le reflet de cette femme, quelle qu'elle soit, dans le rétroviseur pour tenter de répondre à la question.

Était-elle Phoebe ?

Elle secoua la tête.

— Non. Je ne crois pas être cette Phoebe… C'est quelqu'un de proche, de très proche. Mais pas moi. Je suis désolée…

Il la fit taire d'un baiser. Il l'embrassa si profondément que les derniers vestiges du rêve s'éloignèrent.

Quand il s'écarta, il caressa ses lèvres meurtries du doigt.

— Je ne veux plus que tu t'excuses.

Incapable de s'en empêcher, elle sourit.

— Est-il temps de se lever ? demanda-t-elle.

— Pas encore. Nous avons encore quelques heures avant de démarrer la journée.

Il s'enfonça sous les couvertures, mais ne la lâcha pas. Il l'attira et elle se blottit contre lui, la tête sur son épaule.

Il l'embrassa sur le front, caressa ses cheveux.

— Ferme les yeux et rendors-toi.

Facile à dire pour lui ! Elle mourait d'envie de le toucher, de l'embrasser, d'explorer chaque centimètre de cet homme merveilleux. Ce serait si facile. Ses doigts commencèrent à se promener sur son torse, à…

Comme s'il lisait dans son esprit, il lui prit la main et la posa sur son épaule.

— Dors, Jane.

Elle poussa un gros soupir, sourit.

Et s'endormit.

9

— Voilà ce qu'il nous faut ! s'exclama Jane en bondissant de sa selle pour s'approcher de la petite maison de plain-pied. C'est l'évidence. Elle correspond en tout point à ce que nous cherchons. Et, cerise sur le gâteau, elle est charmante.

Elle jeta un coup d'œil à Leo qui descendait à son tour de cheval et attachait les rênes de leurs montures à la balustrade.

— Je n'en suis pas si sûr, répondit-il. Gwen et Lacey ne voulaient pas d'un espace trop grand qui leur demanderait trop de travail.

D'un air émerveillé, Jane caressa la porte d'entrée en bois sculpté.

— Trop de travail pour y emménager ou pour l'entretenir au quotidien ?

— Je ne sais pas. Je ne leur ai pas posé la question.

— Les hommes !

Jane colla le nez à la fenêtre, les mains de part et d'autre de son visage, pour regarder à l'intérieur.

— Crois-moi, elles seront enchantées de vivre ici. L'endroit est calme, romantique à souhait et, à ce que je vois, équipé de tout le confort moderne… L'idéal pour des jeunes mariées.

Leo ouvrit la porte et l'invita à entrer.

— Es-tu sûre que l'ancien logement de Buck ne serait pas préférable ? demanda-t-il.

— Absolument, dit-elle d'un ton sans réplique en

pénétrant à l'intérieur. L'ancien logement de Buck est très bien pour un homme seul, mais elles seront mille fois mieux ici. Cette maisonnette est un bijou. Regarde cette cheminée, ces boiseries et ces tommettes en terre cuite... Tout est magnifique. Quand doivent-elles revenir ?

— Fin septembre. J'ai noté la date quelque part, je te dirai.

Jane fit le tour de la cuisine, ouvrit les placards.

— Il faut que tout soit prêt pour leur retour, mais nous devrions y arriver. Laisse-moi jeter un coup d'œil au reste.

— Vas-y.

Leo abondait dans son sens, ne voulant surtout pas la contrarier, elle le savait. La nuit dernière, elle lui avait fait peur. Mais quand elle s'était réveillée ce matin, bien après lui, et après avoir bu un savoureux café, elle s'était sentie prête à démarrer la journée du bon pied. Elle avait pansé les chevaux tandis que Leo s'occupait du troupeau. Vers midi, ils s'étaient retrouvés à la maison et, après le déjeuner, ils avaient sellé Ginger et Duke pour faire le tour des dépendances du domaine. Trapper, qui ressentait le besoin de retourner à sa chère solitude, empaquetait ses affaires. Nul ne savait quand il reviendrait.

— Gwen supervise donc la bonne marche du domaine. Et quel métier exerce Lacey ? demanda-t-elle.

— Elle écrit des romans historiques. Il avait d'ailleurs été question de faire un film tiré de l'un d'eux, mais le projet n'a pas abouti, finalement.

Jane sortit de la chambre principale.

— Quel est son nom de famille ?

— Conroy. Mais son nom de plume est L. C. Hamilton.

Jane s'affaissa presque contre la porte.

— Ta Lacey est L. C. Hamilton ? L'auteure de *The Prairie before Me* ?

— Eh bien, ce n'est pas *ma* Lacey, plaisanta Leo. Mais elle a en effet écrit ce roman.

— J'ai adoré ce bouquin, passionnant et très bien

documenté sur la vie des pionniers. Je me souviens l'avoir lu d'une traite... Quoi ?

Elle s'interrompit à la vue de l'étrange expression de Leo.

— Tu t'en souviens, dit-il avec émotion. C'est la première fois que tu dis quelque chose sur ton passé.

Elle battit plusieurs fois des paupières.

— Tu as raison. Je revois aussi ma chambre, le fauteuil dans lequel j'étais assise pour lire. Les rideaux bleus aux fenêtres...

Décorée avec élégance, la pièce était bien rangée. Rien n'y traînait. Et elle se souvenait aussi s'y être sentie très seule. Elle ne s'était jamais sentie seule chez Leo. Même quand il était loin d'elle à s'occuper du bétail.

— Lacey aura besoin d'un bureau pour écrire, ajouta-t-elle, revenant au présent.

— Aucun problème, il y a trois chambres, lui dit Leo. Continue, Jane. Creuse ta mémoire.

— Pas maintenant.

— Pourquoi pas ? Manifestement, il s'y passe quelque chose. C'est sûrement le moment de...

— Non, coupa-t-elle. Je ne suis pas pressée.

Elle ne voulait pas être assaillie par d'autres souvenirs. Pas encore. Elle préférait avancer à pas prudents... pour pouvoir rester ici le plus longtemps possible. Non seulement elle se sentait en sécurité au ranch, mais la perspective de quitter Leo l'effrayait plus encore que les secrets de son passé.

— Je t'en prie, prenons le temps. Je n'ai pas envie de forcer.

— D'accord, dit-il avec un soupir. Alors, cette petite maison te paraît bien pour elles ?

— Elle est parfaite, c'est l'endroit idéal. Ce qui signifie qu'il est grand temps de s'en occuper et de fixer un budget.

— Et aussi d'embaucher quelqu'un pour effectuer ce travail.

Jane secoua la tête.

— Nous n'embaucherons personne. Je vais m'en charger.

Prescott Reynolds s'approcha pour déposer un baiser au creux de la nuque de Phoebe Colton, sa fiancée, assise devant sa coiffeuse. Il considéra un moment le reflet de Phoebe dans le miroir et finit par mettre les mains sur ses épaules, un geste de réconfort et de soutien.

— Tu recommences...

— Je recommence quoi ? répliqua Phoebe, feignant l'ignorance.

— À t'inquiéter. Toutes les polices du comté et du Colorado cherchent Skye. Elles vont la retrouver. N'en doute pas.

— Je n'en doute pas. Mais la retrouveront-elles à temps ?

Phoebe sentit une sourde douleur s'emparer d'elle, une douleur qui ne cessait de la torturer depuis la brusque disparition de Skye. Sa sœur jumelle était partie sur un coup de tête après avoir été humiliée d'apprendre via les réseaux sociaux que son petit ami la plaquait pour en épouser une autre. Voilà presque deux mois que Phoebe n'avait pas eu la moindre nouvelle de sa sœur. Un bref moment, elle avait espéré retrouver sa trace lorsque la police avait localisé sa voiture, abandonnée sur un terrain vague, à une cinquantaine de kilomètres de la ville. Ils avaient découvert son véhicule par miracle quand un jeune voyou avait tenté de vendre l'ordinateur portable et le smartphone de Skye. Or, Trey Colton, le shérif, traquait ces deux appareils depuis des semaines. Dès qu'il avait été arrêté, l'adolescent avait paniqué et tout avoué sans difficulté.

L'état de la carrosserie prouvait que le cabriolet de Skye avait été embouti par un autre véhicule. La vitre de la portière côté conducteur était cassée, les airbags déployés. Deux sortes de sang avaient été découvertes sur le siège du conducteur : celui de Skye et un autre, non encore identifié. Et, sous le fauteuil, l'un de ses escarpins à talons aiguilles.

Le sac de voyage de Skye et toutes ses affaires, à l'exception de son ordinateur portable et de son smartphone, se trouvaient toujours dans le coffre. Mais aucune empreinte n'avait été relevée sur la voiture, pas même celles de Skye, ce qui signifiait que le ravisseur savait comment ne pas laisser de traces. La désactivation du GPS en était une autre indication. Phoebe en était malade.

Combien de fois avait-elle relu le dernier texto de Skye ? Sa jumelle y expliquait qu'elle avait besoin d'être seule pour se retrouver et se ressaisir. Combien d'heures Phoebe avait-elle passées à parcourir les réseaux sociaux à sa recherche ? Sa disparition était tout simplement incompréhensible. Même déçue par le monde entier, Skye n'aurait jamais coupé les ponts avec sa jumelle. Sauf si…

Phoebe prit une profonde inspiration. Non, Skye n'était pas morte. S'il lui était arrivé malheur, quelque part elle le saurait. Comme tous les jumeaux, elles étaient reliées de l'intérieur. Cette certitude empêchait Phoebe de sombrer dans la folie.

— J'ai encore rêvé d'elle, cette nuit.

— Je sais. Tu as crié son nom dans ton sommeil.

Phoebe se blottit contre lui, submergée d'amour pour cet homme merveilleux. D'ailleurs, toute la famille Colton était tombée sous le charme de Prescott. Phoebe sourit, heureuse que son fiancé fasse l'unanimité. En tout cas, il était difficile d'expliquer ce qui s'était passé entre eux deux. Que Phoebe Colton, qui détestait plus que tout se mettre en avant, se retrouve sous les feux des projecteurs au bras d'un acteur mondialement connu, l'un des célibataires les plus convoités de Hollywood, était étonnant. Le dicton qui voulait que, en amour, les contraires s'attirent se vérifiait.

— Je la voyais entourée de chevaux, poursuivit Phoebe. Et d'un beau chien, un berger allemand. C'est vraiment étrange. Je suis incapable d'expliquer ce rêve.

— Tu n'es pas obligée de le faire, répondit Prescott. Mais dans l'immédiat concentre-toi sur le présent. Il est temps de nous rendre à l'hôpital pour faire la connaissance de la dernière-née du clan Colton.

Phoebe réussit à sourire.

— Il paraît que la petite fille de Molly et Max est tout simplement adorable. Ils l'ont prénommée Sabrina...

Le cadavre de Sabrina Gilford, la sœur de Molly, avait été découvert non loin du Lodge après une avalanche. Sans doute la malheureuse avait-elle été l'une des victimes de l'Avalanche Killer.

— C'est un bel hommage, reconnut Prescott. Un moyen d'apporter un peu de lumière dans la nuit.

— Cette petite Sabrina ne manquera certainement pas d'amour ni d'attention. Peut-être devrions-nous en profiter pour passer au poste et parler à Daria ? Pour lui demander si l'enquête progresse ?

Prescott glissa les mains dans ses longs cheveux roux.

— Très bien. Ne perds pas espoir. Ta sœur reviendra.

Il ne le lui promit pas. Prescott ne lui faisait jamais une promesse qu'il n'était pas certain de pouvoir tenir.

Chaque jour qui passait, les chances de Phoebe de revoir sa jumelle en vie s'amenuisaient, elle le savait bien.

— Grouille-toi ! Je n'irai pas sans toi !

— J'arrive !

La réponse de Jane fusa, presque par automatisme, et elle s'élança derrière la rouquine aux longues nattes qui courait devant elle.

— Un peu de tenue, les filles, intervint une voix sévère. Et veillez bien à ne pas vous salir en jouant. Vos chaussures vernies sont neuves. Alors faites-y très attention. Je veux qu'elles soient impeccables, ce soir. C'est bien compris ?

Jane soupira. Un bref instant, elle fut tentée d'abîmer les siennes, exprès, pour faire enrager sa mère. Cette dernière accordait une importance démesurée à l'apparence et au qu'en-dira-t-on. Du coup, au lieu d'être une joie, mettre une jolie robe devenait une corvée.

« Il faut souffrir pour être belle », répétait souvent sa grand-mère. Le fallait-il vraiment ? N'était-il pas possible de s'amuser, de profiter de la vie, sans en payer le prix ?

— Où allons-nous ? cria Jane alors que la rouquine devant elle disparaissait dans un virage.

La route goudronnée se mua en allée de gravillons, qui se transforma bientôt en chemin de terre. Le sol rocailleux lui blessait les pieds. Il faisait de plus en plus sombre, mais les tresses rousses qui dansaient au loin devant elle étaient son repère. Son phare.

Pourtant, à bout de souffle, elle cessa finalement de courir. Elle avait de plus en plus de mal à respirer, maintenant. Une lumière au loin commençait à tourner, une lumière rouge et bleu.

Elle s'arrêta.

La petite fille qu'elle avait été était devenue la femme qu'elle était. Enfin, pas exactement. Elle n'était pas la Jane qu'elle était à présent, mais celle qui s'était réveillée dans la grange de Leo. Avec son chemisier en soie et son pantalon en lin déchirés, ses pieds nus ensanglantés, ses bras couverts de bleus.

— Allez ! répéta la rouquine dans l'obscurité. Dépêche-toi !

Jane secoua la tête. Non, elle n'irait pas plus loin. Elle rentrait à la maison. Elle retournait au ranch. Elle voulait retrouver Leo et...

Elle heurta un torse musclé.

— Leo.

Elle poussa un soupir, mais son soulagement fut de courte durée. Il ne s'agissait pas de Leo. Des mains la saisirent par les bras et la tirèrent en arrière. Elle se mit à crier et se tourna vers son agresseur Il n'avait pas de visage, mais il portait un uniforme bleu marine avec un insigne.

Et sur sa chemise, sur la poitrine, était écrit un nom. Se libérant de son emprise, elle s'enfuit sur la route. Le souffle court, elle regarda par-dessus son épaule et vit qu'il était tombé et la poursuivait à quatre pattes comme un animal.

— Cours, Skye ! Cours ! hurla la voix dans l'ombre.

Cette fois, elle obéit à l'ordre qui lui était donné.

Et elle s'élança dans la nuit.

Réveillée par son propre cri, Jane sursauta dans le fauteuil dans lequel elle s'était assoupie, la tête d'Ollie sur les genoux. Avec une profonde inspiration, elle se mit sur pied, s'efforçant de repousser les images de son cauchemar. La présence d'Ollie la réconfortait plus qu'elle ne voulait l'admettre.

Elle s'accroupit pour serrer le berger allemand contre elle puis retourna s'asseoir devant le bureau. D'une main tremblante, elle s'empara d'une pile de papiers à trier.

Une routine s'était installée au ranch, plus facilement qu'elle ne l'aurait imaginé. Incapable de dormir loin de Leo, elle se surprenait à se lever à l'aube avec lui. Ils prenaient leur petit déjeuner ensemble. Ensuite, il la déposait avec tous les outils et fournitures dont elle avait besoin devant la future maison de Gwen avant d'aller s'occuper du bétail.

Guidée par des manuels de bricolage trouvés dans la bibliothèque, elle avait entrepris de poncer le vieux plancher avant de le vernir. Elle avait ensuite retapé les placards de la cuisine et repeint les chambres. Leo l'aidait lorsqu'elle n'y arrivait pas seule. Et ils attendaient d'un jour à l'autre la livraison des derniers meubles qu'elle avait commandés pour mettre la touche finale à l'ensemble.

Septembre était arrivé et l'atmosphère s'était rafraîchie. Jane s'était mise à chercher autre chose à faire. Bien sûr, elle savait qu'elle voulait juste gagner du temps.

Tout à l'heure, elle avait envoyé Leo à la pépinière pour acheter des fleurs et des arbustes destinés à la cour de la maison de Gwen. En l'attendant, elle avait décidé de s'atteler à certaines des tâches en souffrance dont il avait dressé la liste.

Leo était du genre têtu. Il avait accepté de dormir avec elle, mais refusait d'aller plus loin. Ils ne faisaient que dormir. Et s'embrasser. Qui aurait cru que leurs baisers du matin la laisseraient si pantelante de désir ?

Depuis le départ de Trapper – et même s'il lui manquait –,

Leo et elle s'étaient rapprochés et elle en remercierait le vieil homme quand il reviendrait.

Mais d'abord elle devait remettre un peu d'ordre dans ce bureau. Plus d'une fois, Leo avait regretté de ne pas avoir eu un instant depuis son retour pour classer la paperasse de son grand-père ou reconfigurer l'ordinateur, resté éteint pendant plus d'un an. Cela dit, la connexion Internet semblait très capricieuse. Et Leo tenait la comptabilité du ranch sur des registres en papier comme son grand-père avant lui.

Il lui fallut des heures, mais elle classa tous les papiers en dossiers qu'elle étiqueta avec soin. Une fois cette corvée accomplie, elle décida de s'occuper de l'ordinateur. Les mains sur les hanches, elle considéra l'appareil en soupirant. Apparemment, il n'y avait pas de routeur mais, en poussant quelques meubles, elle finit par découvrir un câble qui lui permit de brancher le modem à une prise téléphonique. Jane n'était pas vraiment férue de technologie, mais elle parvint à établir la connexion.

Quand elle alluma l'ordinateur, l'écran clignota lentement. Quelques clics plus tard, elle passa la souris autour de l'icône lui demandant de se connecter et une page d'accueil apparut.

— *Yes !* Internet, me revoilà.

Les doigts sur le clavier, elle se figea soudain. Le geste lui semblait curieusement familier. Pourquoi ? Un frisson étrange la traversa à la simple idée de se connecter sur les réseaux sociaux. Avec cette antiquité, l'entreprise promettait d'être difficile. Mais elle était déterminée à retrouver le fil de sa vie.

Leo voulait savoir qui elle était. Elle ne partait pas de rien. Elle avait un nom pour démarrer ses recherches.

Maintenant, il lui fallait des preuves, des certitudes.

Son pick-up chargé de fleurs, d'arbustes en pots et même de jeunes arbres, Leo décida de faire quelques pas dans le centre-ville de Roaring Springs avant de rentrer à la maison.

Jane allait lui manquer. Non seulement il adorait travailler avec elle au ranch, mais le simple fait de savoir qu'elle l'attendait lui réchauffait le cœur. Oui, il regretterait ces moments. Mais leur temps était compté, il le savait, et bientôt ils devraient se séparer. Qu'elle le veuille ou non.

La gorge serrée, il passa devant le poste de police, s'interdisant d'y entrer.

Il n'avait jamais discuté avec Jane de ce qu'il avait appris via Internet sur Levi McEwan, le titulaire du permis de conduire à moitié calciné trouvé dans l'ancien chalet de Preston. Il ne lui avait pas fallu longtemps pour découvrir que McEwan avait été assassiné à la périphérie de la ville près d'une station-service. Leo était passé à la bibliothèque municipale pour consulter les journaux des dernières semaines. Ne pas évoquer ses découvertes devant Jane lui avait coûté, mais il ne voulait pas la détourner de l'essentiel. Mieux valait qu'elle se concentre sur ses propres souvenirs. Il serait toujours temps de lui en parler plus tard.

Au cours des derniers jours, il s'était également arrêté au bureau du greffier du comté pour demander qui avait hérité de l'ancienne propriété de Preston, il avait dû remplir un formulaire. L'employée l'avait prévenu que le délai habituel de réponse était de deux ou trois semaines...

Frustré, Leo continuait de fixer les portes vitrées du poste de police, se demandant si McEwan était le moyen pour lui de glaner des informations sur Jane... Sur Skye.

Il serait si facile d'entrer et de demander à parler au shérif Trey Colton. Depuis qu'il était certain que Jane était liée à la famille Colton, Leo s'apercevait qu'il y avait des Colton partout. Y compris au poste de police.

Il fronça les sourcils. Avait-elle peur des forces de l'ordre pour cette raison ? Trey ou un autre membre de la famille était-il impliqué dans son enlèvement ? Était-ce la raison pour laquelle... Non, ce n'était pas possible.

Il arrivait devant le restaurant de Miss D. Peut-être pourrait-elle le renseigner. Il avait promis à Jane de ne pas parler à la police. Mais pas à d'autres. Et, depuis son retour, Miss D avait eu largement le temps d'apprendre les derniers potins et événements survenus à Roaring Springs.

Cette fois, il entra par la porte principale, surpris de voir si peu de monde à l'intérieur. Miss D était derrière le bar.

— Mon Dieu, Leo ! Deux visites en une semaine ! Pense à mon pauvre cœur. Je suis une vieille femme.

Elle sortait déjà une tasse pour lui offrir un café.

— Où est ta Jane ?

Leo soupira. Miss D et Trapper s'étaient-ils donné le mot pour le rendre fou ?

— Au ranch. J'aimerais vous acheter une tarte pour lui faire une surprise.

— Tu as toujours été un garçon attentionné, dit Miss D avec un sourire. J'en ai une au chocolat dont vous me direz des nouvelles. Bois ton café pendant que je la mets en boîte.

— Parfait, merci.

Il enleva son chapeau, le posa sur le comptoir et se hissa sur un tabouret. Comme il saisissait sa tasse pour la porter à ses lèvres, il aperçut deux yeux verts familiers rivés sur lui. Sur le mur était accrochée une affiche avec les portraits des personnes disparues du comté. La gorge serrée, il se leva pour prendre l'un des dépliants de la pile à proximité.

— Quelle honte, dit Miss D en suivant son regard. Skye Colton est une célébrité, une star des réseaux sociaux, et elle a disparu de la circulation comme ça, lança-t-elle en claquant des doigts. Du jour au lendemain !

— Que lui est-il arrivé, à votre avis ? réussit à balbutier Leo.

C'était Jane. Ou du moins une femme qui lui ressemblait énormément. Sur la photo, ses cheveux roux étaient coiffés à la perfection, elle portait une élégante robe de soirée. Ses yeux verts étaient maquillés, sa peau impeccable. Mais il reconnaissait les lèvres pleines et boudeuses qu'il avait embrassées, les lèvres dont il rêvait nuit après nuit.

Miss D posa la boîte à tarte devant lui et baissa la voix.

— Il semble qu'elle ait disparu après avoir été salement larguée par son petit ami. Un type connu et plein aux as qui a finalement préféré en épouser une autre. Humiliée, elle a voulu prendre le large. Sa famille pensait qu'elle avait besoin de quelques jours pour se ressaisir mais, après plus de deux mois sans nouvelles, ils ont lancé un avis de recherche. Les autorités craignent qu'elle n'ait été victime de l'Avalanche Killer...

— Elle devait être très amoureuse pour disparaître ainsi, dit-il, se forçant à boire le café brûlant.

Miss D haussa les épaules.

— Ces Colton ne communiquent pas beaucoup sur leurs histoires d'amour. Ce type lui a sans doute brisé le cœur. Mais ce qui inquiète le clan est que Skye n'a pas repris contact avec sa jumelle, avec qui elle était très liée. En tout cas, il ne doit pas être facile de grandir dans une famille comme celle-ci, avec tout cet argent. Et trouver quelqu'un à aimer, un homme sincère, doit être plus compliqué encore. Tu veux mon avis ? Elle est simplement en train de réévaluer ses priorités. Et je ne serais pas surprise qu'elle ait trouvé quelqu'un en qui elle a confiance, quelqu'un qui pourrait l'aider à sortir de là.

Leo détourna les yeux du portrait de la femme qui partageait son lit et les planta sur Miss D.

— Vous croyez ?

— Elle me semble intelligente. Un peu perdue, mais elle ne donne pas l'impression d'avoir le cœur brisé comme voudraient le faire croire les journalistes. Oui, je sais au fond de mon cœur qu'elle est en sécurité. Tu la protèges, Leo.

Il n'aurait pas pu être plus surpris si elle lui avait annoncé qu'elle était devenue végétarienne.

— Vous aviez tout compris ? Pourquoi n'avez-vous pas...

— Parce que je te connais et, si tu n'es pas allé parler à la police, c'est pour une bonne raison. J'ai confiance en toi, Leo Slattery. Et en ta Jane aussi. Tu lui fais du bien, ajouta Miss D. As-tu fini avec ton café ? Il est temps de rentrer chez toi.

Leo hocha la tête, tout en réfléchissant, envahi de questions et de doutes. Skye en avait peut-être eu assez des projecteurs. Peut-être avait-elle seulement eu besoin d'un endroit pour... se cacher. Peut-être que... Son cœur battait à tout rompre. Lui avait-elle menti pendant tout ce temps ? Avait-elle toujours su qui elle était, mais joué les amnésiques pour rester à distance de sa famille ?

Non, cette hypothèse était ridicule. Elle avait été victime d'une agression, nul n'aurait pu en douter. Personne n'aurait été capable de simuler de telles blessures ni l'expression hantée et terrifiée de son visage. Ni ces horribles cauchemars.

En tout cas, une chose était sûre. Il avait raison depuis le départ.

Jane, Skye, n'appartenait pas à son monde.

— Merci pour le café, Miss D. Et pour la tarte.

Il sortit un billet de son portefeuille.

— Ne refusez pas. Cela m'évitera d'avoir à cuisiner.

— Tu es un homme bon, Leo Slattery. Ton grand-père serait fier de toi.

— J'espère.

Il plia le prospectus, le glissa dans la boîte à tarte, prit son chapeau avant de retourner dans la rue.

— Hé, Trey, avez-vous un instant ?

Le nom crié par un inconnu attira l'attention de Leo tandis qu'il ouvrait la portière de son pick-up. Il vit un homme de grande taille s'approcher du poste de police. Au cours des derniers jours, Leo avait fait ses recherches sur les Colton et il reconnut Fox Colton et Trey, qui étaient cousins.

Ses clés à la main, Leo regarda les deux hommes discuter. Fox semblait contrarié par quelque chose, mais ce qui intéressait Leo n'était pas les paroles qu'ils échangeaient. Mais la façon dont Trey passa le bras autour de Fox pour l'entraîner vers le poste.

Ils étaient de la famille de Jane – de Skye – et elle leur manquait.

Et, si elle leur manquait autant qu'elle allait lui manquer lorsqu'elle quitterait le ranch, il ne savait pas comment ils arrivaient à le supporter.

Il lui avait promis de la ramener chez elle. À sa famille. Une famille qui l'aimait.

Il était temps de tenir parole.

10

— As-tu décidé de te lancer dans des audaces culinaires ?

Jane sursauta. Elle porta des mains couvertes de farine à sa poitrine et se tourna vers lui.

— Tu m'as fait peur ! Tu ne peux pas t'annoncer d'un simple « Salut, chérie, je suis rentré », comme le ferait n'importe quel cow-boy ?

En le reconnaissant, Ollie aboya de joie et se mit à agiter la queue.

Leo sourit, sa boîte de gâteau à la main.

— Salut, chérie, je suis rentré.

Envahie par une douce chaleur, Jane lui rendit son sourire. Le simple fait de le voir la remplissait d'allégresse. Depuis qu'elle avait posé les yeux sur lui pour la toute première fois, elle le trouvait craquant. Comment ne pas fondre à la vue de ses yeux pétillants, de ses lèvres sensuelles et de cette adorable petite fossette ? Elle avait en permanence envie de l'embrasser. Et plus le temps passait, plus elle comprenait qu'il ferait toujours battre son cœur plus vite.

— Que prépares-tu ? dit-il en accrochant son chapeau et sa veste à la patère. Ça sent bon, en tout cas.

— Je ne t'attendais pas si tôt. Je voulais te faire une surprise. J'ai trouvé de vieux livres de cuisine de ta grand-mère en rangeant les étagères du salon.

Avec un soupir, Leo s'approcha d'elle et l'enlaça.

— Jane, ce n'est à toi de ranger.

Elle haussa les épaules.

— Cela ne m'ennuie pas. Et, si je n'avais pas mis un peu d'ordre dans cette bibliothèque, je n'aurais pas trouvé ce livre de recettes. Je confectionne du poulet aux raviolis. À en croire une annotation de ta grand-mère, c'est ton plat préféré. Que fais-tu ? ajouta-t-elle lorsqu'il se pencha vers elle.

— À ton avis ?

Comme sa bouche capturait la sienne, elle se mit à rire.

— Ah, d'accord.

Elle noua ses mains farineuses autour de son cou et se hissa sur la pointe des pieds pour lui rendre ses baisers avec passion. L'embrasser suffisait à lui faire toucher le ciel.

Lorsqu'il la lâcha et s'écarta, elle tremblait de tous ses membres. Elle rêvait de se coller plus étroitement à lui, d'aller plus loin.

— Si tu continues, je serai bientôt incapable de m'arrêter, prévint-elle.

— Je sais, dit-il en posant le front contre le sien. Je sais.

— S'il te plaît, Leo, ne t'éloigne pas de moi. Pas encore.

Elle l'embrassa de nouveau avant d'ajouter :

— J'ai quelque chose à te montrer.

— Moi aussi, j'ai quelque chose à te montrer, répliqua-t-il.

Elle sourit.

— Moi d'abord.

Elle l'entraîna vers la table de la cuisine, sur laquelle elle avait empilé plusieurs classeurs.

— J'ai passé la journée dans le bureau de ton grand-père. J'ai réussi à faire fonctionner l'ordinateur. L'accès à Internet est limité, mais peu importe. Outre quelques informations sur le ranch, qui t'intéresseront peut-être, j'ai découvert des éléments que j'aimerais te communiquer sans attendre.

Il prit le gros dossier qu'elle lui tendait.

— Maintenant ?

— Si tu préfères, je peux t'en donner une version abrégée,

dit-elle en l'ouvrant. Nous gagnerons du temps. Je m'appelle en effet Skye Colton, j'ai une sœur jumelle nommée Phoebe. Une vraie jumelle, mon portrait craché.

Le reflet du visage identique au sien qu'elle avait vu en rêve dans le rétroviseur prenait enfin sens.

— Si mon arbre généalogique t'intéresse, poursuivit-elle, il est ici. Manifestement, il y a de nombreux Colton dans le coin, et même dans tout le pays. Je travaille au Château avec ma mère et ma sœur, je suis chargée de la publicité et du planning des séjours des touristes. Et, il n'y a pas si longtemps, je sortais avec un producteur de disques qui m'a finalement plaquée pour en épouser une autre.

— Mais tu ne te rappelles rien. Pas même de lui ?

— Non. Je n'ai gardé aucun souvenir de lui. Sans doute parce qu'il ne comptait pas beaucoup, Leo. Quand je regarde cette photo, je ne nous reconnais pas, ni lui ni moi. Et seule l'infinie solitude de cette femme me frappe. Pas toi ?

Derrière le glamour, derrière ce sourire de façade, cette robe de soirée, ce collier de perles et la flûte de champagne, une tristesse sans fond habitait cette Skye.

— Cette Skye est une coquille vide, Leo. Son cœur est vide.

Contrairement à celui de Jane, qui débordait d'amour, de bonheur, au point d'éclater. Son cœur était rempli de Leo.

— En tout cas, voilà ce que je ressens devant cette photo, conclut-elle.

Leo sortit de la boîte à tarte un prospectus, qu'il lui tendit.

— Et que ressens-tu quand tu vois ça ?

Elle prit le feuillet des disparitions inquiétantes et sa gorge se serra à la vue de son portrait.

— Tu leur manques, chuchota Leo. Ils te cherchent, Skye.

— Je sais. Mais je ne suis plus cette femme, je n'ai plus rien de commun avec cette Skye.

— Ils ont le droit de savoir que tu vas bien. S'il te plaît, Jane. Laisse-moi appeler la police...

Comme s'il n'avait rien dit, elle poursuivit son raisonnement :

— Maintenant, plus rien ne nous empêche de faire l'amour, Leo. Je sais qui je suis. Je ne suis pas mariée, ni en couple. Je n'ai pas d'enfants. En revanche, je sais ce que je veux. Et c'est toi, ajouta-t-elle en lui caressant la joue. Qu'en dis-tu ?

En le sentant hésiter, elle sourit. Il avait réagi de la même façon lorsqu'ils s'étaient rencontrés, le pire et le plus beau jour de sa vie.

Elle lui tendit la main et, quand il s'en saisit, elle se jeta à son cou avec un frisson de joie.

— Il était temps, cow-boy, parvint-elle à dire.

Dès qu'il l'étreignit et l'embrassa, elle eut l'impression de s'envoler. Elle rêvait depuis si longtemps de ce moment. Elle n'aspirait qu'à ne faire qu'un avec cet homme merveilleux, à l'aimer chaque jour de sa vie, à cheminer à ses côtés, à tout partager avec lui. Le plus longtemps possible.

— Ollie, murmura-t-elle contre ses lèvres alors qu'il la portait dans le couloir jusqu'à sa chambre.

Il leva la tête.

— Moi, c'est Leo.

Elle sourit.

— Je voulais dire...

— Je sais ce que tu voulais dire, chérie.

Il attendit qu'ils aient franchi le seuil pour annoncer au chien :

— Cette fois, c'est moi qui reste avec elle.

Ollie poussa un gros soupir avant de retourner au salon.

Quand Leo referma la porte, Jane retirait déjà son T-shirt...

— Attends, fit-il en enlevant ses bottes. Sais-tu quelle image me hante depuis des semaines ?

— Dis-moi.

— Toi dans ce lit la première nuit. Tu n'étais alors vêtue que de ta culotte. T'en souviens-tu ?

Elle se mit à rire.

— Peut-être, je ne sais plus trop, répondit-elle avec un sourire en coin. Je te laisse continuer à imaginer.

— Je n'ai plus besoin de fantasmer, répliqua-t-il en la dévorant d'un regard brûlant. J'ai une vraie femme en face de moi.

Il l'attira à lui et captura sa bouche. Il adorait l'embrasser. Quand leurs langues se mêlèrent, son désir s'accrut encore.

L'air frais brassé par le ventilateur du plafond ne parvenait pas à tempérer ses ardeurs. Il posa les mains sur ses seins ronds. Dès qu'il entreprit de titiller ses tétons, leurs pointes se dressèrent et Jane poussa un gémissement.

— Je te veux tout entière, murmura-t-il avant de capturer à nouveau sa bouche.

L'hésitation et la prudence qui l'habitaient tout à l'heure avaient disparu quelque part entre la porte et le lit. Il semblait à présent déterminé. Il défit son soutien-gorge, libéra ses seins et les pétrit à pleines mains avant d'en exciter le bout de la langue.

Les doigts dans les cheveux, elle le suppliait de continuer. Il prit le temps de la savourer, cherchant ce qu'elle aimait. Ses gémissements et ses soupirs le guidaient.

— Déshabille-toi, parvint-elle à dire, le souffle court.

Elle sentait son érection qui gonflait son jean. Voilà des jours, des semaines qu'elle désirait cet homme. Elle ne voulait plus attendre une minute de plus pour lui ouvrir les bras et l'accueillir au creux de son ventre.

D'une main fiévreuse, elle essaya de déboutonner sa chemise. Les boutons se montrèrent peu coopératifs et, frustrée, elle finit par tirer dessus et par la déchirer.

— C'était ma chemise préférée, protesta Leo riant. Qu'elle repose en paix. Dis-moi ce que tu veux, ajouta-t-il en parsemant sa gorge de baisers brûlants.

— Tout. Je veux tout de toi.

Le souffle court, elle fit glisser sa chemise à terre et posa les mains à plat contre son torse musclé. Elle sentait son cœur battre sous ses paumes. Puis elle glissa les doigts sur ses pectoraux, sur son ventre plat, avant de s'aventurer plus bas. Beaucoup plus bas.

Alors qu'elle ouvrait le bouton de son jean, il l'arrêta.

— Pas si vite, chérie.

— Je n'en peux plus.

Depuis une éternité, elle le dévorait des yeux, le désirait, se consumait, sans pouvoir le toucher. Elle l'avait assez attendu. Elle refusait de patienter davantage.

— La prochaine fois, si tu y tiens, nous prendrons tout notre temps, ajouta-t-elle. Mais là... Oh ! s'exclama-t-elle soudain. Dis-moi que tu as des préservatifs.

— Chérie, j'en ai acheté dès que je t'ai vue à moitié nue dans ce lit.

Il l'attira contre lui, déboutonna son jean avant de glisser la main à l'intérieur. Quand ses doigts glissèrent sous sa culotte et se mirent à caresser son petit bouton de plaisir, elle ne put réprimer un gémissement.

Cambrée, elle noua les bras autour de son cou et écarta les jambes pour lui permettre de l'exciter davantage encore. Son désir grimpait et, tendue comme un arc, elle ne parvenait plus à respirer.

Lorsqu'un orgasme la souleva, elle s'affala, pantelante, contre lui avant de l'embrasser à pleine bouche.

— Cela valait la peine d'attendre.

Elle se laissa tomber au bord du lit et le regarda, hébétée, retirer son jean.

— Pas de précipitation, prévint-il. Je rêve de te déguster depuis des semaines.

Il s'agenouilla devant elle, lui écarta les cuisses et plongea sur sa grotte secrète. Jane se figea quand elle sentit la langue de Leo fouiller sa chair. Un plaisir pur la dévorait, l'emportait comme un tsunami, et elle se mit à crier.

Un sourire satisfait aux lèvres, il se redressa.

— Que tu es belle, chuchota-t-il, émerveillé.

— Viens, viens, je t'en prie !

Elle acheva à la hâte de le déshabiller avant de lui ouvrir les bras. Comme il s'allongeait entre ses jambes, elle prit son visage entre les mains et planta les yeux dans les siens.

— Viens, Leo !

— Skye...

Elle se figea. La femme qu'elle avait été auparavant, cette Skye Colton, n'existait plus. Qu'elle recouvre ou non la mémoire n'avait pas d'importance. Maintenant, elle savait qui elle était. Et surtout qui elle voulait être.

— Jane, corrigea-t-elle. Je suis Jane, ta Jane. Pour toujours, ajouta-t-elle en l'embrassant. Maintenant, protège-toi et viens. Je n'en peux plus.

Il sourit et déchira le petit sachet avec les dents.

— Tout de suite, chérie.

Elle se demanda si elle s'était déjà fait la réflexion que rien n'était plus sexy que de regarder l'homme qu'elle aimait dérouler un préservatif sur son sexe.

L'homme qu'elle aimait. Parce qu'elle aimait Leo Slattery, elle le savait, à présent. Ce qui s'était passé avant, ce qui arriverait ensuite, n'avait pas d'importance. Elle l'aimait et rien d'autre ne comptait.

Il l'enveloppa d'un regard brûlant puis, glissant les mains sous ses fesses, il la pénétra.

— Oui, oui, balbutia-t-elle en s'accrochant à son cou. Continue, je t'en supplie.

Elle enroula les jambes autour de sa taille et s'arqua pour l'inviter à s'enfoncer plus profondément en elle.

Tandis qu'il allait et venait entre ses cuisses, accélérant le rythme pour l'entraîner vers le ciel, elle s'abandonna au plaisir. Rien ne l'avait préparée à ce déferlement de sensations et, ivre de jouissance, elle ne cessait de crier.

Emportés par la passion, ils s'envolèrent.

Quand il s'abattit sur elle avec un cri rauque, elle le serra contre elle, enfin apaisée.

11

Leo ne se souvenait pas d'avoir vécu un moment plus parfait. Regarder la femme qu'il aimait exploser de plaisir sous lui était un bonheur pur, absolu. Faire l'amour avec elle avait été encore plus intense qu'il ne l'avait imaginé. Et Dieu sait que Jane l'avait souvent fait fantasmer.

Il roula sur le côté, l'entraînant dans le mouvement, mais au lieu de se caler en cuillère contre lui elle se mit à califourchon sur lui.

— Loin de moi l'idée de te reprocher deux mois de préliminaires, cow-boy, mais si tu avais eu moins de scrupules nous nous serions trouvés plus tôt. Nous avons perdu des semaines.

— Je te propose de mettre les bouchées doubles pour rattraper ce temps perdu.

À cet instant, il n'avait qu'une envie : lui faire l'amour toute la nuit et graver à jamais dans sa mémoire la splendeur de ses cheveux, la douceur de ses gestes, la chaleur de sa bouche, la saveur de sa peau.

Il planta les yeux dans les siens.

— J'ai quelque chose à te dire.

— D'accord, chuchota Jane avant de l'embrasser avec passion comme si elle voulait enflammer son âme. De quoi s'agit-il ?

Il regarda son ravissant visage. Son sourire radieux n'était destiné qu'à lui.

— Je t'aime, Skye Colton. Ou Jane, si tu préfères, ajouta-t-il avec un sourire. Mais ne nous leurrons pas. Cette petite bulle dans laquelle nous nous prélassons ne durera pas éternellement. Pour tout le monde, tu es Skye Colton et tu dois l'accepter. Mais tu seras toujours ma Jane, ajouta-t-il en lui caressant la joue.

Elle se mit à rire, une lueur malicieuse dans les yeux.

— Et dire que je trouvais ce prénom horrible, au début.

De nouveau, elle l'embrassa à pleine bouche. Mais, alors qu'il tentait de la faire rouler sous lui, elle résista et le cloua au matelas avant de le chevaucher, laissant ses longs cheveux tomber tout autour d'elle.

— Cette fois, c'est mon tour, décréta-t-elle.

Elle attrapa la boîte de préservatifs posée sur le lit, en tira l'un des petits sachets et le déchira entre les dents.

— Heureusement que tu en as une boîte entière.

Un grand sourire aux lèvres, elle se plaqua contre lui, le nez dans son cou. Comme elle relevait la tête en riant, il comprit à son expression que cette fois leur corps-à-corps sensuel serait plus long, qu'elle ferait durer le plaisir.

— Au fait, cow-boy...

— Oui ?

Il agrippa ses hanches, bloquant ses mouvements jusqu'à ce qu'elle plonge les yeux dans les siens.

— Je t'aime aussi. Maintenant, vas-tu l'enfiler ? ajouta-t-elle en laissant tomber le préservatif sur son torse. Ou dois-je vraiment tout faire ?

Jane réussit à étouffer le cri qui montait à ses lèvres et se réveilla en sursaut, le visage en sueur. La terreur qui l'avait saisie dans son cauchemar l'habitait encore et elle promena un regard angoissé autour de la chambre, plongée dans la pénombre. Mais, dès que Leo la prit dans ses bras et l'étreignit, elle se sentit mieux.

— Tout va bien, mon amour. Je suis là.

Il lui caressa les cheveux d'un geste apaisant. Il lui communiquait sa force, sa chaleur. Refermant les paupières, elle se blottit contre lui. Elle sentait qu'il était, peut-être depuis toujours, la seule personne sur laquelle elle pouvait compter.

— Raconte-moi, chuchota-t-il, les lèvres contre sa tempe. Raconte-moi ce que tu as vu, cette fois.

— Il s'agissait du rêve récurrent qui me poursuit depuis cette agression, mais cette fois j'ai vu quelque chose.

— Son visage ?

— Non, pas son visage. Mais son nom... brodé sur sa veste. Malheureusement, je ne me souviens que des initiales. G. et G. Il portait un uniforme. Bleu marine.

La main de Leo s'immobilisa en bas de son dos.

— Comme celui des policiers de Roaring Springs.

— Vraiment ? Pas étonnant alors que je panique chaque fois que je vois l'un d'eux.

— Y avait-il autre chose ? Où étais-tu, par exemple ?

— Je ne sais pas trop. Sur une route déserte, je crois. Puis j'ai vu des phares aveuglants dans mon rétroviseur. C'est à ce moment-là qu'il m'a emboutie.

— Avec sa voiture ?

— Oui. Par-derrière. Ma tête a dû heurter quelque chose, je suis restée assommée quelques instants. Lorsque j'ai repris mes esprits, j'ai entendu le bruit de ses bottes marchant sur des éclats de verre. J'ai compris qu'il approchait, mais je ne pouvais pas sortir de l'habitacle. Je n'arrivais pas à déboucler ma ceinture de sécurité. Il a brisé la vitre de ma portière pour l'ouvrir. J'ai essayé de ramper jusqu'à la portière du passager, mais il a saisi...

— Ta cheville.

Leo posa la main à l'endroit où des bleus l'ornaient quand il l'avait découverte dans la grange.

— Il m'a arrachée de ma voiture en me tirant par le pied. C'est là que je me suis réveillée. Comme à chaque fois. Je me réveille toujours au même moment du rêve.

— Peut-être est-ce tout ce dont tu te souviens.

Reprise par une épouvantable migraine, elle commença à se masser les tempes.

— Mais s'agit-il d'un cauchemar ou d'un souvenir ? demanda-t-elle.

— Peut-être un peu des deux. Tu devrais noter tout ce que tu viens de me raconter. C'est sûrement important pour la suite.

Un frisson glacé parcourut Jane.

— Tu veux dire, au cas où nous irions trouver la police pour tout leur raconter ?

— Oui.

— Cela paraît dangereux, non ? Dans mes rêves, mon agresseur est un policier...

Il n'hésita qu'un instant.

— Peut-être, mais il faut quand même en parler.

— Quelle idée brillante ! Tu veux me livrer à celui qui a tenté de me tuer. C'est bien ça ?

— Jane...

— Non ! Il n'est pas question d'aller chez les flics. Je ne leur fais pas confiance. À aucun d'eux.

Hors d'elle, elle s'efforça pourtant de se calmer.

— Et ne me regarde pas comme ça, Leo. C'est à moi d'en décider. À moi seule. Il s'agit de ma vie, ajouta-t-elle en récupérant ses vêtements pour se rhabiller en vitesse. C'est à moi que cette histoire est arrivée. Pas à toi.

Il croisa les mains sous sa tête.

— Tu continues à fuir, à te cacher.

— Non. Mais je n'ai pas changé d'opinion sur la police. Et ce qui vient de se passer entre nous ne te donne aucun droit sur ma vie.

— T'aimer ne me donne aucun droit sur toi, c'est vrai. Mais est-ce que je peux au moins émettre un avis ?

— Je ne sais pas, dit-elle.

Il avait raison et elle regretta aussitôt sa colère.

— Oh ! Leo ! Nous avons vécu un moment fabuleux. Pourquoi tout gâcher ? Ne pouvons-nous pas...

Avec douceur, tendresse, il la reprit dans ses bras. Il lui caressa longuement le dos pour qu'elle se détende avant de déposer un petit baiser sur sa nuque.

— Je ne veux pas tout gâcher non plus. Mais nous n'allons pas pouvoir rester très longtemps dans notre petite bulle. Le monde réel va nous rattraper, Jane. Ta famille, ce G. G., la police... De gré ou de force, tu devras y faire face.

— Je sais et j'ai l'intention de reprendre contact avec ma vie d'avant. Mais pas maintenant. N'ai-je donc pas le droit d'être simplement heureuse avec toi encore un peu ? demanda-t-elle d'un air implorant.

— Je ne suis pas tombé amoureux d'une lâche, Jane. Si tu veux un avenir avec moi, si tu as envie que les choses fonctionnent entre nous, il y a un prix à payer. Mais à toi t'en décider, ajouta-t-il en l'embrassant.

— Cela suffira-t-il, à ton avis ? demanda Jane en lui tendant un calepin.

Elle en avait noirci plusieurs pages avec les bribes de souvenirs de l'attaque dont elle avait été victime.

— J'ai rédigé ce texte ce matin pendant que tu t'occupais du bétail, ajouta-t-elle.

Leo repoussa son assiette et commença à feuilleter le carnet, à lire ce qu'elle y avait noté. En réalité, il n'avait pas particulièrement envie de connaître les détails des cauchemars de Jane, les images qui la hantaient. S'il s'y aventurait, il éprouverait une telle rage envers son agresseur qu'il craignait un peu sa propre réaction.

— Pouvons-nous passer à autre chose, maintenant ? poursuivit-elle. J'ai écrit tout ce dont je me souvenais. C'est assez, non ?

Leo soupira.

— M'autorises-tu à téléphoner au shérif ?

— Fais ce que tu veux. De toute façon, mon avis ne compte pas pour toi.

— Bien sûr qu'il compte.

— Tu m'avais promis, Leo, tu m'avais promis de ne pas contacter la police. C'est la seule chose que je t'ai demandée.

— Tes migraines reviennent te tourmenter, non ?

— Je... Comment le sais-tu ?

— Je vis avec toi et je te regarde. Je sais quand tu souffres. Et j'ai remarqué que tu avais pris des antalgiques, tout à l'heure. Donc, et à moins que tu n'aies envie de me mentir...

— J'en souffre de nouveau depuis ce matin, oui. Depuis le cauchemar.

— Je m'en doutais. Nous avions passé un accord, n'est-ce pas ? Tu t'étais engagée, si tes maux de tête reprenaient ou empiraient, à aller consulter un médecin.

Elle se frotta les tempes pour tenter de desserrer l'étau qui emprisonnait son crâne.

— C'est vrai, nous avions un accord.

— Je te conduirai cet après-midi au cabinet médical, Jane.

— Le docteur ne peut-il pas venir au ranch ? Certains médecins font des visites à domicile, non ?

— Nous ne sommes pas dans un épisode de *La Petite Maison dans la prairie,* Jane. Le Dr Monroe se rend parfois au chevet de ses malades quand ceux-ci sont vraiment dans l'impossibilité de venir à son cabinet, mais je n'ai pas envie de lui imposer un déplacement non indispensable. Elle travaille déjà beaucoup.

— D'accord. Je vais chercher mes chaussures.

À sa façon de traîner les pieds, un observateur extérieur aurait juré que Leo l'emmenait devant un peloton d'exécution.

Pourtant, même si elle ne comprenait pas, il n'avait pas l'intention de laisser tomber, de renoncer à faire ce qui était bon pour elle.

— Jane, ne commence pas à te comporter en enfant gâtée.

— Je n'ai rien d'une enfant gâtée ! s'exclama-t-elle.

Elle plongea le visage dans ses mains et reprit après quelques instants :

— Tu as raison, Je me comporte comme une sale gosse. Qu'est-ce qui ne tourne pas rond chez moi ?

— Tu souffres, répondit-il en l'attirant à lui. Voilà pourquoi tu rues dans les brancards. Mais tu n'es pas qu'une sale gosse et je tenais à te remercier d'avoir classé la paperasserie de mon grand-père. Et, en particulier, d'avoir retrouvé les plans qu'il avait conçus pour le ranch.

— Il voulait agrandir le haras et rentabiliser le troupeau en se spécialisant dans la viande de qualité. As-tu...

— ... vu les autres ranchs et entreprises avec qui il avait pris contact ? Oui. Tu as fait un excellent travail, Jane. Qui va bien m'aider à avancer. Un immense merci.

Il l'embrassa de nouveau.

Son corps se tendit de désir quand elle lui rendit son baiser avec fougue.

— Je connais une meilleure façon de me remercier, chuchota-t-elle contre ses lèvres.

Il repoussa une mèche de ses cheveux derrière l'oreille.

— Plus tard. Là, tu as mal à la tête.

Se rendre à ce cabinet médical était tout bonnement stupide. Jane se mordit les lèvres pour ne pas livrer le fond de sa pensée à voix haute. D'accord, elle réagissait en enfant gâtée. Tant et si bien qu'elle en était irritée contre elle-même. Elle était assise dans la salle d'attente du Dr Monroe – la généraliste de Juniper Grove –, pièce qui était également son salon, la clinique médicale étant d'abord sa propre maison. Pour passer inaperçue, Jane avait coiffé ses cheveux en chignon, enfoncé un grand chapeau sur son crâne, dont elle avait baissé les bords afin de dissimuler son visage.

En face d'elle patientaient une femme et sa fille, une adolescente maussade rivée à l'écran de son smartphone. La mère semblait particulièrement tendue. Elle salua Jane d'un sourire crispé avant de reporter son attention sur sa fille.

— Tu vas t'abîmer les yeux à force de regarder des écrans, Delaney.

— Maman, répliqua la dénommée Delaney d'un air exaspéré.

La mère soupira.

La secrétaire entra dans la salle d'attente.

— Jane ? Le Dr Monroe vous attend.

Jane se leva si vite que son chapeau tomba. Comme elle se baissait précipitamment pour le ramasser, elle vit l'adolescente ouvrir de grands yeux avant de se mettre à pianoter sur le clavier de son smartphone comme une hystérique.

— Ce chapeau ne tient pas en place, grommela Jane. Leo, tu viens ?

— Tu veux que je t'accompagne ? demanda-t-il, surpris.

— C'est pour toi que je suis ici, non ? Peut-il venir avec moi ? demanda-t-elle à l'infirmière.

— Bien sûr. Les maris sont toujours les bienvenus.

Elle se sentit rougir.

Un sourire en coin, Leo lui enlaça les épaules et l'entraîna dans le couloir.

— Viens, chérie. Ne faisons pas attendre le docteur.

Le Dr Monroe était une femme aux cheveux gris et au sourire empreint de douceur. Elle examina longuement Jane en silence.

— Quand ces symptômes sont-ils apparus ? demanda-t-elle enfin.

— Fin juillet.

— Je vois.

Comme le Dr Monroe lançait un regard réprobateur à Leo, Jane comprit qu'elle devait s'expliquer.

— Ne lui reprochez pas de ne pas m'avoir conduite plus tôt chez vous, dit-elle. Il m'exhorte depuis des semaines à consulter un médecin, mais je refusais d'en entendre parler.

— Pourquoi ? Vos migraines comme vos pertes de mémoire auraient dû vous inciter à le faire.

— Et pourtant, curieusement peut-être, cela n'a pas été le cas.

— Jane, la prévint Leo.

— Désolée.

Elle se pinça le haut du nez. Que voulait-il, à la fin ? Ils avaient passé un marché, non ? Elle avait accepté cette visite médicale pour qu'il ne l'oblige pas à aller trouver la police.

— C'est Leo qui a insisté pour que je vienne, reprit-elle. Cela dit, j'ai une question à vous poser. Mes migraines sont-elles liées à mon amnésie, à votre avis ? En tout cas, je ne me souviens de rien. Je sais qui je suis parce que nous avons enquêté. Pas parce que je m'en suis souvenue.

— D'une certaine façon, cette amnésie vous protège, répondit le médecin. Que vous soyez Skye ou Jane ne fait aucune différence pour moi du point de vue de l'examen. Votre tension artérielle et votre rythme cardiaque sont normaux. Vous arrive-t-il de souffrir de vertiges ?

— Oui, j'en ai eu, il y a quelque temps.

Jane évita le regard de Leo qui se redressait sur sa chaise.

— Désolée. J'étais dans l'écurie quand c'est arrivé. J'ai pensé que j'étais descendue de selle trop vite. C'était le jour où nous sommes allés, euh, explorer les environs.

— Je cherchais des réponses, expliqua Leo. En tout cas, Jane a eu une réaction très violente quand nous nous sommes rendus là où elle avait été attaquée.

— J'en suis sûre. Je suis prête à parier que vous avez été

victime d'une petite commotion cérébrale, mais j'ai besoin d'une IRM pour en être certaine. Je vais appeler Colleen pour vous obtenir un rendez-vous aujourd'hui. Et non, ajouta-t-elle, devinant que Jane s'apprêtait à discuter, ce n'est pas négociable. Cet examen est indispensable.

— Très bien. Merci, docteur, dit Leo.

— Selon toute probabilité, il n'y aura rien à faire de plus que ce que vous faites déjà, poursuivit le médecin. Détendez-vous, reposez-vous et prenez des antalgiques si vous en éprouvez le besoin. Si vous étiez venue il y a quelques semaines, je vous aurais déconseillé de monter à cheval pendant quelque temps mais, comme visiblement l'équitation ne provoque chez vous aucune douleur particulière, continuez...

Jane était certaine qu'elle n'aurait jamais pu s'en sortir si elle n'avait pas pu galoper sur Ginger.

— Quant à vos souvenirs, s'ils ne remontent pas spontanément, n'insistez pas. Ils reviendront à leur rythme. Et, en attendant, venez au moins une fois par semaine à mon cabinet, d'accord ? Je vous laisse vous rhabiller, ajouta-t-elle avant de quitter la pièce.

Un grand sourire sur les lèvres, Jane lança à Leo :

— Tu vois ! Je t'avais dit qu'il n'y avait pas lieu de s'inquiéter.

— Ce n'est pas exactement ce que le médecin a expliqué.

Comme il lui ouvrait la porte, ils entendirent un remue-ménage dans le vestibule. Des éclats de voix.

— Que se passe-t-il ? demanda Leo.

— Où est-elle ? lança un jeune homme en brandissant son smartphone comme s'il voulait enregistrer l'échange. Où est Skye Colton ? Elle est là, nous le savons.

— Leo.

La petite voix de Jane le poussa à se retourner. Il la prit dans ses bras et repartit vers le bureau du médecin, mais il était déjà trop tard.

— C'est elle, n'est-ce pas ? insista l'adolescent en avançant dans leur direction. Skye ! Expliquez-nous. Tout le monde vous croyait morte ! Vous avez terriblement manqué à vos fans. Où étiez-vous passée ? Pourquoi vous cachiez-vous ? Qui est ce Leo ? Votre nouveau copain ? Avez-vous des...

Comprenant la situation, le Dr Monroe s'interposa aussitôt.

— Qui êtes-vous, jeune homme ? Et de quel droit vous êtes-vous introduit chez moi ?

Le Dr Monroe se tourna vers Colleen, sa secrétaire, qui semblait à la fois bouleversée et furieuse.

— Il est entré sous prétexte de prendre rendez-vous, mais...

— Sortez immédiatement, ordonna le médecin d'un ton sans réplique. Ou j'appelle la police.

— Non, pas la police, gémit Jane.

Elle saisit le bras de Leo, mais soudain une brusque colère s'empara d'elle et balaya sa peur.

Et, avant que quiconque ne puisse l'en empêcher, elle écarta Leo et s'avança vers l'adolescent.

— Partez, asséna-t-elle. Tout de suite.

D'un geste brusque, elle frappa le smartphone de son interlocuteur qui se fracassa sur le sol.

— Ou je vous colle un procès pour atteinte à ma vie privée.

— Mais... mon téléphone ! Vous êtes Skye Colton ! Vous avez vécu toute votre vie sur les réseaux sociaux. Si vous ne le souhaitez plus, il va falloir nous expliquer !

— Je n'ai aucun compte à vous rendre.

Elle ramassa l'appareil pour effacer les images qu'il avait prises d'elle et supprimer l'enregistrement.

— Comment ce type m'a-t-il retrouvée ? demanda-t-elle à Leo.

— Comment *t'ont-ils* retrouvée, corrigea-t-il. Il n'est pas tout seul.

En effet, plusieurs adolescents rassemblés dehors attendaient leur idole.

Un profond malaise s'empara de Jane.

Colleen ouvrit de grands yeux effarés.

— Il y a aussi des journalistes. J'aperçois une camionnette à l'effigie du journal local dans la rue. Je n'ai jamais vu autant de gens devant le cabinet.

— Mais comment savaient-ils que...

Leo s'interrompit et regarda Delaney qui pianotait toujours sur son smartphone.

— Excusez-moi, jeune fille.

— Je n'ai rien fait ! cria-t-elle avant de se tourner vers sa mère. Voilà des semaines que personne n'avait plus de nouvelles de Skye Colton ! Tout le monde la croyait morte et je l'ai vue, assise en face de moi ! J'ai transmis le scoop sur les réseaux sociaux. Skye Colton est à Roaring Springs, chez le Dr Monroe ! Je suis devenue une star !

— Tu as fait quoi ? lança sa mère, Kaitlin, en la fusillant du regard. Donne-moi ton téléphone. Tout de suite !

— Quoi ? Non ! Maman ! protesta Delaney quand sa mère lui arracha l'appareil des mains.

— Viens. Partons d'ici.

Jane n'avait plus l'énergie de se mettre en colère contre la gamine. Assaillie par des nausées et d'intenses migraines, elle se sentait de plus en plus mal.

— Je n'arrive pas à le croire, poursuivait Kaitlin. Tu as posté sans son autorisation la photo d'une femme sur ta page Facebook ? Dis-moi que je rêve !

La mère de l'adolescente se confondit en excuses.

— Je suis vraiment désolée ! Ma fille a encore beaucoup à apprendre sur le respect d'autrui et de la vie privée.

Delaney se renfrogna, mais Leo vit une lueur de remords passer dans son regard.

Jane se rongeait les ongles.

— Peu importe que j'aie supprimé la vidéo. Elle tourne déjà en boucle sur tous les réseaux sociaux, maintenant.

Et soudain Jane changea de couleur et se tourna vers lui.

— Leo, celui qui me cherche... Ce G. G. Il va apprendre que je suis en vie...

Leo eut le geste qu'il avait toujours quand elle était inquiète ou contrariée. Il posa doucement les mains sur ses épaules.

— C'est à toi d'en décider, mais nous pouvons mettre fin à cette histoire maintenant, te ramener chez toi, te permettre de retrouver ta famille. Tu n'as qu'un mot à dire pour en finir.

Mais elle ne voulait pas en finir. Du moins, pas avec Leo. Dès qu'elle aurait accepté de retrouver les siens, il n'y aurait plus de retour en arrière possible. Elle devrait faire une croix sur le ranch, sur les chevaux, sur les couchers de soleil. Et surtout sur Leo. Elle chercha sur son visage, dans ses yeux, une réponse, des conseils, mais elle n'en trouva pas. Parce qu'il faisait ce qu'il avait toujours fait : il la laissait décider.

— Jane ?

Elle n'était pas prête. Pas encore. Elle avait besoin de plus de temps. Du temps pour se souvenir. Du temps avec les chevaux. Du temps avec lui.

— Je veux retourner au ranch.

— D'accord.

Quand il l'attira à lui, elle vit le soulagement peint sur son visage. Ce qui la rassura un peu.

— Y a-t-il moyen de sortir d'ici ? demanda-t-il au Dr Monroe.

— Donnez-moi les clés de votre véhicule. Vous allez quitter la maison par l'arrière. Il y a une porte au fond du jardin qui mène à une ruelle. Colleen vous attendra à l'angle de la rue, au volant de votre pick-up.

Le Dr Monroe se tourna alors vers la salle d'attente et pointa un doigt sévère sur Delaney.

— Entrez dans mon bureau, jeune fille. Il me semble indispensable d'avoir avec vous une discussion sur la dépendance aux médias sociaux. À moins que vous ne vous y opposiez, Kaitlin ?

— Bien au contraire.

Kaitlin se rassit sur sa chaise, ouvrit le smartphone de sa fille pour en retirer la batterie.

— Je suis infiniment désolée des problèmes que vous cause ma fille, dit-elle à Jane.

Jane se contenta de hocher la tête. En quelques instants, la sécurité et la paix qu'elle avait trouvées avec Leo avaient volé en éclats. Il ne faudrait plus très longtemps pour que tout le monde sache où elle était... et qui elle était...

Elle fronça les sourcils. Pourquoi tout le monde avait-il cru qu'elle était morte ?

Colleen prit les clés de Leo et sortit, fendant la petite foule qui attendait devant le cabinet. Des cris et des hurlements s'ensuivirent, accompagnés de flashs d'appareils photo.

Une lumière explosa soudain devant les yeux de Jane. Elle leva le bras pour se protéger le visage tout en se détournant. Et un phénomène étrange se produisit. La douleur qui habitait son crâne depuis le moment où elle avait repris conscience dans la grange de Leo s'en échappa. Elle voulut hurler de soulagement, mais elle n'en eut pas le temps.

Leo lui prit la main et la tira vers la porte arrière. Elle savait qu'elle devait se dépêcher, courir, mais elle se mouvait au ralenti. Elle avait l'impression que ses pieds étaient englués dans du ciment.

Parce que, tout à coup, tous ces « trous » qui la torturaient depuis des semaines, ces questions sans réponse qui la hantaient, commençaient à se remplir, comme si un robinet avait été tourné à fond. Vite, bien trop vite.

— Jane ? Tu es avec moi ? demanda Leo, lui tirant le bras.

— Oui. Avec toi.

— Appelez-moi dans quelques jours, lança le Dr Monroe. Si les migraines persistent et que vous n'osez pas venir en ville, je viendrai chez vous.

Après l'avoir remerciée, ils se hâtèrent vers le jardin, main dans la main. Ils ralentirent en atteignant la ruelle. Effectivement, Colleen les attendait à l'angle de la rue.

Les oreilles de Jane bourdonnaient quand elle grimpa dans le pick-up.

Elle ferma les paupières et s'appuya contre la vitre tandis que les morceaux de sa vie d'avant remontaient à la surface, se remettaient en place. Mis bout à bout, ils dessinaient le chemin du retour, vers la maison familiale. Loin du ranch, loin de Leo.

Ce n'est que lorsqu'ils sortirent de la ville que Leo s'affaissa sur son siège.

— Nous sommes sauvés. Maintenant, explique-moi. Que se passe-t-il ? Jane ?

— J'ai retrouvé la mémoire, dit-elle. Je me souviens de tout.

12

— Merci beaucoup, dit Jane quand Leo lui tendit une tasse avant de s'asseoir sur le canapé à côté d'elle.

— De rien. Ce n'est pas grand-chose, juste un peu de thé.

Elle but une gorgée du breuvage brûlant.

— Je ne te remerciais pas pour le thé. Mais pour ne pas me bombarder de questions.

Avec un haussement d'épaules, il étendit les jambes devant lui. Il donnait l'image d'un homme détendu et heureux de son sort. Une apparence trompeuse. En réalité, il était la proie d'une myriade d'émotions qui allaient du soulagement à la panique totale.

Il se força à sourire.

— Cet afflux soudain de souvenirs ne doit pas être simple à gérer pour toi et je n'ai pas forcément envie d'en rajouter.

— Mais tu en fais partie, Leo. Tu représentes une grande part de cet imbroglio.

Elle posa sa tasse et replia les jambes sous elle.

— Et, surtout, retrouver mon passé ne t'efface pas. Plus rien ne le peut. Je t'aime.

Et il l'aimait. Plus que tout. Il ne se serait jamais cru capable d'aimer avec une telle force, avec une telle intensité. Grâce à Jane, il comprenait mieux l'amour fou qui avait uni ses grands-parents leur vie durant. Il se remémora la façon dont le visage de sa grand-mère s'éclairait chaque fois qu'Isaac apparaissait dans son champ de vision. Et ce dernier qui, jusqu'à la fin, n'était jamais passé près d'elle sans l'embrasser ou lui caresser tendrement la joue. Leo n'avait pas oublié non plus les conseils de son grand-père en matière sentimentale. Le vieil homme l'avait exhorté à ne pas laisser s'enfuir l'amour lorsque celui-ci se présenterait à sa porte, lui répétait que l'amour, le vrai, était un cadeau du ciel.

Leo chérissait ces semaines avec Jane. Et il devinait que le bonheur qu'il avait connu auprès d'elle resterait gravé au fond de son cœur jusqu'à la fin de ses jours.

— Leo, dit-elle d'une voix tremblante. S'il te plaît, dis-moi que le retour de ma mémoire ne change rien entre nous. Il n'est pas question que ma vie d'avant vienne interférer avec notre histoire.

Elle se pressa contre lui, caressa ses cheveux, son visage.

— Je suis toujours celle qui s'est réveillée dans tes bras, ce matin. Et si j'ai rempli des « trous », complété les cases vides, et que mes souvenirs sont revenus, j'ai envie de continuer à vivre avec toi. Et nulle part ailleurs.

La gorge serrée, il ne savait comment lui parler.

— Jane...

— Non, Leo, ne t'éloigne pas de moi. Pas maintenant. Pas au moment où j'ai le plus besoin de toi.

Elle lui prit sa tasse des mains, la posa sur la table basse et s'assit à califourchon sur ses genoux.

— Maintenant, je sais qui je suis. Et cela ne change rien à ce que je veux. C'est toi que je veux. Promets-moi que tu me laisseras rester avec toi, Leo. Promets-le-moi, je t'en prie, insista-t-elle, le regard tourmenté.

Incapable de résister à la tentation, il lui sourit et l'étreignit. Elle se blottit contre lui en ronronnant.

— Ce n'est pas juste, réussit-il à lâcher. Tu sais trop bien comment parvenir à tes fins.

— En effet, je le sais, répondit-elle en se frottant contre

lui pour l'affoler un peu plus. Dis-le, Leo, ajouta-t-elle en lui mordillant l'oreille. Dis-moi que je pourrai rester avec toi.

Il prit son visage entre les mains, captura ses lèvres et l'embrassa, espérant ainsi lui faire oublier sa requête. Mais c'était mal la connaître. Elle insista, insista, insista.

Il était fou d'elle et ferait tout pour elle, comprit-il à ce moment-là. Elle pouvait tout lui demander, tout exiger. Elle lui avait volé son cœur, et désormais il l'avait dans la peau. Il ne vivait déjà plus que pour ses sourires.

Il céda.

— Je te le promets.

Il n'ajouta rien. Ni pendant qu'elle l'embrassait. Ni plus tard, alors qu'elle lui faisait l'amour dans la pénombre. Mais les mots qu'il ne parvenait pas à prononcer étaient toujours là, planant au-dessus d'eux.

Il aimait cette femme comme il n'avait jamais aimé personne. Il avait le désir ardent de la garder auprès de lui.

Mais il savait qu'il devrait la laisser partir. Bientôt.

— As-tu besoin d'autre chose en ville ? lui demanda Leo, le lendemain, alors qu'il faisait signe à Ollie de sauter dans le pick-up.

Avec un petit jappement, le chien s'assit aux pieds de Jane, signalant à Leo qu'il restait avec elle.

Jane semblait radieuse et dans son élément comme elle l'était chaque jour depuis qu'elle vivait au ranch. Les bras chargés des plantes qu'il lui avait rapportées la veille de la pépinière, elle le dévisagea comme s'il avait perdu l'esprit.

— C'est la troisième fois que tu me poses cette question depuis ce matin. Non, nous n'avons besoin de rien. Vas-tu t'en aller ? Plus tôt tu partiras, plus tôt tu reviendras, et j'aurai besoin de ton aide pour le dîner.

— Besoin de mon aide ? Tu veux dire que tu espères bien que je préparerai le repas, non ?

En général, leurs plaisanteries l'allégeaient. Mais cette fois il n'avait vraiment pas le cœur à rire.

— C'est fou comme tu me connais bien, Leo.

Lorsqu'elle s'approcha pour l'embrasser, il l'étreignit avec force. Pas question de se contenter d'un rapide petit baiser. Il fouilla sa bouche pour graver sa saveur dans sa mémoire.

— Maintenant, tu vas vraiment devoir te dépêcher, dit-elle.

Ollie lança à Leo un regard interrogateur comme s'il se demandait à quoi jouait son maître.

Avant de démarrer, Leo les suivit des yeux alors qu'ils s'éloignaient sur le chemin qui menait à la future maison de Gwen et Lacey.

Tout en roulant, il s'attendait à être la proie du doute et de la mauvaise conscience. Il ressentait évidemment une sourde culpabilité, mais elle ne le dissuada pas d'aller au bout de son idée. Rien n'y parviendrait. Parce qu'il savait qu'il faisait la seule chose à faire. Pour elle, pour son bien à elle.

Il se gara devant le Lucky Diner, salua de loin Miss D. Mais au lieu d'entrer dans son restaurant pour commander un café et une part de tarte, comme à son habitude, il traversa la rue.

Pour se rendre au poste de police.

Jane dut effectuer plusieurs voyages jusqu'au petit cimetière familial niché sur la colline aux pommiers, mais elle parvint à y réunir tout ce dont elle avait besoin pour ses plantations. La clôture qui délimitait la zone avait besoin d'une bonne couche de peinture, mais ces travaux attendraient le printemps prochain. Elle avait demandé à Leo des fleurs à floraison tardive pour qu'il y ait de la couleur pendant l'hiver.

Elle se rendit compte soudain qu'il y avait cinq tombes dans le petit cimetière. Elle s'était attendue à en trouver quatre : celles des parents de Leo et de ses grands-parents.

Mais il y en avait une cinquième, celle d'un certain Gabriel Mitchell Slattery, mort le jour de sa naissance. Le même jour, remarqua Jane, que celui où la mère de Leo était morte. Le cœur brisé, elle prit conscience que l'homme qu'elle aimait avait connu beaucoup de tragédies. Et avait toutes les raisons d'être amer et en colère. Pourtant, il avait toujours le sourire aux lèvres.

La veille au soir avait été un moment particulièrement important pour elle. Faire l'amour avec Leo lui avait donné le sentiment d'être pleinement vivante, désirée et aimée. Et, maintenant que sa mémoire était revenue, elle savait, au plus profond de son cœur, qu'elle n'avait jamais aimé personne comme elle aimait Leo. Qu'avait-il dit à propos de ses grands-parents ? Qu'ils étaient « liés par le cœur » ?

Elle sourit.

— Comme eux, je suis liée à toi par le cœur, Leo.

Phoebe.

Comme le souvenir de sa sœur s'imposait à sa mémoire, elle se reprocha de n'avoir pas encore repris contact avec sa jumelle. Mais elle n'était pas prête à répondre aux nombreuses questions que Phoebe lui poserait, fatalement. Ni à être le centre d'attention. Quelques jours de plus ou de moins ne feraient pas une grande différence. Elle avait encore besoin d'être seule avec Leo pour prendre des forces. Avant de passer à autre chose. Avec lui.

Bien sûr, tôt ou tard, elle devrait aller trouver la police. Il pensait qu'elle n'accepterait jamais de s'y rendre, mais il avait tort. Il le fallait, elle le savait. Le moment viendrait. Leo lui donnerait le temps de s'y préparer. Il le lui avait promis.

Et Leo Slattery tenait toujours ses promesses, elle en avait la certitude.

— Puis-je vous aider, monsieur ? demande l'adjoint à Leo, qui admirait les boiseries du hall du poste de police.

Il s'était attendu à tomber dans un décor de vieux films policiers, à du linoléum usé, à de vieux bureaux métalliques chargés d'ordinateurs poussifs. Au lieu de quoi, il découvrait des équipements à la pointe de la technologie moderne.

Leo réussit à sourire en retirant son chapeau.

— J'aimerais m'entretenir avec l'adjointe Daria Bloom.

À l'instant où les mots franchirent ses lèvres, il sentit que sa vie était sur le point de basculer. Pourtant, il ne partit pas en courant. Même si Jane ne lui pardonnait jamais cette démarche, il faisait ce qu'il fallait faire pour elle. Du moins ne cessait-il de se le répéter.

— Avez-vous rendez-vous avec elle ? Je suis l'adjoint Gates.

— Non, je n'ai pas rendez-vous. Mais c'est important.

— J'en suis sûr. Avant toute chose, merci de remplir ce formulaire, dit l'adjoint Gates en lui tendant un imprimé. De quoi s'agit-il, monsieur Slattery ? ajouta-t-il dès que Leo eut écrit son nom, son adresse et son numéro de téléphone.

Leo hésita.

— Euh...

— Cela aidera Daria à décider si elle doit vous recevoir aujourd'hui ou plus tard, cette semaine. Il faut vous dire que nous sommes très occupés ces temps-ci. Nous enquêtons sur une affaire de tueur en série.

— Je l'ai entendu dire, oui... J'aimerais lui parler d'une personne dont la disparition a été qualifiée d'inquiétante par vos services.

Les sourcils de l'adjoint se levèrent de surprise.

— Vous avez donc retrouvé une personne disparue ? Asseyez-vous. Je vais tout de suite en informer Daria.

— Merci.

Mais, alors que l'adjoint disparaissait dans les profondeurs du poste de police, Leo resta debout. Il arpenta le hall, parcourut des yeux les affiches dressant la liste des criminels recherchés par la police.

— Monsieur Slattery ?

Leo se retourna. Une jeune et séduisante brune s'avançait vers lui, la main tendue. Son uniforme bleu marine ne faisait que renforcer l'impression de professionnalisme et de dévouement qui émanait d'elle.

— Adjointe Bloom ?

— Appelez-moi Daria, dit-elle en lui serrant la main. Il paraît que vous avez des informations à communiquer sur une enquête en cours ?

— Oui. Pouvons-nous en parler... euh, en privé ?

D'un hochement de tête, elle congédia Gates et fit signe à Leo de la suivre.

— Bien sûr. Un café ?

— Non, merci.

Daria sourit en se versant une tasse.

— Vous êtes un sage, il n'est vraiment pas terrible. Mais j'ai besoin de ma dose de caféine pour réussir à garder les yeux ouverts, dit-elle tout en l'entraînant vers son bureau.

Leo posa son chapeau sur la chaise qu'elle lui désignait et s'approcha d'un immense tableau blanc tapissé de photos, de dates et de données médico-légales concernant les victimes de l'Avalanche Killer.

Quand il jeta un coup d'œil par-dessus son épaule, il trouva Daria qui l'observait.

— Je ne suis pas censé regarder ce tableau, n'est-ce pas ?

— Cela dépend. Y voyez-vous une erreur ou êtes-vous en mesure de le compléter, monsieur Slattery ?

— Leo. Et je n'ai des renseignements à vous communiquer que sur une seule des jeunes femmes disparues, ajouta-t-il en retirant la photo de Skye du tableau pour la poser sur le bureau. Elle est vivante.

— Je l'ai entendu dire, en effet. J'ai discuté avec Kaitlin et Delaney Sommars hier soir après que Delaney a rapporté avoir vu Skye chez le Dr Monroe. Elles ont également mentionné qu'un cow-boy bien élevé dénommé Leo était avec elle. Je suppose qu'il s'agit de vous...

Les yeux rivés aux siens, elle se pencha en avant.

— Comment va-t-elle ? ajouta-t-elle.

— Bien, elle va bien.

Leo vit les traits de l'adjointe se détendre. Mais il ajouta :

— Elle va bien *maintenant*. Ce n'était pas le cas quand je l'ai trouvée.

Daria prit un stylo et commença à prendre des notes.

— Quand était-ce ?

— Fin juillet.

Daria arqua un sourcil tandis que Leo s'asseyait.

— Vous vous demandez pourquoi j'ai mis tant de temps à venir vous en parler. Elle avait reçu un très mauvais coup sur la tête qui l'avait rendue amnésique. Elle avait tout oublié : qui elle était, d'où elle venait. Et surtout elle avait peur. Elle était terrifiée. Manifestement, elle avait été agressée.

— Comment ça, « agressée » ? Voulez-vous dire « violée » ?

— Elle a toujours dit que non.

Daria ne chercha pas à dissimuler son scepticisme.

— Donc, elle avait tout oublié, elle ignorait ce qui lui était arrivé, mais elle savait qu'elle n'avait pas été agressée sexuellement...

— C'est en effet ce qu'elle m'a dit. Vous pourrez lui poser vous-même la question.

— J'en avais bien l'intention. Je suppose qu'elle vit chez vous ?

— Oui.

Voilà. Il venait de rompre le dernier fil de sa promesse.

— Pourquoi ne l'avez-vous pas amenée avec vous ? Et pourquoi n'avez-vous pas prévenu la police fin juillet ?

Leo comprenait son ton accusateur. Il s'y attendait, il croyait s'y être préparé. Pourtant, l'étincelle de colère qu'il vit briller dans les yeux de Daria le déstabilisa.

— Parce que le seul mot « police » déclenchait chez elle une crise de panique.

— Vraiment ?

— Quand je l'ai découverte un beau matin dans ma grange, j'ai tout de suite eu envie d'appeler les autorités, évidemment. Ses vêtements étaient déchirés et ensanglantés. En plus de sa blessure à la tête, elle était couverte de bleus, de bosses. Et l'empreinte d'une main marquait l'une de ses joues.

— Je suppose que vous n'avez pas pris de photos.

— Je n'ai pas de smartphone. Il n'y a pas de réseau sur mon ranch. En revanche, j'ai mis ses habits dans un sac. Au cas où.

— Bonne initiative. Ils portent peut-être des traces d'ADN de son agresseur qui nous seront utiles. Continuez.

— Depuis son arrivée, elle ne cesse de faire des cauchemars. Les gyrophares en sont l'élément récurrent. Elle y voit aussi un homme en uniforme sombre. Dernièrement, elle s'est souvenue avoir été sciemment percutée par une voiture de patrouille. Et après l'accident, alors qu'elle essayait de sortir du côté passager, le policier a brisé la vitre côté conducteur, ouvert la portière et l'a attrapée par la cheville pour la traîner hors de son véhicule. Quand elle a repris conscience, elle se trouvait dans un abri de jardin sur une propriété abandonnée. Elle a réussi à s'échapper en passant par une lucarne. Elle a couru dans le bois jusqu'à mon ranch.

Daria écouta sans émotion.

— A-t-elle une idée de l'endroit où est cette propriété abandonnée ?

— Il s'agit de l'ancien domaine de Paul Preston, situé à plusieurs kilomètres de mon ranch. Je l'ai conduite là-bas. Elle ne se souvenait pas d'y avoir été enfermée, mais le cabanon correspondait en tout point à la description qu'elle m'en avait donnée.

— Preston est mort depuis cinq ans, maintenant, dit Daria.

— Un ami m'avait mis sur cette voie.

— Un ami ? Quel ami ?

— John McHugh Trapper. Vous...

— Je connais bien Trapper, dit Daria avec un sourire. C'est un brave homme et une mine d'informations.

— C'est Trapper qui a fait le rapprochement entre l'abri de jardin qu'elle décrivait et celui de l'ancienne propriété de Preston. Preston est peut-être mort, mais quelqu'un fabrique de la drogue dans son chalet, au sein d'un laboratoire clandestin.

Il fouilla dans sa poche et en sortit le permis de conduire à moitié calciné.

— Nous avons trouvé cette carte au milieu d'un tas de cendres dans la cheminée.

Daria examina ce qui restait de la carte en plastique.

— Levi McEwan... Intéressant.

Les sourcils froncés, elle se rassit sur sa chaise et attrapa un classeur sur son bureau, qu'elle se mit à feuilleter.

— Quand avez-vous dit que Skye était arrivée chez vous ?

— Fin juillet.

— Le 24 ?

— Oui, pourquoi ? Que se passe-t-il ? Que savez-vous ?

— Rien de certain encore.

Elle décrocha son téléphone et demanda à quelqu'un d'apporter le dossier concernant Levi. Quand elle raccrocha, elle planta les yeux dans les siens.

— C'est parce que Skye avait peur des policiers que vous avez menti à l'adjoint venu chez vous pour enquêter sur sa disparition ?

— Pardon ? Qui est venu chez moi et quand ? Depuis des mois, je n'ai vu personne d'autre que Trapper et Jane au ranch. Cela dit, Trapper m'a parlé d'un gars au volant d'un SUV, qui prétendait s'être perdu et qui demandait son chemin.

— Jane ?

— Skye, corrigea Leo. Elle ne se souvenait pas de son nom, alors nous l'appelons Jane.

— Pas très original, marmonna Daria. Merci, Blue, dit-elle en prenant une chemise cartonnée que lui tendait une jeune adjointe. Apportez-moi aussi le dossier concernant les recherches sur Skye Colton, voulez-vous ? Par ailleurs, savez-vous si le shérif est revenu ?

— Il n'est pas encore rentré. Voulez-vous que je l'appelle ?

— Je vais m'en occuper, merci.

Daria plongea le nez dans un classeur pendant que Leo commençait à s'agiter sur sa chaise.

— Êtes-vous absolument sûr que personne n'est venu pour vous interroger sur Skye ? poursuivit-elle.

— Sûr et certain. Trapper me l'aurait dit et Jane ne m'aurait jamais caché ce genre de choses. Elle panique toujours quand il s'agit de la police.

— Si un policier est responsable de ce qui lui est arrivé, sa réaction est compréhensible.

Levant les yeux, Daria lança soudain :

— Elle ne sait pas que vous êtes ici, n'est-ce pas ?

Il secoua la tête, luttant contre un regain de culpabilité.

— Non. Et, croyez-moi, elle sera furieuse quand elle apprendra que je suis venu sans son accord, mais j'ai pensé que je pouvais vous faire confiance.

— Ah bon ? Pourquoi ?

— Parce que celui qui l'a attaquée était un homme. Et vous n'en êtes pas un.

— Votre sens de l'observation force l'admiration, dit Daria en souriant. En effet, ce n'est pas moi qui ai attaqué Skye. Quant à Levi McEwan, c'était un petit trafiquant qui vendait de la coke, des amphétamines et de l'héroïne aux adolescents du coin. Son cadavre a été retrouvé fin juillet, près d'une station-service. La station-service où Skye avait fait le plein le 24 juillet comme l'atteste sa carte de crédit. D'après le légiste, McEwan est mort ce jour-là aussi.

Une panique d'une nouvelle nature saisit Leo.

— Ce qui est arrivé à Jane serait donc lié à ce meurtre ?

— Je ne crois pas aux coïncidences.

Blue revint et lui tendit un épais classeur.

— Merci.

Daria feuilleta les pages.

— Oppenhymer, Palmer, Preston, Pullman... Slattery, Leo, dit-elle en tapotant une ligne. L'adjoint Gerald Gates a prétendu être venu sur votre propriété. Il a discuté avec un vieux monsieur. Sans résultat.

— Je ne sais pas quoi vous dire, répondit Leo. D'après Trapper, la seule personne à être passée se prétendait perdue. Et cherchait à acheter une propriété dans la région.

Un profond malaise s'emparait de lui. Quelque chose n'allait pas.

— Blue, auriez-vous la gentillesse de demander à l'adjoint Gates de venir ? reprit Daria.

— Il vient de partir, répondit Blue. Il avait une urgence familiale et a pris sa journée.

Leo se sentit blêmir.

— Et vous avez dit qu'il se prénommait Gerald, non ?

— Oui. Pourquoi ? s'enquit Daria.

— La nuit dernière, Skye a eu un nouveau cauchemar. Elle voyait l'insigne sur l'uniforme de son agresseur. Elle ne se souvenait pas du nom, mais seulement des initiales. G. et G.

Avec un juron, Leo se précipita vers la porte.

Daria courut après lui, Blue sur les talons.

— Attendez, Leo ! Où allez-vous ?

— Il m'a demandé mon nom et mon adresse. Il a compris qu'il s'agissait d'elle. Maintenant, il sait où la trouver. Elle est en danger !

— Depuis combien de temps est-il parti ? demanda Daria.

— Peut-être dix minutes, répondit Blue.

Leo n'écoutait plus. Il avait besoin de rentrer, de rejoindre Jane. Tout était sa faute. S'il avait respecté le choix de Skye, Gerald Gates n'aurait jamais appris où elle était.

— Attendez, Leo, dit Daria en lui saisissant le bras.

— Laissez-moi. Je dois retourner tout de suite au ranch.

— Je vous accompagne. Blue, appelez le shérif, dites-lui que nous avons un suspect possible pour le meurtre de McEwan et pour l'agression et l'enlèvement de sa cousine Skye. Et priez-le d'envoyer tout de suite des renforts au ranch Slattery.

— D'accord, dit Blue avant de disparaître à l'intérieur.

Daria désigna une voiture de patrouille à Leo.

— Nous irons plus vite avec des sirènes.

Jane entendit le jappement d'Ollie bientôt suivi d'un bruit de moteur. Un sourire aux lèvres, elle abandonna ses plantations et se leva. D'une main terreuse, elle repoussa en arrière les mèches de cheveux qui s'étaient échappées de sa tresse et se hâta vers la maison. Leo était de retour.

Ollie la suivit. Mais, alors qu'elle se rapprochait du ranch, le berger allemand s'arrêta brusquement. Les babines retroussées, il se mit à grogner et ses poils se hérissèrent.

Intriguée par la réaction de l'animal, elle s'immobilisa à son tour.

Il ne s'agit pas de Leo, comprit-elle.

De loin, elle vit leur visiteur sortir de son véhicule et contourner la maison. Non seulement il rasait les murs, mais il n'appela pas pour demander s'il y avait quelqu'un... Un comportement pour le moins étrange.

Jane avança prudemment jusqu'à la grange, qu'elle longea à pas de loup, Ollie sur les talons. Parvenue à l'angle, elle jeta un coup d'œil dans la cour. Son cœur bondit à la vue de la voiture de patrouille qui y était garée. En proie à une brusque terreur, elle essaya de se raisonner. Quelques semaines plus tôt, un policier avait tenté de l'envoyer dans le décor. Devait-elle pour autant en déduire qu'ils étaient tous animés de mauvaises intentions ?

Comme l'intrus se rapprochait, elle serra Ollie contre elle.

Mais soudain les fragrances d'une eau de toilette bon marché lui chatouillèrent les narines. Son estomac se révulsa. Elle reconnaissait cette odeur. Prise de vertige, elle s'adossa au mur de la grange et ferma les yeux pour ne pas s'effondrer.

Et brusquement tout lui revint en mémoire, l'image d'un poignard qui frappait un inconnu à la poitrine, au ventre, la panique qui l'avait saisie devant ce déchaînement de violence, le sang qui se répandait sous les lumières blafardes de la station-service. Elle y était entrée pour faire le plein et elle restait là, horrifiée par le meurtre dont elle était témoin. Et terrifiée parce que le tueur l'avait vue. Grand et brun, il était vêtu de l'uniforme porté par les adjoints du shérif de Roaring Springs. Avec sur la poitrine un insigne sur lequel était écrit « Adjoint Gerald Gates ».

Couvert de sang, il s'était avancé vers elle, son poignard à la main. Glacée de peur, elle avait manœuvré pour quitter les lieux en vitesse, pour fuir. Elle avait foncé sur la route. Son cabriolet était rapide, mais la voiture de patrouille s'était lancée à sa poursuite. Très vite, elle avait vu les gyrophares dans son rétroviseur. Elle avait essayé de sortir son smartphone de son sac pour appeler quelqu'un, demander de l'aide, mais derrière elle l'adjoint réduisait la distance et elle avait préféré accélérer.

Que faire ? Se rendre au poste de police de Roaring Springs ne semblait pas une option, vu qu'un adjoint du shérif était à ses trousses. Devait-elle tenter de rentrer chez elle, dans sa famille ? Son poursuivant n'oserait jamais pénétrer dans la propriété du clan, elle en était sûre... Trey, s'était-elle dit soudain. Trey, le shérif, saurait quoi faire. Trey pourrait l'aider.

Lorsque l'adjoint Gates avait sciemment percuté l'arrière de son véhicule, elle avait poussé un hurlement de terreur. Sa voiture avait dérapé, mais elle avait réussi à garder le contrôle. Cependant, quand il était repassé à l'attaque et l'avait heurtée de nouveau avec violence, elle était sortie de la route pour se fracasser contre un arbre. Le choc avait été brutal, mais heureusement amorti par l'explosion des airbags. Sonnée, elle avait peu à peu recouvré ses esprits. Comme dans un état second, elle avait cherché à débloquer sa ceinture de sécurité, elle avait entendu une portière claquer et des bruits de bottes. Elle avait rampé par-dessus le levier de vitesse vers la portière côté passager. Et actionné la poignée d'un geste frénétique.

Mais, glissant la main à travers la vitre cassée, il avait déverrouillé la portière et l'avait ouverte. Lorsqu'il l'avait attrapée par la cheville, elle avait vu ses yeux sombres à la lueur du plafonnier. Comme il la tirait hors de l'habitacle, elle s'était débattue, le frappant de ses poings, de ses pieds. Mais d'une gifle il l'avait envoyée valser à terre. Sa tête avait heurté le macadam. Elle gisait là, au milieu de verre brisé, incapable de bouger, quand, se penchant vers elle, il l'avait assommée d'un coup de matraque.

Ollie aboya, obligeant Jane à revenir au présent. Adossée à la grange, elle regardait, pétrifiée, son agresseur fouiller l'endroit avec méthode. Elle reconnut ses cheveux bruns, son visage pâle. Et surtout son uniforme.

L'adjoint Gates était également l'automobiliste qui s'était arrêté ici, prétendant s'être trompé de route, il y a quelques semaines.

Et soudain il surgit devant elle.

— Enfin, je vous retrouve.

Ollie se tendit, montrant les crocs, prêt à bondir, mais elle le retint par le collier, effrayée de ce que Gates ferait pour le neutraliser. Elle chercha des yeux quelque chose, n'importe quoi, dont elle pourrait se servir pour se défendre.

— Je ne suis pas seule, balbutia-t-elle.

L'arme au poing, l'adjoint s'avança vers elle.

— Menteuse. Leo Slattery est au poste de police. Comment croyez-vous que j'ai découvert où vous vous cachiez ? Vous vous rappelez m'avoir vu buter Levi, non ?

Elle sentit le sang se retirer de son visage.

— Leo est où ?

Il mentait. Leo lui avait juré qu'il n'irait jamais trouver la police. Il avait promis et il n'avait qu'une parole...

Mais en le regardant elle sut qu'il lui disait la vérité.

Alors qu'il lui avait juré qu'il ne le ferait pas, Leo était bien allé voir les flics...

Et cette trahison lui fit plus mal qu'une balle en plein cœur.

— Ils vont comprendre, dit-elle. Quand ils découvriront mon cadavre, ils comprendront que c'est vous qui m'avez tuée.

— Je compte bien faire disparaître votre cadavre.

Comme Ollie continuait à gronder, il pointa son arme sur lui, et aussitôt elle se précipita pour protéger le chien.

— Non, ne tirez pas sur lui. Je ferai tout ce que vous voudrez, mais laissez-le tranquille.

Il lui fallait gagner du temps, pour permettre à ses neurones, qui fonctionnaient à plein régime, de trouver une issue.

— Alors, attachez-le. Puis vous monterez dans ma voiture. Nous avons des affaires à terminer, vous et moi.

Lorsqu'elle croisa le regard fou de l'adjoint, elle comprit que, si elle le laissait l'embarquer dans son véhicule, elle n'en sortirait pas vivante. Elle en avait la certitude.

— D'accord, je vais l'attacher, répondit-elle. Sa laisse est dans l'écurie, au-dessus des harnais, mentit-elle en montrant la cloison qui séparait le box de Teyla de celui de Bullet.

— Allez la chercher, ordonna Gates. Et dépêchez-vous !

— J'ai une question, dit-elle tout en entrant dans le bâtiment avec Ollie. Pourquoi avez-vous tué ce Levi ? Que vous avait-il fait ?

— Il me volait. Il se servait dans le stock de came. Une grosse erreur de sa part.

Parvenue devant le box de Bullet, elle attacha le chien à un pilier. Mais, comme elle repartait, elle fit mine de trébucher et de s'étaler par terre. Dans sa chute, elle tira le loquet qui fermait la stalle du jeune étalon et l'ouvrit en grand. Sans hésiter, Bullet s'élança, envoyant au passage l'adjoint au tapis. Quand le cheval le renversa, Gates poussa un cri.

D'un bond, Jane se releva, attrapa une fourche et frappa l'adjoint à la main. Dès qu'il lâcha son arme, elle envoya celle-ci valser d'un coup de pied. Mais Gates l'attrapa par la cheville et la fit tomber. Elle sentit le goût du sang. Pourtant, elle ne voulait pas renoncer. Pas question de s'avouer battue.

Elle chercha des mains la fourche.

Ollie devenait fou. Ses aboiements couvrirent un rugissement de moteur, l'arrivée d'une autre voiture.

— Jane !

Leo. Entendait-elle des voix ? Jane avait beau se débattre, Gates ne lâchait pas prise. La folie brillait dans ses yeux.

Elle parvint alors à saisir la fourche. Elle la brandit et l'écrasa sur la tête de son agresseur.

Avec un cri de douleur, Gates s'écarta. Mais très vite il se jeta sur elle et la gifla plusieurs fois avec force. Les bras repliés sur le visage, elle s'efforça de parer les coups qui pleuvaient.

Les voix se rapprochaient, mais Jane ne voulait pas se retourner. Peut-être n'y avait-il personne, en réalité. Peut-être son esprit lui jouait-il des tours.

Comme elle se redressait et ramassait la fourche qui gisait sur le sol, elle s'apprêta à le frapper à nouveau.

Quelqu'un l'immobilisa.

— Jane, arrête ! Ils vont lui passer les menottes. C'est fini !

Leo ! pensa-t-elle. Et elle s'effondra contre lui.

— Sortons d'ici !

Il voulut l'entraîner hors de l'écurie, mais elle résista.

— Attends ! Ollie. Où est...

— Il est là.

Une jeune adjointe en uniforme lui montra le chien, toujours attaché à une corde. Fou de joie, il bondit vers eux.

Jane se libéra de l'emprise de Leo et s'agenouilla pour

serrer l'animal contre elle. Le nez dans sa fourrure, elle explosa en sanglots.

— J'ai eu si peur pour toi. Tu m'as défendue, protégée. Heureusement que tu étais là, mon Ollie.

Elle n'oublierait jamais le regard dément de Gates quand il avait pointé son arme sur le berger allemand. S'il lui était arrivé malheur...

Leo s'accroupit à côté d'elle.

— Que s'est-il passé, Jane ? Raconte-moi.

Mais, comme il tendait la main vers elle, elle l'écarta avec colère.

— Ne me touche pas !

— Qu'y a-t-il ? Jane, parle-moi.

— Tu sais très bien ce qui s'est passé, dit-elle en le regardant dans les yeux. Tu m'as trahie.

13

Leo, qui s'était adossé à l'ambulance, se redressa à l'approche de Daria et du shérif Trey Colton. Des adjoints et des inspecteurs avaient envahi son ranch, photographié la maison et l'écurie sous tous les angles. L'adjointe Blue avait été chargée de retrouver Bullet, qui s'était sans doute enfui dans la propriété voisine.

Deux adjoints entraînaient Gates vers une voiture de patrouille. Blessé à la tête et à l'épaule, il hurlait de douleur. Leo n'éprouvait pas une once de sympathie pour ce type. En un sens, il regrettait de ne pas avoir laissé Jane le massacrer, mais elle aurait pu le tuer, il l'avait compris. Et il ne voulait pas qu'elle ait une mort sur la conscience, pas même celle de Gerald Gates.

Quant à elle, elle était saine et sauve, à l'exception de quelques égratignures sans gravité.

Leo avait connu beaucoup d'épreuves dans sa vie : la perte de ses parents et de ses grands-parents, des accidents sur la plate-forme pétrolière, qui avaient coûté la vie à des hommes. Il avait parfois pris des risques qui auraient pu lui coûter cher, mais rien ne l'avait préparé à la terreur qui l'avait étreint pendant le trajet à l'idée qu'ils arriveraient peut-être trop tard, que Gerald Gates l'aurait peut-être déjà tuée...

Il lui faudrait du temps pour oublier ces horribles moments.

Daria devait être épuisée, mais elle ne le montrait pas. Elle ne cessait de s'activer.

— Dites-moi qu'il a avoué, dit Leo.

— Il en a dit assez pour nous permettre de l'arrêter, répondit Daria.

Elle se tourna vers le shérif.

— Trey, je te présente Leo Slattery.

— Bienvenue à Roaring Springs, dit Trey avec un grand sourire. Je suis ravi de savoir que le ranch d'Isaac est entre de bonnes mains. Et, de façon plus personnelle, merci pour tout ce que vous avez fait pour ma cousine Skye. J'ai hâte de transmettre de bonnes nouvelles à ma famille. Depuis qu'ils ont entendu dire qu'elle était en vie, ils sont fous de joie. Les affaires d'enlèvement finissent rarement aussi bien.

Leo se tourna vers Jane. Elle avait une expression étrange, distante. Son visage était fermé. Depuis qu'elle l'avait accusé de l'avoir trahie, elle ne lui avait pas fait l'aumône d'un regard.

Daria perçut son désarroi et lui tapota le bras.

— Elle s'en remettra, dit-elle. Donnez-lui un peu de temps. Elle comprendra que vous ne cherchiez qu'à l'aider.

Il en doutait sérieusement.

— Pourquoi Gates a-t-il tué McEwan ? reprit-il. Le savez-vous ?

— Levi le volait, répondit Jane de la civière sur laquelle elle était assise. Gates ne l'a pas supporté. Alors qu'il le lardait de coups de couteau, je suis arrivée pour faire le plein à la station-service. J'étais au mauvais endroit au mauvais moment.

— L'enquête nous a déjà appris que Gates était le neveu de Paul Preston et son seul héritier, dit Daria. À la mort de Preston, Gates a donc récupéré la propriété. Par la suite, il a demandé sa mutation à Roaring Springs afin d'étendre son réseau de trafic de drogue dans la région. D'après ce que nos hommes ont trouvé, son laboratoire clandestin fonctionnait à plein régime jusqu'à ces dernières semaines.

Elle s'interrompit un instant, puis poursuivit :

— Après avoir tué Levi, il a probablement déplacé une nouvelle fois ses activités ailleurs. Nous avons contacté ses anciens collègues policiers de Denver pour leur suggérer de mener une petite enquête là-bas. Ils découvriront sans aucun doute le rôle majeur qu'il jouait dans les trafics de leur ville.

— Être adjoint lui offrait une couverture parfaite, ajouta Trey. Il savait où nous enquêtions, les zones à éviter. En tout cas, nos procédures de vérification des antécédents comportent de sérieuses failles. Il va falloir les revoir sans tarder.

— Pourquoi ne m'a-t-il pas tuée ?

Le ton détaché sur lequel Jane posa la question glaça Leo. Elle remercia l'infirmier qui s'occupait d'elle, rabattit contre elle les pans de sa couverture de survie et sortit de l'ambulance. Ollie les regardait l'un et l'autre comme pour les supplier de se réconcilier.

— Sans doute avait-il l'intention de le faire, répondit Trey. J'ai enquêté un peu et découvert qu'il y a une quinzaine d'années le père de Gates avait conclu un accord commercial avec ton père, Skye. Quel qu'ait été cet accord, leurs affaires ont périclité. La famille Gates a tout perdu. Ils ne s'en sont jamais remis, ni financièrement, ni professionnellement, ni même humainement. En te voyant arriver à la station-service, ce soir-là, Gates a sans doute pensé que le destin lui offrait la possibilité de se venger. Tuer l'un de ses enfants aurait en effet été la meilleure façon de faire souffrir Russ. Il t'a kidnappée pour faire durer l'angoisse de tes parents. Mais tu as réussi à t'échapper.

— Comme vous n'êtes pas réapparue et que vous n'avez jamais porté plainte, il a dû penser que vous étiez morte de froid, ajouta Daria. Quoi qu'il en soit, votre père a vécu un enfer depuis votre disparition.

— Aujourd'hui, Gates comptait me violer avant de me tuer, murmura Skye. Je l'ai vu dans ses yeux. Je savais que si je montais dans cette voiture avec lui...

Leo voulut poser la main sur son épaule pour la réconforter, mais elle s'écarta sans même tourner la tête vers lui. Il sentit aussitôt un poids tomber sur sa poitrine et son cœur se serrer.

Elle est vivante, se rappela-t-il. *Et c'est tout ce qui compte.* Cela devrait suffire.

— Qu'attendez-vous d'autre de moi ? poursuivit Jane.

— Une déclaration officielle, répondit Daria. Mais il n'y a pas d'urgence. Vous pourrez passer demain matin et nous...

— Je préfère en finir maintenant, mais m'autorisez-vous à prendre une douche, d'abord ?

— Bien sûr. En revanche, nous aurons besoin de vos vêtements.

— Pas de problème, dit Jane. Je me dépêche.

— Je peux t'accompagner au poste, proposa Leo. J'ai laissé mon pick-up là-bas...

— J'y vais avec Daria. Si ça ne vous ennuie pas, Daria.

— C'est d'accord, répondit l'adjointe. Je vous attends.

Jane se hâta vers la maison, Ollie sur les talons.

— Elle a juste besoin d'un peu de temps, dit Trey.

Ravagé, Leo savait que le temps n'y changerait rien.

— Lorsqu'elle est arrivée ici, je lui ai dit que je n'avais qu'une parole. Et j'ai trahi ma promesse. Elle ne m'avait demandé qu'une chose. Ne pas aller trouver la police et je m'y étais engagé. Si je ne m'étais pas rendu au poste pour tout vous raconter, Gates n'aurait pas su où elle était.

— Tôt ou tard, il aurait découvert sa cachette, répliqua Daria. Et nous n'aurions pas pu intervenir à temps et l'empêcher de l'attaquer parce que nous ne nous serions doutés de rien. Grâce à vous, elle est vivante, Leo.

Leo acquiesça, mais ne répondit rien. Il retourna à l'intérieur. Il entendit l'eau couler dans la salle de bains de la chambre d'amis. Accablé, il prépara du café et s'assit à la table.

Avec un gémissement, Ollie posa la tête sur ses genoux.

— J'ai tout gâché, vieux.

Il tapota la tête du chien et attendit, le cœur battant, que Jane émerge de sa douche.

Elle apparut, vêtue d'un jean et d'un T-shirt propres, les cheveux nattés et chaussée d'une paire de baskets qu'il avait achetée pour elle lors de sa première virée shopping. Elle avait mis ses vêtements sales et ensanglantés dans un sac en papier avec les bottes de sa mère. Elle laissa le tout à côté de l'autre sac, qui contenait le pantalon en lin et le corsage en soie qu'elle portait à son arrivée.

Comme elle se dirigeait vers le salon, il l'attrapa par le poignet.

— Jane.

Elle se raidit à son contact et marmonna :

— Skye, je m'appelle Skye.

Il eut l'impression de prendre une gifle et encaissa le coup.

— Skye, je pensais bien faire.

— Je sais. Mais cela n'a pas d'importance. Tu m'as menti, Leo. Nous aurions pu nous rendre ensemble au poste de police. Tu n'étais pas obligé d'y aller dans mon dos.

Il voulut se justifier, expliquer qu'il avait fait ce qu'il devait faire, qu'il n'avait jamais voulu que son bien. Mais au fond elle avait raison. Il l'avait trahie.

— Je t'avais promis de te ramener à ta famille.

— Et j'ai été idiote de croire que j'en avais trouvé une avec toi.

— Tu l'as trouvée, dit-il en resserrant son emprise. Je t'aime, Skye. Nous pouvons...

— Nous pouvons quoi, Leo ? Recommencer ? Imagines-tu vraiment que j'ai envie de t'entendre me promettre tout et n'importe quoi en sachant que ta parole ne vaut rien ? Brock m'avait peut-être déçue, mais il n'a jamais prétendu être quelqu'un qu'il n'était pas. Voilà pourquoi j'étais plus vexée que blessée quand il m'a plaquée pour une autre. Mais ce que tu m'as fait, toi, me fait vraiment mal.

— Tu veux vraiment nous comparer, lui et moi ?

— Tu ne comprends pas, n'est-ce pas ? dit-elle, incrédule. J'étais sûre et certaine que jamais tu ne me blesserais ni ne me trahirais. Dès l'instant où je t'ai vu dans cette grange, je t'ai fait confiance. Sais-tu à combien d'autres personnes j'ai accordé cette confiance totale, Leo ? À une seule. Ma sœur. Même mes parents et mes frères m'ont laissée tomber à une époque. Mais jamais je n'aurais imaginé que tu me trahirais.

— Ma trahison avait pour unique but de te protéger.

— Ta trahison a failli me tuer. Peut-être un jour parviendrai-je à te pardonner. Mais je n'arriverai plus jamais à te faire confiance, Leo. Et je ne peux pas aimer quelqu'un en qui je n'ai pas confiance.

Les larmes coulaient sur ses joues et elle serra les dents.

— Je le regrette. Mais c'est ainsi. Laisse-moi partir, Leo.

Il la lâcha et resta là, planté sur sa chaise, pendant qu'elle faisait le tour de la maison pour s'assurer qu'elle n'oubliait rien. Elle revint un moment plus tard.

— Il n'y a plus rien à moi ici. Plus maintenant.

— Skye...

Il devait réessayer. Il avait besoin qu'elle comprenne qu'il avait eu tort, mais qu'il ne voulait pas la perdre, qu'il n'avait pas envie de vivre dans une maison où elle n'était pas.

— Skye, s'il te plaît.

Daria donna un petit coup sur la porte et entra.

— Désolée de vous interrompre, mais je m'en vais. À moins que vous n'ayez changé d'avis et décidé de rester ?

— J'arrive, dit Skye. Je pars avec vous.

Elle se pencha pour caresser une dernière fois Ollie.

— Il est temps de rentrer chez moi.

Vidée émotionnellement et physiquement, Skye se recroquevilla sur le petit canapé du bureau de Daria Bloom, un gobelet de café entre les mains.

— Avez-vous tout ce dont vous avez besoin ? demanda-t-elle à l'adjointe, qui pianotait sur le clavier de son ordinateur pour finir d'enregistrer sa déclaration.

— C'est parfait, répondit Daria en prenant les feuillets dans l'imprimante. Vous n'avez plus qu'à la lire et à la signer. Êtes-vous certaine de ne pas vouloir d'une barre chocolatée ?

— Non, merci.

— Tenez, voici votre déposition. Vous allez être contente de retrouver votre lit au Château.

Skye lut le texte et griffonna son nom sur la dernière page.

— Pensez-vous que Gates sera présenté à un tribunal ?

— J'en doute. À mon avis, il va plutôt essayer de passer un accord avec les Feds. Mais, vu le nombre et la gravité des crimes dont il s'est rendu coupable – meurtres, trafic de drogue, enlèvement –, il va prendre cher.

— De ce que j'ai entendu dire vous avez cru au départ que j'avais été enlevée par un tueur en série.

— Cette éventualité nous avait traversés, oui. Skye, j'ai un service à vous demander… Même si vous êtes contrariée ou blessée, ne laissez plus jamais les gens qui vous aiment sans nouvelles.

— Promis. Me reconduisez-vous chez moi, à présent ?

— Ce ne sera pas nécessaire.

La porte du bureau de Daria s'ouvrit et Phoebe apparut. Elle se précipita vers Skye pour l'étreindre avec force.

— J'ai toujours su que tu étais vivante.

Elle prit le visage de Skye entre ses mains.

— Tu m'as tellement manqué, dit-elle en fondant en larmes.

— Toi aussi, tu m'as manqué, chuchota Skye.

Elle aperçut derrière sa jumelle un homme dont les traits lui disaient vaguement quelque chose. Avant de pouvoir mettre un nom sur son visage, elle vit ses parents et ses frères dans le couloir. Si même Decker, Blaine et Wyatt avaient fait le déplacement jusqu'au poste de police, c'est qu'ils devaient vraiment s'inquiéter pour elle.

Elle s'avança pour les embrasser. Quand elle serra sa mère dans ses bras, elle fut incapable de retenir ses sanglots.

Tirée à quatre épingles comme à son habitude, Mara Colton l'étreignit.

— Nous nous sommes fait un sang d'encre, ma chérie.

— Je sais. Je suis désolée.

Elle ferma les paupières, essayant d'effacer le souvenir de Leo la suppliant d'appeler sa famille pour rassurer les siens sur son sort. Jusqu'à cet instant, elle n'avait pas compris pourquoi elle était si réticente à le faire. Elle avait cru qu'ils se moquaient bien qu'elle soit ou non en vie et qu'elle souffrirait de cette indifférence. Mais elle avait tort. Ils se souciaient d'elle et elle éprouva un étrange réconfort à sentir les bras de sa mère sur elle, les mains de ses frères lui tapotant le dos. Et, quand elle redressa la tête et découvrit son père, elle en resta bouche bée. Grand et fort, il s'était souvent montré autoritaire et distant avec elle. Mais, là, il la regardait avec... des larmes dans les yeux.

— Skye ? Ma chérie, tu vas bien ?

Elle hocha la tête. Mais elle n'arrivait pas à parler. Pas sans mentir. Elle se sentait si mal.

Comment aurait-elle pu aller bien alors qu'elle avait perdu le seul homme qu'elle ait jamais aimé ?

14

— Était-il indispensable d'organiser une réception pour l'occasion ? demanda Skye à Phoebe avec un gros soupir.

Sa jumelle, qui vernissait ses ongles avec application, leva les yeux, une expression étrange sur le visage.

— Ai-je bien entendu ? Skye Colton n'est pas folle de joie à l'idée d'une fête organisée en son honneur ?

Skye se mordilla les lèvres. Skye avait été une vraie fêtarde adorant sortir, danser, boire et s'amuser, elle n'en doutait pas. Mais Jane était loin de partager cet enthousiasme et n'avait que très modérément envie de voir du monde. Et, ces jours-ci, elle s'identifiait beaucoup plus à Jane qu'à Skye.

— Un petit repas en famille m'aurait suffi, dit-elle.

Au lieu de quoi, Mara et Phoebe avaient profité de son retour pour inviter le ban et l'arrière-ban du comté à venir sabler le champagne et à déguster des petits-fours au Château.

— À propos de famille, poursuivit-elle, quand vas-tu enfin me raconter comment tu t'es retrouvée fiancée à Prescott Reynolds, l'acteur le plus en vue de Hollywood ?

— J'attends d'être sûre que ton cerveau, qui se remet à peine d'une sévère amnésie, soit capable de comprendre l'histoire.

Depuis ses retrouvailles avec Skye, Phoebe passait en permanence de l'incrédulité à l'inquiétude.

— Mais, dis-moi, tu ne t'es pas maquillée, Skye, si ?

— Je me suis maquillée, mais moins que d'habitude.

— Tu n'as pas mis non plus de robe longue. Notre mère va être horrifiée.

Skye tapota son ventre.

— Je ne rentre plus dans aucune de mes robes ! Il me reste encore deux bons kilos à perdre pour retrouver ma ligne et, si tu veux tout savoir, j'ai eu un mal fou à fermer celle-ci.

Elle était restée un long moment devant son miroir, devant son reflet, dans l'espoir de se sentir… elle-même. En vain.

— Ne t'inquiète pas, tu es très bien. D'ailleurs, tu serais ravissante dans un sac à pommes de terre… Tu as vraiment aimé cette vie, n'est-ce pas ? ajouta-t-elle après un moment. Au ranch ?

« Le ranch » était devenu la façon codée pour les Colton de désigner « Leo Slattery ». Grâce à Daria, Skye n'avait pas été obligée de leur parler de lui. Elle n'avait aucune envie de le faire, devinant qu'elle devrait alors reconnaître à quel point il lui manquait. Tous les soirs, elle pleurait dans son lit.

Sans répondre à sa sœur, elle se dirigea vers le miroir devant lequel Phoebe s'efforçait de dompter sa crinière rousse, identique à la sienne.

— Ne devrions-nous pas descendre rejoindre nos invités ? demanda-t-elle. Tout le monde nous attend, non ?

Phoebe lui caressa tendrement la joue.

— Même si tu persistes à le nier, à tirer en touche, je le vois bien, Skye. Ce ranch… te manque. Et je le comprends. Vivre au grand air au milieu des chevaux t'a réussi. Ton bronzage est sublime.

— Je ne montais qu'une jument, en fait. Ginger. Mais Duke était une vraie beauté. Quant à Teyla et Bullet, ils étaient plus jeunes, plus…

Le cœur serré, elle s'interrompit et s'écarta.

Phoebe n'insista pas et changea de sujet.

— As-tu pensé à ce que tu allais faire maintenant que tu es revenue ? Vas-tu vendre ton histoire en exclusivité à un éditeur ? Le livre ferait un tabac, j'en suis certaine, et je ne serais pas étonnée qu'un producteur te propose de tirer un film de ton aventure...

— Cela ne m'intéresse pas.

Imaginer qu'elle puisse relater ce qui lui était arrivé lui donnait la nausée. L'idée de voir sa vie s'étaler dans les journaux et les magazines lui semblait saugrenue, voire indécente. Elle ne voulait plus être sous les feux des projecteurs. Elle ne rêvait que de...

— Et je ne souhaite plus représenter la famille.

— D'accord. Qu'aimerais-tu faire ?

— Tu vas rire.

Elle baissa les yeux sur un fil égaré sur sa robe. Il suffirait qu'elle tire dessus pour que la robe entière se défasse, elle en était sûre. Un peu comme sa vie, en ce moment.

Sa jumelle secoua la tête.

— Je n'ai aucune envie de rire. Et je ne dirai rien à notre chère mère, si c'est ce qui t'inquiète.

— Je désire retourner en classe, prendre des cours de gestion des affaires, de design. Ou d'histoire de l'art. Ou suivre une formation de paysagiste. C'est un domaine qui m'intéresse et dans lequel je ne suis pas trop mauvaise, je crois. Je suis moins stupide que les gens ne le pensent.

— Personne ne te prend pour quelqu'un de stupide, Skye.

— Personne ne me prend pour une lumière non plus.

— Tu nous as aidées, maman et moi, à diriger le Château et à en faire une entreprise très rentable. En matière d'organisation de fêtes, tu es la meilleure.

Comment expliquer à Phoebe que l'organisation de fêtes n'était rien en comparaison de la beauté d'un coucher de soleil ou du spectacle de chevaux galopant à l'horizon ? Comment dire à une famille si heureuse de la retrouver qu'elle se sentait triste à mourir ?

— Tu as peut-être oublié à quel point tu comptes dans

cette organisation, mais pas nous, répliqua Phoebe. Peux-tu me sortir mes stilettos à paillettes du placard, s'il te plaît ?

— Bien sûr.

Comme elle lui tendait ses talons aiguilles, elle surprit sa jumelle qui, assise sur le lit, la dévisageait d'un œil pénétrant.

— Qu'y a-t-il ?

— Tu n'es pas heureuse, Skye.

— Pourquoi dis-tu cela ?

— Parce que je te connais mieux que personne. Nous avons partagé le même ventre pendant neuf mois, ça crée des liens.

— Pendant huit mois et demi.

— Quelque chose a changé chez toi, Skye. Tu es différente.

— Après une amnésie aussi grave, n'importe qui aurait changé.

— Il ne s'agit pas de cette amnésie. Mais de Leo. Non, ne pleure pas, Skye, ajouta Phoebe d'un ton adouci.

Skye secoua la tête, essaya de refouler ses larmes.

— Je n'ai pas envie de parler de lui.

— Parce que tu l'aimes, dit Phoebe en l'invitant à s'asseoir sur le lit à côté d'elle. Cela crève les yeux.

— Comment pourrais-je aimer un homme qui m'a menti ?

— D'après ce que j'ai entendu dire, il pensait te protéger. En tout cas, c'est ce que Daria a raconté aux parents.

— Daria devrait faire preuve d'un peu plus de discrétion.

— Elle se fait du souci pour toi, Skye. Comme nous tous. Descendons rejoindre nos invités puisqu'il le faut, mais ensuite toi et moi aurons une conversation. Sur les hommes, l'amour et le meilleur de la vie.

— Il y aura des glaces ? Je parle de vraies glaces et pas de ces trucs sans calories dont tu raffoles.

— Je vais t'en trouver. Allons-y, puis nous verrons quoi faire pour toi et Leo.

Leo ne se rappelait pas à quand remontait la dernière fois qu'il avait porté un costume. D'ailleurs, il n'en possédait pas. Heureusement, il en avait trouvé quelques-uns dans le placard de son grand-père, dont un en parfait état. La cravate l'étranglait un peu, mais au moins avait-il réussi à la nouer. Comme il s'engageait dans l'allée qui menait au Château, il comprit instantanément les propos que Trapper tenait depuis des années au sujet des Colton. L'endroit ressemblait à une gravure tirée d'un livre d'histoire de France.

Il suivit la longue file des véhicules qui roulaient lentement vers le parking. Son vieux pick-up détonnait un peu au milieu des BMW, des Mercedes et des Rolls-Royce, mais personne n'émit la moindre remarque. Ni le voiturier qui prit sa clé ni le majordome qui l'accueillit et le dirigea vers le hall principal. Impressionné par les immenses lustres au plafond, par la beauté du parquet ancien et des hauts miroirs qui tapissaient les murs, il enleva son chapeau et le chiffonna pour se donner une contenance.

L'invitation qu'il avait reçue, rédigée de la main de Russ Colton, l'avait sidéré. Il n'avait pas été surpris que les Colton aient envie de fêter le retour de leur fille, mais il l'était que le père de Skye sache qui il était.

Un sourire chaleureux sur les lèvres, Daria s'approcha de lui et lui tendit une bière.

— Bonsoir, Leo. Il ne s'agit pas d'un peloton d'exécution, alors détendez-vous. C'est sympa que vous soyez venu.

Heureux de voir un visage amical et familier, Leo lui sourit.

— J'ai senti que refuser l'invitation aurait été mal perçu.

Vu qu'il espérait étendre ses activités à Roaring Springs, s'aliéner Russ Colton ne semblait pas très malin.

Mais Skye était la véritable raison de sa présence.

— Tout le monde a hâte de faire votre connaissance, poursuivit Daria.

— Vraiment ? J'ai du mal à imaginer pourquoi.

L'endroit était magnifique, impressionnant. Très glamour. Il avait toujours su que Skye venait d'un milieu aisé.

— Vous avez protégé Skye et pris soin d'elle, Leo. Vous avez contribué à ramener leur fille saine et sauve à la maison. Croyez-moi, avant même de vous avoir vu, ils vous adorent.

— Vous semblez très au courant de ce que pensent et ressentent les Colton.

L'éclair de doute qui passa dans les yeux de Daria l'étonna.

— Difficile de ne pas l'être quand vous vivez à Roaring Springs, répondit-elle. Alors, commençons par le plus facile. J'aperçois ses frères là-bas. Venez, je vais vous les présenter.

Leo avala une gorgée de bière.

— Skye a trois frères ? Sont-ils plus vieux ou plus jeunes qu'elle ?

— Tous plus âgés. Ne vous inquiétez pas. Ils sont inoffensifs. La plupart du temps.

En effet, Blaine, Wyatt et Decker l'accueillirent à bras ouverts. Ils le remercièrent avec chaleur pour tout ce qu'il avait fait pour Skye. D'ailleurs, le clan Colton dans son ensemble se montra plus qu'aimable avec lui.

Leo était en grande conversation avec Wyatt Colton, à discuter de ses projets d'agrandissement du ranch, quand il sentit quelque chose dans la pièce, une énergie, une présence qui n'y était pas un instant plus tôt, et un frisson le parcourut.

Il se retourna et vit Skye et sa jumelle, Phoebe, qui descendaient l'escalier.

Et soudain le brouhaha des conversations s'estompa, la foule se fondit dans le décor. Il remarqua à peine les sourires complices échangés entre les frères Colton et leurs femmes. Il n'y avait plus que Skye.

Il resta pétrifié pendant que les deux sœurs faisaient le tour de la salle pour saluer leurs invités, suivies par leurs parents.

— Leur ressemblance est étonnante, non ?

Leo hocha la tête et se retourna. Sidéré, il découvrit l'un de ses acteurs préférés.

— Prescott Reynolds ? Je suis Leo Slattery. J'adore votre travail, dit-il avec sincérité en lui serrant la main. Je n'ai raté aucun de vos films.

— Je tenais à mon tour à vous remercier pour tout ce que vous avez fait pour Skye.

— J'ai fait ce que n'importe qui d'autre aurait fait à ma place.

— Malheureusement, non. Beaucoup de gens en auraient profité pour vendre l'histoire à des tabloïds et jeter du même coup Skye dans la gueule du loup. Visiblement, vous ne mangez pas de ce pain-là. Soyez-en remercié.

— C'était une évidence pour moi.

Il vit le moment où elle repéra sa présence. Alors qu'elle saluait quelqu'un, elle s'interrompit, lâcha la main qu'elle serrait et se dirigea vers lui. À chaque pas, sa robe pailletée d'or scintillait sous la lumière. Il riva les yeux sur son visage.

À cet instant-là, il regretta d'être venu. Ils avaient rompu de façon nette – bouleversante mais nette. Et pourtant, quand l'occasion de la revoir s'était présentée, il avait été incapable de résister à la tentation.

— Bonjour, Skye.

Skye. Pas Jane. Parce que Jane était partie.

— Leo.

Elle se tenait devant lui, ses cheveux roux cascadant sur ses épaules. Il se remémora la douceur de ces boucles entre ses doigts, alors qu'elle s'enroulait autour de lui, s'accrochait à lui, s'envolait avec lui.

— Je ne savais pas que tu venais, dit-elle.

— Nous voulions te faire une surprise, chérie. Leo, je suis ravie de faire enfin votre connaissance. Je suis Mara Colton, la mère de Skye.

— Mara est également notre mère mais, ces derniers

temps, elle a un peu tendance à l'oublier, plaisanta Blaine. Nous comptons pour du beurre.

— Nous tenions à vous exprimer de vive voix toute notre gratitude, ajouta Russ Colton en lui tendant la main.

Leo la serra, mais il n'accorda qu'un bref regard au sexagénaire. Il ne pouvait détacher les yeux d'elle. Elle était parfaite. Douloureusement parfaite.

— Je suis heureux que tout se soit arrangé pour toi, Skye. Tout est bien qui finit bien.

Il ignorait d'où sortaient ces phrases toutes faites, ces mots creux, mais il vit la lumière s'éteindre dans ses yeux émeraude.

— Votre invitation me touche beaucoup, poursuivit-il en se tournant vers Russ et Mara. Mais je ne peux pas rester. J'ai un ami chez moi, qui est malade, et je dois retourner à son chevet.

— Bien sûr, répondit Russ. Merci d'être passé. Tu viens, Mara ?

— Oui, oui...

Avant de s'éloigner au bras de son époux, elle jeta un regard inquiet à sa fille.

— J'espère que nous nous reverrons bientôt, Leo.

Leo hocha la tête.

— Merci, répondit-il poliment.

— Leo.

Comme Skye s'avançait vers lui, ses frères, dans un bel ensemble, s'éloignèrent. Daria aussi tourna les talons pour rejoindre Phoebe et Prescott au pied de l'escalier.

— Je suis heureuse de te voir, dit Skye en tendant la main pour le toucher avant de se raviser. S'agit-il de Trapper ?

— Quoi, Trapper ?

— Ton ami malade. Mais peut-être...

Elle s'interrompit et il vit alors passer dans ses yeux le soupçon, la méfiance.

— Je n'ai pas menti. Trapper est revenu au ranch il y a

deux jours avec une fièvre de cheval. Il a dû attraper un virus. Il s'est cloîtré dans le baraquement pour se soigner.

— Je suis navrée de l'apprendre. J'ai vu une recette dans le livre de cuisine de ta grand-mère, qui...

Elle s'interrompit, soupira. Sa lèvre inférieure trembla un peu alors qu'elle se forçait à sourire.

— Ça ne va pas marcher, n'est-ce pas ?

Elle n'avait pas besoin de préciser sa pensée. Il comprit immédiatement ce qu'elle voulait dire.

— Non. Cela ne va pas marcher.

Leo promena les yeux autour de lui, dans cet endroit qui était la maison de Skye. Tout y brillait. Comme elle. Ce magnifique château était l'écrin qui mettait en valeur la beauté de cette femme hors du commun. Skye Colton était un joyau.

Elle avait retrouvé son univers, ses proches, les siens. Elle n'avait rien à faire dans un ranch, à soigner les chevaux, à planter des semis ou à siroter du thé au coin du feu.

— Leo, murmura-t-elle.

Il sentait que les gens les regardaient, devinaient sans doute ce qui s'était passé entre eux. Ils en voulaient pour leur argent ? Il ne les décevrait pas.

Penchant la tête, il captura ses lèvres et l'embrassa. Lentement. Sciemment. Profondément. Il tenait à mémoriser ce baiser, à s'en souvenir sa vie durant. Lorsqu'il se redressa, il ignora le silence qui était tombé, comme les yeux de l'assistance rivés sur eux.

Il ne voyait qu'elle.

— Au revoir, Skye.

Et il sortit de sa vie.

15

Encore un dîner en famille. De toute sa vie, Skye n'avait jamais autant vu ses parents et sa fratrie. Elle écouta d'une oreille distraite les discussions entre son père et ses frères, évita les regards interrogateurs de sa mère et déplaça ses jambes sous la table pour les mettre hors de portée des coups de pied de Phoebe.

Sa jumelle fit mine de ramasser sa serviette pour lui chuchoter à l'oreille :

— Que se passe-t-il, Skye ? Depuis ton retour, tu n'es plus que l'ombre de toi-même. Tu hantes cet endroit comme un fantôme. As-tu envie de quitter la table et d'aller faire un tour pour en parler ?

Après la soirée donnée en son honneur, elle avait décliné la proposition de Phoebe de discuter « des hommes, de l'amour et du meilleur de la vie ». Voilà pourquoi elle n'était pas surprise que sa jumelle revienne à la charge et l'encourage à se confier.

Skye avait été étonnée et surtout touchée que ses parents aient invité Leo à la réception organisée pour son retour. Elle avait passé la majeure partie de sa vie à se sentir « de trop » dans leur existence. Phoebe et elle n'avaient pas été programmées et leurs parents avaient été surpris, peut-être un peu contrariés, lorsqu'elles s'étaient annoncées. Mais, depuis son enlèvement, ils semblaient plus attentifs et plus affectueux à son égard.

— Moi, j'ai envie d'en parler, poursuivit Phoebe. Un homme t'embrasse comme ça devant tout le monde et s'en va... Ce n'est pas rien. Je comprends mieux à quoi tu étais occupée dans ce ranch. Daria m'avait dit que Leo était beau gosse, mais c'est un euphémisme. Il est à tomber.

Skye commençait à se demander si Phoebe perdait la raison.

— Et, alors que toutes les femmes présentes à cette soirée le dévoraient des yeux, il ne voyait que toi. D'ailleurs, il ne m'a même pas dit bonjour. Comme si je n'existais pas pour lui.

— Skye ? Préférerais-tu autre chose pour ton dîner ? intervint Russ, remarquant qu'elle n'avait pas touché au contenu de son assiette. Je pensais que tu aimais les coquilles Saint-Jacques poêlées.

— Ça va, papa. Cela dit, un steak bien saignant ne m'aurait pas déplu.

Elle rougit en se rendant compte qu'elle l'avait dit à voix haute.

— Depuis quand apprécies-tu la viande rouge ? demanda Blaine.

— Probablement depuis qu'elle a passé du temps dans un ranch, au milieu d'un troupeau de bœufs, répondit Phoebe. Personnellement, je ne peux rien imaginer de pire que d'être obligée de vivre au milieu des chevaux, du bétail, sans parler de ce qui va avec : la poussière, le fumier, les mouches...

Skye dévisagea sa sœur avec étonnement avant de remarquer l'expression amusée de Prescott en réaction aux propos de Phoebe.

— Le métier d'éleveur n'est pas une sinécure, poursuivit Phoebe. Il se lève avant le soleil et se couche avec les poules. D'ailleurs y en avait-il dans son ranch ? J'ai toujours détesté ces volatiles qui passent leur temps à picorer la terre en laissant des plumes partout.

— Il n'y avait pas de basse-cour, répondit Skye. Cela dit, Leo prévoit d'acheter des poules bientôt.

— Vraiment ? Dieu merci, tu ne seras plus là pour te faire réveiller aux aurores par le chant du coq, ni pour être obligée de plumer une poule pour te régaler d'un bon poulet rôti. Il te suffira désormais d'en demander un en cuisine.

— Phoebe ! s'exclama Mara avec sévérité.

Comme la sonnette d'entrée retentissait, elle ajouta :

— Qui peut bien venir nous rendre visite à cette heure-ci ?

— Rien ne me paraît pire qu'une vie dans un ranch, continuait Phoebe. Travailler la terre, s'occuper des troupeaux, quelle horreur ! Tu n'es pas faite pour cette existence, Skye. Je suis désolée de t'asséner cette terrible vérité, mais il le faut. Tu n'es pas faite pour être femme de cow-boy, Skye. Même pas en rêve. Et tant pis si le cow-boy en question est beau comme un dieu et chaud comme la braise. Bonsoir, Daria. Aimeriez-vous partager notre repas ? Asseyez-vous, Hildy va tout de suite vous apporter une assiette. Les coquilles Saint-Jacques, plat préféré de Skye, sont délicieuses.

— Combien de verres as-tu bus, ce soir, Phoebe ? demanda Prescott à mi-voix.

— Pas une goutte. Maintenant, chut, répondit-elle.

Daria n'aurait pas pu paraître plus mal à l'aise si elle s'était assise sur un cactus.

— Je ne veux rien, merci, et suis désolée de vous déranger à table, mais j'ai quelque chose pour Skye. J'ai pensé que vous seriez contente de les récupérer, ajouta-t-elle en lui tendant les bottes aux éperons d'argent. Elles sont si belles.

La gorge serrée, Skye se leva.

— Merci beaucoup, c'est très gentil.

Le sourire compréhensif de Daria l'encouragea à retirer ses sandales et à enfiler les bottes. Elle retroussa sa jupe longue à la taille.

— Elles sont… sublimes, balbutia sa mère, visiblement décontenancée.

— Elles sont parfaites, dit Skye.

Elle regarda sa famille attablée. Une famille qui semblait très gênée devant son comportement. À l'exception de Phoebe. À en juger par le grand sourire sur ses lèvres, sa jumelle était aux anges.

L'amour et l'affection de sa sœur gonflèrent le cœur de Skye et lui redonnèrent une force qu'elle avait perdue. Elle n'avait besoin de la permission de personne. Elle n'avait besoin de l'approbation de personne. Mais savoir qu'elle avait au moins la bénédiction de Phoebe facilita sa décision.

Et brusquement, alors qu'elle regardait ses bottes, tous les doutes et toute la colère qui la rongeaient depuis son retour à la maison s'évanouirent. Elle l'aimait. Et soudain le mensonge n'avait plus tant d'importance, la trahison non plus. Seul comptait Leo, l'homme le plus merveilleux qu'elle ait jamais connu. Celui qu'elle aimait.

Il n'était pas question de le laisser sortir de sa vie sans tout faire pour le retenir.

Submergée par un bonheur soudain, elle se mit à rire.

— Je dois m'en aller, dit-elle.

— T'en aller ? balbutia Mara. Mais pour aller où ?

Russ couvrit la main de sa femme de la sienne.

— Laisse-la partir, Mara.

— Merci, papa.

— Attends ! Où vas-tu, Phoebe ? lança Russ lorsqu'elle se leva d'un bond.

— À ton avis ? lança-t-elle. L'aider à faire ses valises.

Et, prenant la main de Skye, elle quitta la salle à manger avec elle.

— Pour l'amour de Dieu, cesse de jouer les mères poules, Leo !

Trapper repoussa Leo qui lui apportait du thé chaud et des tartines. Voilà cinq jours que le vieillard était au lit, cassé par une toux qui l'épuisait. Leo n'avait pas réussi à le décider à venir s'installer dans la maison. Pour qu'il ne s'ennuie pas, il avait branché un poste de télévision avec un lecteur DVD dans l'ancien dortoir des hommes et apporté des vieux films, avec Lauren Bacall. Trapper adorait cette actrice.

— Je préférerais une infirmière plutôt que toi, grommela le vieil homme. Une rouquine de préférence. Tu n'en connaîtrais pas une, par hasard ?

Ce n'était pas la première fois que Trapper mentionnait Skye, directement ou par allusions, pas toujours subtiles. Mais Leo refusait de mordre à l'hameçon.

— Skye est chez elle avec sa famille.

— Sais-tu ce qu'aurait fait ta grand-mère si elle avait su que tu avais laissé cette fille partir ? Elle t'aurait donné une bonne raclée.

— Ma grand-mère n'a jamais levé la main sur moi et vous le savez très bien, dit Leo en essayant de ne pas éclater de rire.

— Eh bien, elle aurait fait une exception pour l'occasion. Leo, tu aimes cette femme. Et elle t'aime aussi. Et c'est une fille bien. Même si c'est une Colton.

— Plus un mot contre les Colton, Trapper. Je tiens à vendre du bétail à Wyatt Colton, au printemps prochain.

— Ce n'est pas possible !

Pris d'une quinte de toux, Trapper s'affaissa contre la montagne d'oreillers.

— Tu vas me tuer avec ce genre de nouvelles.

— Il va falloir vous y habituer. Wyatt vient la semaine prochaine pour m'aider à élaborer les plans d'agrandissement du ranch.

De toute évidence et contrairement à ce qu'il avait craint, il ne s'était pas aliéné les Colton en embrassant Skye devant tout le monde. Wyatt l'avait appelé le lendemain de la réception pour poursuivre leur conversation concernant les projets de Leo pour le ranch.

— Vous avez le droit de ne pas les aimer, Trapper. Mais ne leur manquez pas de respect en ma présence.

— Très bien ! cria le vieil homme avec colère.

Effrayé, Ollie, qui restait collé à Leo depuis le départ de Skye, gémit.

— Je suis fatigué, poursuivit Trapper. Laisse-moi dormir. Nous en parlerons plus tard.

— Inutile de revenir là-dessus. Mais, avant de vous laisser, je vais vous donner votre antibiotique.

À vrai dire, Leo était très inquiet pour la santé de Trapper. Il espérait le convaincre de rester tout l'hiver. Il pourrait être utile à Gwen, qui arriverait au ranch avec sa femme à la fin de la semaine.

Quand Leo retourna chez lui, il remarqua un SUV rouge inconnu garé à côté de son pick-up. Ollie s'approcha pour renifler le véhicule et se mit à aboyer avant de s'élancer vers la cuisine.

— Ollie ! Reviens !

Que se passait-il encore ? Cet imbécile de chien devenait ingérable.

Il le suivit, tapa ses bottes sur le paillasson avant de pénétrer à l'intérieur.

— Quelle mouche t'a piqué, Ollie ?

Alors qu'il franchissait le seuil de la pièce, Leo poussa un cri de surprise en la voyant.

Skye.

Il enleva son chapeau, accrocha sa veste, alors qu'elle s'accroupissait pour caresser le berger allemand, qui bondissait de joie.

Lorsqu'elle se tourna enfin vers lui, elle lui décocha ce sourire radieux qui l'avait toujours fait fondre. Elle était vêtue d'un jean ajusté et d'un T-shirt framboise. Elle avait noué ses cheveux en queue-de-cheval et elle avait chaussé les bottes aux éperons d'argent.

— Que... Pourquoi es-tu... ?

Il était incapable de finir une phrase, pas avec son cœur prêt à éclater dans sa poitrine.

— Skye, tu es... ?

— Et si nous allions faire un tour ?

Aller faire un tour ? L'avait-il bien entendue ?

Il y avait quelque chose qui ressemblait à un défi dans ses yeux verts, comme si elle s'attendait à un refus de sa part.

— D'accord. Je vais seller Ginger...

— Je m'en occupe, répliqua-t-elle en sortant.

Au passage, il saisit son parfum, un mélange enivrant de fleurs sauvages et de vanille, qui le mit en transe.

Alors qu'ils se dirigeaient vers l'écurie, il ne parvint pas à formuler toutes les questions qui se bousculaient dans sa tête.

Elle se déplaça dans les box comme si elle y était née, guidant Ginger dehors après avoir salué les autres chevaux. Ils se hissèrent en selle et quittèrent la cour. Dès qu'ils gagnèrent les pâturages, elle mit sa jument au galop. Leo la suivit. Chevaucher à ses côtés lui donnait de l'espoir, mais il n'osait encore y croire. Il se demandait si le silence entre eux était de bon ou de mauvais augure.

Lorsqu'ils parvinrent en haut de la colline, elle se laissa glisser à terre avec souplesse. Il la regarda tapoter d'un geste affectueux la croupe de Ginger.

Ne sachant quoi faire, il resta où il était, en selle.

Quand elle lui tendit la main, il réussit enfin à respirer. Il bondit sur le sol, s'approcha.

Au moment où leurs doigts se mêlèrent, il la sentit trembler, vit ses yeux se remplir de larmes. Elle contempla les champs qui s'étendaient à perte de vue, cette terre qui faisait partie de lui comme le sang qui coulait dans ses veines.

— Tout cela m'a manqué, murmura-t-elle.

Il se contenta de lui serrer plus fort la main. Quand elle le lâcha, il craignit d'avoir fait quelque chose de mal mais, au lieu de s'éloigner, elle se blottit au creux de son épaule, la joue sur sa poitrine. Il la sentit sourire.

Intensément soulagé, il chuchota :

— Tu m'as terriblement manqué, Skye.

C'était le seul aveu qu'il pouvait faire pour le moment. Le seul qui comptait.

— Toi aussi, tu m'as manqué.

Elle leva les yeux vers lui.

— Même entourée de toute ma famille, je n'étais pas moi, je n'étais pas à ma place au Château, je n'étais pas heureuse. J'avais besoin de toi, Leo. J'ai besoin de toi. Je t'aime.

Elle se hissa sur la pointe des pieds, noua les bras autour de son cou et, plantant les yeux dans les siens, elle ajouta :

— Tu m'as fait mal, cow-boy. Ne recommence jamais.

Il hocha la tête et pressa le front contre le sien. Tirant sur l'élastique de ses cheveux, il enfonça les doigts dans sa magnifique crinière rousse.

— Plus jamais, chérie. Je te le promets.

Et, pour sceller ce pardon et cet engagement, ils s'embrassèrent.